長い眠り

西村書店

どこまでも寛大な友人、クリスに

The Curiosity
Stephen P. Kiernan

長い眠り　――　目次

第一部
開拓

第一章　候補氷山

ケイト・フィーロ

彼らがやってきたときには、すでに目覚めていた。金属製のベッドに横になっていると、この灰色の壁と白い天井の部屋に、ビリングスと少尉が大急ぎでやってきた。私は扉を開けた――発見するため、愛するため、破壊するために。でもほんの数秒前は、目を開けて横になっていた。

すべてが起こった後、人々は説明を求めた。来るべき事件を私が知っていたのではないかと口々に噂した。とんでもない。いつも不機嫌な姉のクロエは、この予知能力についていくらでも皮肉が言えた。未来がばっちり見えるあんたなら、あたしの旦那が今年の結婚記念日になにを買うかもわかるわよね、と。私はこう言ってやりたかった。「期待したって、なにもないわよ」。でもその言葉は飲み込んだ。生物学講義の講堂に立てば、私もＴＶ番組の司会なみに落ちついているが、自信満々なクロエの前では窒息しそうになった。よくある妹の自己検閲というやつだ。意地の悪い切り返しは、誰にも予見できない事件の兆しを感じ取るのと同じくらい私には縁遠い。

噂を広めた人たちは、私が爪の先まで科学者だということを忘れていた。オハイオの高校で表彰され、ヴァージニア大学で学士を、イェール大学で分子生物学の博士号を取得し、毎年の細胞調査のためにジョンズ・ホプキンス大学とソーク研究所に行く私が、水晶玉にたずねるタイプであるはずがない。

陰謀論者たちはもっとひどかった。私のやることすべてが、世界を惑わすための回りくどい計略になる。彼らはウェブでデマを流し、ブログに書き込み、あら探しをした。陰謀はなんらかの形で私に富をもたらしたというが、実際の手口について説明する者はいなかった。

この手の人たちは、もっとまっとうな時間の使い方を知るべきだ。半時間でも私の側にいれば、陰謀説など馬鹿げているとわかるだろう。あの途方もない出来事が起こる前から私を知っている人間なら、私が研究所でこの上なく幸せそうで、データに我を忘れることもあり、遅々として進まない音響調査にもじっくりつきあえる人間だと証言するだろう。私には、世界を出し抜いて自分のポケットを満たすような抜け目のなさがまったく欠けている。

いまやマスコミは玄関口から引き払い、狂信者たちは別の誰かを糾弾するのに精を出し、大統領が私を名指しで侮辱することもなくなった。世界がめちゃくちゃになる前の静かな習慣を取り戻したい。それはきっと私のあやうい正気を保ち、閉ざされた心を元通りにしてくれるだろう。

なぜなら愛こそ、本当に私を突き動かすものだから。愛は好奇心であり、それを満たすもの。愛は、科学に目を奪われるあいだに見過ごされる奇蹟。愛は、胸の痛みなしにはとても言えないけれど、あるひとりの素晴らしい人、たったひとりで小さなボートを漕ぎ、私から永遠に去っていった人のことだ。

しかし、まずは最初の冒険旅行について話さなくてはならない。あの夜、部屋ですでに目覚めていた理由は、すべて論理的に説明できる。船に異変があったのだ。私は調査船に乗り込んでいた。船は改造した砕氷船で、科学者が十九人、船員が十二人乗っていた。さらにジャーナリストがひとりいて、彼にはみな多少なりとも苛々させられていたが、私は特に苛立っていた。その夜は公海にいて、船は北へと波間を縫って進んでいた。だが北極圏から一二八〇キロの位置まで来てしまうと、さらに北の、この惑星の極寒の地へはほとんど進めない。世界が真下にあるのは面白い感覚だった。中心から遠く離れた片隅で、忘れ去られているようだった。とても信じられないような発見も、ここでなら頷ける。我々のほかに誰も見ていない場所だったから。

海が荒れたその夜、船のエンジンは懸命に働いていた。波をのぼる船体が船尾へ傾くたびにフル稼働し、前のめりになって波頭を追い越すときに甲高い音を立てた。揺れでペンが机から落ちた。ペンが床をころころと転がっているとき、私はベッドで読み物をしていた。膝の上の論文は、ノルウェーが調査した氷山の移動に関するもので、粗雑なデータとずさんな翻訳でとても読めたものではなかった。それに私は疲れきっていた。極北の八月の太陽はほんの数時間しか沈まず、眠る機会は貴重だった。あれほど大荒れでなければ、その夜も喜んでぐっすり眠っただろう。ときどき船のスピードが波の形に合わず、船体が波の谷で腹を打つと、全長五五メートルの船全体が震えた。

しばらくのあいだ眠ろうとした。夢のなかで、少女時代を過ごしたオハイオの家の裏庭にあったハンモックに揺られていた。頭上の木からクロエが、もっと揺らしてよと叫んだ。でも私たちはハンモックなど持っていなかったはずだ。そのとき、突然船が静止して甲板の揺れが止み、エンジンは船内にとんとんと一定の音を伝えた。私は目覚めた。

このとおり。完璧で明快な説明ではないか。しかも目覚めたときに寒気がしたので、すぐに暖かいものを身につけることにした。後になってマスコミは、私が普通の衣服の代わりに、潜水服の下に身につけるネイビーブルーの断熱スーツを着ていたことをあげつらい、まもなく水中に潜ることを知っていたのだろうと邪推した。事実は単純で、寒かったし、洗濯済みの服はあれだけだったのだ。清潔な下着さえ持っていなかった。

考えてみればおかしなタイミングだった。ビリングスが通路を急いでいるとき、私はベルトを探していた。つまり彼は忙しくしていて、私はのんびりしていた。私はすごく痩せていて、お尻は少しもないし、胸も小さくて、クロエにはもうそれ以上大きくなりっこないと言われていた。なんとか見られる形にしようとするなら、腰回りになにか巻くしかない。潜水服用のベルトははじめ見当たらなかったが、寝台の下に巻いて置いてあるのをやっと見つけた。ベルトを服に通しながら足をデッキシューズに押し込んだ。鏡をちらっと見て、上に黄色いTシャツを着ることにした。海尉とビリングスが手前の船室を通るときに私が部屋の扉を開けたのは、偶然ではない。当然来るだろうと予想できる状況だったのだ。彼らが伝えにきたのは、まさしく私がこれから自分で見出そうとしていたニュースだった。

魔法でもない。陰謀でもない。これから起こることをすっかり理解したいのなら、まず馬鹿げた考えを捨てることだ。事実だけでも充分、手におえないのだから。我々は当然のように、命が半永久的に存続することを知っている。我々は「死んだ」身体を生存させることができる。機械的に呼吸させ、血液を循環させているあいだに、移植のための臓器を調達したりする。六分のあいだ心停止で「死んで」いた人間の心臓を、再び活発化させることができる。

そしていま私たちは、北極でのあの夜をきっかけに、「死んだ」哺乳類を一時的に蘇生させられることまで知っている。この達成はなによりも、人間という存在を再定義する。一九四〇年代に原子力が実用化されたときと同じくらい、根本的に。

素晴らしい成果だと言えるだろうか。私たちは広大な未知の帝国に、たしかな真実を見出したのか。魅惑的で、世界の注目を集めるなにかを見つけたのか。

だがそれですべてではなかった。この新発見は、充分とはいえない覚悟で荒海へと乗り出した科学者たちの生活を一変させた。荒れはてた評判から、学者として救われる可能性はもうないだろう。だが、個人の尊厳なら回復できるかもしれない。一度失われたものを取り戻すことはできないが、美しさについて語れば、それが哀悼の意になるかもしれない。だからやってみようと思う。この事件に打ちのめされた小さな社会の一員として、記録を正しいものにするために。

＊

その夜――グリニッチ時で午前二時一二分、緯度八三度の位置にいた――私が部屋の扉を引くと、ちょうどグラハム・ビリングスがノックしようとしていて、あわや彼の拳とぶつかるところだった。制服姿の船員をそばにしたがえて、ビリングスはイギリス人らしいひねくれた笑みを浮かべた。

「これは不思議だ」と彼は言った。「ちょうど起こそうかと思っていたところだよ。素晴らしい」

グラハム・ビリングス――権威ある植物学者で、オクスフォードの調査員として重要なポストにいる。大好物は注ぎたてのビール。多くの論文を執筆しており、食物連鎖におけるプランクトンの役割を論じた労作がある。彼の発見は信頼のおけるものだ。驚くべき辛抱強さでなされた調査には比類がない。

ビリングスはまた、この敵だらけの調査旅行でただひとりの味方だった。この船の形式上のボスを務めているのは私だったが、彼は論文においても、実地の経験においても、科学界の評判においても、明らかに私以上の役割を果たしていた。私は日々、彼の助言に頼っていた。次はどの水域を目指すのか。どの氷山を調査するのか。調査員としてどのダイバーを振り当てるのか。限られた時間のなかで私たちは船室で地図を広げ、次はどこを航行するのか話し合った。

この旅を通じて、ビリングスは私のもつ権限にさりげない敬意を払ってくれていた。私は包み隠さず尊敬の意を示して、それにこたえていた。なにより彼は、乗組員の半数が悩まされていた船酔いにものすごく簡単な対処法を示してくれた。ミントティーで洗ったお粥だ。これひとつとっても、みな彼に恩義があり、頼もしく思っているのがわかるだろう。

「おはよう、ビリングス博士。海尉」彼らに頷きかけた。「どうして止まったのかしら」

「〈候補氷山〉だよ、フィーロ博士。しかしどうして呼びにくるとわかったんだい」

「べつにわかったわけじゃないわ」彼の横をさっと通り、Tシャツをベルトの下にたくし込んだ。「どのくらい大きいの？」

「それは、博士……」彼は急ぎ足で私の後に続き、小さな船室に入った。「氷山に含まれる〈ハード・アイス〉の量を調査前に予測するのがどれだけ難しいか知っているだろう——」

「どのくらい大きいの、ビリングス？」私はマグにコーヒーを注いだ。「教えてよ」

彼がぴたっと立ち止まり、三等海尉はその後ろでぶつかりそうになった。

「やれやれ。じゃあ手短に言おう」彼は言葉を切って指を広げた。例の笑みが一〇〇ワットで輝いた。「もし本当に中身があったら、ケイト、クジラ一頭に匹敵するよ。一辺がゆうに三〇〇メートルはある」

「これまでで一番大きな〈候補氷山〉です」と海尉が口走った。

大学院時代のルームメイトはローカル誌の若いエディターをやっていて、彼女の役割は、急場に直面したときに反対意見をもつということだった。話が大きければ大きいほど——飛行機事故でも車の玉突き衝突でも政治スキャンダルでも——落ちつきがなにより重要だ。そうすればこそ、リポーターとカメラマンは即座にまとまって取材チームをつくり、すばやく記事の切り口を決め、時間通り速やかに報道することができる。私は常にこの姿勢に重きをおいて仕事をしていて、ほとんど職業的な習性になっていた。いまの海尉のようなことを誰かがうっかり言うとき、私の内部の磁場は反対の極に振れる。

「きっとただの大きい氷塊よ」私は肩をすくめた。

心のなかではもちろん、そわそわしていた。このために、はるばるここまでやってきたのだ。グリーンランドの北端とカナダのアラートの間にある港を出航し、荒涼としているが魅力的なクイーンエリザベス島を廻り、さらに北へと進んできた。最後の陸地がはるか後方になると、背の高い氷山しかない領域に突入し、目立った危険もなく数週間が過ぎていた。このような発見のためにこそ、カーセッジ、あのエゴイストのろくでなしは、私を雇った。こんな仕事をこなすには若すぎ、フィールドワークの経験も浅く、指揮を取る人間としてはまったくの未熟者なのに。だが彼には達成しなくてはならない企てと、勝ち取るべき資金があり、無遠慮に言ってしまえば、人におもねるので手いっぱいだった。そう、この天才科学者はこの上なく高慢な俗物だが、ひとたび自分の愛する〈カーセッジ細胞探査研究所〉の金庫をうるおすものを見れば、申し分のないやりかたでそれに媚びへつらってみせるのだ。

少なくとも、私には尊厳がある。それにボタンも。いま私はアメリカの片隅に住んでいて、国じゅうから詐欺師と呼ばれている。でも毎夜、どんな天気のときも埠頭に降りていき、黙ってそこにたたずみ、愛した人のことや、払った犠牲のことを考えるとき、首にかかった鎖には、なんの変哲もない茶色の上着のボタンが下がっている——冒険の、たったひとつの記念品。単なるボタンといえば確かにそうだ。ほとんどゼロに等しい小さな形見。でも、自分が正しいことをしたと思い出すには、これで充分だった。あの人の生涯で最も壊れやすい時期に、社会の狼から救ってやれた。だから弁解はするまい。埠頭に立って手を伸ばし、指がボタンに触れると、私は誇りを感じる。

カーセッジに研究所の仕事を依頼されたとき、黎明期の宇宙飛行士も同じことを感じただろうと思った。つまり、ほかの分野でどれだけ成功を収めているとしても、月の上を歩ける資格証明にはならない。誰に保証できるだろう？　それまで成されてきたことのはるか先をゆくようなとき、それに関連した経験といった考えは一笑に付される。それでも、好奇心のある科学者がこの機会を逃すわけがない。世界で最も高名な人物と働き、胸を騒がすような生物学と倫理学の問いかけに取り組むチャンスだ。かくして、私のような人間は、終身的な地位が約束された有名大学のオファーを断り、発見の功績と同じくらいナルシストとしても有名な男のオファーを受ける。

好奇心は、職業だけではなく、私生活においても私を動かしてきた。十二年前、大学時代の素敵な恋人ダナと別れの抱擁を交わし、彼はシアトルの医科大学に、私はニューヘブンの博士課程に進んだ。

たぶん、そのとき私は愛にも別れを告げたのだと思う。仕事の要求は厳しかった。友人たちから結婚の知らせが来るころ、私は自分の学位論文を読みなおしていた。彼女たちが夜中の二時に赤ん坊をあやしているとき、夜を徹して顕微鏡に向かっていた。大学院での相手探しは中途半端で、長続きもしなかった。仕事が過酷だったからだ。誰の未来も不確かだった。わずかな出会いの機会は学会だが、それもたいていは失敗に終わった。互いの的外れなやり方のせいで、ホテルの部屋にさえ辿り着けなかった。

最後にちゃんと付き合った相手は、ワイアットだ。法学者の彼は離婚したばかりで、たしかにそんな匂いが塗り立てのペンキみたいにこびりついていた。彼女とのことはもう本当に大丈夫なんだと言われれば言われるほど、彼がまだ傷を癒す時間を必要としているのがわかった。彼が私を元妻の名前で呼んだ朝、もう終わりだと思った。ベッドのなかでは呼ばれなかったのが、せめてもの慰めだ。

それからというもの、都会での三十代の独身生活は中学生のダンスパーティーのようだとわかった。誰かいい人が声をかけてくれますようにと願ってそわそわと指を動かし、周囲の人にはとにかくイエスと言う。そうすれば壁の花にはならずにすむからだ。いけ好かない男も多かった。ひたすらベッドに急ぐ男、約束はするが結局は雲隠れする男。ときには素敵な人もいて数ヶ月を共にするが、相手がそのうち大学時代の恋人とよりを戻したり、もっと若い人を見つけたり、研究所と競って私の気を惹くのにうんざりしたりで、続かなかった。

私は自分のことを慎みがない女だと思っていた。ボーイフレンドたちも同意するだろう。それがなぜかいまは禁欲的な生活におちいっている。研究チームを組織するのに、カーセッジはこれ以上は望めないほどの準備をしていた。私は仕事を受けた。三週間後には、スーツケースを引きずってこの船に乗っていた。九週間後、甲板の揺れが止まった夜に目を覚ました。

コーヒーで一服したが、煮詰まって苦くなっていた。しかも手を温めるには冷めすぎていた。マグを流しに沈め、ビリングスの肘を押した。

「獲物を見てみようじゃない」大またで部屋を出ると、数歩あとを二人が追ってきた。

決然として、五十歩ほど歩いた。ブリッジ下の広間に入ると、技術チームの全員がいた。私が急に立ち止まっても、誰もなにも言わなかった。モニターの当直はこのうち三分の一だけで、残りはシフトが回ってくるまで休んでいるはずだが、彼らも壁際で列になっていた。頼れる技師のアンドリューが、クリスマスの日を迎えた子どもみたいに笑っていた。

「こんばんは、みなさん」と私は呼びかけた。数人が頷いたが、誰も口をひらかなかった。好奇心の震えが走った。これからなにを見るのだろう？　階段の一番下で立ち止まると、ビリングスが背後に近づいた。「成果が出るといいわね」私は自分が場違いな気がして、踵を返して階段をのぼった。

ブリッジはさながら劇場の舞台裏だった。専門家たちは薄暗い光のもとで装置にかがみこみ、ヘッドホンをつけ、集中して眉間に皺を寄せている。すると船長がやってきて、舞台マネジャーのように小声で指示を出す。船長の前には分厚い窓があり、霜で縁取られていた。サーチライトが甲板を日光のように照らしている。私たちの真下には調査室があり、神秘的な装置が音を立てていた。ブリッジの機械にさえ萎縮する門外漢は、電源を入れることにさえ苦労するだろう。例によって、私がただ一人の女性だった。私はすべてに顔をしかめてみせて、やりすごした。

船長のトレヴァー・クラークも同じような表情をしていた。仁王立ちして、ぶっきらぼうに頷く。「フィーロ博士、もっと近くでご覧になってください」

「こちらです、博士」レーダーモニターの前に着いている少年が言った。北大西洋の船乗りなのだろうが、それでもやっぱり少年だ。彼の背中越しにディスプレイを見た。氷のない水面は暗い緑のままだが、レーダーが弧を描きながらスキャンすると、明るい緑の領域が画面を覆った。

「縮尺は？」

「一〇〇〇メートルです、博士」レーダーはまた下から上に走り、オーストラリアに似た形の個体を映し出した。大きさもそれくらいありそうだ。

「風下から接近しよう」船長が告げた。「そこで停泊する」

私はまた腰を屈めて画面に戻った。「じゃあ、この氷山はどれくらい大きいの？」

「いま船が面している部分は四二二メートルあります。予備スキャンによれば三つの〈ハード・アイス〉が内包されています」

「なあ、それって多いのか？」

振り返ると、わかってはいたが、質問の主はディクソンだった。後ずさりしたいのをこらえた。ダニエル・ディクソンはイントレピッド誌の記者だ。カーセッジの計画の一環で、いつもメディアの人間がそばについている。「肝心なのは報道陣」とカーセッジは言う。「報道イコール金だ」。彼のモットーでもあるのだろう。

ディクソンはある意味でそれほど悪人というわけではない。たいてい一歩離れたところにいて、自由回答が可能な質問しかしない。それに、マサチューセッツにあるウッズホール海洋研究所から始まった北への長旅で、延々と続く数えきれないほどの退屈な時間を、新聞記者時代の犯罪特ダネの話で紛らわせてくれた。町で一番大きなマンションが横領した資金で建設されていた、火葬場で価格操作が起こっていた、女性が壁に髪の毛で吊り下げられ、気の狂ったその夫が彼女を六十六回刺した、などなど。ディクソンはずんぐりしていて、普通なら私も気にならないが、ちょっとどうかと思うほど場所をとっているように感じられた。いや、私の父だってリンゴのようにずんぐりむっくりで、しっかりと抱きしめられないくらいだった。だからディクソンのサイズが問題なのではなく、彼が他人の私的な領域を侵害するやり方が問題なのだ。船の上にはただでさえ狭いスペースしかないというのに。彼のそばにいると、イェール大学から学位をもらった生物学者ではなく、小さすぎるビキニを着たあばずれになった気がする。誰だって盗み見られたら、そんな気になるだろう。

　それにディクソンの詮索好きにはうんざりさせられる。彼は何事も黙したままで素通りすることができないが、こちらもいつでも説明する気分なわけではない。今もそうだ。「説明してあげて」と私は言った。

　レーダー操作手が肩をすくめた。「〈候補氷山〉としては、これまでに見つかった最大のもののさらに五倍の大きさです。本物だとすればの話ですが」

　ディクソンはいつも持ち歩いているメモ帳を取り出した。「触りもしないでどうしてわかる?」

「サイズ。重量」

「鵜呑みにしないでくださいよ」座っている技師のひとりが言った。「浮揚性が肝心なんです」

　ディクソンがにじり寄った。「もっと詳しく」

「基本的なことですが」技師はスクリーンから目を離さなかった。「氷の体積密度が〇・九一七グラムの場合、氷河の九一・七パーセントが海中にあることになります。しかしそれが急速に形作られた場合、たとえば北極の台風などによってですが、塩分濃度と密度が上がります。だいたい構成物の九二・五パーセントが水没するようになり、これを〈候補氷山〉と呼んでいるのです。密度が高いほど、〈ハード・アイス〉が含まれる可能性も高くなります」

ディクソンは書きなぐった。「この氷山はどのくらいが海中にあるんだ?」

最初のレーダー操作手がスキャンし、キーボードで計算した。「ええと、九三・一パーセント?」

「ありえない」もうひとりの技師が言った。「これまでの最大値だ」彼は自分の装置になにやら打ち込んだ。数字が出てくると黙り込んでしまったので、私は彼の肩越しに覗き込んだ。九三・一五一。

「ふうん」とディクソンは言い、数字を書き込んだ。「それがどうしてすごいんだ?」

「見てください」レーダー係の少年がスキャナーの縮尺を変えた。尺度が上がってゆくと、緑の枝が綺麗な白い静脈の上に残っていた。木の根のようにも、毛細血管のようにも、肺の小室のようにも見える。「ほら。この〈候補氷山〉なら、カーセッジ研究所を一歩前進させるくらい大きな標本を採集できるかもしれませんよ」

ディクソンがメモをとる。「死んだものが復活するなんて、本当に信じているのか?」

「本気で訊いているんですか」二人目の技師が馬鹿にするように笑った。それから私が見返しているのを見て、肩をすくめた。「俺にはわかりません」

「きみは?」ディクソンは少年に尋ねた。

乗組員は笑った。「私は単なるレーダー操作手ですので」

もう充分だと思い、クラーク船長の横に戻った。男たちが甲板じゅうを大急ぎで動き回っているのを、船長は上から黙って観察していた。船の大部分は霜で白く覆われ、ケーブルや手すりも霜の厚いコートを着ていた。乗組員たちはガイワイヤーで繋がれ、アザラシの皮のように水をはじく断熱スーツを着込んでいる。彼らは大声で母音を交わしていた。子音が強風に巻かれて失われるのだ。

「おお、い」ゴーグルをした船員が船首に向かって叫んだ。左舷の船員が銛打ち砲のそばで手を振って了解の合図を送ると、腰を屈め、発射した。一二フィートの銛が、巨大なトビウオのように船の反対側に飛び、深い闇に消えていった。

「ああ、ああ、い」ゴーグルの船員がまた怒鳴った。次は右舷の船員が発射し、鉄の矢はまた視界の外へ飛んでいった。それから彼は小さく飛び上がり、二股の手袋で親指を立ててみせ、ゴーグルの船員はそれを見てブリッジを向き、腕をXとYの形に振った。

フラッシュが私の背後で光った。振り返るとディクソンがカメラを取り出していた。

「今はよしてください」クラークがうなり、首を振った。「頼みますよ」

次に起こったことはよく覚えている。それは本当にかすかな前兆で、わずかに警告めいていた。私たちが地面を揺るがす発見をしようとしていることを暗示しているのか。私はそんな迷信にとらわれたが、事実は、たんなる操舵手のミスだった。

クラーク船長が右にいる操舵手にうなずくと、操舵手はスロットルバルブに縄をくくりつけた。甲板の上のケーブルがピンと張りつめた。突然、船が右舷へ傾いた。

「うわっ」ディクソンが叫んだ。私は近くにある椅子をつかみ、ビリングスは私の腕をつかんだ。

甲板に出ている男たちは、足元に用心して腹這いになって進んでいた。ひとりの船員がうっかり片側に投げ出された。ほかの船員たちはなすすべもなく、仲間が甲板を滑って横切っていくのを見ていた。彼はぶつかった手すりになんとか両手を絡ませた。

「安定させろ」クラークは咳払いした。「水平状態を保つんだ」

「アイ・サー」操舵手は答え、もうひとつのハンドルを引っ張った。巻き揚げ機が片側の緩んだケーブルを巻き上げ、モーターが音を立てると、船体がまっすぐになった。両方のケーブルが偏らないようにゆっくりと巻き上げていた。ワイヤーがリールに巻かれる途中で、氷が音を立てて割れた。クラークは顔をしかめたが、銛は持ちこたえていた。船は少しずつ氷山に寄っていく。タグボートが航空母艦にドッキングしようとするかのようだ。ディクソンがすぐ近くに立ち、ビリングスがその反対側にいる。

「一〇メートルのところで止まれ」クラークが言った。巻き揚げ機が停止し、船のエンジンも止まった。船長は左側を向いて言った。「明かりをつけろ」

船員のひとりがいくつかボタンを押した。青みがかった白い壁が光の届く範囲を越えてそびえているのを、明るい光線が照らし出した。まるで船が摩天楼につなぎ止められているかのようだった。

「おいおい、ケイト」ビリングスがつぶやいた。「見ろよ。きみの指揮のもと、ぼくらが発見したんだ。このなかに〈ハード・アイス〉が詰まっているとしたらどうだ？」

私は口をすぼめるしかなかった。緊張で返事ができなかった。

「もっと上のほうを見られないか」船長が尋ねた。

「アイ・サー」船員が答えた。光線は射程範囲を広げ、上方に傾き、光を散らした。それでも両端には届かなかったし、氷河の頂上も見えてこなかった。船内で聞こえるのはディクソンがペンを走らせる音だけだ。

「五階分くらいの高さはあるだろう」クラーク船長は誰にともなく言った。「もう限界か？」

「少々お待ちを、船長」船員が装置のボタンを叩いた。右舷のライトが元に戻り、また登っていった。ついにあらわれた氷山の頂上は、凍てついたマッターホルンのようで、上方の暗闇にするどく光を反射していた。

ビリングスが低く口笛を吹いた。「こりゃたまげた」

クラークが腕を組んだ。「皆さん、過去最大級の〈候補氷山〉を発見したようです」

いくつかの理由から、みんなが私のほうを見た。ディクソンは書く手を止め、クラークは眉を上げ、ビリングスは子どもみたいに笑っていた。私はよく考え、科学者としての判断を述べた。

「たぶんね」と、私は言った。「たぶん、掛ける一億」

第二章　アイスクリーム

ダニエル・ディクソン

はっきり言って、いままで見たなかでも最高の尻だ。俺はこういう分け前は見逃さない。うちのフィーロ博士は聡明でもある。NASAの推進エンジニアの女より飲み込みが早くて、カメみたいなうすのろじゃない。それに親切だ。甘ったるくもない。美人コンテストに出るような人間とも違って、本当に誰に対しても気さくだ。氷のように冷たい船長から一番下位の船ネズミみたいな甲板員にまで。たしかに彼女は計算機のようにスマートだし、つけっぱなしの玄関ライトみたいに温かいが、そんなことより博士の魅惑的な後ろ姿をいつも何度でも見られさえすれば、俺としては満足だ。

なにしろこれ以上つらい仕事はない。四ヶ月も北極海にいるんだぞ？　サイエンス・ライターとして、宇宙ロケットの発射や、ローランドゴリラの保護に携わる人物や、フロリダの水不足の経過予測について書いてきた俺に言わせれば、この調査旅行はイントレピッド誌の記事のネタになるようなものじゃない。ほかのライターは全員成果を上げているぞ、とうちの編集者はしつこく言った。ところがお前の書類受けには、おいしいネタがひとつも転がっていないじゃないか、と。そう言われて気づいた。なんてこった。北極圏を過ぎたら、砂漠の真ん中にいるくらいつまらん毎日が待っているなんて、誰も言わなかったじゃないか。

しかも連中が探しているのは氷ときている。そう、連中は〈ハード・アイス〉の詰まった〈候補氷山〉を求めていると言うんだが、こういうのは先端科学によくある言い回しだ。新しい専門用語は一夜にして大真面目でもったいぶった言葉になる。誠実さなどそっちのけだ。そのとおり。ただの氷だ、くそっ、この場所じゃあ酸素くらい貴重な氷だよ。どの方向でもいいから、船窓を覗いてみればいい。そのうちに現実味のある景色は消えて、船は海に浮かんだ精神病院みたいに氷の横を通り過ぎていくだけになる。プリンスパトリック島あたりで停まればよかったんだ。そうすればびっくりするくらい切り立った崖とU字にまがりくねったしゃれた河が見られたのに。だが、俺たちの決心は産卵期のシャケのように固く、命懸けで進むことになった。しかも目指すは氷。どうやら、H_2Oのすごく冷たい形態には、冷凍庫に入れてスコッチハイボールに浮かせる氷以上の価値があるらしい。そんなものをはるばる求め、世界の大陸をすべて後にして、ついには反対側に回り込むまで前にはなにもないところに来てしまった。日光も氷、朝めしも氷。二分もデッキに立って息をするだけでパーカーのフードになにができるか見てみるといい。氷はここじゃあ天国のペニー硬貨や魚のエラやカーター印の胃腸薬くらい豊富にある。今日までこの船は、三日おきになにかを見つけては大騒ぎしている。しかし停泊してそのシロモノの分析に半日費やすと、熱中して探していた氷じゃないとわかり、また出発する。所得申告なみに退屈だ。

俺は油断しないぞ。ほんの一秒もな。この調査旅行は大掛かりなでっち上げだ。すべてはエラスタス・カーセッジが自分のために築き上げた巨大なペテンの一部。あの男は明らかに末期のスウェーデン病だ。ノーベル賞のトロフィーのために暖炉の上を掃除にしているに違いない。加えて、ブリキ缶を揺らして寄付金を乞うのをまったくやめないところを見ると、多少は自分のポケットにおさめている疑いもある。

控えめにわたくしめの意見を述べさせてもらえるならばだな、我らが誉れ高いカーセッジ教授は甘言で金をつかむ名人で、この国ではP・T・バーナム（十九世紀の米国のサーカス王）以来の逸材だ。なあ、十四のときに、燃える家から両親を引きずり出した俺が言うんだから間違いない――寝タバコが原因の出火だなんて、まるで防災ポスターに載っている馬鹿な連中みたいだったな、いま思えば。それはともかく、咳が止まった後で芝生にいる両親を見た子どもの目に映ったのは、こんな光景だ。五十歳の胎児みたいにうずくまるママ。大きく歯を剥き、呼吸を求めて空気に噛みついているパパ。教訓。死よりもひどいものはない。おしまい。完了。終幕。死を出し抜けはしないし、死が二〇〇ドルかきあつめたりもしない。

カーセッジがエビをゆすぶって三十秒飛び跳ねさせるだけなら、全然かまわない。なかに錫がたっぷり入っているなら、岩を蘇生させるのもいいだろう。だがはっきり言おう、俺はこのペテン師の化けの皮をはぐつもりだ。世界にこのでっち上げを暴いたら、前の週の見出し記事なんてどうでもよくなるはずだ。

これが仕事を受けた唯一の理由だった。傲慢でくだらないたくらみの正体を暴くこと。それにこの旅には、まれにではあるが、退屈な日々の埋め合わせになる楽しいひとときがある。まずい食事。酒はなし。まともな冗談を言える人間は船内にせいぜいふたり。唯一の手当を考えてみたとき、俺のような犬へのたったひとつのボーナスは、完璧な形の、素晴らしく張りのある、そして悲しいかな、けして触れることのできないケイト・フィーロ博士の尻だけだ。

聡明さも親切心も、俺にはまったく縁がない。フィーロ博士はそのふたつでできていて、それに素敵なデザートがついているというぐあいだ。ときどき、泣けばいいのかよだれをたらせばいいのかわからなくなる。

この日の夜は眠れなかった。いつものように孤独と肉欲がごたまぜになって、ひたすら親指をしゃぶっていた。そんなとき奴らが〈候補氷山〉を見つけた。おしゃぶりをやめられないのは見逃してくれよな。俺の仕事はメモ書きだが、誰もそれほど話さなかった。海が上下に揺れてジェットコースターになっていたからだ。驀《ばく》進《しん》する船の視界に氷があらわれたのは、不意の出来事だった。航空母艦より大きく、素晴らしく白い。あのタイタニック号だって氷山にぶつかって沈んだんだから、もっと怖がってもよさそうなものだ。でも不思議と、怖いもの見たさでガラガラヘビに近づく時のような気持ちだった。喉の奥に重たいものを感じた。乗員たちは黙り込み、誰も気の利いたことなど言わない。ついにはフィーロ博士がブリッジに呼ばれ、俺はこの状況も少しはマシになるだろうと思った。

彼女は黄色いTシャツと青いポリプロピレンの装備で到着した。冷たい水に飛び込むダイビングスーツの下に身につける、ものすごくタイトな服だ。乗員の男たちはみな少年と言っていいほど若かったが、みんなぽかんと見とれていた。そのうちのひとりと目が合うと、そいつは、信じられるか？　というように首を振った。

科学者、船乗り、リポーターに司祭。誰がなんと言おうと、みんな男だってことさ。

二時間が経った。夜が明けても誰もベッドには戻らなかった。たったいまの発見にみんな夢中で、ブリッジ下の調査室から動こうとしない。基本的には氷山全体をソナーで走査しているだけだが、バニラビーンズが発見されたときもこんなふうだったんだろうか。デイヴィッド・ガーバーが制御卓についていた。つまり、まだ面白くなる可能性があるということだ。

「我が宮殿にこられよ」と奴は言い、スクリーンから目を離さずに俺とケイト博士を手招きした。奴の髪は、ドラッグ中毒のジャズピアニストのような長い灰色の巻き毛で、それが妙な角度で頭についているヘッドセットに引っ張られていた。顎には三日分の無精ひげが生えている。「さあ、今日という素晴らしい日、俺の自由連想がこの大胆な遠征にもたらしたものを見ろ」

ガーバーは船乗りでも生物学者でもない。専門は数学理論全般。プリンストンで学び、スタンフォードでコンピューター科学の領域に飛び込んだ正真正銘の狂人で、奴と会うのはこれが初めてではない。火星の探査機がＮＡＳＡの予定していた距離の数千マイル手前で故障したとき、修理チームを率いていたのが奴だった。問題は山積みで、五五〇〇万マイル離れたところから無線でプログラミングをしなくてはならなかった。だが奴はやってのけ、探査機は再発進した。実に鮮やかな手際だった。三週にわたって取材していたが、睡眠不足で苦労しているのを見たことは一度もない。そんな馬力のある男を時間の浪費でしかないクルーズ船に乗せるとは。どれほどの無駄か想像もつかない。

ガーバーはやっかいなことに、マリファナ常用者だ。昼夜を問わず、夕食にも朝食にもやっている。以前はこの男がしらふなのかハイなのか見分けがつかなかった。その後、こいつはいつでもハイで、それでうまくいっていると思うことにした。

奴は絶えず音楽をたれ流している。ご執心はただひとつ……グレイトフル・デッドだ。ほかの音楽はなし、ほかのバンドもなし。オリジナル・アルバムはもちろん、海賊盤も集めていて、ゲストミュージシャンと演った音源にもこだわっている。ガーバーは以前、デッドの曲を二万曲集めたと自慢したことがある。〈野球の殿堂〉のツアーガイド以上に眉唾ものの逸話も暗記している。

俺も嫌いじゃない。曲のお気楽さや、連中の陽気な態度は、つらくて単調な仕事の息抜きになる。ときどきガーバーは長い即興演奏に没頭しすぎて虚空を見つめるだけになったりするが、それをのぞけば奴の執着はいたって無害だ。俺は一度、若いころの生半可な知識を引っぱりだしてデッド通ぶるのに失敗したことがある。奴のコンピューターから流れているのが「シュガー・マグノリア」だと思い込み、俺は「ヨーロッパ’72」のバージョンのほうがオリジナルのスタジオ盤「アメリカン・ビューティー」に収録されたものより優れていると主張した。

ガーバーは笑った。「デッドはその曲を五百九十四回演奏して、四十九回レコーディングしているんだ。俺のお気に入りは七三年十月の演奏で、二〇〇一年に出た『ディックス・ピックス』の十九巻目に入ってる。ちなみに、これはオクラホマ・シティで演った『サンシャイン・デイドリーム』だよ」

それから奴はゲラゲラ笑い、汚れた髪をかきむしって、コンピューターに戻った。

ガーバーが天才でよかった、ほかの連中は半ダースも残っていない脳細胞を浪費するばかりだったから。

今夜、奴が手招きしていた。「おいで、子供たち、おいで」

俺は奴の左に立ち、ケイト博士は反対側に立った。五つのディスプレイが机の周りで弧を描いていた。そのうち三つはスクリーンセーバーになっていて、フラクタル図形を描く線が延々と延びていた。残ったふたつのうち、上にあるほうは船首の映像を映していた。三人の男が、探査用の服の上に分厚い救命ベストを重ね着して、ソナー・スキャナーを氷の表面に走らせていた。彼らをロッククライマーのように繋ぐロープは、カメラの視界のずっと上にある氷山の頂上に打ち込まれていた。誰もがゆっくりと動き、まるで月の上にいるようだった。気温はかなり低く、ほんの一分でも外気に晒されたら死んでしまうだろう。水にうっかり落っこちる？考えたくもないね。

スキャナーの重さは九〇キロあり、あの服ではぐるぐる動かすだけでも込み入った作業になる。俺も仕事でいじったことがあるが、十分もやれば充分だった。寒気が鼻孔を凍らせ、喉まで這い降りてきて、間違いなく肺の底までやってきた。ホラー映画で漂う霧みたいに、気温が悪意を持っているように見えた。自然は美しくて親切だとかいう戯言に耳を貸しちゃいけない。モニターに映って苦闘する男たちを見て、確信する。自然は俺がカチコチに凍って死ぬのを見たら、大喜びするだろう。

「映画じゃないぞ、きみたち。これは現実だ」ガーバーがペンで叩いた下の画面には、単純な３Ｄ格子のようなものが見えていた。「たいした発明じゃないが、スキャン生活に貢献するだろう」

ケイト博士が――彼女のケツに幸あれ――もっとよく見ようと近づく。「これはなんなの?」

「氷山内部のマトリックス。ネットで見つけたなかから、ふたつのアイデアを拝借したんだ。駐車庫のCADシステムと、建造物の発掘に使う概要地図。これがあればどこに〈ハード・アイス〉があり、どこにかつて生物だった炭素があるのかがもっと正確にわかるし、そのデータをこれまでよりもっと簡単に、しかも標本を傷つけずに採取できるってわけさ」

「じゃあ、いま見えているのはなに?」彼女がさらに前に屈む。彼女と一緒に屈んでスクリーンを見るべきじゃないかって? わかったよ。

ガーバーがキーを叩いてマウスをクリックすると、画面ががらりと変化して、素敵な博士は背を伸ばした。

「わあ」

ガーバーはポニーテールを前に持ってきて枝毛を探した。「ああ、けっこう悪くないだろう」

映っているのは氷山全体のアウトラインだった。完璧な格子にそって緑の線があり、〈ハード・アイス〉は白い静脈となって、それ以外の普通の氷のなかを走っている。鉄鉱のなかにある金のようだ。そこここで赤いすじが〈ハード・アイス〉を包んでいた。「これがなかに含まれている蘇生可能性のある物質だ」ガーバーが説明した。「炭素。このとおり」

「すごいわ」とケイト博士。「より正確な資料も得られるわけね」

「いい音楽を聴いていれば、こんなことまでできてしまうのさ。おい、みんな」ガーバーがヘッドセットに呼びかける。「ちょっと待ってくれ。みんな、止まって」

氷山の上にいる男たちが作業を止めると、ガーバーはキーボードを叩いた。「たったいま取った核の部分のデータにバグがあったみたいだ。そこまで戻って、もう一度やってくれるかな」

返答はガーバーのヘッドホンにだけ響いた。ガーバーは、男たちが足跡を辿って戻るのを見て、ニヤッと笑った。「ビリングス、君のことだから俺の気持ちはわかってくれるだろうが、やっぱりデータのバグだった。もう一回」奴はこちらに笑みを投げた。「そうだな。頼むよ。ほんとにもう一回だけ、頼む」

男たちは苦労してスキャナーを後ろに動かし、ガーバーはキーを叩いた。「同じ結果だ、くそっ。もう一回やってみよう」とげとげしい声だ。またしばらく耳を澄ました。「悪く思うなよ、俺にもわからないんだ。間抜けな誰かの親指がレンズにかかっているんじゃないか？」

また耳を澄まし、眉をひそめる。「そのブロックに炭素体があるようなんだ。その一帯に。その上の四つと、それを囲んでいる十二個のうち五つ分にも」

ケイト博士がガーバーの肩を叩く。「なにがあったの？」

奴が苛立たしげに手を振ってみせた画面を見ると、緑の格子のあいだに、たしかに赤い塊があった。「つまり、底のブロック全体が炭素でいっぱいだと言っているんだ。炭鉱にショベルを挿したら瑕ひとつないダイヤモンドが見つかったみたいなもんさ」

「ちょっといい？」ケイト博士が両手を伸ばすとガーバーがヘッドセットを渡す。彼女はそれを頭に装着し、指を耳当てに添えたままにした。「ビリングス、普通のパターンではなくて、もうひとつ北のブロックを調べてくれる？」

画面を見ていると、連中はスキャナーを新しい場所に持ち上げた。月面用の服を着ているにもかかわらず、身振りから不本意と苛立ちがはっきりあらわれていた。

「ほらな？」ガーバーが画面を指差す。また赤い塊があらわれた。「これも炭素だ。ちくしょう、昨日一日かけてこのバグを取り除いてたんだぞ。きっとソノグラフが壊れたんだ。今夜の寒気はすごそうだからな」

「もうひとつ北のを、やってもらえる？」

彼女は耳を傾け、彼らの交わす言葉に集中していた。

「くそっ、三列もいかれてやがる」ガーバーが言い、ペンをテーブルに投げた。「寒気が俺の装置を脅かすのは我慢ならないよ」

ケイト博士が指を掲げて黙らせる。「いまどのくらい深くをスキャンしているの？」また耳を澄ます。「本当に？　下側なの？」彼女が微笑む。「素晴らしいわ、みんな。これから装備して、三分隊で取りかかる。これから四十分間、集中しましょう。いまグリニッチ時で四時一八分。とりあえず以上。始めます」

ガーバーは、エサを待っているヒナのように彼女を見上げた。彼女はガーバーにヘッドホンを返した。

「調査室で撮影をやってほしいの、ガーバー。スキャンしたデータをリアルタイムで記録して、ふたつのハードディスクでバックアップして、いい？　水中でカメラを回すから、私の合図で静止画を撮って。これからとる記録は完全なものにしたい」

「機械の不具合じゃないっていうのか？」

彼女は高い声で笑った。「ガーバー、わからないの？　アザラシか子供のベルーガかサメかはわからない。でもなにか大きなものがあそこで凍っているのよ。ものすごく大きいものが」

「そりゃすごい」ガーバーは無表情で、俺に顔を向けた。「マスコミに知らせなきゃ」

ケイト博士が目を閉じると、俺は車輪が回転するところを想像した。彼女は部屋の反対側にいる技師に向き直った。「船長に、いますぐ氷河に収穫にいくと伝えて。カーセッジへの連絡も欠かさないように」

ガーバーが鼻で笑った。「あのケダモノにはエサをやっとかないとな」

その言葉が聞こえていたとしても、彼女はそんな素振りを見せずに扉の前で立ち止まった。わかるのは、ケイト博士が自分を落ちつかせようとしていることだけだ。赤ん坊をなだめるように、雷と嵐のなかで犬を安心させるように、気を静めていた。だが役には立たない。興奮は抑制されてよけいに高まる。そそるね。

「もうひとつ。調理室に行って、アイスクリームを振る舞うよう伝えて。ものすごく広い冷凍スペースが必要になるから」

彼女は急いで出ていった。俺は足音が金属の床に響くのを聞きながら、ぼんやり考えた。どうして彼女は氷が出現したまさにそのときに来ることができたのか。どうしてスキャンが始まる前からダイビング服を着ていたのか。普段なら、ビリングスがコントロール室からスキャンを監督する係だったはずだ。今夜に限ってなぜあいつを外にやった？

ガーバーは赤い塊の上でカーソルを前後に動かしていた。「出てこい、出てこい、お前がなんだろうと」

俺はそばに寄った。「なんだと思う？」

「さあな」奴は頭をかいた。「でっかい小エビじゃないの」

「コーヒー入れるよ」俺は言い、ぶらぶらと調理室に向かった――注意を怠りたくなかったからというのもある。だが正直に言えば、調理室に行くということは更衣室を通るということでもあって、ひょっとしたら素敵な博士が、すらっとした体を苦労してタイトなダイビングスーツに押し込んでいる姿が拝めるかもしれないと思っていた。

つまり、彼女はほかのことを考えさせちゃくれないってことさ。

第三章　悪くない

エラスタス・カーセッジ

　手すりに身を傾けて立っていると、まだ誰からも信用されていないと感じる。科学者からも、研究者からも、国じゅうから集まった研究室のネズミたちからも。出資者たちからも――彼らの財布に幸あれ。そして、博士号手前の下っ端労働者たちからも。わらわらと群がる捨て猫のようでうっとうしくもあるが、搾取されながらもよくやっている。それからマスコミからも。どんなデモンストレーションも、ぽかんと見とれて走り書きする数人のリポーターなしには意味がない。

「準備は？」スピーカーに向かって呼びかける。

「あと一分だけください、カーセッジ博士」博士課程を修了した特別研究員の主任が返答する。この赤毛のイェール出の青年の将来は、こうした状況に左右されている。学会に籍を置くことになんらかの利益があるとすれば、こういう若い男女が役に立ってくれることくらいだろう。彼らはよく知っている。集めた資料のなかのたった一文字が問題になったり、実験結果をねつ造したという噂がひとつでも立ったり、主要な学会で私から気のない賞賛の言葉を囁かれたりすれば、すぐに科学の世界で高みを目指せなくなるということを。そうなると、最先端の優れた研究所で働くかわりに、アメリカのどこかにある将来性のない大学で一年生相手に生物を教えることになるだろう。高い志のある連中は、こちらの気まぐれに対する不安をモチベーションにして働いている――彼らの恐怖は私にとっての安心材料なのだ。

　実験チームはガラス張りの部屋のなかで作業した。この窓は高くついたが、調査のためと同じくらい、展示のためにこの研究所をデザインしたのだ。だから今日のような日を想像し、夢見てさえいた。だがこうして実現してみると、望みが叶ったというよりも必然の結果だと思える。理知と実証がまた勝利を収めただけだ。

いくつかの実験手順は非公開で行われた。どの微生物が生者の世界に戻ってくるかは予想することができないからだ。実験チームのメンバーはみな指示に従って白衣を身につけている。研究所の職員は普段ジーンズで作業している。白衣はもっぱら見世物のためだ。こうした一連の取り組みの目的はただひとつ――これから始まるデモンストレーションと、基調講演を皮切りにした午後の会議だ。こちらの思惑が世間の心をわしづかみにし、出資の見通しが立つまで、すべてがこのふたつの目的に奉仕する。結局のところ、ひとたび発見がなされたら、科学の世界は演劇の舞台になるのだ。

緊張はない。研究所はこの過程を観衆の前で九遍も繰り返している。最初の論文も、発表されるまでに審査を二十二回も重ねた。カーセッジという名は長い共著者リストの一番上に載っている。しごく当然の場所だ。

トーマス――肩書きのない無償のアシスタント、わが執事、秘書、影、右腕――が今日の導入部の説明をし、コーヒーを出し、自負心の熱を適度に保たせてくれる。このあいだに私がなすべき役割は、船首像、セレモニーの主役だ。

「準備はいいかな」と繰り返す。

「いま最後の準備段階です、博士」

時計を確認する。予定より六分すぎている。観客の好奇心を刺激するのに適切な間だ。スピーチを始める。

「紳士……淑女のみなさん」ポスト紙の記者に頷く。「今日はおいでくださってありがとうございます。我々〈カーセッジ細胞探査研究所〉の最新の成果をご説明できることを嬉しく思います。本日、我々は……どちらかな博士、カイアシかオキアミか？」

「オキアミです」スピーカーが答える。技師はみなマスクをつけているが、これもまた公の場に出るためにつけさせたもので、誰が話しているのかはわからなくなる。

答えはもちろん知っていた。このデモンストレーションに、準備を怠った部分は一カ所もない。いまの役目は振付師のようなものだ。

「ナンキョクオキアミ」と、観客に教える。「素晴らしい生物です。食物連鎖の下位に位置するこの南極地方の生き物の生物量は五億トンを超え、ざっと言って人類全体の二倍の量を誇っています」

「準備完了です、博士」

「現在の状況を説明させてください」話を切り出す。次の四分間で、三十六年間に学んだことのすべてを「宇宙から見た」バージョンで話す。

「わかりやすいところから始めましょう——植物。植物はこれを作りだします」サイドテーブルからヒマワリの種を取り上げ、観客に見せる。「一見、死んでいます。しかし内部には生命があるのです。いまは眠っているこの小さな容れ物を詳しく調べると、蘇生に必要となる材料がすべて内包されていることがわかりました」種を置いてマツカサを見せる。「これはヨレハマツからとられたものです。西部に分布している常緑樹で、成長すると一六〇フィートの高さになります。マツカサは華氏一〇四度の環境にさらされると、種を出すために傘をひらきます。火山噴火や山火事の後には、これが緑のカーペットをつくりだすことで、焼けこげた田園が回復するのです。マツカサに内包される生命力を引き出すには、そのように特殊な状況が必須になります」

マツカサをもとあったのと寸分違わぬ場所に置き、次の準備をする。トーマスをちらっと見ると、こちらに全神経を注いでいる。彼はこのスピーチをこれまで数えきれないほど聞いてきた。たまには頼りになるではないか。

さらに続ける。「植物に加えて、この惑星には生命の形態があと四つあります。四つそれぞれに、明らかな

〈死〉の段階があるように見えますが、すべてはその後に生じる生命によって反駁されます。はじめにバクテリアについて考えてみましょう。これは種子と似たような働きをします。バクテリアは最適な条件を待って――特に湿度、温度、そして宿主が重要ですが――再び誕生します。次はキノコのような菌類ですが、見たところ生命のあると思われない酵母に湯を加えると、潜在していた生命があらわれるのは、みなさんもご存じでしょう。三つ目はアメーバのような原生生物で、単体で繁殖するために、どれが子孫でどれがオリジナルなのか判別することができず、〈死〉の実体をめぐるあらゆる概念を混乱させます」

大きな窓に沿って歩きだす。はた目にはスーツの下襟をつかんでぼんやりと歩いているだけのように見えるだろうが、動きと言葉はシンクロしている。隅まで来て立ち止まるとき、最後の言葉にぴったり辿り着ける。

「〈死〉が外見的なものにすぎないという認識は、動物という、もうひとつの生命の形態にも当てはめることができます。動物たちがいつ生きて死ぬのか、わかりきっているとお思いかもしれません。しかしこんにち我々は、オキアミのなかの種子に似たメカニズムを引き出すことによって、この生物を蘇生させ、みなさんの認識をくつがえそうと思うのです」

観客たちが身じろぎする。快適な姿勢を探しているのではなく、いや増しに増す不安からそうする。好きな光景だ。

「ひとつお断りを」と言い、片手を上げる。「今日お見せするのは五段階あるプロセスの一部にしかすぎません」指折り数え上げる。「まず〈開拓〉しなければならない。生存力のある標本を見つけ出し、特定する作業です。ふたつ目の〈蘇生〉からは、まもなくご覧いただけるでしょう。三つ目の〈復活〉の段階で、標本が動き出します。四つ目は〈安定〉で、生命は平衡状態を獲得します。そして五つ目の〈興奮〉では、そうですね、実際に観察していただき、どういうことなのか確かめていただきましょう」

手を振る。「始めよう」

照明が暗くなり、プロジェクターが下りてくると、人々の目はスクリーンに向かう。単純きわまりない。彼らは付き従うだけなのだ。イェール出の研究員が〈ハード・アイス〉の成り立ちを説明している。途方もない圧力と、この惑星が引き起こす最も過酷な気候によって、氷が形成される。これこそが最初の発見だった。天然の極低温貯蔵庫。生物がどのようにして生存のメカニズムを発達させ、死骸がやがて芽を出す種子へと変わるのか……などと考え込むことはない。ダーウィンを引き合いに出す必要もない。もうすでに観客たちは信じはじめている。スクリーンに釘付けになった視線がそれを証明しているではないか。

「よろしいですか」廃刊になった新聞社の財産を相続した男が手を上げた。その財産は、今や彼のものではない。最後の小切手はたっぷり六桁もあった――それを渡されたときの感触を、ありありと思い出せる。彼はそれを慎み深く半分に折り畳んで、この手のひらに押し込んだ。「その標本は、何年前のものなのです?」

「約七十年前です」博士課程修了スタッフが答える。氷を薄く切り出したものを蘇生用の容器に移すところだ。

「標本は、従来の意味で言うならば、この部屋にいる全員が生まれる前に死んでいます」

トーマスは、よりよい状況を作る好機を逃さぬよう教育されている。「この〈ハード・アイス〉は三年前、南極の大陸棚で分離した氷山で発見されました。その任務調査に資金を提供していただいた後援者が今日、ここにいらっしゃっています。標本は零下一二〇度で保存されていました。蘇生に最適の環境です」

よくやった、トーマス。たいした言葉の使い手だ。実際は、〈ハード・アイス〉の標本は経年や起源に関係なく機能する。だが、そわそわしている観客たちの誰も専門的な論文など理解できていないのだから、出資者に自分の氷は特別なのだと思ってもらっても害はあるまい。賢明なトーマスを褒めてやってもいいが、まだだ。

「〈ハード・アイス〉が形成されると」とさっきのスタッフが続ける。「水中にいた生物はすべて、きわめて迅速に冷却されます。通常の氷の結晶ではとても及ばない速さです。このスピードが細胞を無傷にとどめ、特定の化学物質、つまり豊富な酸素とブドウ糖を蓄えます。生存していたときの条件がすべて保存されるわけです。我々の試みは、その生命をこちら側に引き戻すことです。見てください」

顕微鏡がズームすると、スクリーンにぼやけて灰色がかった白い氷が映し出された。それからはっとするような明瞭さで、凍っている無数の小さな海の生物たちがあらわれた。

「電子顕微鏡ですか」とポスト紙の女性が尋ねた。こんな素朴さには飴をくれてやってもいい。

「いやあ」と技師が言う。「どこの高校の実験室にもあるものですよ」

胸の内でトーマスに、この愚か者を叱るよう命じる。次にこんなことがあれば、彼は解雇されることになる。このプロセスのどれひとつとして、簡単だったり、造作なくできたりするように見えてはならないのだ。

「以前は生きていた物体が、完全な形で保存されているのがおわかりかと思います」博士課程修了スタッフが続ける。「種が最適な土壌を探す状態です。我々は、これからふたつの作業を同時に行います。解凍するための溶液を供給しながら、標本に直流で電気と磁力を与えます。原始の海を考えていただければよいでしょう。ここでは何千年にもわたる無作為化のかわりに適切な化学物質を、雷撃のかわりに緻密に計算されたアンペアを与えるのです」

技師たちは忙しく前に後ろに動いている。トーマスが別の新聞社の青二才からの質問に答える。国会議員事務所の職員が、全体にかかったコストを尋ねる。

「標本によって異なります」トーマスが答える。「〈ハード・アイス〉を獲得するのにかかる出費は大きく変動します。摘出には、何ヶ月にもわたる航海、鉱脈を見つけるための無数のソナー・スキャニング、水面下の氷からの標本の採掘といった作業が含まれ、すべては対象を傷つけることなく行われます。ここが費用のかさむところです。ここで生物を蘇生させることは、それと比べれば、電気のスイッチを入れる程度のものです」

「本日のオキアミは、たとえば」国会議員のペットは言い募る。「その標本を採集し、運び込み、保存し、蘇生させるのに、どれくらいかかっているのですか」

「この研究所は」と口を挟む。このとき、できるだけトーマスのほうを見ない。「ありがたいことに、プライベートな出資を受けています。だからこそ、財政に関する情報を非公開にする自由も守られているのです。重要なのは説明義務を退けることではなく、科学的な発見に柔軟に対応することです。我々は、七年前のイギリスで使われたピーター・マーシャルのモデルを踏襲しています。私有の研究所を運営することで、彼はそれまで誰もなし得なかった、ミトコンドリアの内部にある電子移送のメカニズムを同定したのです」

「彼はそれでノーベル賞を受賞したのではありませんか」出資者たる新聞社の相続人が尋ねる。

両手を掲げ、小さくお辞儀する。

「準備ができました」博士課程修了スタッフが呼びかける。これが合図だ。ポケットに手を入れ、ストップウォッチを出し、腕を伸ばす。観客がこちらを一瞬見るが、視線はプロジェクターの画面に戻る。神秘を見逃したくないのだ。懐疑主義から抜けだしたいと思っている。彼らはどういうわけか、この手が神の手であるのを願っている。

「よく見てください」スタッフが続ける。紙のように薄い氷の膜を下ろし、温かい溶液に浸ける。それはすぐに溶けてしまう。頭上の画面は二分割され、ひとつは溶液器を、もうひとつは黒いダイヤルにかかる技師の手を映している。ダイヤルが時計回りに回る。「弱い電流と強い電磁波を加えています」

ストップウォッチをスタートさせる。喉までこみ上げてきた喜びをかろうじて隠す。

細かい水の揺れは、観客に一定の効果を及ぼす。目は、見たいと思っているものを見るようにできているのだ。期待に満ちた沈黙が部屋を支配する。この瞬間が大好きだ、この期待の気配が。それから、とてもゆっくりと、一匹のオキアミが氷の戒めを解かれる。

「復活」と合図すると、ダイヤルが勢いよく右にひねられる。たちまち水が活発に揺れ、オキアミの体が、尺取り虫が次の葉に移動するときのように、閉じたりひらいたりする。数体が、どこかを目指しているかのようにまっすぐ動く。二体がぶつかって、また離れる。顕微鏡の視界の外に飛んで出て行ってしまうものもある。

「安定」と彼らに告げる。

ポスト紙の女性が胸に手を当てる。「なんてこと」

ぞくぞくしないほうが無理というものだ。死んでいるかに見えた小さな生き物を……ほかに言いようがないが、この手で生の世界に引き戻した。オキアミの動きが激しくなる。まるで遊んでいるようだ。思わずその動きにあらゆる感情を投影してしまう。再び生を得ることの充溢、温かさから来る安心、同類の仲間と出会う喜び。いつか、蘇生した二匹のオキアミをつがいにすることができるかもしれない。

エネルギーの様相が次に移っていく。動きはしだいに狂乱状態になり、顕微鏡のスケールで乱暴に暴れる。観客に知らせる。「興奮期」

おそらく今、オキアミなりに最も満たされた生を生きている。なぜなら、命がじきについえることを、一瞬一瞬、感じているからだ。あるいは同じ理由から、パニックになっているのかもしれない。彼らに意識があり、意思の疎通ができたらいいのだが。

エネルギーが減退しはじめるのを画面が映し出す。生物の動きは緩慢になる。ついにみな動きをやめ、一匹だけが脚を、まるで死んだばかりのカブトムシのように震わせている。やがてそのオキアミも動かなくなる。これみよがしにストップウォッチを止め、みなが気づくように振ってみせる。

「ふう」新聞社の相続人が言った。「これはすごい」

「さて」時計の文字盤を横目で見る。「二〇五・七七秒です」

驚きだ。オキアミでの最長記録を四十秒も上回った。改良した化学溶液の革新性が証明された。技師たちはそれを顔に出すほど愚かではない。専門家なのだ。トーマスに目配せする。彼は口に手を添えて笑う。

「そうです。そしてオキアミのなかでも、この種は平均四日間生きます。つまり、我々はこの生物の寿命の一・二一パーセントに相当する期間、生命力を復活させたわけです」

トーマスがなんとか笑みをこらえた。「これを人間の平均寿命にあてて考えると、二十一日間は蘇生させられることになります」

「もちろん」ストップウォッチを棚に置く。「実際に人間を使ってみようと言うのではありません。それよりもまず、たくさんの小さな生物が実験対象として控えています」

「もう一度やることはできますか」とポスト紙の記者が尋ねる。「同じオキアミを再び蘇生させることは?」

トーマスが首を振る。「一度きりです」

彼女はしばらく考える。「では、そのオキアミたちはそれで本当に死んだと?」

「それでも……」トーマスが得意げに微笑む。「二〇五・七七秒です。悪い数字ではありません」


使徒のように先立って会議室に入るのは、今朝のデモンストレーションを目撃した選ばれた人たちだ。いまやこちらにかわって布教を行う人たち。蘇生計画の信奉者は、こうして数と熱気を増していく。

ホールの外にはいつもの群衆がいる。賞賛する者、自己宣伝する者、それにマスコミ。トーマスの役目は、誰がなにを言おうと上司を前に進めることだ。袖をつかまれることさえある……。この女は現に袖をつかんでいいや。雑種犬がボロ布を引っ張っているようなものだ。この計画がどれだけ長くオキアミを生き返らせたのかわかっているのか？　いいや。雑種犬がボロ布を引っ張っているようなものだ。

「ＵＣＬＡのサラ・バートレットです」耳障りな声でわめく。「セル誌が次号で、あなたの研究に関する倫理上の問題についての私の質問書を取り上げます。個人攻撃をするつもりは――」

手首を回して手を振り払う。「もちろんわかっています。あなたの仕事はモラルに反していると私が言ったとしても、あなただって危害を加えられたとは思わないでしょう」

バートレットは羽虫のようにしつこい。「死の概念を再定義しようとするなら、多少の批判は覚悟の上ですよね。問いは科学に力を与えるもので――」

「発見が科学に力を与えるのです」トーマスが割り込む。「そしてカーセッジ博士は科学に力を与えられる立場にいるのです」彼が前に促し、女は雑多な群衆のなかに埋もれる。愉しい考えが頭に飛来する――移動するときはハエ叩きを持ち歩こうか？

やっと会議室に辿り着く。窓のない縦長の部屋。機能重視の建築が、これほど特徴のない空間を産み出すのには驚きだ。たくさんの椅子が列をなしている。コーヒー沸かしと味気ないデニッシュの乗った皿が、背後の壁ぎわに並んでいる。演壇ではバーグダールがこちらを見て、存在を誇示している。

「瞬間的な冷却は、大きな水の結晶の生成を防ぎ、細胞の膜組織を損なうことがありません」彼はふたつの細胞のスライドを見せる。ひとつは凍っていて無傷で、もうひとつは取り返しのつかないほど破壊されている。

このコロンビア大学の終身雇用の生物学者が言わずに済ませたのは、この研究所の誰ひとりとして、充分な速度で細胞組織を冷却することができなかったということだ。すべて破壊されていた。自然だけが、猛烈な冷気、風、氷山の衝突によって〈ハード・アイス〉を作りだすことができる。だからこそ、極地の調査への膨大な投資に耐えてきたのだ。

「いくつかの種は」バーグダールは続けながらこちらを一瞥し、また原稿に戻る。「低温生物学者の観察によると、死にゆくとき、ある種のカエルが冬眠しているときのように、瞬時にグリコールを生成し、組織の凝固点を下げるのです」

トーマスがスーツを見て、目に見えないような糸くずをはらった。バーグダールがスピーチを終えた。あっぱれ、あっぱれ。彼は舞台を降り、一度は身体を向けたが、こちらの態度になにかを読み取り、コーヒーの置いてある場所まで遠回りした。

トーマスが、私の略歴を進行係に手渡し、プレゼンの資料をプロジェクターに映すため、そそくさと引き下がる。紹介が始まると、この三分間に頭をすっきりさせる。信者の扱いはたやすい。疑う連中にはテコ入れが必要だ。彼らのために、資料と、エピソードと、映像がある。映像には、研究所の皿の上に載った未成熟の小エビがわずか九秒間登場する。だがそれは単なる小エビではないし、ただの九秒間でもない。蘇生がはじめて成功した瞬間をとらえているのだ。いま、この比類のない映像は、科学者から攻撃され、狂信的な人々から批判され、製薬会社から歓迎され、極低温で保存された数えきれないほどの人の親族からたたえられ、政治家から賞賛と恐怖の両方を集めながら、世界を変えつつある。インターネット上での閲覧数は、ただ事ではない。もしその閲覧者の一人ひとりから十セントずつ徴収したら……。

トーマスが戻ってきて、眉間に皺を寄せている。トーマスはこんなときに上司の注意を逸らすほど愚かではないが、いま彼は携帯電話を持っている。頷くと、彼は電話を私の耳元に添える。

「カーセッジだ」受話器の向こうの声が雑音のなかでさえずる。「ゆっくり話せ」声は説明する。〈候補氷山〉、前例のない大きさ、〈ハード・アイス〉に囲まれている、スキャンが明らかにした炭素の塊につぐ塊、最大、最も豊富、などなど。

紹介が終わろうとしている。演壇の男はわが刊行物を並べ上げ、次に受賞歴を披瀝した。いよいよ登壇だ。言われたものより半分のサイズだったとしても、革命が始まる。もっとたくさんの研究室が、調査員が、投資が必要になるだろう。アザラシか、子供のクジラか？　これでスウェーデン・アカデミーも無視はできまい。汗が脇腹をつたう。

声が指示をあおいでいる。「どうして私に訊く？　まったく。監督役として船に乗せた女はどうした。フィルバートだったか……そう、フィーロだ。最初に発見したものだけ収穫して、あとの生物は無視しろと伝えろ。センターの人間には随時報告を。こんなことを私が言わなくちゃいけないのか？」

電話から顔を背ける。「トーマス、連中の世話は任せたぞ、いいな？」

トーマスは電話を切り、無言の一礼で謝罪する。

「みなさん」進行係が言う。「エラスタス・カーセッジ博士です」

観客の三分の一がスタンディング・オベーションをする。もう三分の一は礼儀正しい拍手。残りは座ったまま、顔は石のように凍りついている。よくもここまではっきりと分かれたものだ。大統領の議会演説みたいだ。ステージのマイクが先の紹介者の高さにセットされており、一〇センチほど低い。おそらく、有史以来このマイクスタンドは消毒されていないに違いない。この数年で汗ばんだ手に包まれた回数は数えきれないほどで、交換されたこともないだろう。我慢ならない。スタンドを高くして背を充分伸ばせるようにする。手をズボンで拭きたいという衝動をこらえる。

私には、理知と、非の打ち所のない技術と、十数回にわたる蘇生の成功例と、科学的な方法論の膨大な成果がついている。啓蒙主義時代以来の人類の知という後ろ盾以上に、自信になるものなどあるだろうか。

「こんにちは」と口をひらき、ビーチボールを抱えられるくらいに腕を広げる。お決まりの動作だ。この大衆への身振りは、鏡の前で練習した。「ここに立てることを嬉しく思います。みなさんとお目にかかれて嬉しい」拍手をしなかった人々にもお辞儀する。「みなさん全員と」

第四章 飛び込む準備

ケイト・フィーロ

素晴らしいことなのに、誰も伝えてくれなかったこと。それは美しさだ。仕事？ ああ、それなら寄ってたかって教えてくれた。地下の研究室で何時間も過ごすと、朝か夜かもわからなくなる。まして今日が何曜日かなんて。新たなアイデアは孤独だ。先行する考えが同盟して楯突いてくる。学術界の苦い政治学では、心の広さは致命的で、赦しなどもってのほかだ。よい仕事は剽窃され、本当にすぐれた仕事は忘れ去られる。金持ちになるチャンスなど、これっぽちもありえない。

父はよく言ったものだ。「ケイト、おまえは科学をやるにはちょっと賢すぎるんじゃないか」そういうことを言う父が大好きだった。

あるとき父が――それは結局彼の生涯最後の秋になったのだが――連絡もなしに大学院に訪ねてきて、私を驚かせた。講義の最中だった。光合成におけるチラコイドの膜組織の役割についてかなり詳しく教えているところだった。いつものように教室の前方に立ち、大きなホールをちらっと見上げて、後ろのほうに立っている人にびっくりした。小柄で太った男が仁王立ちして笑っている。父だった。教室の光のもとで見られるとは……とはいえ、父が亡くなる前にこういう機会があってよかった。

その日の夜は、分刻みの多忙な時間を縫って、つつましい優雅さのあるニューヘヴンをめぐり、おいしい食事をした。父は自分が払うと言って譲らなかった。私たちはさよならのキスをして、父の泊まる宿の前で別れた。しかしそれだけではなかった。翌日、父は空港に行く途中で研究室にも立ち寄った。私はフードをかぶって、安全ゴーグルをつけて作業していた。父は私を抱きしめて挨拶し、プラスチックの保護物を私の顔からはずした。「俺の娘は、こんなくだらないことをするには可愛すぎるよ」

くだらないことだろうか。たしかにそうだ。口頭試問、総合試験、必読書リストは、そうしたものに囚われない人たちを遠ざけるために作られている。たとえその人がどんなに立派な心を持っていてもだ。孤独でもある。一番近しい友人とも仕事と報酬のために競わなくてはならず、論文題目に未来何年にもわたっておびやかされる。粘り強さは最大の美徳だった。身の程をわきまえることも。

では、美しさはどうだろう？　美については誰もが語り損ねていた。科学のなかに、私はいつも美しさを見出していた。それしか見えていなかった日々もある。はじめてスライドを顕微鏡に置いた中学生のころから、ずっとそうだった。正方形の硬いガラスを、いかにも死に絶えていて腐ったような匂いのする池に浸した。だが拡大してみれば、そこには多様でエネルギーに満ちた空間が広がっていた。自分がちっぽけに思えた。忙しげに動く小さな生物が見えさえすれば、それがなんなのかわからなくても構わなかった。ゾウリムシと、たぶん、藻類と幼生だったと思う。彼らは、それまで少しも知らなかった命の世界を見せてくれた。少女の好奇心に火をつけたのだ。奇蹟だった。

そういうわけで、その後数年のうちに研究職に就いた。博士号取得希望者のほとんどは、下級生に教えることでやっていく。同僚たちは、講義の準備や成績表やオフィス・アワーに時間を取られることにいつも不平をもらしていた。この労力を研究室の作業につぎ込めたら、と。私は正反対だった。若い人たちに力をもらい、彼らの関心に刺激を受けた。ただ知識を与えるのではなく、なにかを知りたいという気持ちについて語った。

これまで学問に捧げてきた時間を犠牲にし、博士課程を修める賢明さも情熱もないというクロエの言葉の正しさを証明しないですむなら、あのまま教壇にとどまって夢中で下級生に教えていたと思う。若い人たちが難しい考えに取り組み、悪戦苦闘して、ときには理解に至って顔を輝かせる。そういう場面に立ち会った時間だけが、キャリアが前進するときに懐かしく思い出せるものだ。ホプキンス大学で重量挙げ選手の上腕のように鍛え上げられた頭脳に囲まれているときも、子供たちの前に立ち、なぜ酸素が素晴らしいのかを説明したくなることがあった。

その見返りは、たくさんの美しいものに出会えることだ。美しいものは、大小さまざまなパターンであらわれる。浴槽の栓を抜いて排水すると、液体が優雅に流れる。重力と水の分子とパイプの形が協同することで、整然として効率的な仕事がなされるのだ。それだけではない。渦巻く水は、気象衛星がとらえた、雨に濡れそぼつ九月の湾岸を襲う嵐の像にそっくりだ。そして水も嵐も、銀河の渦の形を再演している。同じ形態は、かたや排水される石けんの泡で、かたや星々がつくる巨大な滝であっても、似通った力や共通する規則に感応している。

氷にも同じことが言える。百年前、ヴァーモントに住むベントレーという人物が、雪片を撮影して拡大する方法を考えだした。ほかに類のない発明だった。高校時代の物理の教師が貸してくれた本のなかでその写真を見た。疑いようもなく美しい六角形が次から次へとあらわれた。だがそれさえ、心引かれる氷の一面にすぎない。川に張った氷が溶けはじめると、氷の板がきしむような音を立ててこすれあう。寒い夜にシャワーを浴びた後、浴室の窓にはシダのような金銀の装飾が見える。つらら、氷河、カクテルの中でチリンと鳴る氷。〈ハード・アイス〉もある。数えきれないほどの水の形態のなかの、隠れたエースだ。

もちろん、H_2Oのなんたるかを知ることは大切だ。水にはどのような可能性があるのか。水はどのように生命を保たせるのか。水はどう汚染や軽視の対象になりうるか。物理現象としての波や、潮の満ち引きを使った発電の可能性、土が腐食することによる栄養分の枯渇や、雨による天然の灌漑を教えることは、たしかに可能だ。それでも私がもし思い通りに科学を伝えられるなら、美しさという、天秤の反対側をおろそかにはしないだろう。

第三分隊が飛び込もうとしていた。私は一緒に甲板に立っていた。数時間前にすでに夜明けがきていた。これが北の果ての八月だ。黒いダイビングスーツを着て、下には断熱スーツを着込み、首の隙間からお湯を流し込んだ。身体の熱をできるだけ長く保つためだ。チームの誰もがなにかしら作業していた。水中ノコギリと水中ドリルが赤く錆びついたプラットフォームに結びつけられ、電灯とレギュレーターが用意され、マスクがチェックされた。ほんのわずかでも皮膚が露出していてはいけない。みな、レース前の競走馬のようにそわそわしていた。

ビリングスがパーカー姿で甲板のこちら側に歩いてきた。普段の彼なら、夜を徹した作業の後は抜け殻のように眠ったが、今回は違った。

「切り離された氷にかまうなよ」冷たい風が吹くなか叫んだ。「たかが氷塊に悩まされたくないだろう」

学生時代のパーティーを思い出した。ステレオに負けじと大声を出さなくてはならなかった。私は頷いた。

「心配しないで」

「小さい生物の標本も採るんだろう?」

乗組員の準備を確認するために半分だけ耳を傾け、首を振った。

「だが、カーセッジだって困りゃしないだろう」ビリングスは乗り出してきた。「大きい獲物以外の鉱脈だけでも、山ほど仕事ができるんだ」

レギュレーターが音を立てたので、マウスピースを叩いて黙らせた。「こまごましたものを集めたせいで、面白いものを失いたくはないわ」

「五十はくだらない貴重な標本が氷山のなかにあるんだ。アザラシかなんだか知らないが、もしそいつがなかったら、君もそのこまごましたものにうっとりするだろうよ」

私は手袋をしっかりとはめ、手首でぱちんと音をさせた。「ちっちゃいものを集めるために、これを見過ごせっていうの？」

「いい加減にしろよケイト、話を聞くんだ」

向き直ると、ようやく彼が怒っているのに気づいた。「どうぞ」

「僕が何年もこの憤りを抱えていたのは知っているだろう？　何度冷たい水の中に飛び込んで、カーセッジの手柄にしかならない標本を採ったか。何度、共著者の三番目にしかクレジットされない論文をひとりで書き上げたか」

甲板の上でこんな大演説を聞いたのは初めてだった。「カーセッジがどんな人間かはみんな知ってる。なにが言いたいの？」

「アザラシは奴のものだ。奴が独り占めするだろう。でも、そのおかげで僕の仕事があるかもしれない。カーセッジが大きい動物を目覚めさせるとなったら、小エビなんてどうでもよくなる。それが僕の取り分でもかまわないだろうと言うんだ」

答えを探してマスクのなかを見下ろした。世界中のどの研究所でも、指揮を取るべきはビリングスであって、私ではないだろう。彼に負うところもある。この調査旅行のあいだじゅう助けてくれた。西のほうに舵を切ろうとしていたところを、この海域に進もうと言ったのも彼だった。だがこの獲物を採集し損なったら、カーセッジは私だけでなくダイビング・チーム全員のキャリアを破滅に追い込むだろう。

「おーい、きみたち」ガーバーの不満げな声がイヤホンから響いた。「なにをもたもたしてる?」

「なんでもないわ。万事順調」私は分隊に向き直り、風に負けじと叫んだ。「じゃあ、みんな、大物だけじゃなく、ちょっとしたものも見逃さないようにしましょう。重要なものがないとは限らないわ。第二分隊により小さい標本を採集してもらうから、七十秒で準備をして」

ダイビングマスクが列になって頷いた。ビリングスは威厳に満ちた一礼をした。彼が第二分隊を率いる。私はマスクをつけ、プラットフォームに登った。チームがひれ足でよたよたしながら後に続く。まるで氷盤から飛び込むペンギンの一団だ。

みんながバランスを取るために鎖の手すりをつかんだとき、私は背後を一瞥した。ここからすべてが始まった、その瞬間をいまでも覚えている。百年前の旅人が、自分の乗る蒸気船が桟橋から離れた瞬間をずっと覚えていたように。ここから、慣れない文化、異なる言語、新しい世界に向かったのだ。技術室に立つガーバーが窓から見えた。彼の髪はめちゃくちゃに散って光の輪になっていた。二本の指を立て、「心安かれ」のサインを送っていた。ブリッジの上では、船長が口の端でしゃべっていた。巻き揚げ機がうなると、クレーンが甲板からプラットフォームを引き揚げ、船と氷河のあいだの風の強い中空にぶら下げ、水の上に置いた。

海がふくらはぎから腰へ、そしてさらに上へと押し寄せた。氷河のそばに、私を脅かす波はなかった。水だけが私を包んでいた。これ以上に親密なものがあるだろうか。冷気の衝撃は、首までつかったときにやってきた。時計についたクロノメーターを起動した。時間と残りの酸素がわかる、ここでは最も役に立つ品だ。「マーク」ガーバーに呼びかけると、ガーバーが同じ言葉を繰り返した。これで、彼が海中に入るチームの写真を撮るとわかる。

完全に沈み、水がマスクを覆うと、いつもやっていることをした。頭を後ろに傾けて長く息を吐く。息はレギュレーターからひとつの大きな泡となって、みるみる上昇していった。夏の日に子供が手放した風船のようだ。美しい。

第五章　野球ミット

ダニエル・ディクソン

「マーク」ケイト博士が無線で呼びかけると、ガーバーがモニター横のボタンを押した。上のスクリーンが一瞬フリーズした——手斧が氷に打ち込まれる場面だ——下の画面では映像が流れ続けていた。面白い。静止画像をしばらく見せてもらえれば、俺でも簡単に〈ハード・アイス〉を見つけられた。斧が当たると普通の氷がくだけ落ち、白いコンクリートのようなものが残る。カーセッジ以前の学者たちはどうしてこれを見つけられなかったんだ？　床にしたたった蝋をはがすのに夢中で、肝心の燭台を見つけられないようなものだ。

この比喩を後のためにメモした。ほかに書くべきことがなかった。連中が働くとき、俺は見るだけ。みんなの真剣な顔を見るだけで、これがただの氷山じゃないことがわかった。ガーバーは何時間も冗談を言っていない。その日に選んだグレイトフル・デッドの海賊盤も、まともに聴いていなかった。スピーカーから流れるのはかすかな雑音だけだ。奴の座り方では、「マーク」された画像は頭上にあって見ることができない。目の前で再生される中継映像に身を乗り出しているのだ。技術班も正面のスクリーンを注視している――ソナー・スキャン、温度メーター、水量表示。

第一隊がシフトを終えると、第二隊が側面の鉱脈を掘りにかかる。連中はこれを収穫と呼んでいた。ビリングスは氷の核を、棒杭のような形と大きさの容器に移していく。収穫物にみなほくほくしているようだった。シフトを終えたビリングスの歌声がヘッドセットから聞こえた。いや、俺の耳としたことが。あの男が歌うだなんて。ビーグル犬だってもっとましな声で歌うぞ。

なあ、俺はこの計画を認めちゃいない。だが連中は現に外で凍えているんだろうし、骨の髄までしみ込んだ冷えは何日も抜けないはずだ。かなりの頻度で氷がバラバラに欠け落ち、そのたびにあわてふためいていた。それでもみな、怯えながら氷山に近づくのを止められないのだ。毒蛇を素手でつかむのと同じで、うっかりしてひどい結末になったという逸話には事欠かない。しかも、どちらの分隊もかれこれ三時間は水中にいる。徹夜したにもかかわらず、朝食も仮眠もとらなかった。ビリングスのチームが二回目の潜水をしたとき、ケイト博士はチョコレート色の毛布にくるまったガーバーのそばに立ち、毎分「マーク」を言っていた。手術室にいるような緊張感だ。

潜水が終わるとビリングスはすぐコントロール室に戻ってきた。ケイト博士が奴を抱きしめた。運のいい野郎だ。新米の乗組員に代わって、彼女自らチームに身支度するよう伝えた。

交代作業のあいだ俺はブリッジを訪れた。クラーク船長がこれほど長く持ち場についているのは出航以来ないことだった。日のもとに広がる外の光景には驚かされた。白と青の頂が、黒くぎらつくスープの上に浮いていた。クジラや火星人の聖域に、人間に残された場所はない。まもなくクレーンがケイト博士のチームを船外に釣り上げ、そっと下ろした。坑道に降りてゆく炭坑夫のようだ。クラーク船長がクレーン操縦士に指令を出すほか、話す者はいなかった。誰もどこにも行かなかった。

というわけで特に見るものもなかった。強いて言えば、水と、水面と船体の接するところにできた氷のなかに、伸びてゆくケーブルがあるだけだ。そろそろまた下に降りる頃合いだった。ガーバーもビリングスも技師たちも消耗しきっていて、俺が入っていってもとくに反応しなかった。俺もこのときばかりは質問しなかった。ただ観察し、メモをとった。もしケイト博士がこの凍りつくような時間のなかでもう一度でも潜らせるそぶりを見せたら、みんな心を閉ざしてしまっただろう。間違いない。

「マーク」と彼女が言うと、スクリーンにひれ足のようなものが映った。アザラシかなにかの胴体の下方にあった。すらっとした動物のようだ。長さは一・八メートルくらいで、幅はだいたい六〇センチ、だが氷でぼやけていて正確なところはわからない。次に水中ノコギリが映り、その刃が、ひれ足から六〇センチ離れた位置の氷に食い込んだ。

ガーバーは俺が一時間も前に淹れたコーヒーのマグに手を伸ばした。間違いなく冷めていたが、ケイト博士が「マーク」と言うと、ひと口も飲まずにマグを戻した。

みんなたいした役者だった。全員がだ。それともカーセッジのいかれた空想に心を奪われているのか。あるいは、ひょっとしたら、この氷のなかにいる動物を収穫して生き返らせることができると本当に信じているのかもしれない。それが意味するのは、俺が今日まで頭から否定してきたような、おぞましいことだ。世界で四万の人間が極低温で保存され、再び目覚めるのを可能にする技術を待っている。また別の六万の人間が、不治の病を抱えて集中治療病棟に横たわっている。考えてもみろ、そいつらが〈ハード・アイス〉のなかで冷凍され、治療法なり若返りの薬なりがあらわれるのを待って再び蘇るのを。約十万の人間が臓器移植を待っている。

想像してみろ、死後直後の人間を凍らせて、必要な身体のパーツだけ溶かして使うのを。臓器移植は、冷蔵庫にビールを取りに行くくらい手軽になってしまうんだ。

こんなことを考えはじめた自分が信じられない。調査員のほとんどは新米だから、騙されるのもよくわかる。だがガーバーまで？

「よう、マッド・サイエンティスト」俺は言った。「コーヒー淹れなおそうか」

奴はスクリーンから目を離さなかった。「なんて言った？」

「コーヒーだよ。いらないか？」

答えはない。ケイト博士の「マーク」で写真を撮り、それから俺を見た。「悪い。なんだって？」

俺はマグカップを掲げてみせた。「コーヒーは？」

奴は画面に戻った。「自分でやれよ」毎度のごとく俺を無視した後で、ガーバーは時計を確かめた。「おい、ケイト博士、こっちの時計を見たんだが」

無線はしばらく沈黙し、彼女は言った。「それで？」

「上がってくるまであと四分だってわかっているかい」

「あと三分と四四秒」

「数えてるのか？」

「なんてね。マーク」

ガーバーがボタンを押した。頭上の映像が静止した。長いのみが〈ハード・アイス〉に食い込むところだった。古い冷凍庫の氷をキッチンナイフで削ぎ落としているみたいだ。ただこちらは水中で、削ぎ落とす当人が冷凍庫のなかにいるわけだが。

無線がまた音を立てた。「どのくらい近づいたかわかる？」

「ああ」ガーバーは頷いた。「そのひれ足の部分の氷の薄さが心配だ。もし外に晒されると——」

「どんな動物が埋まっているのかが知りたいの。それがわかったら上がるわ」

「きみの好奇心ときたら。とにかく気をつけてくれ。その氷山は壊れやすくなっている。崩れた破片が大きすぎたら——」

ガーバーの指摘に応えるように、ミニバンほどの大きさの氷が崩れ落ちた。画面ごしにきしむ音がした。まるでクジラの出産だ。破片はゆっくりと回転しながら離れ、氷山の水に沈んでいる部分とこすれあった。ダイバーたちはてんでの方向にちらばり、必死に自分たちのひれ足を動かした。こんな氷塊なら、ほんの一度こすれあっただけでもスーツが破れて凍傷になるか、空気管が破損するかして死んじまうだろう。

だがケイト博士は動かなかった。宝石職人がダイヤモンドをカットする格好だった。集中するとはこういうことだ。凄腕のスナイパーみたいだ。ガーバーは上昇する氷塊の写真を撮った。旅行トランク大のいくつかの氷が静かに後を追った。ほかのダイバーたちもゆっくりと元の位置に近づいてきた。

「交代しよう、ケイト」ビリングスが部屋の反対側でヘッドセットに呼びかけた。「きみの後に、すぐ行くよ」

ケイト博士は答えなかった。いまや標本と海を隔てているのは、数センチの氷だけだ。ひれ足の扇がどんなふうか見ることができた。鷹の翼のよう、巨大な鳥が滑空するときに広げた羽根のようだった。

「崩れてくれたおかげで」とケイト博士が言った。「おそろしく痩せたアザラシだってことがわかったわ」

ガーバーは音楽を止め、椅子を転がして画面が鼻の先数センチになるまで近づいた。「なんだ、こりゃ？」

俺は奴の真横に立っていた。「知るかよ」

「引き揚げまであと四十秒だって伝えたほうがいいかな？」

誰も答えなかった。乗組員が動物の後ろに回り、くさびを打ち込んで自由にしてやろうとするのが見えた。いよいよ外れそうだ。

「待って、みんな」ケイト博士が呼びかけた。「そこで止まって」彼女が氷山の底まで潜っていくのが映った。

「こっちに光を」ダイバーがひとり彼女に近づき、標本の影を浮かび上がらせた。氷には空気が詰まって曇っており、アザラシは現代アートのオブジェのように浮かんで見えた。

ケイト博士はさらに下方に移動した。道具はブラシを残してすべてしまい、そのブラシでひれ足を覆う最後の氷をこすった。

「おい、ケイト博士」ガーバーが言った。「大丈夫か？〈ハード・アイス〉のアザラシが破損する危険が高まってる。あんまりパパを心配させないでおくれ」

返答の代わりに、彼女はカメラマンに頷いた。カメラが下に潜ると映像がぼやけ、博士の尻のそばまでくると、レンズを上方に向けた。

ビリングスはなにが起こっているのか知ろうと自分のコンピューターを置いて部屋を横切ってきた。技師たちもみんな黙り込んだ。アラームが引き揚げの時間を告げたが、ガーバーがスイッチを叩いて止めた。いまや全員がモニターを見ていた。

「マーク」ガーバーがボタンを押した。画面には人影が黒い動物に近づくところが映っていた。

ケイト博士は動物の下に行き、大きく息を吐いた。大きな泡がひれ足の周りのへこみに向かって昇り、つかのま氷の形にとどまって、側面に逃れていった。水中の愛撫だ。

「なんと」ビリングスが言った。「息で溶かしているのか」

「マーク」氷の層がはがれ落ちた。強い照明があたり、ひれの形がよりはっきりした。馬鹿げて聞こえるのは承知だが、訊かずにはおれなかった。「野球のミットに見えないか」

ガーバーが目を細めて画面を見た。「まさにそんな感じだ、ちょっと小さいだけで」

次の泡が昇ると、ケイト博士は手を高く伸ばし、手袋をした指を小さな裂け目に掛け、二度、引っ張った。

ビリングスがつぶやいた。「そっとだ、頼むぞ」

突然、大きな氷塊が崩れた。叫び声が上がった。ダイバーが大急ぎでカメラを守った。「まさか」誰かが大声で言った。「ありえない」別の誰かが言った。

「マーク」ケイト博士が叫んだ。「お願いガーバー、マーク、マーク」

俺は視界を遮っていたビリングスを肘で押しのけ、前に寄った。ダイバーたちが集合するところだった。映像には、暗い水中でなにか指示を出すケイト博士が映っていた。

「ガーバー」その声は警官のように厳しかった。「コントロール室の人払いを」

「え？」ガーバーは周囲を見回し、立ち上がった。

「コントロール室の人払いを、早く。それからこの映像とバックアップを機密扱いで安全な場所に確保して」

「了解。諸君」ガーバーが声を上げた。「聞こえただろう」

ビリングスが数歩下がると技師たちがみな椅子から立ち上がり、うち二人は俺を部屋に案内しようと待っていたが、俺の目は頭上のスクリーンに釘付けになっていた。

「もう遅いって伝えてくれ」とガーバーに言った。「もう見ちまった」

「なにを」ガーバーは目を細めて画面から身をそらした。そこにあるものは、氷と泡でぼやけているが、見まちがいようがなかった。「なんだこりゃ」

「見てのとおりさ。人間の手だ」

第六章　サブジェクト・ワン

エラスタス・カーセッジ

「有力者が集まっています、先生」

トーマスは気をつけの姿勢で立っている。すぐれた戦士だ。彼に一本指を立て、もう一方の手でメモを取り終える。すべて酸素についてだ。筋肉の機能は塩分によっている。たしかに。そして脳もまた、一定の電流を必要とする。だがつまるところ、生命とは酸素だ。それなしでは、人間は秋の葉よりも早く枯れ果ててしまう。したがって、酸素の十分な供給こそが、最新の蘇生の中核となるだろう。最新の、そして間違いなく最高の。

「トーマス」ペンを脇に置いて言う。「今は我々にとって最高のときだろうか？」

トーマスが考えるあいだ、ブレザーを着る。アスリートのユニフォームのように、肩がぴったりと収まる。

「最良のときはまだ来ていません」とトーマスが答える。

「そのとおりだ。今日の会合は当然支払われるべき報酬にすぎない。アメリカの最もすぐれた頭脳がアドバイザーとして集い、我々の達成を目撃する。だがこれは、『種の起源』を出版する前のダーウィンが王立協会に対して行った発表のようなものだ。我々の成功はな、トーマス、本当の勝利は、まだまだ先だ」

袖を引いて整え、棚の上に置いた容器から消毒液をたっぷりと手に出した。「招待に応じたのは？」

講堂へと向かうあいだ、トーマスはクリップボードを取り上げ、今朝集まることになっている医師や研究者の名前を読み上げる。聞いたことのある名前ばかりだ。ハーヴァード大学のローゼンバーグ（タバコ臭い）、ジョナス・サルク研究所のクーリー（一級のおべっか使いだが四年前のノーベル賞候補）、セント・アラムのボーデン（聞かない名前で、博士ではなく医師だが、強く推薦された）。

廊下を進むとほかの職員が加わった。浅黒い肌の新入りが、一礼して紅茶の入ったカップを差し出す。頷いてからカップを受け取り、紅茶に息を吹きかける。トーマスがまだ読み上げているのを、手を挙げて静止する。「もう充分だ。連中に自己紹介させよう。始めようか」

前に進むと、新入りが進み出て開けたドアの角が口を直撃する。ぶん殴られたようだ。後ろによろめき、紅茶がこぼれた。手を顔にやる。「くそっ」

「申し訳ありません、博士。本当に申し訳ありません」

精一杯背を伸ばして言う。「名前」

「なんでしょう、カーセッジ博士?」イギリス訛か、そんな話し方だ。

「きみの名前だ、馬鹿者」

「私は馬鹿ではありません」彼はまばたきもせずに答え、背を伸ばす。

「サンジット・プラコアです、先生」トーマスが答える。「オークランド大学の」

「さて、プラコア君――」

「プラコア博士です、失礼ながら」そう言ってプラコアは一礼する。

「それは失礼した」唇に触れ、指先を調べる。「きみのような馬鹿が教育を受けていたとは」

彼は答えず、じっとこちらを見続ける。

「こんなことになったのだから、プラコア博士、きみはクビだよ。解雇。廃棄だ」二本指を振って小さなほうきを作る。「出て行きたまえ」

「先生」脇に控えるトーマスが言う。「プラコア博士は、細胞レベルで酸素を流し込むのに必要な磁場を操ることに関して、世界的な権威です。第一線の」

「じゃあ別のところで専門家として活動してもらいなさい」トーマスに向き合う。「血は出てないか？」

「ええ、先生」

「事故です、カーセッジ博士」プラコアが言う。「改めて謝罪させてください」

「受け入れがたいな、横柄な態度だ。トーマス、腫れていないか？」

「ほとんどわかりません、先生」

「カーセッジ博士、私は終身在職権を捨ててここに来ました。家族ぐるみで来たんです」

「まだ荷解きが済んでいないといいな」トーマスにティーカップを手渡す。「ドアくらい自分で開けるよ」

捕食者が獲物に近づくように、会議室へと進む。


正面のスクリーンにいくつかの画像が投影された。七ヶ月にわたる解凍作業のスナップショットだ。手の出現に、ブーツの底。こちらにはベルトのバックル、あちらにはコートの下襟。最後の一枚は標本の顔だ。山猫のような顎ひげが、残った氷の光沢の下でぼやけて見える。凍った男《フローズン・マン》の顔をはじめて目撃した人々に、静粛を願う必要はなかった。

「きみのアイデアか？」とトーマスに囁く。トーマスが頭を傾けたので、賞賛の意味を込めて頷き返す。

学術界の錚々《そうそう》たる人物が講堂を埋め尽くしていた。速記者が発言を残さず記録するためにキーボードを叩くあいだ、撮影スタッフが壁伝いに動き回る。六十八人を数え終える。各分野を代表する人々、第一線で活躍する思想家たちだ。六十八人分の賛辞が、理知と、私と、私が〈サブジェクト・ワン《被験者1》〉と名付けた魅惑的な生き物へ捧げられている。

はじめの展開は予想通りだった。胡散臭い男がマイクを独占し、自分の声にのぼせ上がっている。とはいえこの男は、電子化された自分の声がどう響くのかだけはよくわかっていた。

次はピートリー、ひげをたくわえたUCバークレーの主任解剖学者だ。細長い身体が皺のよった灰色のスーツに包まれている。「蘇生の対象が微細なものであれば、温度変化は些細な問題です。だが人体ほどの大きさになると、多くの難題が浮上します。たとえば足の氷を溶かして蘇生させるとき、頭部はまだ凍ったまま、ということが起こるわけです。この有機体は果てしなく複雑であり、相互に依存する器官を持っています。そのすべてが体全体を機能させるのに欠かせず、ひとつひとつが固有の密度と粘度を持っています。おのずと、それぞれに異なる比率の溶解が必要になる。〈サブジェクト・ワン〉全体を均質に温めることが必須なのです。現時点では、このように問いかけるのみで、解決策を提示することはできませんが」

ピートリーはひげを撫で、余計なことは言わずに腰を下ろす。それから十五分間は、まさに望んでいたとおりに費やされる。加温法についての活発な議論だ。これこそが科学理論の美点だろう。弁証法、すなわち相反する考えを戦わせることで、第三の、よりよい道が拓ける。唇が痛んだが、指で撫でるのは痛さを確かめるためではない。腫れぐあいを確かめているのだ。この特別なイベントでの登壇は、なにがあっても台無しにはできない。議論の最後の言葉を担ったのは、セントルイスから来た大柄な臓器移植のスペシャリストだった。彼は、若い頃に高山を登ったときの教訓を披露した。低体温症への最も効果的な対策は、内側から与えられる酸素である、というものだ。肺の温度を上げれば、最も迅速に血液を温めることができる。おそらく〈サブジェクト・ワン〉も同じ方法で解凍されるだろう。ただし、酸素は内側でなく外側から供給される。よしよし。思いもしなかった展開だ。

ビデオテープが回り、十数人の博士がメモを取る。ビリングス博士が手持ち無沙汰に、気だるそうな顔で壁に寄りかかっている。このイギリス人以上にはっきりと退屈を表現する人間がいるだろうか。一方ケイト・フイーロ博士は、警戒しながら立っており、全身を耳にしていた。

見慣れない男がマイクの前に立った。「ひとつよろしいですか」

彼はオーソンと名乗る、サンディエゴはロマリンダ病院の医療倫理学者だった。「いま取り組んでいる驚異は我々の精神の地平を素晴らしいやり方で広げるでしょう。しかし、私はみなさんに立ち止まっていただきたいのです。そして〈サブジェクト・ワン〉もまた人間であるということを考えてほしい。彼にもあったのです――家族が、仕事が、そして信仰が。彼を目覚めさせる可能性を考えると、多くの問題があらわれます。彼は目覚めたいと思っているのか。意見を聞くべき子孫はいないのか。我々の行動が彼を脅かすことにはならないか」

インデックスカードに書き込み、トーマスに見せる。あの男を呼んだのは誰だ?

「〈サブジェクト・ワン〉を氷のなかにとどめておくことを提案します」オーソンは続ける。「倫理学者、神学者、哲学者を招集しましょう。行動する前に、その重さを測らなくてはなりません。さもなくば我々の科学的な偉業は、前例のないほど残酷な行いであったと証明されかねません」

一部で拍手が起こった。こともあろうに、拍手とは。本気なのか?

先ほどの得体の知れない男が、科学の進歩の防害だと叫んだ。ピートリーも立ち上がった。「何様のつもりだ?」

オーソンは立場を変えない。「私は良心に問いかけているのです。みなさんに良心があればの話ですが」

地獄絵図。たちまち誰もが立ち上がり、声を荒らげた。この労力は費やすに値するか? 否。考えるまでもない。これは議論そっちのけの、エゴの張り合いだ。腰を下ろし、輝かしい計画が台無しになるのを見守るほかない。撮影スタッフがカメラを肩にかけ、部屋中を歩き回っている。トーマスが指示を求めてこちらを見る。

裁判官の小槌でも持ってくればよかった。

小柄な男が進み出た。闘牛をしようとする子供のようだ。それなりに整えられた黒いひげのせいで、よけいに小さく見えた。男はマイクスタンドを下げ、背後で手を組んだ。「みなさん」

ほかの連中は叫び、天井を指差しつづけていた。ひとりがネクタイを部屋の反対側に投げつけ、自分の声をさらに強調しようとしていた。馬鹿げた振る舞いだ。

「みなさん」小男が繰り返す。その背丈の低さがなんらかの効果を及ぼしたのか、近くにいる人間からしだいに静かになっていく。彼は動かない。苛立ちや焦りはいっさい見せず、眼鏡の位置を直すこともしない。好感が持てる。

「みなさん」どうやら、三度目で充分なようだ。ひとつふたつ不平を言って、叫んでいた連中が腰を下ろす。一度部屋じゅうが静かになると、彼はさらに待った。堂々としている。微動だにしない佇まいには力強さがあった。今後の参考にしよう。

「私はクリストファー・ボーデン、カンザスシティーのセント・アラム大学から来ました」鼻にかかった声で、妖精めいていたが威厳は失われていない。「臓器移植を専門にする外科医です。オーソン博士と、この議論にお答えするため、私がこれまで幾度となく目にしてきたものについてお話ししたい。会議に参加されているみなさんの肩書きを見た限りでは、おそらく誰も目にしたことはないものです。それは、止まった心臓を再び動かすというものです」

身体の向きを変えて部屋全体に語りかける。「臓器移植においては、すでに〈死亡〉している臓器提供者《ドナー》から心臓を取り出し、冷たい塩水の入った容器に移します。そうして被移植者《レシピエント》の元に運ばれた心臓に、我々は血管を一本ずつ繋いでゆきます。大量の縫合が、正確に行われます。しめて十五分」

かすかに微笑む。「移植された心臓は温められます。我々は心臓を動かす機器を準備しています——ショックパドル、アドレナリン注射。しかし必要になることはめったにありません。ひとたび温められ、取りつけられると、多くの場合、自然と動き出すのです」

「考えてください」いまや私に話しかけている。ほかの誰でもなく、私に。「科学になにを求めるかも、それが倫理にもとるかどうかも、関係ないのです。適切な環境を整えれば、心臓は望むことをはじめるでしょう。心臓は脈打ちたいのです」

彼はとがったひげの先端を引っぱり、自分の席によちよちと戻っていった。

議論は続いたが、技術的な問題にとどまった。ボーデンは倫理をめぐる議論を鎮静した。科学者たちはマイクスタンドに列をなし、蘇生を成功させるために意見を出そうとしている。四時近く、トーマスが脇にやってきて囁く。

「先生、お邪魔して申し訳ないのですが——」

「では邪魔するな」

「ご覧になる必要があるかと」

思わず顔をしかめる。

「先生、私が理由もなしに先生を煩わすことがないのはご存じでしょう」

彼はよくわきまえている。そうではないか？　トーマスはずいぶん成長した。いましゃべっているのはシカゴの内分泌学者で、〈サブジェクト・ワン〉の精子を注射器で取り出して蘇生させられるのではないかと夢想していた。ドアに向かって歩きだすと、内分泌学者は話すのをやめて平手打ちにあったようにこちらを見た。

「失礼。緊急事態が起こりまして、向かわなくてはなりません。どうぞ続けて」学者と、それからビデオカメラに向けて目配せする。「もちろん、後で記録を確認します。すぐに戻ります」

トーマスに先導されて廊下を進みながら、頭を整理し、来るものに向けて心の準備をする。小さな会議室に着くと、そこに窓があり、トーマスが道をあける。

ガラス窓に近づき、六階下を覗き込む。十数人が通りを隔てた向かいにある芝生の一画に集まっている。手書きのプレートを持っている――「命をおもちゃにするな」、「死者に敬意を」、そしてもうひとつ、「神の真似事はやめろ」一時停止標識のようだ。

「なるほど。連中はいつからここに？」

「昼のニュースで会議が始まったと報道されたのです。その一時間後には来ていました」

トーマスに頷き、よく見慣れた大男に気づく。老練なフットボールのラインバッカーのようにずんぐりした男が、ノート片手にグループの周囲を動き回っている。船に乗っていたあのリポーターだが、名前が思い出せない。まったくの愚か者だが、たしかに好意的ではあった。なにかの役に立つかもしれない。手を擦りあわせる。「素晴らしい」

「先生？」

「あの連中に名前はあるのか」

「下の守衛の話では、彼らは〈復　活《ワン・リザレクション》〉と名乗ったそうです。死から蘇るのはイエス・キリストただひとりだと言っているそうです」

「馬鹿な連中だ、わからないのか？　私は誰も蘇らせるつもりはない。これまでずっと存在していた蘇生の可能性に力を添えてやるだけなんだ」

「それでも先生、どう考えてもばちあたりな行為だと思われますが」

「だが待てよ」すぼめた唇に指を置く。まだ触ると痛い。「ほかにもいなかったか？」

「いま、なんと？」

「墓から蘇った人間がほかにもいなかったか？　新約聖書のなかで」

トーマスが数歩後ずさった。「申し訳ありません、無神論者の家に育ったものですから」

「私もだよ。調べてくれ。たしかにいたんだ、間違いない」

「いますぐに」

だが手を上げて彼を止める。下のほうでなにか歌いだしたようだ。窓ガラスにさえぎられて聴きとれない。プレートを持っていない連中は歌に合わせて手を叩いている。

「ほかになにか？」

「博士たちには帰ってもらえ。ひとりに五〇〇〇ドルやって、私からの感謝を」

「承知しました」トーマスがクリップボードに書き込む。「それから？」

「中西部の医者を連れてこい、あの心臓移植の男だ」

「ボーデン医師ですね？」

「そうだ。クリストファー・ボーデンを連れてこい。それから研究所の名前を変える」

「本当ですか？」

「もう探査する必要はなくなったんだ。見つけ出したのだから」

「繰り返しお尋ねして申し訳ないのですが、先生、〈カーセッジ研究所〉で充分なのでは？」

「もっと刺激のある名前がいるんだ、トーマス。牡蠣のなかの砂粒のように」窓の外を指差す。「そこにあるのはなんだと思う？」

「不平分子ですか?」

「いいや」ごちそうを平らげたときのように、満足げなため息が出る。「金だよ」

第七章　ラザロ・プロジェクト

ケイト・フィーロ

私はどこから来たのか?　わからない。なぜ地球という星に生まれたのか?　わからない。死んだらどこに行くのか?　わからない。なんて大胆な科学者だろうか。本当に重要なことはなにも知らないのだ。

その朝、街を歩いていると、春が空気にはっきりと匂った。たくさんの人間が通勤していたが、私は、背後を歩いてくるのが未知という怪物だという気がしてならなかった。あの日、一体なにをしようとしていたのだろう?　私たちの企てとはなんだったのか?　ときおり、成功することを願っていたのか、失敗すればいいと思っていたのか、わからなくなる。

あのころはケンブリッジの小さな通りのアパートメントに越していた。毎日ハーヴァード大の横を通ったが、私の唯一の所属はカーセッジの研究所だった。カーセッジはますます自由に振る舞っていた。国立アカデミーのトリヴァーがメールで、ひとつの計画だけに関わりすぎないようにと警告した。おそらく彼は正しかった。だが当時の私は、この調査はあらゆる方向にひらかれていて、選択肢はいくらでもあると感じていた。

だから通勤していた。都市バスに乗れば数分で研究所に着くはずだった。でも歩くほうが好きだった。チャールズ川を横切って、バックベイを抜ける。仕事はすでに多忙を極めていた。帰りも歩いてガス抜きする必要があった。未知のものと再びリラックスして向き合えるようになるには時間がかかるのだ。顕微鏡を覗き込むと、そこには思いがけない宇宙が広がっている。望遠鏡で同じことをしても、同じ感興がある。そこにはアイデアが詰まっている。ダーウィンやガウス、パスツールやニュートンのアイデア、計測器のように宇宙を明らかにするアイデアが。

なんの変哲もない四月の朝、私はもうそのときには〈ラザロ・プロジェクト〉と呼ばれていた本研究所に入った。人生で最も重大な一日だった。カーセッジと運命を共にすることになってからというもの、重大な日々が続いていた。

もう去年の八月になるけれど、あの朝の発見はとんでもない出来事だった。すぐにディクソンが出版社に電話を入れた。記事は即座に世界の報道機関に売られ、次の朝には記事になっていた。真夜中に起こされるところから、チーム全員でアイスクリームを平らげるところまで。船から下りる頃には、私の名前が世界中のあらゆるメディアに載っていた。見知らぬ人間が私のメールアドレスを探し出した。三通は仕事の依頼。一通は私を悪魔だと断じていた。姉のクロエは、さしでがましくも不機嫌なメールを送ってきた。私が懲りずにまたべつの冷たい男に入れ込んでいる、と。明らかに彼女は、説教ができるせっかくの機会を無駄にできなかったようだ。いわく、あんたへの注目を横取りすることは誰にもできないわ――間違いなく大きな役割を果たしているんですから。ありがと、クロエ。あなたらしいわ。

ハリファクスの港に着いたとき、波止場で待ちかまえていたたくさんのＴＶカメラが、船のエンジンが止まる間もなくとびかかってきた。私たちは索具を引っ張り、凍った友人を移動させるのを気取られないようにしなくてはならなかった。取材陣はコメントを求めてきた。私は声に出して言いそうになった。いったいなにを言わせたいの？　八百と七年前に知らない男が氷漬けにされたとか？　ディクソンが彼のことをフランケンシユタインにちなんでフランクと呼んでいるのを知っていますか？　知らない？　人間の尊厳を奪っているって？　ではこう言えばいいの？　私たちには冷凍の遺体があります。技術もあります。二・五センチの生物は約二分生きられました。それ以上は、また改めてご連絡さしあげます。

そのうえ、すべてのカメラが私に向けられていた。周囲を見回す私は、十週間海にいた女性にふさわしい身だしなみをしていた。荒れた肌にぼさぼさの髪。これが私の「十五分間の名声」とは。

カーセッジが来て場を仕切り、私ははじめてあの高慢なエゴイストに感謝した。彼は極上の待遇を約束してくれた。いいホテル、温かい食事、赤ん坊の肌になれる熱いシャワー。ビリングスと私が列車で例の身体を運ぶことになった。命令だからやむをえないが、目立ちすぎると思えた。港にはトロール船があり、何トンもの凍った魚を牽引していて、冷凍物を運ぶ航空貨物便の運搬車もそこからわずか数キロ離れた空港にあったのに。カーセッジはこの方法であれば温度を一定に保てると主張した。だが狙いがほかにもあるのは明らかだった。

ともかくこうして、南への二十時間の旅をビリングスと共にすることになった。ひと晩中、私たちは相応の、正当な、適切なことをした。酔っぱらったのだ。

「心配することはないさ、きみを下品に誘惑するつもりはない」彼は列車の揺れによろめきながら通路を進んだ。「だいたい、科学者っていうのはひどいもんだと思わないか」私の隣にどしんと腰を下ろして続けた。「社会的には変人で、本当に献身的な人間はほとんどいないし、コミュニケーション能力に問題ありだ。きみもよく知っているだろ。兄弟以外で、こんなに近くに座った人はきみだけだよ」

「え？」

「一四〇〇キロの長旅だ」大きな瓶をかかげた。「これでなんとかごまかそう」

「しかもバーボン？」

「そうさ。アメリカ人みたいに飲むぞ、ちくしょう」歯を光らせてニヤッと笑った。「よく効くぞ」

完璧に説得されてしまった。「他人行儀で申し訳ないけど、ビリングス、グラスでいただけないかしら」

「もちろん」

ふたりで啜りながら、昔話に花を咲かせ、くすくす笑いあった。

昼に税関に入ると、カーセッジが手配したこの鈍行列車は、彼お得意のメディア操作の一環だとわかった。国境を越えたとたん、アメリカの報道陣が列になり、リポーターたちが質問を叫んだ。期待でやっきになっていた。それはつまり、私の顔が三日後の全国的な雑誌の表紙になるということだ。しかも科学者の顔ではなく二日酔いの顔で。ビリングスの顔はカエルの腹のように真っ白だった。彼はリポーターのひとりに、あわれな私にお茶を一杯、と頼んだ。

この歓迎は、雪崩のように殺到するメディアの第一波だった。私たちはすでに凍った男《フローズン・マン》をボストンにあるカーセッジの研究所に運び込んでいた。それからは休むまもなくトークショーやラジオインタビューに駆り出され、朝食も昼食も夕食もリポーターたちとの会合に利用された。正直に言って、楽しいというより疲れる仕事だった。事実を伝えるというよりも見世物めいていた。右手のトリックを見破られないように左手を揺らしているマジシャンになった気分だった。

一週間経ち、ホテルで寝る前にブラウスを脱いだとき、慣れない匂いが鼻をついた。シャツに顔を寄せると、汗がストレスの匂いを放っていた。自分でさえ疑いを抱いているものについて、確信のあるふうにTVでしゃべるのを想像してほしい。私はブラウスを靴と一緒にスーツケースに入れた。自分自身の恐怖の匂いにまでは気が回らなかった。

科学が第一。TVスタジオではなく研究所にいるべきなのだ。いま外をほっつき歩き、ほんの少ししか知らないことを周囲に触れまわっているために、目前で待ち受ける新発見を遅らせている。心配事はまだある。私たちが見つけたのは物言わぬ生物ではない。巨大なロブスターやダイオウイカのような珍獣でもない。人間なのだ。調査命令の項目は、倫理を鑑みて変えるべきだ。彼は私たちに似すぎている。たとえば、ブーツ。ボストンの研究所に着くや、我々は〈ハード・アイス〉をスキャンして予備的な調査をした。わかったのは、凍った男《フローズン・マン》はブーツをはいており、そのかかとにメーカーの消えかかった押印があるということだ。私は気づいた。彼は身元不明者《ジョン・ドゥ》だが、たしかにかつてひとつの場所を占め、ひとつのかけがえのない人生を生き、自分に合う靴のサイズがあり、どこかの店でブーツを買ったのだ。だが、カーセッジはメディアにアピールできるかどうかだけを、靴の製造会社から投資が得られるかどうかだけを考えている。その会社がまだ存在していればの話だが。

こうして、凍った男《フローズン・マン》の身辺調査が私の仕事になった。体が厚み五センチの氷に収まっているとしても、多くの指標が確認できた。服、頬ひげ、身長、そしてブーツ。医学学校の友人が遺体解剖をしたときの話を思い出す。手に取りかかるまでは万事順調だったという。だが彼女は直面した、指の爪、指輪の跡、生前の摩擦によってできた親指のたこに。担当していた遺体の人間性は、もはや否定できなかった。これこそが、凍った男《フローズン・マン》のブーツが私に及ぼした効果だった。

ビリングスと話し合った。私たちは毎週月曜に昼食を共にし、その週の発見と、もっと取るに足らない話題を振り返るようになっていた。「僕にできるアドバイスは、気をつけろっていうことだね」と彼は言った。「僕らは王様を喜ばせるために仕えていて、王様は氷塊のなかの〈サブジェクト・ワン〉に夢中なんだ」

「私が言いたいのはそこよ。氷のなかにいるのはひとりの人間だってこと」

「取り組まなくちゃならない三百もの分析対象があって、どれひとつとしてカーセッジの厚意なしには不可能なんだよ。しかも、なあ、言うまでもないが、あの人は倫理の問題よりも名声のほうに関心があるんだ」

「だからこそ、そういう問題を取りあげるのが私の仕事だと思うわけ」

「だから念を押すんだ。気をつけろ」

いいアドバイスだが、従うことはできなかった。それどころか、コントロール室でモニターを見ているときに、気づくと凍《フローズン・マン》った男の人生に思いを馳せていた。滅菌され、冷え冷えとした観察室で、ひげを生やした顔をぼやけた氷越しに注視していることがあった。そこの人、こんにちは。

その後、カーセッジは報道陣に、私がここ数週間で感傷的になり、目的を見失っているというようなことを言った。たしかに、ブーツの一件で私の仕事ははっきりした。誰もがカーセッジと同じというわけではない。

カーセッジは凍《フローズン・マン》った男をダイヤモンドのように扱っていた。〈ラザロ・プロジェクト〉のボストンのオフィスにはいくつも扉があったが、本部の扉は防弾ガラスに替わった。すべての出入り口に守衛が立ち、コントロール室に入るにも、エレベーターに乗るにも、バスルームに入るにも、身分証を通さなくてはならない。これには神経をつかった。出勤するときにはバッグを何度もさぐり、身分証を忘れていないことを確認した。

毎朝通る公園には、私たちを糾弾する二十数人が集まっていた。カーセッジは彼らを正門から遠ざけておくという判事命令を獲得していたが、セキュリティにあたっているならず者のほうが、抗議者よりよっぽど恐ろしかった。三月のある金曜日だったか、雨が降っていて寒かったので、コーヒーポットを持って下りていったことがある。守衛たちは受けつけず、フードを外しもしなかった。だが聖歌隊たちは感謝してくれた。ひとりは神の加護を祈ってくれさえした。老人がクッキーを勧めてくれた。ひとつ取った。当然だ。

なにもかもがそんなふうに良好だったわけではない。疲れた顔の女性が毎日、子どもたちを連れてやってきていた。その表情には皮肉が刻みつけられていた。この監視は自宅学習の一環なのだろうか。だとすれば、この子たちはいったいなにを学んでいるのだろう。ハロウィーンの前日、色付きのキャンディーを持っていくと、彼女が罵った。

「毒を盛るつもりでしょう、ばけもの」

あんたもお菓子くれなきゃいたずらするわよ、おばさん。

それももう半年前の出来事だ。反対派たちは最後の裁判での異議申し立てで敗れた。申し立ては、凍った男《フローズン・マン》を蘇生させる試みを阻止しようとするものだった。ほっとしたが、この決定にはやっかいな面もあった。裁判官がプロジェクトの推進を認めたのはいい。だが判決のなかで裁判官は凍った男《フローズン・マン》のことを「回収物」と呼んだ。つまり彼は我々の所有物であり、我々が所有物をどう扱うかについて、どんな反対者も決定権を持たないということだ。これはまずい。

後で人々が集まってくるのはわかっていたが、その朝にいたのは子ども連れの女性だけだった。彼女はやつれて見えた。砂塵地帯で暮らす中西部の移民労働者の写真みたいだった。私が近づくと、子どもたちはたしかに喜んだように見えた。男の子はおもちゃのトラックを歩道の角に沿って走らせ、口でエンジン音を鳴らしていた。女の子はベンチに腰掛け、足をぶらぶらさせながら本を読んでいた。

通りすぎるのが不安だった。女の子は顔を上げなかったが、男の子が音を立ててトラックをバックさせたので、彼の上を乗り越えずに通ることができた。ふたりに笑顔を向けた。母親と目が合い、平手打ちにあった気分になった。言葉がなくてもわかった。混じりけなしの、憎しみの表情だ。

横断歩道を急いで正門に向かった。守衛はこちらを見たが、マネキンほどの興味しか示さなかった。防弾チョッキを着て、右手に銃を携えていた。

「おはようございます」と小声で言い、八ヶ月ものあいだ毎朝素通りしていたかわりに、身分証を彼の視線の先に持っていった。彼はなにも言わずに頷いた。

部屋に新しいものがあるのに気づいた。デジタル計算機のようなものだ。並んだ数字は高さ六〇センチもあり、外からでもよく見えた。現在の表示はこうだった。00：00：00：00。

普段は無人のロビーにマスコミがうろうろしていたが、まだ八時半で、仕事開始は一〇時からだった。だが私は九時半のミーティングに出席しなくてはならず、セキュリティデスクでサインすると、急いでエレベーターに向かい、身分証を溝に滑らせて次の箱に乗った。リポーターたちが私を見つけ、走ってきて、閉じるエレベーターの扉越しに質問を叫んだ。

かくして平穏な朝は消え去り、今日の仕事が始まった。一番の仕事は、蘇生の作業が始まる前に凍った男《フローズン・マン》についてのこれまでの調査をプロフィールにまとめることだ。〈サブジェクト・ワン〉が何者なのかを伝えなければ。いくつかの手がかりを集め、多くの調査を重ねた結果、この男が誰でいつの時代を生きたのか、かなりの確信を持てるようになっていた。

だが私に持ちえたのはほんのわずかな知識でしかないことが、やがて証明されることになる。

第八章　四十七の手順

ダニエル・ディクソン

なぜカーセッジが俺を選んだのか、見当もつかない。ここにいるのは九人のTVスタッフ、AP通信とロイターの記者、そのほか十数の新聞社から来た連中だ。ニューヨーク・タイムズのウィルソン・スティールがいた。低温学に関する本二冊の作者で、ワシントンDCからやってきた。ナショナル・ジオグラフィックの共同編集者も来ていた。その二本の足で地球の両極に降り立った女だ。俺とは格が違う。謙遜しているんじゃない。現に奴らはこの業界の大物で、書いた記事は大量に売れている。

だから、カーセッジが蘇生をやるに際して組織した取材班のリポーターに俺が選ばれた……と聞いたときのイントレピッド誌の編集主任の声は、みなに聞かせてやりたいくらいだった。すべての報道陣が俺の書いた記事を元に動くのだ。テープレコーダーは禁止、使えるのは手書きのノートのみ。驚くなかれ、俺の署名記事が世界に出回るのだ。素晴らしいことだが、やはり納得はできない。

ミーティングは蒸気機関車のようにゆっくり進行した。俺たちのような仕事をしている人間は、表層的にでも科学のことは知っていなくちゃならない。だから専門家による導入の意味はわかった。だがもう何ヶ月も待ったんだ。これ以上耐えられるわけがないだろう？　クリスマスイブの子どもみたいな気分だ。

次に話すのは、ほかでもないフィーロ博士だ。船上での生活以来、ちらっと見かけるだけだった。こう言ってはなんだが、彼女はいつものように美しく、深緑の服を着て、すらっとして力強く見えた。海の塩が数ヶ月にわたって女の髪に及ぼす効果には驚きだ。

「凍った男《フローズン・マン》についてこれまでにわかったことをお伝えします」とケイト博士は言い、自分を落ちつかせるそぶりを見せた。演壇につく姿は、担当する授業に気持ちよく臨む教師のようだ。「いくつかは事実であり、いくつかは推測です。好奇心をお持ちであれば興味を持たれるでしょう」

プロジェクターが彼女の背後のスクリーンに画像を投影した。あの有名な手の拡大写真、いまや世界中で見られているイメージだ。「部分的に溶解することで、いくつかのことが明らかになりました」彼女は続けた。「男性で、外傷もなく、またCTスキャンによれば内出血も見られませんでした。船乗りの服装ではなく、なんらかの専門職であると思われます。ことによれば、船を所有していた商人かもしれません」

ケイト博士は演壇から数歩下がった。「この時点で、早くもいくつかの疑問が立ちあがります。なぜ船に乗っていたのか。どこに向かっていたのか。凍え死んだのではなく溺れ死んだのなら、彼の細胞内に残った酸素はわずかしかなく、蘇生の望みはないのではないか。なかでも……」深く息を吸う。「最も私の興味をかき立てるのが、これです」

プロジェクターに目の粗い灰色が映った。真ん中にぼんやりとした形が見える。「右のブーツの底です。もっと近くに寄り、コントラストを際立たせるために横から光をあてると――」

映ったのは大きな「C」、その両側には昔の一セント銅貨のように麦の束が伸びている。ケイト博士は微笑んでいた。

「これは靴メーカーの商標です。少し調べたところ、これは〈クローニン・ファイン・フットウェア〉社のマークであることがわかりました。この会社は一九一〇年の火事で工場が焼け落ちるまで、マサチューセッツ州のリンにありました」

「すみません」とボストン・グローブのリポーター、トビー・シェアが声を上げた。「凍った男《フローズン・マン》がこの近所から来たと言うのですか？」

彼女が頷く。「少なくともブーツは、そうです」

「〈サブジェクト・ワン〉を凍った男《フローズン・マン》と名指すのを控えていただけますか」カーセッジが立ち上がった。腹に手を置く様子はヘンリー八世のようだ。「〈サブジェクト・ワン〉の過去には歴史的な価値がありますが、ここで最も重要なのは科学の価値です。ではケイト・フィーロ博士、どうもありがとう。今度はみなさん、いま起こっていることについて、私に説明させていただきたい」

カーセッジは、夕食のときにかかってきたセールスの電話を切るように彼女をしりぞけた。トビー・シェアは急いで部屋の後方に戻りながら、携帯電話を取り出した。カーセッジは蘇生のプロセスを解説しはじめた。浸入させる溶液がどのように溶解を制御するか、どうやって温かい酸素を肺に送り込んで内側から溶かすか、そして最後に、強い磁場が体内の電子の原子価をいかに高めるか。

「予想通りに」手をすりあわせながら言った。「蘇生がうまくいけば、我々は生命の起源にあって見逃されていたものを見つけることができるでしょう。いったいなにが、何十億年も前に、始原の分泌物を発生させ、内的な結合力、生存という本能、繁殖という目的を保ったまま分裂させていったのでしょう？　この驚くべき装置を動かしたのはなんなのか？　その最初の輝きとは？　偉大なるセント＝ジェルジ・アルベルトによれば、『生命を持続させているのは、太陽によって流される微細な電気の流れ』です。しかし〈サブジェクト・ワン〉を目覚めさせることができれば、生命創造の最初の刺激は電気ではなく、磁場であったことがわかるかもしれません」

輝くその目に、自尊心の曇りはなかった。エラスタス・カーセッジは世界一鼻持ちならない人間のひとりだが、科学のことになると、野球選手のミッキー・マントルとウィリー・メイズを掛け合わせたような感じだ。俺は八月から調査していたが、奴の打ち立てたあらゆる大胆な理論は、大豆が土壌に含まれる窒素レベルに与える影響について論じた学位論文から始まって、すべて正しいと証明されていた。

自分の懐疑的な姿勢がぐらつくのは我慢ならない。まだ信用したわけじゃない。カーセッジは抱きしめるとケガするサボテン野郎だ。だが、あいつはとんでもない署名記事を書く権利を与えてくれた。世界でただひとつの、俺のキャリアでも類のないストーリーを書く権利を。実際、この計画がうまくいくかはわからない。果たして本当に、一世紀前の男が、きちんと椅子に座って煙草をせがみ、百年分のとびきり長い小便ができる場所へ連れて行ってくれ、などと頼むことになるのかどうか。それとも、検死解剖で汚されただけの黒こげ死体を前にすることになるのだろうか。

「カーセッジ博士」口をひらいたのはニューヨーク・タイムズのスティールだ。「あなたの仕事をめぐって、議論が高まっています。宗教的な保守主義者から地位のある細胞学者まで。とくに、短いあいだですがあなたの研究所のスタッフだったオークランド大のサンジット・プラコア氏は、そのやり方が性急であり、モラルに反するとさえ考えています。どうお考えですか」

カーセッジは肩をすくめた。「彼らは疑問を抱いている。あなたも。誰もが疑問を抱いている。今日、我々はなんらかの答えを見出すつもりです。未知のものに時間を費やすのも、これでおしまいです」

そしてイスラムの君主が奴隷の女を呼ぶみたいに、二度手を叩いた。技術者、大学院生、それに博士課程修了スタッフがさっと作業に取りかかった。この瞬間まで、奴は俺の存在に気づいてもいなかった。だが今、かすかに顎をこちらに向け、コントロール室についてくるよう促した。

そこにはすでに、いかれたガーバーがいた。大音量でグレイトフル・デッドがソロ演奏していた。「ノット・フェイド・アウェイ」。カーセッジを見つけるとボリュームを下げたが、なにか企んでいるように微笑み、鼻歌を続けていた。こんな状況でもハイになってるのか？　朝のお祭り騒ぎでラリってしまったか？　ありえない、あまりにもシリアスな仕事だ。だがガーバーの目は俺に向かって左右にぐるぐる動いている。やっぱりハイなのか。

部屋は装置であふれていた。モニター、メーター、集中治療室をいっぱいにできる医療器具。計算機のようなものもあり、赤い番号が00：00：00：00にセットされていた。これらが急ぎで一緒くたになったせいで、すべてのケーブルが釣り天井にまっすぐ伸びていた。部屋の反対側を見るには、デスクというデスクから垂直に伸びたケーブルや電源コードを無視しなくてはならない。

スタッフの医師が偉そうに歩いていた。ひげ面の小男だ。ボーデンとかいう名前だった。まだじっくり話したことがなかったから、通り過ぎるときにパスを投げた。「ねえ、先生、今日はなにがあるんです？」

するど相手は兵士のようにぴたっと立ち止まり、ゆっくりとこっちを向いた。「神に代わって仕事をするんですよ」

思いがけない答えだった。「なんですって？」

「今日、時代遅れの創造の神話が覆されるんだ。私たちが新たな神になるのさ」そう言って庭を支配する雄鶏のように偉そうに歩き去った。

「謙虚先生がまたやった」ガーバーが大声をあげた。ほかの連中にとってはこれもガーバーのよく言う世迷い言だろうが、俺にはわかった。ボーデンは高慢な大馬鹿野郎だってことだ。

反対側を向くと、奥の壁はガラス張りだった。ガラスの向こうには――この温度調節された部屋も俺の記事のおかげで有名になった――男の身体が横たわっていた。それを覆う氷の薄板は、まるでプラスチックでできた幌付き自動車の後ろの窓みたいだった。それ越しにでもみすぼらしい頬ひげが見えたし、服の形もわかった。部屋は密閉され、滅菌されていた。感染症のリスクを最小限にするために、送り込まれる空気はミクロン単位で濾過されていた。最新のインフルエンザがこの男の旧式の免疫システムに入ったら、目覚めさせたとたんに殺してしまうかもしれない。ビリングスもなかにいて、外科手術用の手術着とマスクをしていた。ベッドサイドにある器具をチェックし、クリップボードになにやら書きつけていた。誰かに斧で襲われたみたいに眉をひそめていた。ガーバーの態度とはえらい違いだ。まったくハイじゃない。

遺体は――適切な言葉だろうか――頭と胴体と脚を革ひもで固定され、塩水の入った大桶の上に釣られていた。蘇生用容器なんて呼ばれているが、これはたらいだ。壁についたゲージの土手は、水の温度、塩分濃度、ペーハー値、伝導率、粘性率、そのほか諸々を示していた。フランケンシュタインの旦那はずいぶん大きな風呂に入るようだ。

ボスの右腕、トーマスが蘇生作業を取り仕切っている。奴の身分や経歴を俺に説明してくれるものはいなかった。ほとんどの時間、奴は実際よりも華やかに見える秘書をやっていただけのはずだが、今日、カーセッジに仕事を任されている。いったいどうしたことだ？

それ以上あれこれ考える暇を与えずに、カーセッジが顎を動かして合図した。トーマスが即座に書類鞄からクリップボードを取り出し、呼びかけた。「〈サブジェクト・ワン〉の蘇生を開始します、日付と時間を記録してください」

壁際にいた技師たちがいっせいにコンピューター上の計数器を叩いた。ガーバーが音楽を止めた。

部屋の緊張は伝わってきたが、まだ信じちゃいなかった。両親は助からなかった。死こそ最終ゴールだ。これはただの見世物にすぎない。

「へまなどしないように頼みますよ、みなさん」

連中を鼓舞するこのささやかなスピーチが、研究所のナポレオンであるボーデンによってなされた。奴の顎ひげの先が、首を伸ばすような動きで小さな円を描いた。コントロール室にいる全員の顔に、苛立ちの色が浮かんだ。

トーマスがペンを取り出し、クリップボードのひとつ目の項目にチェックを入れた。「処置一。酸素の圧出開始」

ガーバーは顔にかかっためちゃめちゃな髪をかき上げ、歯の隙間から音を立てて息を吸い、ボタンを押した。

身体の脇にある圧搾ポンプが動き出した。ふいごがむき出しになった旧式の人工呼吸器で、そこから出ているチューブが、熱を発する発電機が内蔵された黒い箱に伸びている。チューブはそこからさらにフランクの口に入ってテープで固定されており、どれほど奥まで続いているのかはわからなかった。ふいごが縮むと死体の肋骨が浮き上がった。ふいごが広がると、胸が下がる。機械のしわざとはいえ、死体が動くのを見るのは気味が悪い。スピーカーから、氷の破片が床に落ちる音が聴こえてくる。ビリングスは死体のまわりを動きまわっていた。新たに肌が露出すると、拭き取って乾かし、電極をつける。

「処置二。浸漬五〇パーセント」

ケイト博士が壁についたふたつのハンドルを動かすと、吊り紐が下がり、フランクの身体を塩水の風呂に入れた。水が耳まで達したところで止める。ビリングスがまた電極を取りつけた。死んだ男のシャツの下に手を入れるところがスクリーンのひとつに映った。計測器は水温が一〇四度であることを示していた。熱い風呂の時間だ。

トーマスは処置を進めていった。ベイクド・アラスカを作るための長い材料リストとレシピを読み上げているようだった。行程は複雑だが、きっと美味いんだろうよ。トーマスが淡々と十九から四十四までの処置を指示するあいだ、俺は中途半端に注意を傾けていた。ひとつの行程は二分かそれより少し長いくらいで終わった。ほとんどの時間、俺はカメラの映像に集中していた。ひとつはフランクの手、ひとつは顔、ひとつは胴体を映していた。もしこの身体になにか変化が起こったら、俺たちが目撃するだけでなく、ビデオ映像がそれを捉えるだろう。そのときフランクと〈サブジェクト・ワン〉の違いに気がついた。前者は、ある程度のプライバシーを与えられてしかるべき存在だ。後者は研究所の所有物で、そんなものは与えられない。この状況がプライベートだとは、とても言えない。この男が目覚めて肝をつぶすのを俺たちは待ちかまえている。彼の声やしかめ面は、映像に撮られて不滅になるだろう。

「処置四十五」トーマスはかぼちゃのオバケみたいに、にたっと笑った。「磁場を発生させてください」

ガーバーのそばにいた技師が大きな黒いダイヤルを回した。「完了」とトーマスに告げる。

ガーバーが俺を見た。「ガキの頃に使った磁石、覚えてるか」

「なんだって？」俺は言った。かれこれ二時間近く、トーマス以外に言葉を発する者はいなかった。

「覚えてるか」とガーバー。「お互いに嫌いあう極を無理にくっつけようとしたりしただろ？　うちにはカラフルなアルファベットのマグネットがあった。冷蔵庫についてるやつ、あるだろ。あいつら、自分以外の文字とはものすごく強く反発しあうんだ。俺たちは、それと同じことを電子を使ってこの男の身体にやっているんだ。反発しあう磁場を押しつけているのさ」ガーバーは鼻を鳴らした。「もちろん、もっと複雑な科学なんだが、それでもやっぱりあの冷蔵庫のアルファベットを思い出すな」

「ガーバー」と俺は答えた。「お前といると、ときどきあの世で話してる気分になるよ」

ガーバーは笑い、静かに歌った。「友だちの友だちに悪魔がいるよ」

「処置四十六および四十七」トーマスは、俺たちの会話など耳に入らないとでもいうように続けた。「電気信号を発生させ、蘇生時計《リアニメーション・クロック》をスタートさせてください」

すると、デスクとそこから伸びたケーブルの並ぶ通路の向こうで、クリストファー・ボーデン博士が、目の前の卓で光るスイッチをひとつまたひとつと、長い列に沿ってはじいていった。ボーデン博士は四つのスイッチを残して止めた。

くぐもった振動音がして、俺たちの前にある計測器の目盛りが跳ね上がった。カーセッジは床を見つめていた。ケイト博士は両手で口元を覆った。俺たちは待った。

スクリーンを見つめた。変化なし。あるとすれば、最後の氷が溶けて、ついに顔を見ることができたことくらいだ。痩せて飢えたような顔で、痣だらけのように青かった。唇はすぼめられ、口論の最中に死んだみたいだった。改めて感じた。これは死んだ男だ。俺は死んだ人間の顔がどんなか知っている、本当だ。こいつはあの夜、炎に包まれた家の前庭で死んだおふくろや親父と同じように、死んでいる。俺はあのときひざまずき、短距離走者みたいに喘いでいた。部屋を花でいっぱいにしてジミー・デュランテのベスト盤を流しても、なんの解決にもならない。この実験は、死んだ男に対して行われているのだ。

電子機器がうなりを上げ、人工呼吸器がぜいぜいと音を立て、時計が時を刻んだ。なにもなし。

トーマスの目は処置リストの上を行ったり来たりした。カーセッジはひとつずつ計測器を読み取った。ガーバーは椅子にもたれかかり、手を頭の後ろにやっていた。さらに待った。変化なし。

トーマスが咳をして、弱々しく空を蹴った。

「辛抱しろ」カーセッジが言った。「何十年も待ったのだ。あと数分待てないわけはない」

ふいにカーセッジがボーデンのほうを向くと、ボーデンは難しい質問をされたように頭をそらした。カーセッジは咳払いをした。「ドクター？」

ボーデンはフクロウのようにゆっくりとまばたきした。「わかっていただきたいのですが、もう最高限度に達しようとしています」彼はスイッチをひとつ、それからまたひとつはじいた。「これより先には、覚醒させる手段はないと思ってください」

どうしてボーデンははじめから、いま残ったふたつのスイッチを手順に組み込まなかったのだろう。

カーセッジは計測器に向き直った。俺たちは待った。

ついに、かすかな変化があった。信号音だ。

それがなんなのかは、説明されなくてもわかった。さらに十五秒経って、また同じ音を聞いた。信号音が一回。カーセッジがトーマスに頷くと、トーマスはリモコンを使って赤い計数器をスタートさせた。一秒が過ぎ、二秒、五秒と経ち、左側の数字は00：00にとどまっていたが、右側のが○・一秒と○・○一秒の速度で動き、ぼやけていた。計数器の脇にある装置は毎分四拍を示し、心電図のオシロスコープは、鼓動の山と谷のセットを表示していた。続いて二度の信号音があり、数値は六拍になった。

カーセッジは目をとじ、拳を胸に置いていた。コンサートで至上の喜びに浸る指揮者のようだ。信号音が立て続けに鳴ると十二拍まで上がり、また静かになった。俺は時計を見て、信号音が鳴るたびに手帳に書き込んだ。だがもう音はなかった。ケイト博士は窓に近づき、ぴくりともしない身体を覗きこんだ。沈黙はさらに続いた。三十秒、四十五秒、一分。

カーセッジは目を開いた。「ボーデン博士？」

「リスクがあります」

「どんな？」

ボーデンは指を交差させて両手を握り、「教会はこちら」の形にした。「もしかしたら……我々は……彼を燃やしてしまうかもしれません」

「聞こえているぞ」ビリングスがマイクに呼びかけた。「もしもし、みなさん、酸素室に私がいるのをお忘れなく」

カーセッジはその言葉を無視した。「どのくらい高い数値までやれる？」

ボーデンはスイッチの列に目を落とした。「あと少しで、おそらく電気椅子に流れるボルテージになります」

ケイト博士が振り返って口をひらきかけたが、カーセッジがその前に言った。「やれ」

「本気ですか？」

トーマスが口をひらいた。「カーセッジ博士はいつでも本気だ」するとカーセッジはかすかに、しかしはっきりと微笑んだ。

「生きたまま丸焦げになるなんてごめんだぞ」ビリングスが浴槽から下がって扉ににじり寄った。「こうすれば安全か？」

「大丈夫だ」ガーバーがつぶやいた。「焼マシュマロみたいにならないといいな」

ボーデンが次のスイッチを入れた。

くぐもった電子音が大きくなった。モニターではフランクの周りの水が、火にかけられるのを恐れるかのように小刻みに震えていた。

ケイト博士が首を振った。「こんなこと――」

だが信号音がまた鳴りだした。強い音で、オシロスコープが山と谷を描きだした。カウンターは毎分三十一拍を示していた。

「血圧を検出しました」壁に面したデスクの博士課程修了スタッフが報告した。スクリーンの光が眼鏡に反射している。「五〇・三二です」

「すごい」ケイト博士がつぶやき、フランクの身体のそばにある窓に戻った。二本の指でガラスに触れながら言った。「奇蹟だわ」

カーセッジは彼女に向かって顔をしかめた。信号音が一定の間隔で鳴りだした。四十四拍、五十四拍、六十一拍。

「カーセッジ博士、血圧九〇・六六です。安定しています」

「みなさん」カーセッジが宣言した。「蘇生に成功しました」

全員が声を上げた。大声で讃え合い、手を叩く。ガーバーは「ひゃっほう」と叫んで椅子を回転させながら身体をそらした。ボーデンさえ叫んでいた。「やったぞ！」ビリングスは二本の指を口にやってホッケーのサポーターみたいに大きい口笛を吹いた。トーマスはカーセッジの手を激しく上下に振っていた。まるでカーセッジが選挙に勝った政治家のようだった。「おめでとうございます、先生。おめでとうございます」

俺は黙って立っていた、牛になったような気分だ。ちくしょう、俺の懐疑主義はどうなるんだ。

カーセッジは騒ぎがおさまるのを待ってガーバーのほうを向いた。「乳離れの時間だ」

「おや」ガーバーの眉が上がった。「もうですか？」

「始めろ」

ガーバーはなにか言おうとしたが、口をつぐんだ。「あんたがボスだ。どうなっても知りませんよ」そしてガーバーは人工呼吸器の圧力を下げはじめた。

すぐに信号音が下がり、博士課程修了スタッフが低下した血圧を報告すると、誰もがカーセッジを見た。奴は指を一本掲げて待った。果たして、しばらくするとフランクの心拍が復活し、安定を取り戻し、テンポが上がった。そしてカーセッジ、エゴイスティックな天才、あのろくでなしは、笑った。

「なにがおかしいんです？」ガーバーが尋ねた。

「我々は彼を演奏しているんだ」カーセッジは言った。「ヴァイオリンみたいに」

「この人はおもちゃじゃない」ケイト博士は言ったが、カーセッジは就任式の政治家のように微笑んでいた。まったく基本的なことに気がついた。どうしていままで気づかなかったのか。俺は額を叩いた。連中はカーセッジを憎んでいる。全員がだ。それでも連中がここにいるのは、当事者として新発見に立ち会いたくて仕方がないからだ。一連の出来事がどんな記事になるのかはまだ見当もつかないが、この事実だけは、信号音を発するフランクの心臓の鼓動と同じくらいはっきりしていた。

カーセッジはガーバーのほうに顎を持ち上げてみせた。「どれだけが人工呼吸器でどれだけが彼自身のものなんだ?」

ガーバーがスキャンした。「二〇パーセントが機械で、残りは凍った船乗りの力」

「切れ」

ケイト博士が振り返った。「早すぎる――」

「切るんだ」

「落ち着きましょう」ガーバーが立ち上がり、机から遠ざかった。「なにもかも急にやり過ぎでは? ちょっとひと息つきませんか」こちらに見せた背で、ガーバーは汗をぬぐって乾かすように手を握っていた。「二度と目を覚まさなくなるかもしれない」

「かもしれないな」

「でもあんたは全能ときている」

「いま、やるんだ」

ガーバーは振り返って俺たちを見た。「一分間、頭を冷やさせてくれ」

カーセッジは鼻を鳴らした。「そして生命維持装置の必要性を証明するのかね?」

「五十回くらい落ちついて呼吸させてやったらどうなんです」

「いま、やれ」

この会話を一字一句のがさず書き留めた。ガーバーは、自身の専門分野では、カーセッジが自身の分野で築いているよりも高い評価を獲得しているのかもしれない。それくらい堂々としていた。

「替えはきくんだ」カーセッジは歯をくいしばっていた。「有名なデイヴィッド・ガーバーでも」

ガーバーは笑った。「お互い様でしょう、博士。それにこの実験が失敗したら、俺たちのどっちの傷が深いかな？」

「みなさん、お願いしますよ」トーマスがガーバーの席に滑り込んだ。「議論は必要ないでしょう――」

「トーマス、やめて」ケイト博士が声を上げた。ガーバーが駆け寄った。

だが、俺のような素人にも、トーマスがやってしまったとわかった。機器がすべて停止した。人工呼吸器のふいごが動かなくなった。にもかかわらず信号音は鳴り続けていた。トーマスはクリップボードを上司の背後に持っていった。「やりました」

カーセッジはトーマスに頷いた。ささやかな、無言の「でかした」だ。ぞっとする。

ガーバーは立ち上がって肩を落とした。「自分で息してやがる」

ケイト博士がガーバーに近づいた。「ええ」

「やれやれ」ガーバーがつぶやいた。席に戻ってどさっと座る。「いいぞ、ミスター・フランク。まったく型破りだ」

突然呼吸が止まり、音がやみ、心電図が一直線になった。部屋じゅうが墓地のように静まりかえった。

「言わんこっちゃない」ガーバーがカーセッジに言った。「人工呼吸器を元に戻しますか」

カーセッジが手を挙げた。「待て」

だが機械は沈黙していた。心臓は動かない。

「血圧が弱まっていきます」と技師が言う。

「死んでしまうぞ」

「体温九二」ビリングスが言った。「ほとんど解凍状態だ。扉は閉じられた」

部屋は沈黙で返した。カーセッジがガーバーに頷いた。ガーバーがボタンを押すと、ふいごが動き出した。

フランクの胸がまた上下しだした。だが信号音は戻ってこない。

「もっと磁場が必要だ」カーセッジが言った。

「はい、すぐに」技師が答えた。机の前にあるダイヤルをめいっぱい右に回した。「これで最大です、博士」

まだ音はしない。「困ったことになったわね」とケイト博士。

部屋を見渡し、なにが起こっても書き留められるようにと思ったが、誰も動かず、ひと言も発さなかった。

場は長いあいだ凍りついていた。信じられん、これから書くことになるのが、カーセッジの傲慢さがすべてを台無しにしたという記事だとは。

ついにカーセッジがため息をついた。「ボーデン博士。電荷を増やしてくれ」

「本気ですか」

カーセッジは答えなかった。ボーデンはスイッチの列を見つめた。「カーセッジ博士、この回路は従来の十倍のエネルギーを持っています。もし〈サブジェクト・ワン〉がまだ生きているとして、現在のアンペア数でも死に至らしめる可能性があります。これ以上増加させればどうなるか、保証できません」

「いいかな、みなさん」ビリングスが手袋をした手を振った。「退室の許可をください、カーセッジ博士」

「カーセッジ博士」ボーデンが言った。「彼が爆発してしまいます」

「扉を開けてください」ビリングスが言った。「いますぐ」

カーセッジが手を一度、叩いた。「上層スタッフのみなさん、急いで、ご意見を伺いたい」

トーマスがクリップボードを下ろした。「あなたが伺うのですか？」

「ケイト・フィーロ博士、爆発の危険をおかすか、実験をやめるか？」

彼女は真正面から奴を見据えた。「私たちは答えを探しているんです。自然は答えてくれました、疑う余地なく明白で、直接的な答えを。人間はオキアミとは違う。彼を解放してあげて」

カーセッジはかすかにまばたきした。「ガーバー博士？」

彼は指をキーボードに走らせた。「ロブスターみたいに焼いちまうことになる。反対だ」

「ビリングス博士？」

「彼を復活させるチャンスのために、私の命を危険にさらすんですか？　中止してください」

「ボーデン博士？」

小柄な医者はしばらく考えた。「心臓は鼓動することを欲している、と言いました。この心臓は、あまりにも長いあいだ止まりすぎていたのかもしれません。あるいは、小エビとこの大きな生物のあいだの生き物でもっと試すまで、凍らせておくべきだったかもしれません。いずれにしても、我々の無知が今日、覆されることはありません」彼はスイッチの列を見つめた。「やめにしましょう」

「残るはきみだ、トーマス」

「なんと、先生」トーマスはカーセッジに顔を向けた。「私になにを言えと？」

「はは」カーセッジはトーマスの肩を手で叩いた。「きみは外交官に向いているよ」

トーマスが顔を赤らめた。なんてことだ。俺は背景を知りたくてたまらなくなっていた。父のいない家庭で育ったとか？　後できっと調べてやる。

カーセッジは消毒液のボトルを取り出した。どろっとした液体をてのひらに押し出すと、ボトルを置いた。

さりげなく、急ぎもせずに、両手の指のあいだをこすりあわせ、親指をしぼった。俺たちがどんな状況にいたか、想像できまい。ついにカーセッジは俺たちに向き直った。

「ではやめるかね？　満場一致で？　〈サブジェクト・ワン〉は蘇らないと？　一度頭を冷やして、ちょっと計算してみようじゃないか。試して失敗したとして、なにかが傷つくとでも？」

「私たちの良心が傷つく」すぐにケイト博士が言った。「私たちの良識が」

　カーセッジは鼻で笑った。「ケイト・フィーロ博士、きみはいつも大真面目だ。そしてためらいもなく上司の倫理観を疑う。言っておくが、〈サブジェクト・ワン〉は胎児と同じだけの可能性をもっている。我々の仲介が成功し、彼がそれを受けるならね。失敗した場合、我々の努力が導く最悪の結果は、彼が世界中から見られている状態にとどまるということ、つまり死だ。だが我々にはかすかだが科学的に確かな可能性が残されていて、細胞が持つ潜在的な生命力を確信している。そしてこの確信にもとづく行動が、未知の脅威から人類を救うかもしれない。この可能性を聞いて、きみの素晴らしい倫理観も少しは和らがないかね？」

「いや……」ガーバーが椅子にもたれかかった。「これは死者への冒瀆ってやつじゃないか」

「それに関してはもう有罪だわ」ケイト博士が付け加えた。

　カーセッジは手を振って否定した。「迷信にすぎない。それに的外れだ」彼はスタッフ全員のほうを向き、腕を広げた。「みなさん。気にはなりませんか」笑っていた。吠え立てるような声だ。「それが肝心だ。なにが可能か、確かめたくありませんか。知りたくてたまらないのでは？」

　彼はつかの間、自分の主張を飲み込ませる時間を与えた。それから向きを変えた。もしこの男がケープをはおっていたら、裾が大きく広がっただろう。「ボーデン」

「はい？」

「やれ」

ボーデンは手を挙げ、指をスイッチにかけたが、ためらった。

「やるんだ」カーセッジが繰り返した。小柄な医師はスイッチを押し上げた。

すぐに計測器の針が右に振り切れ、ボルト数が跳ね上がった。頭上のケーブルのあいだで火花が散った。いくつかのコンピューターの画面が暗くなった。電灯が明滅し、部屋が真っ暗になった。俺たちは馬鹿みたいに黙りこんで、暗闇に立っていた。天井の換気扇の音さえしなかった。

数秒後、電灯がまたたいて回復し、コンピューターが再起動した。ガーバーは乱れた髪をかき上げてカーセッジを見た。「予備の発電機が?」

カーセッジが頷いた。「いつでも次善策は用意している」

信号音がまた鳴りだした。今度はためらいもなかった。安定し、次第に上昇して、しっかりとしていた。毎分の心拍が二十拍に達すると、ボーデンは一番高いところにあるスイッチを切った。信号音は続いていた。いまや継続的に前進していた。彼はひとつずつスイッチを切っていったが、フランクの心臓は一定のペースを保ち、一分に十九拍で安定した。

「よし」ボーデンは言い、最後のスイッチを下ろした。「呼吸している」

ビリングスが部屋の扉を背に沈み込んだ。「どうなることかと」

計数器は凍った心臓が打ちはじめて十五分四十七秒経っていることを示していた。二十分経つころには、ガーバーが人工呼吸器を弱めはじめた。今度はきわめてゆっくりと作業したが、半時間もすると完全に外れた。ほかの技師たちは安定した血圧を報告した。ビリングスは男のほうに戻り、指の痙攣や眼球の動きを観察して記録をつけた。

今度は誰も浮かれはしなかった。厳粛な作業だ。トーマスに処置リストのコピーを求めると、使っていたものを俺に手渡し——このリストの価値がわからないのか——残ったクリップボードを机の上にぽんと置いた。俺は部屋の角に座り込んで、自分の世界観になにが起こったか思いをめぐらした。

「もう大丈夫だ」ガーバーが椅子に深く沈んだ。「一分間に呼吸十六回、心拍九十二前後、生命維持装置なし」頭の後ろで手を組む。「赤ん坊はすっかり成長した」

「さて……」カーセッジは、ネクタイがきつすぎたとでも言うように襟を引っ張った。「どれだけ失望しているか、言うまでもないだろうな」

「なんですって」今度はボーデンだ。「なにを言っているんです。これ以上いい結果がありますか？　なにをお望みなんです？」

カーセッジは世界が愚か者ばかりなのを嘆くように片手で額をこすった。そしてガラス越しに、生きて、呼吸して、もの言わぬ生き物を見た。「意識がないじゃないか」

第九章　大昔の辞典

ケイト・フィーロ

蘇生から数時間も経たないうちに、ガーバーは凍った男《フローズン・マン》の映像をオンラインで中継してストリーミングできるようにした。とんでもないプライバシーの侵害だ。しかしスタッフ全員の面前でカーセッジの倫理観に疑問を呈すという、どう考えても許されない違反をおかした私は、効果的に異論を差し挟むにはあまりに遠い犬小屋にいた。

実際、カーセッジは私に夜のシフトを命じた。船上の調査チームの監督だったことを考えると明らかな降格だが、私はまったく気にしていなかった。静かなコントロール室が気に入っていたし、機械の立てる音や、沈黙した身体が個室で呼吸しているのも気に入っていた。このプロジェクトと自分の役割についてどんな不安があるとしても、凍《フローズン・マン》った男には人を安心させる存在感があった。

たいていはビリングスもいて、小さな標本と格闘していた。私はときどき、分類作業という実験前の混沌を組織化する骨折り仕事を、ひと休みさせた。あの巨大な氷山に関しては彼が正しかった。氷山は小さな生き物の宝庫で、なかには急速冷凍された大量のイワシの稚魚もいた。

ディクソンはいまでは研究所のオフィスにデスクを構えていて、ほぼ毎夜ラップトップのキーを叩いている。その集中力は感動的でさえあった。怖い顔をして、気を散らすことなく、手を止めるとノートを見て、もとの場所に差し戻す。彼が休憩しているとき、雑談に誘って新聞記者時代の戦記を聞こうとした。だが彼には、私が共感や繋がりを感じはじめる瞬間をかぎとる独特の習性があり、下品で粗野で性差別的なことを言って私を遠ざけ、仕事に戻らせた。

ガーバーもほぼ毎夜いて、フクロウのように眠らなかったが、なぜいるのかわからなかった。ほかにどんなシステムをデザインしているというのだろう。彼は基礎科学をやっている。つまり、考えることで給料をもらっているということだ。

仕事が山積していたとはいえない。電極は男の胸と背にしっかりはりついていた。コンピューターはすべてを、来る日も来る日も滞りなく監視していた。夜警になった気がしていた。あるのは懐中電灯の光だけ。

その間も赤いデジタル時計は凍《フローズン・マン》った男の新たな生存の時間を刻んでおり、九日と九時間少々が経っていた。

ガーバーの追跡プログラムが三十秒ごとにカメラのアングルを変えた。それと同時に、生命徴候と脳と心臓の活動を示す表示がたえずスクリーンの下を流れていた。このデータが欲しい人間は、誰でも無料でダウンロードすることができる。私たちのサイトは最初の二十四時間で一四〇〇万アクセスを記録した。閲覧時間は平均二十六分。ガーバーは、インターネットでは異例のことだと言った。

「普通はそこまで長く耽溺しない」と彼は言った。部屋の反対側にいるディクソンが、コーヒーカップに向かってにやにや笑っていた。

ガーバーは毎夜ブログを渉猟した。当然といえば当然だが、凍った男《フローズン・マン》のおかげでネット上は蜂の巣をつついたような騒ぎになっていた。ガーバーは毎朝途方もない記事を見つけるたびに、スタッフ全員にメールしたが、やがてみなジャンクメールを寄こすなと文句を言い出した。それからというもの、ガーバーはコントロール室の壁に小さな掲示板をかけ、一番上にこう書いた――〈ペルヴェール・ドゥ・ジュール《本日の変態》〉。彼は定期的に新たな発見を画鋲で留め、それを職員たちが毎朝仕事前の数分間に見るようになった。

たとえばある夜、ガーバーは〈フローズンマンツイン・ドット・コム〉から撮ったスクリーンショットを貼り出した。我らが凍った男《フローズン・マン》と、彼にいたとされる想像上の兄弟の写真だった。ある人は六〇年代の西部劇のＴＶ番組で灰色の髪の保安官を演じた俳優の写真を投稿し、ある人は尖った頬骨を持つオリンピックの水泳選手を挙げていた。多少はユーモアの感じられるものもあった。痩せたサルの顔を覆う豊かな毛は、たしかに凍った男《フローズン・マン》の頬ひげになんとなく似ていた。小さくて燃費のよい車のぴかぴか光るフロントなんてものもあった。

蘇生に対するすべての反応が奇妙だったわけではない。マサチューセッツ州のふたりの上院議員は祝賀の電話をかけてきた。マサチューセッツ工科大学の総長は花束をおくってきた。私はカーセッジとともに彼らを迎えた。トーマスが事務用キャビネットの整理をしているあいだ、私はめかしこんだ上司に、蘇生の過程をオンラインで最も熱烈に追いかけている人間を社会学者に調査させてはどうかと提案した。カーセッジはこちらをじろりとにらみ、「集中しろ」とがなった。

ミルウォーキーの心臓病学者が、凍った男《フローズン・マン》の心電図は深く眠っている人間と同じものだと言った。「ちょうどマラソンの翌日に身体が回復しているようなところです」と。ボーデン博士――あのカーセッジのペットの内科医は、凍った男《フローズン・マン》の食欲と排泄物を推測し、冬眠している爬虫類の代謝率と同じだと言った。今度は爬虫類扱いか。

　シカゴのてんかん学者が脳造影図をダウンロードして主張したのは、「これまで人間を対象に行われてきた計測結果を考えると、〈サブジェクト・ワン〉は脳のほぼ一〇〇パーセントを活用している」ということだった。そんな広範にわたる結論を、どうしてたった三日分のデータから導きだせるのだろう。だが彼女がひとたびCNNで「精神のすべての場所で明かりが点っているよう」だと発言すると、その言葉は三十分ごとに世界中で繰り返され、それが一日半続いた。彼女は判断を急ぎすぎたが、そのおかげで誰もが知る有名人になった。

大衆が彼女に追随した。タブロイド紙は凍った男《フローズン・マン》が異星人なのかどうかを検証した。保守的な宗教家たちは夜を徹した祈りのイベントを開き、お祈りの間に、我々の活動を止めさせるよう議会に訴えた。「ラザロは神の子によって育てられた」とひとりの国会議員が天を指差しながら言った。白髪で、ほとんどオペラ的と言ってもいいような、見事な声だった。「ボストンの罰当たりは、自分たちのことを何者だと思っているのか」

　姉のクロエがメールをよこした。語調は報道の規模に合わせて進化していた。「あんたみたいに馬鹿な子が、どうしてそんな頭のいい人たちとの仕事につけたのかしら」は「あなた、そこでなにをやってるの」になり、それから「何とか言いなさいよ、この厄介者」になった。「そこでのあなたの仕事はなんなの」と書いていた。「どっちが悪いかわからないわ、あんたがこの愚行の中心にいるのと、これをやった人たちの使い走りをしているのと」ああクロエ、何様なの？

極低温貯蔵会社は、冷凍機に入る身体が増えているのに気づいた。ある全国誌が「バイオ世代の復活か」という特集を組んだ。研究所のフロントには六百を超える取材依頼が寄せられたが、すべて却下された。カーセッジにしかわからない理由から、ディクソンはプロジェクトの取材権を独占しつづけ、世界中の新聞がディクソンの署名記事を載せていた。したがって、この記者は周りの人間に平穏な時間を一瞬も与えなかった。彼は一度ならず湿った息をかけながら、私が仕事をするのを肩越しに覗いていた。追い払うには、長く冷たい視線が必要だった。

そして守衛は、見捨てられたイヌのように正門に群がるTVカメラマンに向かって話していた。「ここの人たちは秘密主義なんだ」そのときだけサングラスを外して言った。「我々の雇い主はこの建物のオーナーですらない。このプロジェクトが我々を雇ったのであって、誰も彼らがやっていることを詮索することはできない。彼らがなにをやっているのか、なにをやろうとしているのか、誰にもわからないんだ」

カーセッジはそのニュースを見て眉を上げ、電話をした。私たちは一時的に裏の搬入用ドアから出入りし、その間にセキュリティ会社は守衛を交代させたが、もう後のまつりだった。

郵政局は郵便物を大型トラックで運ばなくてはならなかった。それらは地下室でキャスターのついたキャンバス地の大箱に入れられた。開封されていない封書が溢れ出そうになっていた。ガーバーが適当に一通取り上げると、ラザロ・プロジェクトのスタッフたちは悪魔の子だと書いていた。ガーバーはめちゃくちゃに乱れた髪が揺れるほど笑った。ビリングスが手に取った手紙はテキサスの億万長者からで、ラザロ・プロジェクトに死んだサラブレッドの種馬を生き返らせてほしいと頼んでいた。

TVの深夜番組に出演していたコメディアンがこんなジョークを言っていた。ジェラルド・T・ウォーカー副大統領もボストンに行って、死から蘇らせてくれませんかとラザロ・プロジェクトに頼むといい。

五日目の午後には、ウェブ上での主な意見が早くも映像配信が退屈だという文句に変わった。世間の関心の寿命の短さには驚きだ。ひとりの人間を、人間という概念を越えたところから連れ戻しても、人々が驚いているのはだいたい百時間くらいのものなのだ。投稿を読もうと腰を下ろしたが、十個ほど読んでやめざるをえなかった。ここにいるのは飽くなき食欲を持った、飢えた獣だ。こうした人たちは、痛ましいほどゆっくりと研究を進めたパスツールが、三人の子どもを亡くした後で、病原菌についての理論をやっと発展させたと聞いて、どのような反応をするだろうか。あるいはフレミング。第一次世界大戦期の感染症による大量死をきっかけに十年間も抗菌物質を探し求めたが、ペニシリンを発見したのはほんの偶然だった。あるいはソーク。八年間もポリオに取り組むあいだ、何千人もの子供たちが苦しんでいて、彼らの命を助けていたのは、鉄製の呼吸補助装置という監獄だけだった。「ふーん、そりゃすごい。じゃあマラリアを月曜までに治してくれる?」

ガーバーは新たに実験を始めた。日々の記録を十分のダイジェストにまとめるというものだ。カーセッジがディクソンと話し合った結果、記録の公開は正午と午後六時の、TVのニュースの時間に合わせられた。メディアはこの編集をありがたがり、ほとんどの報道にこの記録映像が使われた。だが三本目の公開の直後、錯乱した男が中西部のショッピングセンターを銃撃した。私たちは過去のニュースになった。

カーセッジはがっかりしていたが、私には都合がよかった。科学に費やせる時間がもっと必要だ。クロエは、皮肉めいた調子は別にしても、核心をついていた。私たちは自分のやっていることを知る必要がある。なにを目指すのか。それにもし凍った男《フローズン・マン》が本当に起き上がり、口をひらき、この新たな時代に完全に生き返ったら、いったいどうするのか。

こうしたことを議論したがる者はいなかった。調査船に連絡を取りつけたり、南アルゼンチンに〈ハード・

アイス〉狩りに行ったりしたのは、自分たちが死んだ男の心臓を復活させたんだぞと自慢したいがためではなかった。乗組員たちは、私もよく知る凍るような冷たさのなかでこき使われていて、宇宙に浮かぶ衛星のように孤独だった。

ある夜、仕事場へ歩きながら、だだっ広い海をひとりで漂っている気がした。雨のせいかもしれない。春の豪雨が通りに水たまりをつくっていた。歩道の抗議者たちの数は増え、三十人くらいになっていた。ひとりが怒鳴りつけてきたので、すぐに通り過ぎた。だがそうした抗議も無意味だった。その証拠にガーバーとビリングスは仕事に没頭していて、私が入っていっても、手をとめて挨拶したりはしなかった。

終夜のシフトは、まっすぐで平坦な高速道路のようだった。モニターはすべて順調に作動しており、どんな調整も必要ないことはすぐに確認できた。ビデオは予定通りにアングルを変えていた。計数器は時を刻んでいた。様々な装置が毎日の自動バックアップを始めていた。

コントロール室を見渡した。ヘッドホンをしたガーバーは、スクリーンを見つめてものすごい速さでキーボードを打ち、返答を待ってまた次の返信に取りかかった。ビリングスはサンプルの目録を作っており、ラベルに書き込んでは、試験管に貼り付けていた。

彼の執着は私たちのあいだに距離をつくった。最初の頃は毎週彼を昼食に誘っていた。それはバーボン漬けの列車旅行以来の習慣だった。「グラハム、もう一時よ。中華かイタリアンはどう?」

「今日は月曜?」目は顕微鏡に向かったままだ。

「今日の二三時五九分まではね」

「本当にすまない、ケイト」そう言って彼は顔をこちらに向けたが、体はテーブルに乗り出したままだった。

「でも、いま目が離せない。スライドの上の小さい奴らは、あと一時間も生きられないんだ」

「気にしないで」と私は言った。「また来週」

返事はなく、彼の目はすでにレンズに戻っていた。持ち場に戻りながら、私は気づいた――凍《フローズン・マン》った男の蘇生中の動力操作ミスでボーデンが爆発の危険をおかして以来、ビリングスは凍《フローズン・マン》った男のいる部屋に一度も立ち入っていない。研究所の権力関係に巻き込まれるのを避けているのかもしれない。あるいは小さな標本たちに興奮しきっているということなのか。ビリングスはたくさんの小さな生き物を蘇生させており、どの生物が目覚めてどの生物が目覚めないか、生存期間をどのように引き延ばすか、それを少ない電力でどうやって実現するか、といった知見に磨きをかけていた。ノートを読んだが、ビリングスならではの驚異的にすぐれた資料だった。こうして彼は自分のコンピューターを隅に移し、監視のシフトをうまく退け、カーセッジの呼びかけでないスタッフ・ミーティングはすっぽかした。

ビリングスを部屋の反対側から注視した。彼は記録の済んだ標本のトレーを小型の冷凍棚に差し戻し、ラベルのついていない二百本の試験管を新たに取り出した。上品に咳払いし、腰を下ろして次の山に取りかかった。

それからやっと私は、心ひかれるものに目をやった。凍《フローズン・マン》った男が横たわっているあの部屋だ。ゆっくりと一定の間隔でなされる呼吸は、浜に打ち寄せる波のようだった。二日前には小指を小刻みに動かしていた。翌朝、スタッフたちはみな彼の指が震えたことを認めたが、それは神経の活動にすぎず、意志を伴う動きではないと判断した。私は反論したが、最終的な記録にはその動きは反射作用によるものだと記された。それを除けば、男は仏像のように微動だにしなかった。

ガラス窓に近づいた。凍《フローズン・マン》った男の服はぼろぼろになっていたが、あつらえもののようにぴったりだった。まだロゴ入りのブーツをはいていた。頬ひげはほとんど滑稽でさえあり、頬にスペイン苔がついているようだ。ボーデンが、男を洗ってひげを剃ってやり、新しい服に着替えさせてはどうかと提案した。カーセッジはまだいいと答え、身体が完全に安定するまではいじりまわしても一利もないと言った。それからというもの、特別な作業や正式な許可がないかぎり、部屋に入るものはいなかった。

だが私はどうか。私は科学と魔法の、事実と思索の、冷えきった調査と温かな好奇心の交差点に立っていた。目の前で凍った男《フローズン・マン》が息をしていた――いつもの深くてゆっくりとした呼吸ではなく、ぐっと飲み込むような、吸い込みながら「フープ」とでも言ったかのような。同僚たちを盗み見ると、ふたりとも仕事に夢中で、私の存在にも、ましてや私が駆られている誘惑にも気づいていなかった。

そう、誘惑だ。良心との長い闘いの後で、もしくは、喜んで歓声を上げながら、ときにはそれに屈することもある。急いでセキュリティ・パネルのところに行き、パスコードを叩き、扉が音を立ててひらくのを待って、爪先立ちで部屋に入った。

複数のカメラが機械的に私のほうを向いた。馬鹿になったように感じた。監視システムは当然私の一挙手一投足を記録するだろう。もう取り返しはつかない。だが、私がどんな悪事を働いたというのか。専横的な規則を破った？　それなら患者の呼吸が変化したからだと応じることができる。記録映像が証明してくれるだろう。

卓球台のようなテーブルに男は横たわっていた。胸が上下している。そのほかに動きはなかった。さらなる「フープ」も。ただ、想像できる限り最も深い眠りに落ちているだけ。前に乗り出し、凍った男《フローズン・マン》の顔を確かめた。目尻に深い皺があり、まるで一世紀のあいだ、氷のなかにいたのでなく、太陽を見つめて待っていたようだった。顎はまっすぐに伸びて角張っている。猫の毛皮のような頬ひげがついている。表情はいっさいなく、不可解なまでにうつろだった。

さらに近づいた……私をとらえたものをどう言いあらわせるだろう？　好奇心。探究心。顔を彼の首のそば、胸の近くにまで近づけると、存在を感じられた。この人は抽象概念などではなく、現実の存在だ。生きてきて、これほどはっきりとなにかを知りたいと思うことはなかった。深く息を吸って匂いを嗅いだ。古い革のような匂いがした。

突然、父の書類鞄を階下のクローゼットの奥で見つけたときのことを思い出した。私が三十歳、父が死んでから十日後のことだ。クロエが、私たちが幼少を過ごした家を売りに出す準備をしていた。書類鞄にはなにも入っておらず、父同様、お役御免になっていた。だがそれを持ち上げたとき、革の匂いで父の思い出がよみがえった。ずんぐり太った愛すべき人で、何十年にもわたって、私が心惹かれた活動――人形遊び、歯科、デザイン、解剖学、博士号取得の勉強――に乗り出すのを励ましてくれた。

凍った男《フローズン・マン》の匂いはそれに似ていたが、もっと埃っぽく、濃厚だった。まるで大昔の辞典のようだ。クリップボードを持ってきて記録をとるべきだった。だが、匂いのように主観的なものを記録してなんになるだろう？　ため息をついて背を伸ばした。朝になったら、カーセッジが説明を求めるだろう。

私ははっとした。不注意だった――その光景は最後の日々まで記憶に残るのだが――うっかりしたことに、彼の腕に手を置いていた。肌に触れてしまった。私は針で刺されたように飛び退いた。あるいは、私が針を刺したようにと言うべきか。仕事場に着いたときに手を洗っただろうか。いや、その前に夕食をとったときに洗ったきりだ。それからボストンの街を歩き、階段の手すりをつかみ、キーボードを打ち、身分証をかざした。この手は、あらゆる種類の汚染物質を運んでいたかもしれない。テーブルから後退し、踵を返して扉に向かい、静かな聖域たるコントロール室に戻った。

ビリングスはどこかに行っていて、試験管トレーは半分埋まっていた。ガーバーは背を丸め、前のめりになって脚のあいだの床を見つめ、額でキーボードを押していた。ひとつの文字が画面に延々と繰り返されていた――ＶＶＶＶＶＶＶＶＶＶＶＶＶＶ。

デスクで落ち着こうとした。メールを確認するふりをしてみたが、画面に映っていることを理解してはいなかった。この違反はとるに足らないもののはずだ。凍った男《フローズン・マン》に危害を加えてはいないはず。きっと、私の身体でカメラはさえぎられていたはず。

普通の人間と変わらず、彼の肌は温かかった。そして気づいた。手になにかざらっとしたものがある。親指と小指をこすりあわせた。砂のような粒がついている。人差し指を口に持っていった。味を確かめる。間違いない、塩だ。

第十章　汚染

エラスタス・カーセッジ

眠れなくなるようなたちではない。日々はあわただしく分刻みで、そんな一日の終わりには、何十年も続けてきた信頼にたる習慣がある。退屈だが効果的なものだ。手と顔を洗い、掛け布団を引っぱり上げ、アイマスクをつけ、子どものように眠る。悪夢は見ない。夜明けまで歩きまわったりもしない。哀れなのは、睡眠が貧しい体験だという連中だ。

だがいま、眠れない。ベッドのなかで起きたまま、時計が単調に時を進めるのを見て、枕をへこませ、シーツを引っ張る。思考の螺旋はぐるぐるとめぐり、やがてこのプロジェクトの破滅的な終幕へと思い至る。不毛だが、眠りは近づかない。ついに降参して服を着替え、ホテルを出てぞっとするほど不潔なタクシーを拾った。〈ラザロ・プロジェクト〉に着くと、眠れる場所を探した。

コントロール室は無人だった。なんたることだ。〈サブジェクト・ワン〉が衰弱していたらどうするつもりだ？　諸々の計測モニターは切られており、記録映像は遮断されていた。〈サブジェクト・ワン〉が意識を取り戻して動き出したらどうする？　後代に残すためにも、成功を証明するためにも、未来の後援者のためにも、記録はなくてはならない。わずかにほっとしたのは、ガーバーが持ち場にいないということだけだ。あの変人は眠らないのではないかと思っていた。

蘇生時計《リアニメーション・クロック》は時を進めており、現在は11：14：46：22を示していた。もう十一日と半日が過ぎている。時間が敵だということはよくわかっている。もし〈サブジェクト・ワン〉が研究所で蘇生させたほかの生物のパターンに従うとすれば、半分以上の時間が無駄に過ぎたことになる。蘇生したオキアミのパターンに基づけば、二十一日間が予測される最長の生存期間だ。三週間経てば、男はまた死ぬことになるだろう。

しっかりした調査結果はそう早急には手に入らないということも、よくわかっている。科学的研究というものは、自分以上に厳しい監督官なのだ。プロジェクトにはあと数日しか残されておらず、そのときが来れば、高い金をかけて目覚めさせた肉体も痙攣して無益な物体に後戻りするだろう。マスコミは去り、プロパガンダのために飼っている玩具だけが残る。蘇生にかかわったほかのスタッフは通常の研究職に戻るだろう。老人介護施設から仕事の依頼も来ていた——老人介護施設だと！——まるで〈サブジェクト・ワン〉が科学の偉大な達成ではなく、たんなる膀胱の弱い老人であるとでも言うようだ。

時間は一秒単位で進むが、そのひとつひとつがトンの重さに感じられる。にもかかわらず、砂粒は調査という砂時計の首を滝のように落ちてゆく。その間も件《くだん》の生き物は不活発なまま薄暗い部屋に横たわり、心臓は世界で一番高価な時計のように時を刻む。そのように〈ラザロ・プロジェクト〉は十一日と半日、耐えてきた。

スケジュール表に近づき、いまはフィーロ博士のシフトだと知る。職務放棄だ。もしいま彼女を見つけたら、即刻クビにしただろう。だが待て――ほかの連中の面前で解雇するほうがもっと効果的だ。明日の朝、観衆がいるなか、クビが飛ぶだろう。

それまでは、このボスが当直だということだ。迷信ぶかい人間は、〈サブジェクト・ワン〉が監視下にないことを直感して眠れなかったのだとでも言うだろう。愚かだ。

モニターの電源を入れると、画面がピシッという音を立てて起動した。しかし、どうしてこれほど当てが外れたのだろう。欲求不満で気が散っているのか？　理論は申し分ない。実践の方法は、優美とは言えないとしても、充分に弁護できる。革命的なものが見出されたのだ。急速な冷却によって活動を止めた細胞は、死んでいるのではなく潜在的なエネルギーをとどめている。この天啓ともいえる発見を、偶然と幸運によってもたらされた生の物質に適用したことは、アインシュタインやダーウィンやフロイトの偉業と並ぶべきものだ。それではなぜ〈サブジェクト・ワン〉は目覚めない？　このふざけた肉の板は目を開けない？

いずれにしても、いますぐ目覚める危険はないだろう。自分のあくびがそう言っている。時計を見るとまもなく朝だ。どちらがいいだろう――次のシフトの人間が来るのを待って、自分が過失を補っているのを見せるか、あるいは着いたら誰もいないか。前者の場合、職務を回避することができるとほのめかすことになり、その埋め合わせは上司がしてくれると連中が期待しかねない。論外だ。やはりベッドに戻ろう。だがコントロール室の机に書き置きをしよう、そうすれば次のシフトの人間は差し迫った恐怖を覚え、その不安をほかのスタッフに伝えるだろう。よし、これだ。後ろの机に紙束とペンがあった。「今夜視察したところ、コントロール室は無人でカメラも切れていた。最悪なことに、〈サブジェクト・ワン〉に誰も付き添っておらず、命が危険にさらされ、プロジェクトの未来が脅かされた。明日、責任者は相応の結果を覚悟していただく」

これでよし。三行ですんだ。誰もこの文面が尊大だと非難することはできまい。「私」という言葉さえ使っていない。キーボードの前に置いてある手紙の列にメモを割り込ませ、ドアに向かった。だが最後の瞬間、なにかが視界の隅で動き、思わず振り返った。

いままで見ていなかったスクリーンが動いていて、映像が映っていた。フィーロ博士は不在ではなかった——〈寝室〉のなかにいたのだ。腰掛けを持ち込み、鳥のように腰かけている。外科用の白いマスクをつけていたが、それ以外は滅菌の規定を無視して、ジーンズと青いTシャツを着ていた。彼女は〈サブジェクト・ワン〉の顔を直接覗きこんでいた。注意を引かれたのは腕の動きだ。膝を抱えこもうとして上げたらしい。

そして映像ごしに、彼女がありえない行動におよぶのを見た。手を伸ばし、〈サブジェクト・ワン〉の腕に触れたのだ。触れてしまった、肌と肌で。なにもかも汚染してしまった。

〈寝室〉と連絡を取ろうとしたが、誰かがスイッチの場所を動かしていた。いや、そんなはずはない。あった、紙束の下だ、ガーバーが清潔と秩序があるべき場所を散らかしていたのだ。

スイッチを押して〈通話〉にする。「フィーロ博士、フィーロ博士」

振り返るどころか、まばたきもしない。〈寝室〉のスピーカーがなんらかの理由で切られている。どうして秩序のたるみを見逃したのか。トーマスは私に知らせるべきだったのでは？　彼女の手は馬鹿みたいにまだそこにある。

とっさに、駆け込んでいこうと思う——それでどうする？　叫ぶのか？　襲うのか？——だが、このうえ侵入するとさらに汚染を広めてしまう。この馬鹿は、バクテリアも免疫システムも細菌も知らんのか？

衝動は収まった。選択肢は尽きた。黙って立ち、彼女の驚くほど無知な行いを見るばかりだった。彼女が脅かしているのは、私が生涯をかけて達成してきたことだ。それが無意味な、感傷的な振る舞いによって危険に晒されている。それがわからないのか？　彼女がため息をついたのが、マスク越しにでもわかった。天才を雇ったつもりだった。学会のトリヴァーが言った言葉だ。天才。だがフィーロ博士は女学生にすぎなかった。生気のない〈サブジェクト・ワン〉に気をもんでいるのだ。奇妙に逆転した「眠れる森の美女」のように。このうえもしキスでもしようものなら、彼女を殺してしまうかもしれない。

だが、また別の動きが頭上のモニターに映し出された。まさか。いったいなんだ？　スイッチパネルでカメラを操作し、〈サブジェクト・ワン〉の顔にズームした。いや、間違いない、表情が変わった。顔の筋肉が動いた。ひきつり、眉をひそめる。素晴らしい運命だ、ここぞという時に記録を再開させた。これが歴史だ、私によって目撃され、リアルタイムで記録され、その記録は私だけに属している。画像はウェブ上で広まり、数ヶ月にわたる〈ハード・アイス〉収集の費用をまかなえるくらいの額で取引されるだろう。

〈サブジェクト・ワン〉はまだ動いていた。喉の筋肉が緊張し、弛緩し、また緊張して弛緩した。細長い顎が左右に動いた。カメラをもっと近くにズームさせた。かすかな兆候も見逃したくない。それ以上の理由も、科学的な方法もなかった。すると最も驚くべきことが起きた——咳だ。モニター越しだが、〈寝室〉側の音声はどうやら拾われていた。驚きのあまり立ち上がる。死後の百数年はこれで終わり、〈サブジェクト・ワン〉が咳をした。一度として、単なる咳払いがこれほど深い意義を持ったことはないだろう。

また咳をした。今度は激しい。表情は強い不快感を示していた。手首が拘束具を引っ張った。それから口が大きくひらき、空気を目一杯吸い込んだ。いいぞ、心のなかで言う。空気は命だ。取り込め。

そして奇跡が——そんなものがあるとすればだが——起きた。まぶたが動いたのだ。ひきつって震えている。ついに〈サブジェクト・ワン〉の目がひらいた。ハシバミ色の大きな目が、焦点を合わせようと苦闘している。ついに、合図でもあったように正常を取り戻した。目がすばやく部屋をとらえ、光を、機器を、最後に腕に手を置いているフィーロ博士を見た。

完全な恐怖の色を浮かべた。

「あなたは――」しわがれ声だった。それからつばを飲み、もう一度ささやき声で言い直した。「あなたは天使ですか」

フィーロ博士が指でマスクを外した。笑っていた。彼にとっては久しぶりに見る微笑みだろう。

「いいえ」声がスピーカーから響いた。「私はケイト」

第二部

蘇生

第十一章　ボタン

私の名はジェレミア・ライス、記憶が戻りはじめた。

少女がいる。燃えるような赤毛の子が、こちらにやってくる。熱い息が首にかかるのを感じる。彼女は私のポケットを探るのが大好きだ。私は彼女が見つけられるように、いつもなにかを入れていた。石、ろうそくの燃えさし、小銭。彼女の手はとても小さく、名前は……あの子の名前は……じきに思い出すだろう。

私は一八六八年のクリスマスの日に生まれたのだが、この誕生日を聞いて、人はどう思うのだろう。海に乗り出すまでに三十八回のクリスマスが過ぎていた。航海中にもう一回。それから何度クリスマスが過ぎたのだろう。わからない。彼らはいまが何年なのかをまだ教えてくれない。いまのいままで、尋ねることさえ思いつかなかった。記憶を整理し、思い出すので精一杯だったからだろう。

記憶はばらばらになってやってきた。その断片を、割れたガラスの破片を集めるように集める。私はたじろぎ、ひるんで、大きく息を吸った。大量の水に覆われると、自分を飲み込んだ大海のように深く眠った。そして再び驚いて目覚めた。

父は戦争に行っていた、と聞かされていた。家に帰ってきた父はすっかり変わっていたそうだ。姉は私より数歳上で、父が兵隊に行く前に生まれた。母は無事に帰ってこられるよう祈るのを習慣にしはじめ、願いが受け入れられたのは感謝祭の日だった。姉が言うには、父は戦争から帰って以来めったに人と話すことなく、これまでの二倍も懸命に働き、しばしば一歩距離をとって物事を見つめるようになった。父の帰還から三年後に私は生を受けたが、戦争は起こるべくして起こったのだと考えている。

それは革をめぐる争いだった。綿もまた争いの種だった。靴の値段のせいで内戦が起こり、ひとつの国がふたつに引き裂かれた。こうしたことを勉強した学校の記憶も、いまではぼんやりとしていた。まるで霧の立ちこめた野原に机があり、声には靄がかかって、視界の隅に黒板があるようなぐあいだった。革をめぐる戦争のことを教わったのを覚えているのは、その日が母を埋葬した日だったからだ。一八八〇年、私は十二歳になっていた。ある事情で母は小刀を手に豚を殺したが、そのとき親指をケガしてしまい、病原菌が腕の皮膚の下を、黒い糸のようにのぼっていった。進行はとても早く、手を切断しても助からなかった。墓地からの帰り道、父が口をひらいた。

「小さすぎるナイフを使った仕事はするな」父はいつもの簡潔な言い方できりだした。しかしそれで終わりではなく、戦争のことに触れ、その原因と、彼自身の体験を語った。父がこれほど長く続けて言葉を発するのを聞いたことがなかった。埋葬を終えても、悲しみはくびきのように両肩にのしかかっており、父の告白の生々しさに目眩がした。

アンティータム、ヴィクスバーグ、ゲティスバーグ。弾丸が飛ぶ音が耳をかすめる。銃剣を突き立てると、身体は一度抵抗して倒れる。敵の焚き火が夜の草地に見えると、恐ろしくも落ちつくような気持ちになる。

これが、俺が死についていままでに知ることのできたすべてだ、と父は説明し、なんの意味もなかったがな、と締めくくった。妻を亡くす心の準備にもならなかったんだから。

ただ一度だけ父は戦争の話をして、それきり口にしなかった。でも一度で充分だった。こうしていつでも思い出すことができている。ああ、時よ、恐ろしいことが起こった。ここは死の向こう側で、このことをダーウィン博士に説明してもらいたい思いだ。エジソン博士の言い分も聞いてみたい。ウィルバーとオービルのライト兄弟の空想も、ここまで羽ばたいたかどうか。

ここにいる人々はほとんど説明をしてくれない。オートミール粥とおかずを食べさせてくれた。たくさんの数字と雑音、測定器にマスク。彼らはぶっきらぼうに話し、暗闇を恐れている。私はまだ囚われの身だ。まるで受刑者のように、カンバス布で手首と足首を拘束されている。ふむ。人生の皮肉というものは私の理解を越えている。

子どものころ凍えていたのも覚えている。一月の夜明け、ストーブの火を起こす当番だった私は、ストーブのそばに置かれたバケツに氷が張っているのを見た。そして扱いの難しい残り火に強く息を吹きかけた。ベッドのなかで着込むのも暖をとるやり方のひとつだった。夜のあいだに吐いた息でできた霜が、頭上の垂木に層を作っているのを発見した。澄み切って真っ青な空のもと学校に行き、寒気にはたしかに美しさがあるということを学んだ。その輝きは、寒さに耐えられる力を持つ人々に与えられる。そしてくたびれたウールのセーターも。ははは。

おそらく、こうしたことが私を冒険へと導いたのだろう。寒さに真価を認めたのだ。自然を愛するなら、自然も私を愛してくれると思っていた。いまならもっとよくわかる。自然は、私が存在していることすら知らない。自然はその営為を全うするだけであり、もし小道をそれて森をさまようことになったら、熊が出てきて私を食べるだろう。崖から飛び降りたら、岩が私の肉体に厳しい真実を伝えるだろう。そしてもし海に乗り出し、北極海に未知の生物を探しにいったなら……。

まだだ。あの冷たさを思い出す準備はできていない。それにしても、あの子の名前はなんだったか？　あの子の指はめいっぱいひらいても私の拳に及ばなかった。彼女の声はコオロギのように高く、ミソサザイが歌っているかのようだった。

ここで信じられるのは、最初に会った女性だけだ。私が目覚めたときにいた。彼女はほかの人たちが行ってしまった後にやってくる。明かりが消え、夜も昼もわからない部屋に喜びが満ちる。彼女は、手首を自由にして、足首の戒めを解いてもかまわないと言ってくれる。だから、私はおそらく自分の自由を行使できる立場にあるのだろう。相手の意図を完全に理解したわけではないが、彼女の口調は信頼の置けるものだ。膝を曲げてみると足が動くということだけで嬉しく、分別を保つことができる。私は囚人ではないと彼女は言う。みな、私を病気から守りたいだけなのだと。

一度は支配者になれても、リンの靴工場では五分と続かない。リン、リン、罪の街、一度入れば出られはしない。朝誰かが出勤すると、身体の自由を奪われた職工長の手が歯車に巻き込まれ、無惨に切りさいなまれていた。あるいは、ネクタイが屋根の垂木に結ばれていて、同僚が生き延びようとひと晩中つま先立ちしていた。革なめし用の薬品が入った桶に、死体が鼻を下にして横たわっていたこともある。

そういうことが起こると、彼らは容疑者を連れてくる。彼が罪を告白すると、私はソロモンのように分別ある義務を果たす——彼の行為と動機を天秤にかけるのだ。「法」対「正義」。私は前者の奴隷でありながら後者に到達したいと願っていた。法廷を思い出すことはできるが、法廷を擁する建物は記憶にない。それにしても、あの子の名前はなんだったか？

妻は——ああ、私には妻がいたのだ——ジョアンという。蜘蛛の巣が張った瓶から驚くべきものが見つかったかのように、突然蘇ってきた。いらだっているときの彼女の声が聞こえた。法廷の仕事が忙しく、私が農場の家畜の世話を怠ってしまったときだ。馬たちが新鮮な餌を必要としていた。来るはずの蹄鉄工が来なかった。石炭が足りなかった。しかし、そればかりではない。夫の私だけが知っているジョアンがいる。彼女に近づき、夕食後に腰に腕を回したり、あるいは真夜中に起きてシーツのなかで互いの身体を愛撫しあい、手を彼女の胸の間に置いたり、あるいは新たな夜明けの光にまばたきして欲望とともに目覚めたりしたとき、彼女の答えはいつも同じだった――いいわ、と言った。いつもそう答えて、決して拒まなかった。いいわ。いまでもその寛大なささやきが聞こえる。どれだけ彼女は自分自身を捧げてくれ、どれだけ彼女の体が私と一緒に燃え上がったことだろう。私たちは輝きだすほどだった。彼女の理解と同情と、ひょっとしたら哀れみまでもが、あの静かなひと言に込められていた。いいわ。

豪奢ではないが、立派な家だった。ガス灯、客間の上等な椅子、幅の広い階段のある玄関の広間。私たちは他人をあてにしない、誇りの持てる生活をしたいと思っていた。その志は素晴らしい玄関口となって実現したが、奥の部屋にまでは及ばなかった。

おそらく、こうしたことが私を探検へと導いたのだろう。虚栄心と、後代に名を残したいという欲望。誰一人として判事のことを思い出せなくなったとしても、という思い。大酒飲みと、妻を平手打ちする亭主と馬泥棒と、不運にもそうした行いの被害にあった犠牲者以外のすべての人が私を忘れたとしても、という思い。だが私は、そうした心の弱さばかりが自分の視野を広げたのではないと思っている。好奇心のもつ力、知りたいと思う力があった。あの時代に、たくさんの偉大な精神が我々の世界を押し広げた。新発見というテーブルで食事をしたいと思わない者がいるだろうか。

ここにいる人たちも同じことを主張している。ふむ。毎日聞かされている。まるで私の耳が聞こえないとでもいうように、くどくどと。彼らは、私が第一号なのだと言う。奇蹟とは違う、なにより科学的な説明がつくのだから。そう言って彼らは体重と心拍数と握力を測定する。血も採られた――身体からガラスの管に送り出されていくのが見えた。髪を切られ、透明の袋に入れられた。ある日の午後には男がやってきて、手足の指から伸びた爪を摘み、それを白い入れ物に入れた。規則的に食事をとらなくてはならなかった。空になった容器はまるで神聖なもののように下げられ、私はこのタイル張りの部屋に取り残された。彼らの机の上あたりが見える細長い窓はあったが、机より上にはなにもなかった。

名前を思い出したか、とひっきりなしに尋ねられる。私は、まだです、と答える。まだ伝えるときではない。この秘密は信頼するあの女性にとっておくことにする。名前は、ある日の午後に、まるで空から落ちてきたように記憶のなかにすとんと落ちてきた。声に出してしまわないかぎり、名前はひとつかみの石炭となって、私を静かに温めてくれる。その間、思い出がひとつまたひとつと、ひんやりとした隠れ場所からつま先立ちでやってきた。昨日、あの人は私がどうやって生き返ったのかを教えると約束した。私の時代には、そういった問題に答えられるのは神だけだった、と説明した。あの人は小さく歌うように笑い、そんなことはないわ、私はオハイオから来た三十五歳のただの生物学者よ、と言った。一日が遅々と過ぎてゆくあいだ、みんなが出て行って彼女が来るのが待ちきれなかった。

人の魂というものはどうなっているのだろう。新しい世界に目覚めてほんの四日しか経っていないのに、なにより優先したいものができたし、すでに希望を抱いている。

あの大切な街、リンはいまどうなっているだろうかと考える。いや待て、あそこは私にとってはさほど大切な街ではなかった。ボストンのほうが気に入っていた。リンはジョアンの故郷だ。彼女が結婚を受け入れてくれたとき、彼女の母親と兄弟のいる土地で暮らすという約束をした。みなおしなべて冷淡な人たちで、彼女の父親は南北戦争で亡くなっていた。リンは彼女の聖地だった。ふむ。いま思い出したが彼女は年上だった。私のジョアン。私たちは六歳差の夫婦で、そのことを姉たちはくすくす笑って揶揄したが、妥協したという意識は私にはなかった。ジョアンはなにより高潔で寛大な女性だった。年齢が意味するのはただ、私たちのあいだにできた子どもが一人だけだったということだ。あの女の子の名前は、名前は……。

この時代の人々の働き方は奇妙だ。彼らは人類の英知の最前線に立っているというが、一様にそんな喜びは感じられない。ともに課題に取り組むのではなく、互いに離れて座り、四角い光を見つめ、機械に向かってしゃべりかけ、めったに言葉は交わさない。それだけでなく、互いの背中に向かって冷笑をあびせ、鶏のように諍いあっている。

一日の終わり、静まり返った裁判所は図書館のようで、みんながなにか重要なことに参加している感じがあった。そこには誰もが、争いや反目、裏切りとともにやってきて、裁判所で働く我々は、次第にその内実を知ることになる。どの事情も重々しく、家路に着くときはたいてい、歩きながら責任の重さを感じていた。

ここでは、決まった時間に四角い光が消される。彼らは椅子を机に押しつけるか、無造作に出しっぱなしにする。うなるように「お疲れさま」を言う。明らかに私はなにかを見落としている。というのも彼らは労働で疲れきっているように見えるのに、やっているのはほとんど座ることだけなのだから。

そして彼女がやってくる。私に名前を教えてくれた、ただひとりの人。自分の仕事に不平を言わないし、同僚と言い争ったりもしない。紙挟みのついた板を持ってきて、そこに書き込んだ言葉を見せてくれる。きちんとして小さな字だ。たくさんのことを彼女から学んだ。血圧と呼ばれるものがあり、心臓が生存に不可欠な液体を身体じゅうにめぐらせる力を測定できること。エジソンの発明が、リンの謙虚な靴職人の店を大量生産をする工場に変え、頭上でブーンと音を立てている電灯を生み出す基礎を作ったこと。ここで働いている人たちは明らかに、耐えがたい上司に耐えている。彼だけがこの研究をひとつにまとめる力を持っているからだ。首尾よく私を覚醒させた力。みな彼に負うものがある、だから、おそらく私も。

今夜、彼女が来るのが遅い。だが、不安はなかった。みんなが行ってしまうのを待っていると知っていたから。彼女が言うには、別室の機械が私たちの言うことやすることをすべて記録しているという。私の時代の書記官が、法廷での証言を一言一句もらさず、まるで聖典のように書き留めていたのと同じだ。地球上のあらゆる人々が、この研究所にあるような四角い光を通して、記録を見ている。彼女はこのことについて何度か説明してくれたが、まだ理解できていない。充分体力がついて外から持ち込まれる細菌にも耐性ができたら、別の部屋にも連れて行って案内すると彼女は約束した。細菌についてのこの手の心配には納得がいかない。私が最初に生きていた頃と比べて、世界は急激に健康を失ってしまったのか。空気がそんなにも違うものか。

ついに彼女がやってきた。最後に居残った別の科学者は、行ったりきたり、忙しくしていた。いっぽう彼女はいろいろなものを机の上に置き、急いでさまざまな機器を動かした。猫のように優美な動きだ。それを誰も見ていない。ああ、違う。ひとりだけ見ている者がいた。誰の言うこともすべて書き留めるずんぐりした男。どういう人物かはわかる。私は八年間判事をやって、あの誉れ高い北極旅行に参加したのだ。記者を見ればそれとわかる。

仕事の半ばで、彼女は上着を椅子の背にかけた。両肩に輝くものが垣間見えた。ああ。冬だ。まだ季節はあるのか。あこがれで胸がふくらむ。この世界の外は、雪の降る宵なのだ。見たくて、嗅ぎたくて、その冷たさを、親しい人の指先が触れるように、顔に感じたくてたまらなかった。

そのとき蘇った記憶は、宝石のように完璧だった。ある夜遅く、法廷から帰路について、まだあの小さな女の子が起きていますようにと願っていた。家へと続く最後の丘を大股で上がると、冷え冷えとした空気のなかに夕食の匂いが漂っていた。十二月だった。ちらほらと雪が降りはじめ、大粒の雪片が落ちては溶けた。道をゆくあいだ、取り組んでいる事件にすっかり気を取られていた。一連の法執行手続きを取りまとめなくてはならなかった。家の正面のガス灯を見たとき、ポケットになにか入れておくのを忘れていたのに気づいた。ちょっとしたパニックに陥った。

ベストにはボタンが四つあった。一番下のボタンは留めたことがなかった。それをしっかりと握り、ジョアンが知ったら間違いなく非難されるとわかっていたが、引きちぎった。生地は無事だった。残っている糸を取ると、ベストは新品のようになった。

ボタンをポケットに入れて歩きだすと、見よ——小さな子は、まだ寝る支度をしてはいなかった。外にいて、赤いウールのコートを着て私を待っていた。出迎えようと駆け出してきた彼女は、まるで私の心の薄暗い片隅からあらわれたようだった。靴が石を蹴った。そのときの喜びが、いま、この瞬間に起こっているかのように思い出される。抱きしめようとしゃがむと、かわいらしい動物のようにすり寄ってきた。小さな手がポケットを探り、冷えた小さな鼻が、頬の真ん中に押しつけられる。

アグネス。あの子の名前はアグネスだ。私の娘、アグネス。

そのとき、あの人が部屋に駆け込んできて、私は涙を隠すことができない。

第十二章　記憶の匂い

ケイト・フィーロ

その夜、職場に向かっていると、思いがけず季節外れの吹雪が襲ってきた。着ているのは軽いフリースだけで、風にも水にも歯が立たなかった。私は背を丸め、熱が逃げないようにと急ぎながら、待ち受ける夜の仕事のことを考えた。突然、ひとりの抗議者が行く手を阻んだ。

「あんた、きっと地獄で焼かれるわよ」彼女は驚いて飛び上がった私を罵った。建物を指さす。「あそこにいる、残りの連中と一緒にね」

私は後ずさり、歩道にいる一団を見た。集団はたしかに増えていて、四十人はいるようだった。半分は傘をさして立ち、残りはレインコートやポンチョを着て群れていた。彼らのほかに、通りには誰もいなかった。なにしろ天気の悪い金曜の夜だ。正門の守衛は屋内のセキュリティデスクに引っ込んでいた。いるのは私だけ。場を落ちつかせようとした。

「あんたたち全員」女性は叫んだ。「尊い生命を卑しめているんだ」

「生命はたしかに尊いものです」あえて静かな口調で言った。「でも私たちは――」

「やめて」両手でぴしゃりと耳をふさいだ。「説得なんかして、いんちき科学でそのかそうっていうのね。あんたたちは人の道を過っているのを承知でやってるのよ」

「そんなつもりはありません」私は答えた。「言いたいのはただ――」

「やめてったら」彼女は後ずさった。まるで私が銃を持っているとでもいうようだ。「やめて」

もっと年上の抗議者の男性が、彼女の肘をつかんで引き離した。彼女は悪意を込めて振り返り、私を見た。私は動揺しながら通りを渡った。

数分後、コントロール室で、言えたかもしれない威勢のいい返答をうんと考えたが、どれひとつとして彼女の情熱と確信には及ばなかった。あれはいったいどこから来るのだろう。あれほど屈折した信仰は、自分以外の誰かが定めた価値観をまったく疑うことがないのだ。

赤いデジタル時計が、凍った男《フローズン・マン》が復活してから十四日経ったことを思い出させた。この二週間で生命が再定義されたのだ。いや、もっと正確に言えば、古い定義が棄てられ、新しい定義はまだ書き込まれていない。カーセッジは、観察室への入室を特殊な状況下でのみ許可する規定をつくった。男性技師だけが、凍った男《フローズン・マン》を立たせてバスルームに連れて行ったり、萎縮した筋肉をリハビリで回復させたりする役を担える。そういうわけだ。彼らがあの人の脚を大量の部品からなる機械のように扱うたびに私は抗議したが、カーセッジは取り合わなかった。こうした規則は、私や、あるいはほかの誰だろうと、我々が目覚めさせたあの気の毒な生物を人間扱いしようとする者の干渉を拒んでいるようだった。

もし凍った男《フローズン・マン》が私だけを信頼し、私にだけはっきりとしゃべるのでなければ、私はとっくに解雇されていただろう。数日前に事務所で、カーセッジが例の尊大な調子でそう明言すると、トーマスは野球選手そっくりの動きで何度も頷いた。落ちつきを保って劇的な状況に耐える能力は、この個人攻撃のときにも役立った。

凍った男《フローズン・マン》の振る舞いもまた、助けになった。カーセッジが部屋に入ってくると、ベッドに横たわった彼はあからさまに目を背けた。おそらく自分が〈サブジェクト・ワン〉と名指されるのを一度ならず、というよりいやというほど聞いていたのだろう。私がどれほど彼の本当の名前を知りたいと願っていることか。だが彼は自分の身になにが起こったのかを理解しようとするのに精一杯で、パニックと無気力を行ったり来たりしていた。だから私は、ほとんど仕事がない夜を彼のベッドのそばで過ごし、現在に身を置くのが容易になるよう努めた。彼は怯えた声で質問した。私はほとんどささやくような声で答えた。ほかの人間が周囲にいると凍った男《フローズン・マン》は沈黙した。私なしに、繋がりはない。保身のための最大の防御だと言いたいのではない。誰かが何百年をつなぐ信頼関係を築かなくてはならないということだ。

父がいたら、辞職しなさいと言っただろう。履歴書を引っ張りだし、人間関係を一新して、たぶんアパートも移るようにと。トリヴァーならいつでも連絡を受けてくれるにちがいない。振り返ってみれば、それは実にまっとうな忠告だった。だが当時は誰も、我々がどこに向かっているのかわかっていなかった。だから私はカーセッジについていくと決めた。歴史の目撃者になるという特権をあてにしていた。

それだけではない。この科学的な驚異は、珍しいバクテリアやクローン羊ではない。我々にはいまや一個の人間に対する責任がある。彼は、我々には計り知れないほどに倫理的な深みをもった存在なのだ。

とはいえ、私の仕事は大学院生アシスタントにでも務まるようなものだった。博士号を取得した科学者なのにもかかわらず、深夜のシフトを文句も言わずにこなした。あの雪の降る夜の勤務も、自分の仕事はモニターのチェックと、記録機器のセットし直しと、そのほかの事務作業だと割り切っていた。ビリングスは下の階にいてイワシの稚魚で忙しく実験していた。ガーバーは行方をくらましていたが、夜明けまでには顔を出すだろう。交代する技師はうなるように「お疲れさま」と言ってリュックサックを背負い、雪景色に出て行った。コートを脱いで椅子に掛け、計器を読んだ。凍った男《フローズン・マン》の血圧が十五秒、激しいスパイクを描いた。オーディオモニターから荒い鼻息が聞こえた。

当然、私は駆け込んだ。いままさに呼吸の安定が必要だ。壁の赤いボタンを叩き、ためらってから、ついに数字の並ぶキーボードにパスコードを打ち込んだ。この眼で見るまでは、騎兵隊を呼ぶ必要はない。息が問題なのではなかった。心だ。泣いていた。

私がやったことは――明日にはまた追求されることだろう――この惑星を訪れた旅の仲間が悲しみに圧倒されているのを見た人間なら、誰もがやってしかるべきことだった。駆け寄り、彼を抱きしめた。

凍った男《フローズン・マン》は身を寄せてすすり泣いた。私は腕を肩に回した。彼は腕を持ち上げようとしたが、拘束具がそれをはばんだ。また元の位置に戻り、歯を食いしばって自制心を取り戻そうとしていた。私はまたひとつ過ちをおかした。いや、そうではない。人は後になって私の行動を過ちだと言ったが、あれはむしろ気遣いと言うべきだ。私は腕の拘束を解いた。彼は両手で顔を覆いながら、指の間から声をもらした。「恥ずかしい」

「恥ずかしがることはないわ」私は請け合った。「どうかそんなふうに思わないで。悲しむことは恥ずかしいことじゃない。それに、こんなふうに拘束されていたら、誰だって落ち込む」

カーセッジは、もしそれが寄付金を集めることになると考えれば、男が泣く姿をウェブ上にのせるのもためらわないだろう。私は恐怖とともに、差し迫ったプライバシーの侵害を感じた。これは科学じゃない。のぞき行為だ。退却し、なにかアリバイ作りをして難事から身を引くチャンスもあったが、私の気分は正反対だった。上司の顔色といった取るに足らないことを理由にして、人が泣くのを黙って見ていられるのはけだものだけだ。私は屈み込んで足首の拘束具を解き、脚を持ち上げ、彼に自由があることを伝えた。

廊下から、しばらく放って置かれていた車椅子を持ってきた。到着は数ヶ月先とみなが思っていたが、実はすでに届いていた。ベッド脇に運び込むと、彼は落ち着きを取り戻していた。まっすぐ座り、足首をあちらこちらに伸ばしていた。「言いたいことがあります」

「私も見せたいものがある」私は答えた。「お先にどうぞ」

「私の名前です」

「名前？　すごい。知りたくて仕方なかったの。教えて」

彼は拳を両腿に置いた。それから背を伸ばして私の目を見た。どれほど釘付けになったか、とても言い表せない。別の時間からきた男と視線を交わしたのだ。ぞくぞくしたが、しだいに落ちついてきて、私は両手を組み合わせ、待った。

「私はジェレミア・ライス」

「はじめまして、ジェレミア・ライス」私は笑い、手を握って強く振った。「ケイト・フィーロです、どうぞよろしく。お会いできて嬉しいわ。いつ……なんと訊けばいいのかしら。あなたはいつから来たの？」

「思い出すかぎり最後の誕生日は三十八回目でした。いまから推測すると、どうやら確実なのは、私の最後の記憶が一九〇八年で終わっていることです」

「すごい。百年以上前に生きた人なのね、ジェレミア・ライス」

「これは、あなた方には説明のつくパラドクスなんですね」彼はひげを引っ張った。「なにか私の時代のものでいま、ここに残っているものはありますか」

「いい質問ね」私は部屋を見まわし、なにか過去の世界をしのばせるものがないか探した。だがすべてが新しかった、すべてが。蛍光灯にデジタル時計。古い錠前のかわりにセキュリティ・キーボードがある。「後で改めて教えてあげる」と私は言った。「でも、ジェレミアって、聖書的な名前ね」

「母は信心深かった」

「聖職者なの？」

彼は首を振った。「私は判事でした」

判事。このプロジェクトは幸運だ、生き返らせたのが町の名士だったとは。コンピューターのところに走っていって、そのような名前と職業の人間の来歴を探したいという欲求を押しとどめた。調べる時間は後でたっぷりある。その代わりにメインカメラを指差すと、彼の目が指を追った。「世界のみなさん、ジェレミア・ライス判事殿をご紹介します」

「こんばんは」彼は弱々しい笑みを、カメラにでなく、私に投げかけた。

「いまでも思い出すことはある？」

「毎日」彼の笑みが消えた。それから顔を背けた、まるで別の部屋から聴こえてくるなにかに耳を傾けているかのようだった。「洪水のように」

「新しい記憶を受け入れられる？　これから新しくつくることができる？」

すこし間があって、彼は我にかえった。「それもいいかもしれません」

「素晴らしいわ」私はベッドの側にひざまずき、スリッパをライス判事の足に滑らせた。「見せたいものがあるって言ったでしょう。行きましょう」

学生時代のある夏、まだ薬学に進むか生物学に進むか迷っていたころ、アトランタの個人病院で働いていた。ある日の午後、看護師のエマが私を脇に連れ出した。彼女は大柄なわりに頭が小さく、ちょっと滑稽な見た目だったが、確かな技能で信頼を得ていた。

「あんたが大きな人を抱え上げるのを今朝見たよ、よく聞きな、いいかい。ケガをせずに太って年取った男の人を抱え上げるやり方は、ひとつっきゃないんだよ」と彼女は言った。「よく見るんだよ。こうさ」彼女はしゃがみこみ、脚を波止場の労働者みたいに曲げたが、背中は木のように動かなかった。「全部膝で支えるんだ」

エマは正しかった。その夏のあいだにたくさんの職員が背中を痛めたが、私には彼女の抱え上げ技術があったので無事だった。それに多彩で、忍耐強い、老いた人々が大好きになっていた。そのうち九人が私が学校に戻る前に亡くなった。ひとり亡くなるたびにおおっぴらに泣くと、エマは首を振った。「よく泣く子だとは思っていたけど、あんたの蛇口は相当なもんだね」

その九人から受けた悲しみが、進路の迷いに終止符を打った。研究室の生物にこんな悲しい思いをさせられることはない。そう思った。

エマの教えを思い出しながら、ベッド脇に屈んで首をまっすぐ伸ばした。ライス判事がためらったので、彼の腕を上げて首にまきつけた。彼は手を引っ込めた。「すみません。そんなふうに親しくされるのに慣れていないので」

彼に向き直った。「医師の前で遠慮するのを諦めたことがないの？　それともプライバシーを諦める？」

「もちろんあります。一度旅先で腿を大ケガして、船員全員の前で船上の医者にズボンを切られました」

「そう。私も医者の端くれなのよ」

「あなたが？　どんな？」

「細胞のね。細胞生物学」

「細胞とは？」

「ああ。長い話になるわ。身体のすごく小さな部分とだけ言っておきましょう。それ専門の医者なの」

「学生なのかと思っていました。ほかの人たちのあなたへの接し方を見ていて」

「それも長い話になる。とりあえずいまは医療関係者だと思ってほしいの、いい？　あなたが立ち上がる手助けをするのは治療のためなの」

「治療か」彼はまた弱々しく手を上げた。私はその下に頭をもぐらせ、彼の両手を首の周りで固定させた。それから背を伸ばし、ベッドから彼を抱え上げた。ライス判事の脚が私の脚に触れ、彼の胴体が高校のスロー・ダンスのときのように私を覆った。抱き合うようにして立ち上がった。自分が赤くなるのを感じた。最後に男性に近づいてから長い時間が経っているところに、彼の存在の確かさと重さを感じたのだ。だから私はうろたえたときにいつも行く場所、あの内側にある平静の島に向かった。ライス判事の肩越しにコントロール室のデジタル時計を見た――八時五二分――記憶にとどめ、後で彼がはじめて立った日を記録しようと思った。

「いい匂いがします」とライス判事が言った。

「ありがとう」私は言い、ワルツを踊るように横に踏み出し、膝を曲げ、ゆっくりと車椅子に下ろした。それから赤面したのがばれないように、急いで後ろに回った。「ラベンダーよ」

「どこに行くんですか」彼の声が小さく響いた。若々しく、無防備だった。

「それこそ僕の訊きたいことだ」ビリングスが扉の側で腕組みしていた。「ケイト、なにをしようとしているんだい？」

「囚人を自由にしてあげるのよ」

「友人として、考え直すことをすすめる。部屋に入ったということだけでも、解雇の理由になりかねないよ」

「ごめんなさいね」私はゆっくりと車椅子を進めた。「グラハム・ビリングス博士、ジェレミア・ライス判事をご紹介します」

「よろしく」判事が手を差しだした。

「判事？　お会いできて光栄です」ビリングスは手を握り、また腕を組んで、私をぎろりとにらんだ。「クビになったら彼によくしてやることはできないぞ」

「起きてから十四日間も繋がれているのよ。どれだけ長ければ受け入れられるの？」

「ケイト、なあ、長い目で見ないといけないよ。いまの忍耐が後々のあらゆる行動につながるんだ」

「十五日ならいいの？　十六日は？」

「ここの政治学はわかっているだろう。一キロ進むために一センチ譲るんだ」

「そのせいでまたもう一センチ失ったりしてね」

「わからないのですが」ライス判事がビリングスに言った。「この女性は、私のせいで仕事を失うような危険にさらされているのですか」

「そのとおり」ビリングスが答えた。

「違う。自分の行動は自分で決めてるわ」

ビリングスは首を振った。「やめるんだ」

「お願い、そこをどいて」

「感染症の問題はどうなる」

「ライス判事の免疫システムは私たちのものと変わらないわ」

「でもケイト、彼の免疫はこの時代の危険にまったく慣れていないんだよ」

「冗談言わないで。彼は一八六八年、つまり抗生物質が生まれる半世紀も前に生まれているのよ。彼の免疫システムは私たちのシステムの尻を蹴飛ばせるかもしれない」

ビリングスはよろめいた。「一八六八年？　どうしてわかった」

「教えてくれたのよ、グラハム」

「一八六八年に生まれた人を蘇らせたのか」ビリングスは壁にもたれかかった。この新事実に心を鷲づかみにされていた。私は車椅子を押して彼の前を通り過ぎた。セキュリティドアがシューと音を立てて閉じ、ビリングスは私たちの背後で部屋にとどまった。

「おふたりの会話のなにひとつ理解できなかった」

「心配しないで、ライス判事」私たちはコントロール室を進んで通路に入った。「万事順調になるわ」

「どうかお願いです、教えてくれませんか、どこに行くんです？」

私はハンドルを両手で掴んでさらに早く進んだ。「世界を見るのよ」

エレベーターが最上階につくと、ライス判事を廊下に連れ出した。

「どうやったのですか？」と彼が訊いた。

「なにを？」

「扉がひとつの部屋で閉じ、開いたら別の部屋だ」

「ああ」私は笑った。「エレベーターよ。いまは同じ建物の違う階にいるの」

「すごい。どうやって動くんです？」

「うーん、私もよく知らないの。屋根の部分に動力があって、太い綱が私たちがさっき乗った部屋まで降りている。その綱が建物の中心にある柱のなかを上下しているわけ」

「ははは」ライス判事が頭を左右に揺らした。「素晴らしい発明だ」

また車椅子を進めた。「そうね」

屋上に続く道は、階段だった。まったく新しい経験だ。目的地は見れば明らかなのに、そこに辿り着くことができない。

ライス判事は頭を傾けた。まるで階段を山ととらえ、高さを確かめようとしているようだった。「上にはなにがありますか、フィーロ博士？」

「屋上。外に出れば、町をよく眺めることができるわ」

「町とはどこです？」

「誰もあなたに教えなかったの？　みんなあなたと一日じゅうなにをやっているのかしら」私は首を振った。

「ここはボストンよ」

「ははは」彼の目が輝いた。「ボストンは大好きだ」

「ここに来たことがあるんじゃないかと思ったの、リン製のブーツをはいていたから。町はずいぶん変わっているいると思うわ」

またライス判事の目が階段のほうに向いた。「あなたはとても力が強いとみえます、フィーロ博士。それでも、私を運べるとは思えません」

私はブレーキをかけた。「協力してやるっていうのはどう？　チームのために尽くすのは？」

「はい？」

私は笑った。「ベストを尽くそうってことよ。そんなようなこと」

「人間はいつも手の届く範囲を越えてゆくべきだ――そうでなければ天は何のためにあるのか」

「あなたの言葉？」

「まさか」彼は両腕を私のほうに伸ばした。「ブラウニングです」

エマ看護師の抱え上げ方でライス判事を手すりのそばに運び、手すりが腕の下に来るよう滑り込ませ、彼の腰を私の腰で持ち上げるようにした。「前の人生では、よく本は読んだの？」

彼はためらいがちに進んだ。「とくべつ読んだということはありません。ホメロスは苦手ですしね。シェイクスピアとスウィフトは好きです。でもミルトンはなんだろうと大嫌い」

私は笑った。「私もそうなの。ミルトンとはうまくいったためしがなくて」

「からかっているんですね」彼も笑った。

「私自身をね。準備はいい？」

ライス判事は深呼吸した。片手を私の肩に置き、片手で手すりを摑み、まっすぐ前を見た。「はい」

私が前進し、彼が右足を上げ、そこで体を持ち上げると、ふたりで一段上がった。どうにか少しずつ上がってゆき、私たちは屋上へ、ひとつの啓示へと進んだ。

防火扉は金属製で、しっかりと閉じられていた。ライス判事を壁によりかからせ、扉に肩でぶつかった。数ミリしか動かなかった。「こんなことになるとはね」私は言い、またぶつかった。

「いいですよ」彼はあえいだ。「もう」

汗をかいて光る顔と、唇の端に血の気がないのを見て、大変なミスをおかしたのではないかと不安になった。心拍数はどれくらいだっただろう。その乏しい筋肉は再び動き始めてまだ十四日目なのだ。「戻ったほうがいいかしら」

「こんなに遠くまで来たら無理です。力を尽くせば必ず勝てます」彼は顎で指し示した。「打つところが高すぎます、フィーロ博士。ラバがやるみたいに蹴ってください、取っ手のそばを」

私は脇に寄り、指示に従った。二度蹴ったら、扉はすっとひらいた。一陣の風が扉を強く押して外の壁にぶつけた。「いいアドバイスだったわ、ライス判事」私は大喜びで言った。

彼は地べたで喉を掻きむしっていた。私は彼のほうに屈み込んだ。心はすでに階段を半分下りてパニック・ボタンを叩こうとしていた。

「大丈夫？　肺なの？　どうしたの？」

彼は音を立ててつばを飲んだ。喉に石が詰まっているようだった。「匂わないのですか」

あたりを見回した。コンクリートの吹き抜けと、金属の階段があるだけだった。「なにが匂うの？」

「海です」

「ああ、そうよ、潮風ね。今夜の風は東から吹いているの」

「毒」彼はあえいだ。「毒みたいだ」

彼の顔を覗き込んだ。「まさか。どういうこと？」

彼は鼻の根元を叩いた。「私が飲み込んだのはただの水ではありません、フィーロ博士。海水です。海水が私を殺した。誰かに傷口に擦り込まれているようだ」

風がまた防火扉を叩いた。四月のはじめだったが、遅い冬の暴風が街の上をうねるように吹いていた。突風が私たちの上で渦を巻き、そこには雪と塵がまじっていた。

「だめだわ、ライス判事」私は彼の腕の下を摑んだ。「早すぎたのよ。運んで帰るわ」

「いいや」彼は言い、表情は固くなっていた。私はそれを、任務について、法廷の権威となった判事の顔だと思った。「第二の人生を生きることになったのなら、どうしてそんなことがあり得るのかという謎は残っているとしても、生きなくてはいけない。この場所を見なくてはいけない。私という壊れた船が辿り着いた港を」

「本気？」

彼は決心したように、両腕を私のほうに伸ばした。

「それならあと何段かだけ」

また抱え上げたとき、彼はずっしりと身を預けてきた。身体の熱を、彼の努力を感じた。角を曲がり、敷居に辿り着いた。そこで彼は私の肩から手を離し、足を引きずりながら残りの数段を自力で進んだ。つまずいたときのために待機して見守るあいだ、彼は暗闇へと身体を進めた。

祈るタイプの人間ではない。だがそのときばかりは、彼のために強く祈った。打ちのめされないように、体調を崩したりしないように、気が狂ったりしないように。彼に代わって祈り、それから彼の立っているところに向かった。

ライス判事は両手で口を覆い、目を大きく見ひらいていた。眼下にはボストンの街があり、通りの尖った角は新たに数センチも積もった雪で和らげられていた。街灯は通りに琥珀色を投げかけていた。あちこちの煙突やパイプから煙が上がっていた。車がヘッドライトで照らされた道を進んでいく。タクシーが二度、クラクシヨンを鳴らした。歩行者が身を寄せあって夜の歩道を歩き、映画館から、家か、ひょっとしたら友人のアパートへと帰るところだ。抗議者たちは建物の向かいの芝生を引き払っており、あとには雪景色の小さな公園があるだけだった。その右にはオールド・ノース・チャーチの尖塔が立ち、左には六十階建てのジョン・ハンコック・タワーがあって、ガラス張りの表面が周囲の光を反射していた。飛行機が音を立てながら視界に入ってくるとライス判事は仰天し、両膝を曲げて飛びだそうとするような格好で飛行機を目で追った。それは東の海へと飛び去った。パトカーが彼の注意を地上に戻した。交差点を横切るあいだ、長々とサイレンが響いた。

私は凍った男《フローズン・マン》のそばに立ち、街を新たな視点で眺めた。複雑だが、美しい。そこを行く人々に同情を、ほとんど哀れみといっていいようなものを感じた。彼は手を下ろした。潮風がもたらす苦痛は、足元で輝く風景に麻痺していたようだった。

「さて、ライスさん」と私は言った。「どうですか?」

ライス判事は首を振った。「人類は」と彼は言った。「忙しそうですね」

第十三章　記録

ダニエル・ディクソン

「奴がそう言ったのか?　俺たちが忙しいって?」

「さっきから言ってるでしょ」ケイト博士が言った。

俺は忠実に書きとめた。「もう一度、彼を屋上まで上げた理由を」

「絶望していたから。記録を見てよ。泣いていたのよ。拘束されていて気が滅入ったの」彼女はさりげなく髪をかきあげた。「十四日もそんな状態だったら、誰だって滅入るでしょう」

彼女はぴったりしたジーンズに、肌ざわりのよさそうな白い上着を着ていた。疲れて見えるのは、ひと晩中働いたうえ、そのままこのミーティングのためにとどまったからだろう。ケイト博士は靴を脱ぎ、椅子の上で足を尻に敷いた。かわい子ちゃん。俺は意識を集中しようと一瞬ノートを見直した。

「ほかには？」と訊く声は熱心とはいえず、結腸内視を受けている患者のようだった。

俺たちはカーセッジの事務所の外で待っていた。今朝トーマスから呼び出されていた。ビリングスもいて、ひとり離れて座り、ノートに顔をうずめていた。ドアは閉ざされ、なかからぼそぼそとしゃべる声が聴こえた。こんなに朝早くカーセッジと話しているのは誰だろう。ふだんは俺が最初で、前日の経過を振り返り、翌朝の公開のためにガーバーがまとめたハイライト映像について話し合う。今日カーセッジは俺を二度も後回しにして、いまこのとおりだ。階下の守衛たちがトーマスを呼び出したおかげで数分、個人的な取材の時間ができた。

「彼を下ろすときに助けを呼ぶことは考えなかった？」

「死罪にもなりかねないのよ。たとえ数十分でも技師ふたりを呼び戻すわけにはいかなかった。それより、ライス判事については聞きたくないの？　いま私たちは彼の名前も、職業も知ったのよ。彼の歴史の扉はひらきはじめたばかりなんだから」

「なあ、ケイト博士」俺がペンの端を噛むのは二度目だった。「誘導尋問になるかもしれないが」

彼女はゆっくりまばたきした。「言ってみて」

「ああ。このプロジェクトがカーセッジの赤ん坊なのは間違いないだろ？　この状況をすべて作っているのはあいつだ。カーセッジがいなければ調査船もなかったし、ジェレミアが目覚めることもなかった。そしてあいつはこれまで、プロジェクトの目的をはっきりとさせてこなかった。だが、研究を続ければ今後もっと多くの人間を蘇生させられるかもしれないとは言っているし、それに向けて動いていると、嫌というほど聞かされてる。だがあんたはそれをすべて台無しにしようとした。男を部屋から出し、感染症の危険をおかして汚れたボストンの空気にさらし、外科用マスクさえつけさせなかった。普通に考えて、科学的な観点っていうものを完全にないがしろにしているとは言えないか？」

「質問はなに？」

「つまり、こうなるだろうな。なにを考えてる？」

「バランスをとるための、もうひとつの観点があるわよ、ディクソン。あなたならもうわかっていると思うけど」彼女は椅子の上で前にずれたが、素敵な尻はまだ数センチ、シートに残っていた。「私は骨の髄まで科学者だから、ここでなにを学べるかということに深く注意を払っている。でも同時に人間でもあって、ライス判事もまた人間であると心に留めているから、どのように学ぶかにも気をつけてるの」額をこすった。「院生のころ、ネズミに発がん性物質を注射して、それを治療できるか実験した。ウサギから血を採って新薬のテストもした。本当に高潔で、高く大きな目標を胸に抱いている人でも、道徳的にグレーな領域にいると言うべきでしょうね。そしていま私たちの前にいるのは人間、この……この男性で、思うに私たちは、完全にグレーゾーンの外に出てしまった。だから私はもうエラスタス・カーセッジのためには働けない。働くなら〈ラザロ・プロジェクト〉のために働く。となればその仕事には、ライス判事にできるかぎりのことをしてあげることも含まれるはずよ」

ビリングスがかすかに咳払いした。横目で見ると、奴は明らかに聞き耳を立てていた。もうかなりの時間ページをめくっていない。ふん、俺の知ったこっちゃない。

「抱きしめたことについてはどうなんだ。ものすごく科学的とは言えないぞ、ケイト博士。カメラがあるのを忘れたのか？」

彼女は口をすぼめた。「正しいことはカメラの前でやっても正しいことよ」

「解雇されるとしてもか」

「ひと晩中そのことばっかり考えてた」

「フランクは困るだろう、あんたがクビになったら」

「ライス判事ね」と、微笑んだ。「まさに彼が、このミーティングのために助け舟を出してくれたの。彼の素晴らしいアドバイスのおかげで仕事は続けられる。法律家としての頭は、ものすごく鋭いままだった」

「だとしても、解雇は避けられないんじゃないのか」

「そうね」ケイト博士は椅子に深く腰を下ろし、あぐらをかいて腕を組んだ。甲羅のなかに退却か。「私たちのどちらもいずれはそうなるんじゃない？」

はっきりと認めよう。俺にはこの女が理解できない。だいいち、この研究所にはかわい子ちゃんが少ないうえ、彼女はまだ子作りできる年頃なのに、男が彼女の三キロ以内に近づくのを見たことがない。女からのお呼びもないようだから、そっちの線もなしだ。たぶん世界で一番抑圧的な上司のもとで働いていると言えるが、ほかの連中と違って、彼女は奴の尊大なケツにキスするのを拒否している。どんなに馬鹿な人間でも、ハグしたり、拘束を解いたり、カメラの届く範囲から離れたりすれば、カーセッジを死ぬほど怒らせることくらいわかろうものだ。だが彼女は全部やってしまった。

しかし馬鹿ではない。八月、彼女が遺体をカナダ経由で運んでいるころ、俺は院時代に彼女を指導していた人間を取材した。そいつはいまや救いがたい変人になってワシントンの国立アカデミーにいたが、彼女のことを正真正銘の天才で、カーセッジとガーバーを合わせたより頭がいいと言った。

かもな。そしてそれが全部あんたの指導の賜物だと言うんだろう。ちょっとばかり誇張しすぎじゃないですかね、先生。でもその賞賛のおかげで俺は彼女の論文を探すことになり、モノクローナル抗体やTリンパ球についての論文と充実した勉強の午後を過ごした。テーマを見ただけでも逃げだしたくなるだろう？　でもそういう論文に当たってみた人間ならわかるだろうが、たいていは同じことを言い換えているにすぎないんだ。

彼女のは違った。俺はイントレピッド誌にいる数年のあいだに、取材に関連した難解な研究記録を消化してきた。光の屈折、重力場、虫たちの一足飛びの進化。たいていは、ちょっとした理解を得てそこを離れる。それもせいぜい、駅のホームのアナウンスで得られるよりも少し多いくらいだが。ではケイト博士の論文は？　全然だめなんだ。俺にはまるでキリル文字で書かれた文章だった。

「質問に答えてくれていないみたいだけど」と彼女が言った。

現在に引き戻された。「俺にはわからん。ただの三文文士なんだ」

大きな笑い声がカーセッジの事務所から聞こえた。いったい誰だろう。俺の仕事は知ることだが、いまはまだ闇のなかだ。腹が立つ。だが三秒後には答えを得た。

「となれば、カーセッジ博士、すごいことになりますね」出てきたのはニューヨーク・タイムズのウィルソン・スティール、一九三センチの大男。奴の科学的論考『可能性の限界』とベストセラー『氷の話』は、俺も数年前に読んだ――そして、嬉々としてこきおろした。

真打ち登場ってわけだ。いまの俺には特権が、世界に発信する署名記事がある。だがいつかこのときが来るとも思っていた。くそっ。

「直通電話をお教えしたのだからいつでも連絡してくださいよ」とカーセッジが言うと、スティールは農場にあるような古いポンプで水をくみ出すように、手を上下に動かした。

「もちろんです」とスティール。立ち去ろうと踵を返し、俺を見つけ、大きな手を拳銃の形にして、すれちがいざまに俺を撃った。

「いい仕事してるな、ディクソン」

もちろんだ。落ち込んだ俺の頭をやさしく叩いてくれよ、クソ野郎。

カーセッジはすでに巣に戻っていて「入れ、入れ」と呼びかけた。当然俺は後ろに下がってケイト博士を先に通した。ビリングスが立ち上がって音を立ててノートを閉じたので、この男もミーティングに加わるのだとわかった。俺が一瞬入るのをためらうと、ウィルソン・スティールが身を寄せ、ささやいた。

「きみはここにあるろくでもないことの一つも信じちゃいないんだろう」

「なんのことだ」

「ごまかすなよ、おい。ここでねばっていんちきをすべて暴くつもりだろ」

俺は笑った。「前はそう思ってた。でもここは本物だ」

「そうだろうよ、ディクソン」ウインクしながら廊下を去っていった。「そうだろうよ」

「ダニエル」カーセッジが事務所のなかから声をかけた。「早くしろ」

俺はそっちに急いだ。からかわれたのか？　どういうつもりなんだ。

カーセッジは机について、例のどろどろした消毒液を手のひらに垂らしていた。どうやらニューヨーク・タイムズの記者さえも不潔な人間のひとりと見なされたようだ。ボスは手を振って三つの椅子をすすめた。「どうぞ座って」

ケイト博士は素早く静かに従った。ビリングスはゆっくりと、先立たれた家族に会う葬儀人のように動いた。

これまでこの男にまともに注意を払わなかった。ぱっとしないインタビューをした相手だと早いうちから片付けていたからだが、このとき奇妙な印象を抱いた。それを振り払う。もっと大きな魚に専心するときだ。

「なぁ、先生」俺は単刀直入に言った。「俺はこのプロジェクトに関する報道の特権を与えられていたはずだ」

「いまなんと？」カーセッジは、俺が敷物につばを吐いたとでもいうように頭をそらした。「なんのことを言っているのかな」

「契約したはずだ。俺があんたをよく書き、あんたは俺に取材特権を与える。ところがどうだ、天才ウィルソンがあんたの事務所に来ていたじゃないか。方針が変わったってことじゃないのか。俺は新展開に突入しているのかどうか知りたいだけだ」

カーセッジは首を振った。「ダニエル、ダニエル、ダニエル」

「よい気はしないぞ」

「その逆だよ。信頼してもらいたい。このミーティングにきみを呼んだのも、私がきみを信じているからにほかならないし、きみに目撃してもらいたいものがあるからだ。同じように、私を信じてもらいたいね。〈ラザロ・プロジェクト〉はきみのシマで、ほかの誰のものでもない」

「じゃあスティールのことはどう説明する？」

カーセッジは肩を落とした。こんな愚か者は見たことがない、とでも言うように。「ニューヨーク・タイムズだ、ダニエル。合衆国大統領でさえ彼らのことは特別扱いしている。自分のことを合衆国大統領にまさる人間だと思えと？」

もう思っているだろう。俺と同じ意見か確かめようとケイト博士を見たが、彼女は自分の足を見つめているだけだった。ビリングスは遠くの壁に飾られた賞状を読んで口笛を吹き、関心のなさを示していた。「もちろん違う」と俺は言った。

「きみはここ数週にわたる仕事を楽しんだはずだ。それは新聞記事となって世界中に発表された。この上なにを望むことがある？　教えてくれ」

俺はまたケイト博士を見て、奴に向き直った。カーセッジはぞっとするような笑みを浮かべた。「おいおい、彼女の顔色をうかがう理由はこれっぽっちもないだろう」

自分のノートを一瞥した。しっかりしろ。俺はたしかにこの仕事でいい思いをしているが、もとは馬鹿げた北極の割り当て仕事に派遣されたイントレピッド誌の記者にすぎない。失うものなんてないはずだ。

「本だ」

「本？」

「最終的には、このプロジェクトに関する本が出るはずだ。すべてを網羅した年代記。〈ハード・アイス〉に始まって、どこだろうととにかく虹が終わるところまで。そしてその本を書くのは、すべての出来事を目の当たりにする人間のはずだ」腕を大きく広げた。「この本は歴史的な資料になるだろう。素人の目線から、このプロジェクトがいかに驚くべきものか見せるんだ。ネットを利用すればきっとすごい評判になる」

「作者を有名人の金持ちにしろというのかね」

「すべての書き手は読まれるのを望んでいるってことさ。俺以外の誰にこの話を書ける？」

カーセッジが立ち上がった。「おっしゃるとおりだ」しばらくゆっくり歩き回り、また机の後ろに下がった。「またもや私の二歩先を行ってくれたな、ダニエル」鼻を鳴らした。「本の必要性に関して、きみは完全に正しい。いろいろな目的に役立つだろう。プロジェクトにも、そこで働いている人々にも」

「そのプロジェクトが蘇らせた人にはどうなの？」ケイト博士が割りこんだ。

カーセッジは顔をしかめた。「きみの話はこの後すぐだ」奴は俺に頷いた。「すぐに本の仕事に取りかかってくれたまえ、ダニエル。平行して、ニュースリポートのための記事も続けるように」

「ありがとうよ、先生」俺はほっとして肩を落とした。「大感謝だ」

奴はまた腰かけた。「さて」カーセッジは両手をこすりあわせた。賭博師が熱戦のダイスを転がそうとするかのようだ。「ダニエル、きみにはまだ残っていてもらいたい。〈ラザロ・プロジェクト〉が維持せんとするプロ精神の水準というものを、大衆に知らせてもらわなくては」

俺はノートを振った、へいこらするわけではないけれど。「いつでもどうぞ」

奴はすべての注意をケイト博士に傾けた。その視線をたどって、理解した。俺に、彼女を解雇するところを見せるつもりなのだ。陰険とはこのことだ。彼女は奴の権力に無頓着な振りをしているが、意識していないわけがない。顔面蒼白になり、強い向かい風が吹いたときのように目を細めてもいいはずだった。しかし不気味なことに、ケイト博士は落ち着きを保っていた。

「フィーロ博士、どうして蘇生室にカメラを設置していると思う?」

彼女はしばらく考えた。「科学、公共性、覗きのため」

「違う。私は〈サブジェクト・ワン〉のささいな過ちや奇癖には興味がない。すべては記録のためだ」

「すべて?」

「同様に、きみの仕事は科学であって、社会福祉事業ではない。〈サブジェクト・ワン〉が泣いても、抱きしめたりするな。ノートを取り、質問しろ」

「質問? ライス判事はモルモットじゃない」

「〈サブジェクト・ワン〉には後でカウンセラーをつけようと考えている。心理学はきみの専門でもなければ、責任の範囲でもない。きみの仕事はデータを集めることだ。我々の責務は知り、測り、記録することだ」

「私の関与によって、蘇生した人物について多くのことを知ったんですよ。間違ったことはしていません」

二本の指で、カーセッジは机の上の紙をまっすぐにした。「フィーロ博士、このプロジェクトが直面している懐疑主義は決してきみのことも見逃さないぞ。信用を得ようと思ったら、やることすべてについて疑う余地のない記録が必要なのだ。つまり……」その声をさまたげる音など聞こえないのに、奴は咳払いした。「つまり、違法行為がカメラに捉えられたり、モニターの油断のない目の外でなにかが起こったりして傷つくのは、私の威信だけではない。それが危険にさらすのは、この取り組みのすべての未来、人類を救い、死という動かしがたい概念に変化を起こす取り組みの未来だ」

「ガーバーが記録したサイトのアクセスを調べれば、ライス判事が動いているとき、つまり彼が私と話をしているときにアクセス数が増えているのがわかります。人々は彼が生きて動くのを見たいと思っているんです」

「土曜の朝刊の漫画だってよく読まれているぞ、フィーロ博士」

「ジェレミア・ライスがマサチューセッツ州の法廷判事だったという事実は、漫画と同じなのかしら」

「もうたくさんだ」カーセッジが叫び、立ち上がった。気を落ち着けようと深呼吸をした。「きみの向こう見ずと反抗心にはうんざりしている。何度も警告したはずだ。きみは何度もルールを破った」

「やめるように言ったんだ」

ビリングスだ。そこにいることも忘れていた。

「あらあら、グラハム」ケイト博士が言った。「私を船外に放り出すつもりね」

「なんだね、ビリングス博士」カーセッジが言った。

「私は止めたんです。部屋の扉のところで、規則を思い出せ、破ったりするなと言ったんです」

こういう人間には虫唾《むしず》が走る。てめえのケツを守るためなら誰にでもナイフを振りかざす、ゴマスリ野郎だ。

カーセッジがケイト博士に近づいた。「本当かね」

「ほとんど同じ言葉でした。でも完全に的外れでもある。もし私の行動を結果から判断するなら、私を処罰するのではなく、規則を変えるべきだわ。昇進させてもらってもいいくらいかもね」

「馬鹿を言うな」

「もしあなたの規則に従っていたら」彼女は続けた。「いま歩いて、しゃべっている男の意識はまだない状態だったでしょうね。そのあいだ、貴重な日々はただ過ぎていくだけだったはず。あなたがなんらかの方法で彼を目覚めさせたとしても、しゃべることはなかったでしょう。なんらかの方法で彼にしゃべらせたとしても、彼のことを理解する人間はいない。私がいなければ、いまあの部屋にはぼそぼそつぶやく高価な肉のかたまりがあるだけでしょうね」

いい切り返しだと思って急いでメモしたが、カーセッジの表情を記録する時間はなかった。無表情なはずがない、なぜならいつものようにごまかしていたから。俺が顔を上げると、奴は窓際に立って抗議者たちを見下ろしていた。間違いない、連中のことが大好きなんだ。奴にとって軽蔑心は世界と対話するための燃料なのだ。

「お互い、このうえ口論していらぬ苦労をするのは避けよう」奴は窓に向かって話しかけた。「きみはクビだ。ただちに、永久に。机の上を片付けて身分証を返却すること。いい厄介払いだ、さようなら」

ケイト博士は壁のデジタル時計を見ていた――コントロール室にあるカウンターと同期しており、フランクが再び生きはじめてからどれだけ経ったかがわかるようになっていた。時計は吹き抜けの一番下のロビーにも大きいのがあった。十五日目に入ってまだ四十一秒しか経っていない。俺は、彼女が長いこと時計を眺めていたので、わかった――カーセッジがわざとらしく窓の外を見ている間も、作戦を練っていたのだ。次の瞬間には、彼女は気味が悪いほど落ち着き払っていた。「お断りします」

「なに？」

「私はここに通い続けます、博士。あなたがなにを言おうと。もし守衛に私を止めるよう命じるなら、メディアに知らせてあなたが閉め出しているところを撮ってもらう。どうなるでしょうね？　私が泣いてたりしたら」彼女は膝のあいだで手を組んだ。「それからライス判事を、エラスタス・カーセッジの所有物としてではなく、この国の自由な市民のひとりとして、なにより友人のひとりとして、私の家に迎えるわ。私が用意した代理人は命令を待っていて、あなたの〈サブジェクト・ワン〉がこれ以上閉じ込められないように、救済措置を取ろうとしています。もし反対すれば、すぐにあなたを職場での性差別で告訴します。資金を自衛のために使うあいだ、援助は減るでしょうね。悪い評判に押しつぶされて」

彼女は死人のような相手の目を見据えた。「カーセッジ博士、私はこのプロジェクトとあの人に手を貸します。あなたの敵ではありませんが、解雇されるなら、そうなることも厭わない」

惚れたぜ。一緒に仕事をしたことのある新聞社の社会部長だった女にここまでの根性はなかったし、取材したことのある殺人課の女性刑事にここまでの度胸はなかった。カーセッジはわが道を行き、世界で最も有名な科学者になるだろう——その分野のスティーブン・ホーキング、その分野のカール・セーガンに——そしてこのガッツのあるかわい子ちゃんは、そいつと対決した。彼女の解雇は新聞に載るだろう。日曜版にでも。だがこの場面、いまこの瞬間は、俺が本に書いてやる。

そのあいだカーセッジは、誰かが屁をしたときのような表情になっていた。消毒液をにらみつけたが、机の向こうにあったから時間稼ぎには使えない。咳払いした。「恐喝が法的に行き着く先を知っているのかね」

「もちろん」

「きみにとって、この会話の目撃者がいることに意味はないことも?」

「それはお互いさまでしょう、カーセッジ博士。間違いないと思うけど、守衛の証言や映像記録を通して陪審が知るのは、〈ラザロ・プロジェクト〉に雇われた唯一の女性が、夜番する唯一の職員でもあるということよ。実際、三週間連続休みなしで毎晩働かされているしね」

電話が鳴った。「トーマス、出てくれ」カーセッジが吠えた。早すぎる、と俺は思った。追いつめていたのに。そしてこうも思った。俺にはいまいましい仕事があるんだった。メモ帳をめくって綺麗なページを出し、次のラウンドに備えた。

そのころにはカーセッジも落ち着きを取り戻していて、笑った。「きみの論理に従えば、私の間違いは女性を雇ったということだな」机に近づく様子は車のセールスマンのように気さくだった。「私と仕事を続けたいと思う連中には慣れっこだ。大抵は懇願する。あるいは抗弁する、あるいはもっとよくできると誓う。ぞっとするよ。堅実な科学者たちが自己主張するのは、仕事を続けたいがためだ。誇りなどない。専門家ならではの一撃を加えられたのははじめてだ。認めよう、面白かったとさえ言えると」

「それに同意できればよかったですけれど」とケイト博士は答えた。

「ダニエル、ノートをとれ」

「はい?」

「よく見ていろ」

奴は消毒液を手のひらに噴射し、こすりあわせた。「科学の世界では〈オッカムのかみそり〉を忘れてはいけない。最も簡潔な説明こそ最も好ましいという意味だ。だから私が行動するときも、最もシンプルなものを選ぶ」机の正面に腰を据え、彼女を見下ろした。「フィーロ博士、きみは解雇された。か・い・こ・さ——」

「先生、副大統領です」

トーマスが扉のそばにいた。カーセッジはまばたきした。相手を認識するために焦点を合わせようとしているようだった。「なぜ邪魔をする？」

「合衆国の副大統領です。ジェラルド・T・ウォーカー。プロジェクトの大ファンで、我々のサイトのアップデートをすべて見ていると言っています」

トーマスがじれったそうに手を動かした。俺の脳裏に、小便を我慢している子どものイメージがひらめいた。

「話したいそうです、先生。〈サブジェクト・ワン〉と面会したいとも」

「本当か？」カーセッジの顔が明らかに輝いた。燃える石炭のようだ。机を回り込み、注意の矛先を変えた。怒りはどこかへ消えていた。「こちらにつなげ、つなげ」

「いますぐに。それから、先生」

「なんだ、トーマス」

「フィーロ博士ともお会いしたいそうです。ぜひにと。今朝の抱擁を見たと思われます」

「ガーバーがもう新しい映像を上げたのか？　私の承認なしに？」

「いま一二時一五分です、先生。ミーティングが長引いたので。先生の手が空いていないときには定刻に上げるよう指示されていました」

「くそっ」カーセッジはケイト博士を指差した。「合衆国副大統領、あのにやけ顔の馬鹿が、あの我慢ならない抱擁を見たと？」

「感銘を受けたと言っています。泣いたと」

俺は笑った。こらえきれなかった。カーセッジは苛立たしげにこちらを見て、受話器のそばに立った。「早くつなげ」

トーマスは消え、数秒後にカーセッジの電話が鳴った。だが奴は最初の呼び出し音には答えなかった。「出て行け」手を振って俺たち全員を出口に追いやった。「続きはまただ」また電話が鳴ると、奴は受話器をそっと耳に当て、その瞬間を味わっていた。「エラスタス・カーセッジです」

そろって待合室に入ると、トーマスは自分の机に着いて、コンピューターで作業する振りをしていた。俺はメモ帳を構えたままだった。

「聞いてくれ、ケイト」とビリングス。「いつか償いはするよ」

ケイト博士は鼻で笑った。「幸運にも電話が鳴らなかったら、あなたは失業した女に償いをすることになってた」彼女は短剣を携えているように見下ろした。

「いつか」ビリングスは言った。「なんとかするよ」

ビリングスは足を引きずるようにして立ち去った。うなだれた尻尾が目に見えるようだ。ケイト博士は手を腰にそえ、今度は光るような視線を俺に向けた。「まだなにか聞きたいことがある?」

「大丈夫か」

「まあね」彼女は額をさすった。「ただ急に、すごく独りぼっちになった気分」

間近で見て、俺はその表情に圧倒された。まず不安。そして忘れちゃいけない。美しさだ。思わず振り返ると、いかれたガーバーがコントロール室にいてヘッドホンをし、目を閉じてゆっくりと踊っていた。たぶんカモメのようにハイだった。とんでもないところだ。

「いや、すごかった」と俺は言った。「感服したよ。全部ライス判事のアドバイスなのか? 本当にもう弁護士を準備していた?」

「オフレコ？」

「お好きに」

彼女は目を細めて俺を見て、なにやら計算した。「ノー・コメント」

俺は笑った。「率直だな」

「ノー・コメントって言ったのよ」

ケイト博士は踵を返してコントロール室に向かった。ものすごくそそられる姿だ。言うまでもないが、俺はそこにとどまったまま彼女が立ち去るのを見つめた。

第十四章　付き添い

エラスタス・カーセッジ

一千万ドル。それで充分だ。それ以上、一セントもいらない。

一千万ドルあればもっと強力なスタッフを連れてこられるし、ウェブ開発者も雇えるし、ちゃんとしたジャーナリストを雇用できる。空咳の止まらない腹話術師よろしく、おのれの能力をはるかに上回る野心を抱くような人間のかわりにだ。専任の記者がいると達成できることはなにか。広告、信頼、名声だ。あの賞を与えるスウェーデンの連中は、そのような人間を評価する。

では研究所は？　もちろん第二の調査船を出し、〈ハード・アイス〉探査を地球の両極でいっせいに行う。それで得た標本の山で、第二の蘇生室を作る。一千万ドルあれば、役に立たない低温学者たちと仕事をする必要もなくなる。潜在的な収入源についての心配も減る。ああ、それから。それから、関係の密な団体を、第一線の博士たちで組織することを提案し、さまざまな発見とさらなる蘇生を世界で共有する。そう、私は気前のいい男なのだ。彼らを招き入れ、学ばせてやろう。エラスタス・カーセッジ・アカデミーは、人類の進歩のために。いい響きだ、威厳がある。ひょっとしたらハーヴァード大がアカデミーのために一室もうけてくれるかもしれない。あるいはマサチューセッツ工科大学か。それで思い出したが、トーマスは学長にちゃんと花束への礼状を書いただろうか？　そんなものにサインした覚えはないが。

この棚にある祝いのバラは、くたびれて見えるだろうか。もう数日経っているし、今日遅くにはゴミ箱行きだ。しかし今朝だけは、よい印象を与えるのに必要だ。スムーズに一千万ドルを頼めるように。たとえそこまでの金額でなくても、連邦の資金をたっぷりと。

当然の要求だろう。このプロジェクトは世界中のあらゆる新聞に載っている。ニューヨーク・タイムズは〈サブジェクト・ワン〉を一面に飾り、ウィルソン・スティールに署名記事を書かせた。ワシントン・ポストは彼の顔をクローズアップで写した。その下の表題はこうだ。「判事がやってきた」。評論家たちは再びアメリカが科学の世界で覇権を得たことに歓声を上げているのでは？　中国は、地響きを立てて進む象が聡明なネズミに出し抜かれでもしたかのように、あわてて研究所を開いて仮説を検証しはじめている。大金を投じて劣った科学者たちを雇い、模倣にすぎないプロジェクトに加えているのだ。その指揮者として雇われたのは、よりによってこちらが先月解雇した、つまらん人間だ。スーツを紅茶で汚したあの男。あの従僕が調査主任だと。笑わせてくれる。寿命の尽きる前にエラスタス・カーセッジに追いつけるかどうか、見てみようではないか。

なにはともあれ、中国はいいことをしてくれた。かつて米ソで行われた宇宙開発競争をまた始めてくれたのだ。死のスプートニクとでも言えばいいか。アメリカが先を行くのに必要なのは、たったの一千万ドルだ。ふくれあがった連邦政府の予算のほんのわずかな部分。こんにちの感覚からすれば取るに足らない額だ。

そして、この要求をワシントンに持ち込んで陳述の準備をさせるのに、ジェラルド・T・ウォーカーほどの適任がいるだろうか。過度な笑顔を揶揄されるが、自由の国アメリカの大統領へあと一歩という男だ。もう一時間もしないうちにプロジェクトと記録映像の、そしてあのいまいましい抱擁のファンが、ここにやって来る。山のほうからムハンマドのもとにやって来るのだ（イスラム教の創始者ムハンマドが山を動かそうとしたが動かなかったため、自分で山に向かったという逸話）。

理想的なタイミングだ。〈サブジェクト・ワン〉は目覚め、はっきりしゃべっている。これがどのくらい続くのかは、誰にもわからない。やるならいま、このときしかない。

ウォーカーに先駆けてやってきた警備係が、ビルのなかを調べまわっている。朝のあいだずっと抗議者たちが窓の下で合唱していた。TVカメラは彼らに張りつき、やっきになってなにか聞き出そうとしている。連中が我々の仕事を忌み嫌ったところでなんになる？　連中は礼拝と見まがうほどの情熱を見せている。彼らを観察するのはやめられない。我が身の弱さを暴かれ、それを誰の目にも見えるように自らひけらかす人々を想像できるだろうか。とても無理だ。連中から六階高いこの世界が、私のいるべき場所なのだ。

ドアを穏やかにノックする音が聞こえた。ポルノに見入っている現場を目撃されまいとするように、窓から離れる。入ってきたのはあの医師だった。彼に頷きかけて挨拶する。「ボーデン博士、いいニュースを期待しているよ」

「よいニュースになる可能性はあります」

机に着き、相手にも椅子をすすめる。「教えてくれたまえ」

小柄でとがったひげをたくわえたこの男は、ちょこちょこと素早く動いた。椅子に駆け込んだが、座るというより上に載ったというほうが合っている。「十六日目の時点で知り得たことがあります」

彼はいつも、気持ちがいいほど核心をついてくる。頷いてみせる。「続けて」

「塩分のことです。代謝が加速する兆候をすべて見逃さないようにしてきました。心拍数、血圧、呼吸、全領域を。もし間違いがなければ、彼は二十一日目までもつ可能性があります」

「身体の体積とオキアミからの推測かね」

「ええ。それにこちらで調合した栄養剤に、代謝を鎮静する効果があるようなのです。四対六の割合で効いているかと思われます。率直に言いまして、それがうまくいっているとしても、どれだけ効果が続くかはわかりません」

「四〇パーセントという値はゼロよりいい。塩分が鍵だと？　単純すぎはしないか」

「海水のなかで凍っていたときの有系分裂が、細胞の性質を永久に変えてしまったようです。それを立証するにはミトコンドリアの専門家が必要ですが。それでも導きだされる推論は明らかです。蘇生した生物は、塩がなければより長く生きられるのです」

「どのくらい長く？」

ボーデンは両手の指先を合わせ、見えない球体を包むような形にした。「どの推論を聞かせましょう？」

「最良の場合と最悪の場合を」

「最良の場合は、我々がこれまでのパターンを破り、〈サブジェクト・ワン〉がほぼ無期限に生きるというものです。普通に病気にかかり、なんども離婚したり、銃で撃たれたりするかもしれませんね」

「最悪の場合は」

ボーデンは顎ひげを引っ張った。「今日から五日後の朝に、彼は目覚めなくなるでしょう」

この情報を消化しようとしているとき、机の上の内線が一度、短く鳴った。「なんだ、トーマス」

「ディクソンの面会の時間です、先生」

二十分は待ち合いで待たせておくよう指示していた。きっといまにも怒りが爆発しそうな状態だろう。

立ち上がる。「ボーデン博士、いい仕事をしてくれた」

「この計画にかかわれて光栄です」彼も立ち上がり、一礼を――ちゃんとした一礼をして、ドアへと向かった。

ディクソン、このまったくぶかっこうな男がまず入ってきて、ふたりは互いを避けようと小刻みに動きあった。ディクソンがやっとすり抜けたとき、彼の重そうな身体に不快な驚きを感じる。いまのいままで忘れていた――汚れたズボン、革の肘当てがついた品のないジャケット、しわくちゃになったノートを握るずんぐりした手。この男は一度でも学問的な厳密さというものに接したことがあるのだろうか。

「来てくれて嬉しい」と挨拶し、つとめて笑顔をつくる。

彼はボーデンがさっきまで座っていた椅子にどしんと腰を下ろし、メモの上でペンを構えた。「大物の来訪についてなにかコメントが？」

「いやいや、ダニエル」手を振って否定する。「ジャーナリストとしてのきみを呼んだのではない。ウォーカーとの会議にはきみもいてもらうしな。そうではなくて、ただ少し話をしたいと思ったのだよ」

「なんについて？」

この男には劇的な間というものがわからないのだ。いつもなにかしら雑音を差し挟み、適切な思考の邪魔をする。頭が悪いとは言わない。ただたんにせっかちなのだ。それに粗野、ものすごく粗野だ。

「未来についてだ、ダニエル。きみの、また無礼ではあるが価値のあるフィーロ博士の、そして我々の大事な〈サブジェクト・ワン〉の未来について。ノートをとる必要はない」

ディクソンはおとなしくメモを脇に置き、腹の前で指を交差させる。「全身を耳にして聞きますよ」

「よし、では」気を落ち着け、両手を合わせる。「なあ、ダニエル、昨日のフィーロ博士との対決は、思いがけない幸運だった」

「どのように？」

「ひとつの方向に前進した研究者が、まったく異なる方向の可能性を見過ごすことがある。〈サブジェクト・ワン〉に関しても例外ではない。研究対象としての彼の計り知れない価値で頭がいっぱいになっていて見過ごしていたが、彼は支持者を得るためにも重要な存在だったんだ」

「資金集めのことか」

「友人集めのことだ、ダニエル。抗議者を退け、政治の世界で汚れるのを避け、そして、そう、これに関心を持ってくれる仲間を増やせば、プロジェクトが最大限に力を発揮できるだろう。そこできみの出番だ」

「わからないな」

間を埋めなければ気がすまないのか。「では、少し時間をいただこう」ため息をつき、始める。「計画はこうだ。ありていに言えば、〈サブジェクト・ワン〉に自由を与えたい。こんにちのアメリカを経験させるんだ。彼の知っている場所がどれだけ様変わりしたかをね。ツアーガイドには、威勢のいいフィーロ博士を任命しよう。彼女にあちこち案内してもらう。人々に彼らを見てもらう。公衆と物語を分かち合い、このスペクタクルを拡大するんだ。

そして、ここに天才があらわれる」机に乗り出し、彼のほうに身体を傾ける。「冒険のすべてを記録する天才、ダニエル・パトリック・ディクソンを送り出したい」

こういうとき、プロとしての喜びを感じる。アイデアが、より出来の悪い頭に浸透していく。彼が心の手を私のアイデアという火で温めているあいだ、話を続ける。「珍しいことが起こったら、報告してくれ。彼らをおびやかすものについても知らせること。ふたりの私的な繋がりが強まれば――」小休止し、彼が頷くのを見て、自分の意図が伝わっていると思う。「それを世界に知らしめてほしい。彼らの探検の仔細を知りたがらない人間はいないだろう?」

ディクソンは繰り返し頷き、目を落とす。ペンで腿を叩いている。「俺にふたりの後をつけろと?」

「ときにはおおっぴらに、ときにはこっそりと。トーマスが動画も撮れるカメラを用意する。録音機器もな」

彼が頭を上げる。「スパイの真似をするつもりはない」

「もちろん違うよ、ダニエル。思い出せ、きみは私に使われているのではない。きみは記者としての仕事を全うし、スクープを摑めばいいんだ」そう言いながら、少しばかり熱を込めて拳を振ってみせる。

「先生、この際だから話しておく」ディクソンはノートを椅子のそばの敷物に置く。彼からどんな卑しい告白をされてもいいように、心の準備をする。「子どものとき、まだ十四歳だったが、うちが火事になった。両親とも死んだ。ふたりを引きずり出したときには、煙がふたりの命をすでに奪っていた。だから俺はゼロから始めた。文字どおり、服も、家族も、歯ブラシさえもないところから。人生が俺だけを不当な目にあわせているとは言わないぜ、誰しも惨めな境遇を分け合って生きてる。でも、もしいまの状況を知ったまま過去に戻れたなら、ちょっとは慰められ、励まされる気持ちだろうな。まあ、馬鹿な連中はそんなことあるわけがないと言うだろうが。そんなところだ」

出た、出た。笑い出したくなる。実にあわれだ。栄光に飢える孤児。だがゆっくりと頷き、共感の表情をつくる。「ことによると、きみの人生はすべてこの瞬間のためにあったのかもしれないな」

「かもしれない。誰にわかる?」

トーマスがぴったりのタイミングでドアをノックする。「最後の面会です、先生」

「ああ、わかった。ではそろそろいいかな」

ディクソンは立ち上がり、ドアに向かう。

「ダニエル、なにか忘れてないか」

彼は振り返り、ノートを見つけ、大きな図体を急かして摑み取る。

「私の目になれ、ダニエル。この信じがたい事件のことを知りたい人々の目になれ。〈サブジェクト・ワン〉を見張れ。フィーロ博士を見張れ。そして、世界が知りたくてたまらないことを教えるんだ」

ディクソンはドアの前で立ち止まる。涙ぐんでいたりするのだろうか。「全身全霊でやりますよ」

そして彼は去る。望みはかなった。道具と、操り人形と、付き添い人がひとつになった。しかも、給料を払う必要がないときている。

トーマスが会見のためのチェックリストを携えてやって来る。あくまで念のためだ、会見の筋書きはとっくに決まっているようなもの。リストを見ているとまた呼び出し音が鳴った。「なんだ?」

「フロントの守衛からです、先生。ウォーカー副大統領が到着しました」

「トーマス、一緒に会議室に来い。きみに立ち会ってもらいたい」

「光栄です、先生」

認めよう。たしかに緊張している。とうとう〈ラザロ・プロジェクト〉が公になるのだ。ボーデンによる生存期間の予想が外れるとしても、いい印象を与える時間は充分にある。ウォーカーとの会談がうまくいったら、明日はなにより先に国家規模での宣伝を始めよう。この十六日間で人々の熱狂に火をくべたのだとすれば、これからは大かがり火の始まりだ。

「お連れしろ」内線に怒鳴りつける。「ゲームを始めよう」

第三部

復活

第十五章　記者会見

ダニエル・ディクソン

カーセッジは俺に最初に質問させると言って礼儀を示してくれたが、俺はもっといい提案をした。一番後に回してくれと頼んだのだ。こうすればほかの連中がぞろぞろ席に着き、いつものようにインクで汚れた発言をして「歴史の最初の下書き」を書く準備をするのを見ていられるし、最後に俺が気の利いたオチをつけることになる。自慢じゃないが、カメラの準備もできているから、連中が驚いてあんぐり開けた口も撮影できる。

リポーターたちは冷ややかに挨拶を交わし、ぶっきらぼうに頷きあい、小声で軽口を叩きあっていた。思い出すのはスタンバイ中のジャズバンドだ。昨晩も一緒に演奏した仲で、口癖はクール、違うか？　笑顔らしきものが交わされたら、それだけでびっくりだ。「やあ元気か」なんて俺に言ってくる人間もひとりもいない。

まあ、好きなようにすればいい。俺はすでに最後の質問を知っている。保証しよう、それに対するフランクの答えは、この会見を報じるあらゆるニュースで世界に知れ渡ることになる。

数人の記者が今回のニュースの載った新聞を引っ張りだしていたが、文章を読んでいないのは明らかだ。誰もが、真のニュースは記事ではなく写真だとわかっていた。俺の撮った写真は、今朝店頭に置かれたあらゆる三流新聞の一面に載っていた。副大統領のジェラルド・T・ウォーカーが判事の手を握り、歯を光らせた例の笑みを浮かべていた。まるでローマ法王に謁見したみたいなでっかい笑顔だ。この大物は綿花州（アラバマ州の俗称）の元知事だったが、豆の町（マサチューセッツ州ボストンの俗称）に来るのははじめてだった。奴は社説のページを賑わしていた。風刺漫画では、顔全体があの馬鹿げたにやけ口になっていた。コラムニストたちは昨日の写真を、彼が最高職――大統領執務室《オーバル・オフィス》、大統領専用機《エアフォース・ワン》、そして同胞たるアメリカ国民――を狙ううえでの作戦ではないかと推測している。専門家と名乗るうちの半分が馬鹿だとしても、大方の考えは俺の認識と一致していた。改めて考えても震えがくるが、つまり我らがフランクは、目覚めて腹をかくよりほかになにをする暇もなく、大統領の座を争う政治に巻き込まれたのだ。

おそらく抗議者たちも拍車をかけていた。連中もいよいよ見出しページにふさわしくなってきていた。いまでは数も増え、五十人かそこらがビルの周りで煽動する様子は、馬小屋にたかる蠅の群れだった。そのすさまじい熱気の理由は、ウォーカーが最近我々の友人になったからだと俺は考えている。敵なしで強くなるものなどいない。抗議グループには、いまやボスまでいた。そいつの指揮のもと、プラカードがきちんと読めるか確認されていた。インタビュアーの後ろに立つときは、群衆が可能なかぎり大規模に見えるように並んでいた。この男は、カーク・ダグラス風の顎をした、映画スターのようなハンサムで、いつもクリップボードと拡声器を携えていた。この男の履歴も調べることを銘記した。

カーセッジは、記者会見の場を一階のアトリウムにしつらえた。背の高い窓からは飢えたティーンエージャーの肌のように青白い春の陽光が差し込んでいた。ふたつの演壇の後ろに青いカーテンがあり、〈ラザロ・プロジェクト〉のマークを囲んでいた。文字の周りで黄色の光線が方々に散っている。子どもが描いた太陽みたいだ。最高にかっこいいとは言えない。

カーセッジは広報活動に疎いかもしれないが、俺に執筆権を与えたのは正解だった。本は、知られざる真のストーリーを伝えるだろう。俺はマイナーな雑誌のために駆けずりまわった北極の地獄から引き揚げられ、権威ある作家の領域に足を踏み入れるんだ。そして手にはワシントン夫人の描かれたお札だ、毎度あり！

ＴＶクルーが準備するのを見ていた。かわいい顔したタレントたちが舞台の踏み台の横で白い板を掲げ、カメラマンが輝度を調節した。テレビに出る女っていうのはみんなほっそりした顔をして、ほお骨で卵にヒビを入れられそうなくらいだが、おっぱいはものすごくでかい。何時間も司会席にいたらそうなるのか。それとも雌鳥みたいに、こいつは食用、こいつは卵を産む用と分けて育てるうちに、完璧なアナウンサーが出来上がるのか。いずれにしても、彼女たちに金を使って破産する気にはならない。

とんだ哲学者だな、俺は。赤いデジタル時計は、フランクが目覚めて十七日目の最初の一時間に入ったことを示していた。自分の時計を見れば一時を六分過ぎようとしていたが、会見は一時きっかりに始まるはずだった。カーセッジがだらだらしているはずはない。サプライズを演出しているといったところだろう。俺は椅子に座って貧乏ゆすりし、隣に座っている男がやめてくれませんかと言うまで続けていた。

ああ、認めよう。興奮していた。とんでもない話じゃないか。俺はスペースシャトル爆発を報道したこともある。フロリダの新聞社で見習いをやっていたときのことだ。悪い噂の絶えない知事が愛人の腕のなかに飛び込むのをすっぱ抜いたこともある。すぐ後をつけて、どういうふうに誘惑されるのか、この目で見た。それから、血圧の薬の副作用をごまかした調査書に、血栓が原因で四人の女性が死んだと書いてあるのを見つけたことも。それでサイエンス・ライターへの道がひらけたのだ。それからインタビューしたのは、ガラパゴスでイグアナを付けまわす者、粒子加速器を専門にするフランスの変人、ゴビ砂漠の片隅に住む気候変動の権威、ケープカナヴェラルのカビの生えたバーにいた軌道学者、カリフォルニアの無菌室のナノテクノロジー学者、火山の縁にいる地質学者、焼けつくような鋳物工場の冶金学者、でっかくて静かな研究所のエイズ研究者、巨大でへんてこな電波追跡機の列の下にいる無線傍受者などなど。だがそのなかの誰も、事の重大さにおいてこの凍っていた男の足元に及ぶ者はいなかった。つまりだ、本当に死を出し抜いたらどうする？　死が一時的なものでしかないと証明してしまったら？　ジェレミア・ライスがいれば一週間は広告文案に困ることはないだろうが、奴の象徴するものはそんなことよりはるかに重大だ。どうなるんだ、本当にやってしまったら？

無意味な黙想は乱暴に遮られてしかるべきで、まさにそうなった。遅れた記者が駆け込んできて、ここで「失礼」あそこで「失敬」、声が上がるたびにまるで霧笛でも鳴ったみたいに注目を集めていた。ウィルソン・スティールの野郎だ。卵の上のアヒルみたいに快適そうに腰を落ち着けた。

気にすることはない。ニューヨーク・タイムズだろうがなんだろうが、どのみちこいつが明日出す記事の最初のパラグラフは俺の短い質問で始まるんだ。

コンサートホールのカーテンが上がる直前の沈黙が訪れた。観客には、なぜかそのときがわかる。時計を確かめた。予定されていた開始時間からきっかり六分が過ぎていた。ボーデン博士が最初にあらわれた。歩く様は足の固い操り人形だ。カーセッジがそれに続いた。感謝祭のパレードの巨大な気球みたいにふくらんでいる。付き従うふたりの技師は重しの砂袋といったところか。さらにトーマスが紙の束を携えて進み出た。ガーバーがよたよたと入ってきたが、トーマスらと一定の距離を保って、充血した目を手の甲でこすっていた。よりによってこんなときにラリってるわけじゃないよな、まさか。

「始めましょう」カーセッジが言った。胸の高さで手を組むのは、はっきり言って女々しく見えた。でもすぐに奴の潔癖性を思い出した。演壇に触れないですむ奴なりの方法なんだろう。数人の技師が通路を進み、書類を配布した。もうひとつの演壇は無人のままで、来るべきものを暗示していた。

「スタッフが年表を配布しています」とカーセッジ。「みなさんが今日の議題に参加できるように。発見の概要や、私とスタッフの経歴、それに私の著作リストも配っています。また、昼過ぎに我々のウェブサイトに本日の映像とデータをアップデートしました。こちらにいるのはクリストファー・ボーデン博士と、必要に応じた数人のスタッフです」

カーセッジは姿勢を変えた。まっすぐ立ったままでも尊大に振る舞えるのを示すかのようだ。明かりが奴を照らし、カメラがそちらを向くと、記者たちは奴を見るのと奴の言うことを漏らさず書き取るので、視線を行ったり来たりさせた。カーセッジが顎をかくと、一ダースはあるカメラのシャッターが切られた。そんな注目のされ方に、このろくでなしはにっこり笑った。正直言って、一番癇に障る、一番嘘くさい笑顔の持ち主だ。黄色い歯、左右非対称な唇。顔のパーツ全部が片側に引きつっていて、嘲笑のように見える。

「まず手短に言っておきたいと思います」咳払いをした。「五年前、〈ラザロ・プロジェクト〉に先行する組織が発見したのは、急速な冷却によって代謝が止まった細胞が――門外漢ならば、それを死んだと判断したことでしょうが――それにもかかわらず、なお生存できるエネルギーを内包しているということでした」だらだらと続けたが、記録するまでもない御託だった。それでもみんな、待っていた。奴を満足させれば目当てのことが聞けると思っているのだ。そして、ついにカーセッジがみんなの視界に戻ってきた。

「我々が蘇生させた人間は、知と決断の人であることがわかりました。彼は、残った力が許すかぎりの熱意をもって研究に参加しています。我々の目的に疑問をもつ声があるのも承知していますが、ゴールはもちろん、議論を巻き起こすことではありません。そうではなく、全人類に飛躍的なライフスパンを約束したいのです。さて」祭壇の司祭のように腕を広げた。「ご質問を」

部屋中の手が挙がった。カーセッジが指差した。「あなた」

「目覚めた男性の状態はどうですか？」

「ボーデン博士、よろしいかな」カーセッジが脇に退くと、小柄な博士が演壇に進み出てマイクを自分の高さに引き下げた。それを見たカーセッジが顔をしかめた。

「全体的に言って、体調は目を見張るほど良好です。臓器と筋組織はすべて通常どおり機能しています。一世紀以上も凍らずに彼の年齢に達した通常の男性どおり、と言うべきかもしれませんが」ボーデンは顎ひげの先を引っ張った。「通常でないのは、代謝がきわめて遅いということです。ちょうど冬眠している熊のようなものです。消費量は一日に八〇〇カロリー以下で、二十四時間のうち二十時間は眠っています。軽い作業をこなした後でも疲労は甚大です」

「では、超人のような人間だと恐れることはないのですね？」

ボーデンはくすくす笑った。「昼過ぎまで眠っているティーンエージャーくらい危険な人物ですよ」

人々は笑い、さらに手が挙がった。カーセッジは前列にいる女性を指した。「研究にはどれだけのコストがかかっていますか。その判事は研究資金の使い道としてふさわしいものですか？」

「我々の研究がもたらす成果を述べるのは、あまりにも早計です」とカーセッジが言った。マイクの位置をまた上げるのにジャケットの袖を使っている。間違いない、これがこの男の恐怖症だ。「コストについては、この施設を成り立たせるのにひと財産が必要であり、北極への調査船の運用にも莫大な金額がかかっていると言えば充分でしょう。さらに……」奴はトーマスのほうに身体を傾けた。トーマスは、ベンチを温めているが試合に出たくて仕方ない選手のように、壁際に立っていた。「さらに我々の運用する資金はすべて私的なもので、政府の援助は受けておりません。ただ、とても希望の持てるやりとりをウォーカー副大統領と交わしたところではあります。もっといい質問を私から言わせていただけば、蘇った人類の命にみなさんがいくらなら出せるか、というものです。さらに言えば、我々が期待するのは、この最初の投資がさらに多くの蘇生に繋がり、さまざまな研究の道を拓くことです。これらすべての援助をひとつの標本——ひとりの人間に負わせるつもりはありません」

「もうひとつ、よろしいですか。これまでどれだけの金額を使ってきたのでしょう？」

カーセッジは彼女を注視し、なにか考えるようなそぶりをして、それから結論づけた。「今日までの支出は、約二五〇〇万ドルです」

ささやきが部屋中に走った。ガーバーが口笛を吹き、カーセッジがにらんだ。ガーバーはただ笑うだけだ。同じ記者がまた手を挙げた。「最後に、ひとつだけ。資金源について教えていただけますか？」

カーセッジは目を細め、カメラがその瞬間をとらえた。奴はカメラに気づいてたじろぎ、例のあざ笑うような笑みをかろうじて浮かべた。

「後援者がいてくださるおかげで、研究は外部からの干渉を受けずにすんでいます。もし政府がこのプロジェクトを支持してくれるならば活動の詳細も公にしますし、そうすれば世界の科学者たちは、我々の発見のうえに知見を積み重ね、全人類に奉仕できるでしょう」

「プロジェクトをめぐる論争についてはどうお考えですか」別の記者が尋ねた。「ご存じでしょうが、世間はあなたが神の役割を演じているのではないかと言っています」

「この意義深く、可能性に満ちた事業へのあらゆる努力は、変化を恐れる人々を混乱させることでしょう。ですが、議論にはいつもメリットがあります。健全な対話は、必要なだけでなく歓迎されるべきものです。だが忘れないでいただきたい、我々の慎重さはマンハッタン計画（第二次世界大戦中にアメリカで進められた原子爆弾開発計画）にあった秘密主義とは違うということを……これは例え話ですが。あの計画のゴールは大量殺戮でしたが、我々の仕事のすべては生命のためなのです」

「ついでに私からも」――ボーデンが爪先立ちで立ち上がり、バランスをとるために演壇をつかんだ――「我々が神の役を演じているという方々に言いたいのは、我々はなにも演じていないということです。演劇をやっているのではない。この仕事にははるかに複雑で、はるかに高いリスクがあるのです。我々を批判する連中は、単になにもわかっていないのです。彼らは愚か者です」

おやおや、と俺は思った。果たして部屋は静まり返り、記者たちはひとり残らずいまの言葉をメモするかラップトップに打ち込むかしはじめた。生徒が授業を受けているみたいだ。

「いま、なにが……」とカーセッジは言い、手を叩いた。普通は注意を引きつけるものだが、このときはみんなまだ書き込んでいた。また手を叩いた。「いま、なにが起こっているのかをご説明するのには、そう、視覚資料が最適です。トーマス」さっと向き直った。「視覚資料を持ってきてくれるか」

トーマスはスリッパを運ぶ子犬みたいに駆け寄った。ボーデンは自分の席に戻り、カーセッジは両手を洗うようにこすりあわせた。記者たちが沈黙するなか、俺は流れる時間を数えて待った。カーセッジがどのくらいもったいぶって期待を高めるようスタッフに命じたのか、知りたくなったからだ。そんな効果をねらっていることに疑問の余地はない。理想的なレベルまで緊張が高まるのを計算しているのだ。四十八秒を数えた。待っているほうからすれば永遠だ。ついにアトリウムの脇の扉が開いた。

トーマスがまず入ってきた。てきぱきと動く小さなロボットだ。ケイト博士が落ちついた足取りで後に続いた。濃紺の服を着ていて、布が彼女を鎖骨から膝まで抱きしめたようにぴったりだった。かわいいもんだ。

半歩遅れで彼女の上腕を支えにあらわれたのは、見間違いようがない、あの法律家、二度目の生を生きる男、世界にその顔を知られたジェレミア・ライス判事だった。外科用の手術着を着ていて、よりにもよって裸足だった。カーセッジはうっかり見落としたのに違いない。その足はやせ細って、青白く、冷えきって見えた。ケイト博士は群衆を見回した。大統領についているシークレットサービスのようだ。我らがフランクに危害を加える者がいれば、彼女の二丁拳銃が火を噴くぞ。

みんなが状況を理解するのに少しかかった。カメラマンが飛びだし、記者たちは総立ちになって叫んだ。

「ライス判事？」

「ジェレミア」

「ミスター・ライス、質問しても？」

ジェレミアは騒音にたじろぎ、ケイト博士が彼と群衆のあいだに割って入った。「落ちついて」と彼女は声を上げた。「どうか落ちついてください」

このわずかな瞬間に、未来が見えた。こういう状況にある人間がなにをするのか、はっきり予見できた。見ろ、世界はこの男について知りたくてしょうがないんだ、違うか？　理解に飢えているんだ。そしてたぶん、恐れてもいる。この記者と礼拝客たちはどうだ。いまでこそ奴を持ち上げ、高ければ高いほどいいとばかりに神と讃えて「友よ、ビールでもおごらせてくれないか」なんて言う。しかし明日になれば引きずり降ろすだろう、できるだけ激しく、速やかに、乱暴に。それが終わればハイウェイに残っている者はほとんどおらず、群がったカラスも心おきなく身体をついばむことができる。

判事がふたつ目の演壇に立ち、儀式が始まると、口が急にからからに乾いた。俺が見たのは、昔ながらのQアンドAアンケートのような常套のやり取りだった。いつ、どこで生まれたのですか？（「一八六八年のリンです」）学校はどこへ？（「リンの初等学校と高校、タフツ大学、ハーヴァードの法律学校に」）誰があなたを判事に任命したのですか？（「知事でしたが、名前を失念しました。記憶がまだ断片的なので」）三十八歳で判事というのは、若くはありませんか？（「当時、ほとんどの人は五十過ぎまで生きませんでしたので、見込みがあると思われた人間の昇進は早かったのです」）〈ラザロ・プロジェクト〉について、またプロジェクトがあなたを蘇生させたことについて、どう思っていますか？（「感謝しています。生命は究極の贈り物です」）いま、一番してみたいことはなんですか？（「体力を取り戻し、今日の世界について学びたいと思っています」）なにが一番恋しいですか？

我らがフランクは黙り込んだ。青白い、哀れを誘う顔で足元を見下ろした。俺たちもその視線を追った。奴は頷き、きらめく目を上げた。「家族です」音を立ててつばを飲み込んだ。「妻と娘です」

ケイト博士は反射的に反応したのに違いない。だいたい、この男に哀れみを感じない者がいるだろうか。彼女は近づいて奴の手を握った。奴がそれに応えるようにものうげな視線を返したとき、部屋にあるすべてのカメラのシャッターが小さく楽しげな音を立てた。

「今日は充分でしょう」とカーセッジ。「ご覧のように、ライス判事はたしかに存在し、生きています。インタビューの機会はいくらでもあります。回復は進みますから。では、最後の質問にしましょう」

俺は手を挙げた。ほかの連中も。ウィルソン・スティールも。大きな手だ。カーセッジは選別するかのように部屋を眺めわたし、こちらの手の長さかなにかで評価を下そうとするように見えたが、顎で俺のほうを指した。「あなた」

「ライス判事にお尋ねしたい」

フランクが微笑みかけた。「はい、なんでしょう」

ああ、準備は万端だ。俺以外の誰もこの方向に考えが向かわなかったようだ。圧勝だ。この冷静で手慣れた連中は、あまりに賢すぎてハローの挨拶もできないんだからな。両親が若くして、しかも自分の目の前でくたばった俺だからわかる、このひと言に込められた力。

「死ぬのはどんな気分でしたか」

部屋が腹にパンチをくらったような音を立てた。だがジェレミアはたじろいだりしなかった。かわりに、一歩前に進み出た。

「押し潰されるようでした。本当に。真っ平らに潰されるようでした」

奴は演壇の前まで来ていた。ケイト博士は奴を見つめ、すぐに手を差し出せるようにしてはいたが、頭は傾き、恋に落ちたティーンエージャーみたいだった。判事は片手を下ろし、休暇中みたいに指の力を抜き、もう片手を腹の上に置いた。さながら軍隊に向かって話しかけるナポレオンだ。すぐに、この瞬間に備えていたのだとわかった。ずっと考えていたんだ、自らの物語を語るときのことを。時は来た。ある意味で、それは奴にとっての安らぎだったのかもしれない。それを実現したのが俺だった。まるでぴったりと、同じ機械のふたつのパーツがかみ合ったようだった。俺がモーターのスイッチを入れ、奴が運転する。

「エルズミア島がある緯度に差しかかっていました。旅の目的は、チャールズ・ダーウィンが南方で発見したことを、北方の海域でも確認することでした。私の役割は公平な目撃者、科学の傍聴人です。海に出て五ヶ月が経ち、調査は目覚ましい成果を上げていました。目を向けたあらゆる場所に自然淘汰が見出せました——自然の多様性、無慈悲な食物連鎖、種の繁殖。海岸線にあるたまりが、潮の満ち干に従って満たされたり空になったりするのを想像してください。あるときは乾いた陸地、あるときは海。そして一年のうち八ヶ月が凍っている領域においても、そのたまりは生物に満ちていて、喜んで過酷な生活に適応していたのです。進化とは、この星を活動させる装置であると確信するようになっていました。進化は天が生命に与えた営為なのです」

耳を奪われる物語。それこそ判事が与えているものだった。片手を演壇の上に置いているのを見ると、奴が黒いローブを着て、犯罪者に判決を読み上げ、あるいは市民の諍いを解決するところが目に浮かんだ。そんなときも、いまのような語りを披露していたにちがいない。

「しかし、冬が近づくにつれて、船乗りとしての経験のなさが露呈してきました。ある朝、とある湾で目覚め、喉が凍りついているのに気づきました。冬に閉じ込められるところだったのです。もちろん飢えもありました。しばらく辛い航行を続けると、船体は摩擦できしむ音をたて、また外洋に戻ることができました。その日の午後、甲板で、私たちはボストンに帰るべきではないかと真剣に悩みました。皮肉なことに、私は反対しました。帰郷を誘う声はたしかに心地いいものでしたが、さらなる探求を誘うセイレーンの歌が聞こえなくなるほどではなかった。私たちは、航海技術については船長の意見に一致して同意しましたが、遠征そのものについては民主主義を採りました。投票が行われ、私は強い反対にあい、舳先を南に向けることになったのです」

部屋は静まり返っていた。素晴らしい、詩的な沈黙だった。三文文士も懐疑主義者もこれほど引き込まれたことはないというくらい、とりこになっていた。あの世からはるばる帰ってきた男が、白い紙のようなごまかしのなさで話しているのだ。彼らは書き、耳を傾け、一言一句を飲み込んでいた。

判事は頭を振った。「話がそれました。家路について九日目の夜、船は嵐の猛威にぶつかりました。その大嵐は、あらゆる経験を圧倒するほど深刻でした。船の均衡が保たれることはなく、たしかな足場もありませんでした。寒気が状況をこれ以上ないほど悪くしていました。想像してください、手が……」両手を前に掲げ、それが他人のものであるかのように見つめた。「想像してください、これが北極の海水に浸され、氷のように冷やされ、巻き揚げ機に巻きつく粗いロープを曳こうとするところを。もはや喜びを伴う探求はありませんでした。あるのは、凍りついた骨と、常におびやかされる士気と、恐怖によってのみ熱くなる心だけです。天がおそろしい突風をもたらし、マストが粉々に壊れました。船は前帆を残して沈没しはじめました。船長が壊れたマストを全員で押さえるよう指示しました。マストは大荒れのなか激しく揺れていました。私は必死で作業に取り組みました」

フランクはためらった。「中断してもよろしいですか、みなさん。そして同僚たちを思い出しても？　立派な人たちでした。人類の知を発展させることに身を捧げていました。そして私には、彼らがあの夜を生き抜いたとは思えないのです」判事は視線を天井に向けた。「少しのあいだ祈りを捧げてもかまいませんか」

そして目を閉じた。

さてと。俺は姿勢を直し、潜望鏡のようにアトリウムを見渡した。記者会見を黙祷で遮るなんてめったにないが、今日がその日だったとは。記者たちは明らかに居心地が悪そうだった。ある者は自分のメモを読み直し、ある者は部屋の角を見つめた。鼻をほじっているカメラマンなんてのもいた。ウィルソン・スティールは、しかし……こうべを垂れていた。この食わせ者がなにを祈っているのかは想像するほかない。俺の本書きの仕事を知らないとはかわいそうに。あいにく、俺の祈りはもうかなえられているんだ。

「ありがとうございます」とジェレミア。「続けましょう。私は嵐に対してどうしようもないほど未経験でした。帆を守ろうと慌て、身体を手すりに繋ぐのを怠ったのです。特大の波が船首を襲い、泡まじりの重たい水が甲板じゅうに注ぎ込み、私の足元をすくいあげました。塩辛い流れは私をはるか船尾まで運び、捨て荷や漂流物と一緒くたにしました。なんにでもしがみつきました、ロープ、索止め……どれも無駄でした。勢いづいた水に支配され、無情な水の噴出に押し流されました」

休止した。部屋はまだ静かだ。すごいぞ。こいつの古臭い海洋冒険譚に、みんな全身で入れこんでいる。

「ああ、あの水」頭を振る。「この世界で最後の経験は、圧倒的な水の冷たさに畏敬の念を抱いたというものです。まわりくどい答えになってしまいましたが」彼は俺に身ぶりで示した。「苦痛などというものではありませんでした、奇妙なことですが。痛みというより圧力です。あらゆる方向から同時に、巨大な熱い万力に締め上げられるようでした。一度塩水を吸い、咳き込んで吐き出しました。ワイヤーブラシで体のなかの一番柔らかいところを乱暴にこすられるような苦しさでした。船もまたくずおれ、波とともに上下し、波に揉まれていました。身体が麻痺し、指先の水分が凍って膨らむのを感じました。まるで自然が競争して、水と冷気のどちらが私の命を最初に断つのか競っているようでした。恐怖が肉体の苦痛をはるかに上回っていました。存在しなくなることへの怖れです。濡れた服の重さに抗って必死で海面に上がろうとし、星々を見てあえぎながら、このうえなく澄んだ空気を吸い込み、あとはなにもわかりませんでした」

フランクは鼻をすすった。視線が部屋にいる全員に行き渡った。認めざるを得ない、たいした落ち着きだ。この判事は侮れないぞ。話の落ちも考えていやがる。そういうことなら、聞こうじゃないか、ミスター。

「死ぬのはどんな気分か。これが私に言えるすべてです。のたうちまわる時間が過ぎ、太平洋の上で、次に訪れた静けさ。まさに死ぬというときは動揺しましたが、やがて受け入れました。行き先が闇だったか光だったか、そうした細かい印象はいまでも変化します。それから？　なにも。天国も地獄も、なにも思い出せません。もし本当に神のいらっしゃるところに立ち入ったのなら、その記憶を失うことで、この世に戻ってこられたのでしょう。そう、思い出せるのは咳をしたこと、咳をするあいだ、胸に刺すような痛みがあったことです。誰かが温かい手を私の手に重ね、その心地よさで目を開けました。そして、あなたがたの世界を、あなたがたの時代を、あなたがたがつくったこの場所を見ていたのです」

腕を大きく広げた。「いまはみなさんのなかにいます。新聞はそれを奇跡だと言っている。私の結論は違います。私はあなたがたの集合知を体現する者です。人類という種が存続したいという欲望のあらわれであり、百年というサイクルを乗り越えようという決断のあらわれです。ジェレミア・ライスは、偶然に生まれた、そしてこれ以上ないほど感謝すべき、すべての人類がこうなりたいと願う存在です」

完璧だ。いまいましいほどに。「人類という種が存続したいという欲望のあらわれ」だと？　フランクめ、これは場外ホームランだ。カーセッジが質問を打ち切った。記者たちは引き揚げる準備をしながらぺちゃくちゃしゃべっていた。ガーバーは扉を開け、ぞろぞろ退室するスタッフたちにふざけた挨拶をしていた。ケイト博士はさっさと歩き、いつものように麗しかった。ジェレミアは出口の側でためらい、振り返って群衆を見た。

その瞬間、ひとりの記者が、最後の一撃を放った。

「子孫はいますか」

判事は銃で撃たれたように立ち止まり、静まり返った部屋にさっと向き直った。「失礼?」

ウィルソン・スティール、あのハンサムが立っていた。「子孫はいますか」

判事の顔を見れば明らかに、目覚めてから今日まで、霧のかかった心はまだそこまで行き着いていなかったようだ。表情が、好奇心から苦痛に、それから想像に変わり、苦痛に戻った。「わかりません」

そしてパンクしたタイヤのようにぐったりした。「すみません」手を眉に当てた。「急に、疲れました」

ケイト博士が支えなかったら、床に倒れていたに違いない。だが彼女は奴をすぐに部屋から運びさった。部屋は電動ノコギリのように騒ぎはじめた。俺の隣にいた記者はすでに携帯電話で編集室に怒鳴っていた。「家系図だ。あいつに家族がいたかすぐ調べろ」

一時には冷静だった連中も漏れなく、人波を這いのぼるように出口に急いでいた。小学校の防災訓練よりひどい。子孫探しの競争が始まり、俺の質問は完全に無視されていた。カーセッジが隣にいて、この騒ぎを冷たい目で観察していた。それから全員を追い出した。

正念場だ。しかしまずは、スティールの質問の語数を数えて自分のと比べた。やれやれ。あのろくでなしはたった七文字でやってのけた。

第十六章　航空の歴史

ケイト・フィーロ

最初の「血の電話」が来たのは、六時のニュースの直後だった。仕事についたばかりで、上着も脱いでいなかった。受付の電話が鳴り、私はボタンを押して自分の机で取った。挨拶する前に相手が口をひらいた。

「こんにちは、僕の名前はヘンリー・レイ、ジェレミア・ライスの孫です。チャタムに住んでいます。彼さえよければ明日にでも車でそちらに行って、家族のことを話したり、挨拶したりできると思うんですけど。それか、いま彼と話せます？」

「お孫さん？　すごい。しばらくお待ちいただけますか」

電話を保留にして、助けを求めた。ガーバーは自分の端末の前で音楽を聴いていて、音がヘッドホンから漏れていた。ヘッドホンの下には、たてがみのような巻き毛があった。背を伸ばし、画面に集中していた。チェスで次の手を考えているみたい。私には単純なグラフにしか見えなかったが、ガーバーは平行に伸びる三つの線に、間違いなくそれ以上のものを見ていた。両手はそれぞれオーケーサインをつくってあごの辺りをさまよっていた。それを軽く揺らす様子は、指揮者がチューニングのうまくいっているバイオリンパートを指揮しているみたいだった。ありえるだろうか、ひとりの途方もない変人に、悩まされながらも同時に惹かれるということが。コントロール室を見渡したが、ほかはみな出払っていた。

「デイヴィッド？」と私。「ガーバー？」

「ああああ」彼は手を振り続け、指を大きくひらいていた。「ノー、ノー、ノー、ノー」

「ねえ、ちょっと――」

「なんだ」椅子に沈み込み、ヘッドホンを首にかけた。髪の毛がしぼったあとのスポンジみたいに跳ねた。

「なんだよ、いったい」

「邪魔してほんとにごめんなさい、でも電話が――」

「『ノット・フェイド・アウェイ』から『ゴーイング・ダウン・ザ・ロード・フィーリン・バッド』につながるところだったんだ。いままさに、この二曲が異様に似ていることの意味を突き止めるところだったのに」彼は画面をつついた。絶対に爪を切るべきだ。「なんだ。ビル火災？　襲撃されたとか？」

「ごめん、そんなに劇的じゃないの」私は笑った。「ジェレミア・ライスの孫だっていう男性から電話がかかってきたのよ」

「おう、いいね。血の電話だ」ガーバーは椅子を左右に回した。「長くはもたないさ」

「血の電話？」

にやっと笑った。「一分ばかし話してみろ。わかるよ」

「なんて言えばいいの？」

「馬鹿じゃないんだから、ケイト」ガーバーは後ろにもたれかかった。「自分で考えることだ」

私はコートを椅子にかけ、受話器を取り上げた。「お待たせして申し訳ありません、私は――」

「ああ、いや、かまいませんよ。ねえ、とにかく明日の朝にボストンに行くから研究所にも寄れるし、こっちは問題ないってことです。だから彼とスタッフのみなさんにもお会いできる。彼っていうのはジェレミア・ライスのことですよ」

「わかりました。ええ、まったく不都合はないんです。電話をいただいて興奮しています。ですが、ライス判事の持てる時間については慎重にならなければと考えています。きっとものすごく会いたがることと思います。ですが、彼の体力はまだとても限られているんです」

「ああ、わかります。たしかにね。だけど、うーん、もうそっちへ行く算段なんですよ。片道一時間半はかかる。わかりますよね？」

「ええ、ですが、こちらとしては面会に万全の準備をしなくてはいけませんので。取締役に相談しなくては」

ガーバーは私の言葉を聞いているだけなのに、耳のまわりで指を回してみせた。私は受話器を押さえた。

「笑えないわ」

「血だよ、言ったろ」そう言ってランニングシューズをはいた足を私の机の上に乗せた。不潔。

「失礼ですが、お名前をもう一度」

「ヘンリー・レイ。ジェレミア・ライスの孫。直系の子孫です。そう、直系の」

「ミスター・レイ」メモパッドを出して名前を走り書きした。「正直に申し上げて、来訪者を迎える準備が我々にないのです。ライス判事にも、こうしたことに対する準備はありません。折り返し連絡することのできる番号を教えていただけますか」

「ええ、かまいませんよ。ただ、明日そっちに行くと言いたかっただけです。すぐに行ってかまわないでしょ。そして彼に会う。ねえ？」

やっとわかった。ガーバーを見ると、すました表情で、私の二歩先、電話の相手の三歩先を行っているという顔をしていた。「ミスター・レイ、失礼ですが、ライス判事とはどのような関係ですか」

「どのような？　どのような関係かを聞いているんですか」

「そうです」ガーバーは共感を込めて頷いている。

「ううんと、僕の周りにいる連中が、新聞に載った彼の二枚目の写真を見て気づいたんですよ。僕にそっくりだったんです。ほんとに、僕そっくりで。同じ顎、同じ鼻。写真を見た全員が口をそろえました。僕の祖父も漁師で、グロスターで一九〇六年に、あの有名な秋の嵐で亡くなったんです」

「どのような関係か、教えていただけますか？　直系だとおっしゃっていましたが」

「ええ、そうなんです。だってジェレミアの息子が僕の父親なんですから。ティモシー。間違いないです。彼のティミー坊やが僕の親父なんです」

「わかりました」ガーバーを一瞥した。彼は見えないペニスをこする真似をしていた。私は顔を背けた。「ミスター・レイ、今日はちょっと立て込んでいるんです」

「どういう意味ですか。別の日に来いと？　一時間半の道ではありますけど、僕はかまいませんよ、もし日を改めるなら」

いまごろ、私がいかに世間知らずだったかに気づいた。「いえ、つまりですね……」

なにをためらっているのか。ガーバーは、明らかに居心地の悪さなど感じていない。なぜ私は、相手の自己欺瞞をやさしく暴きたいなどと思っているのか。自分でもわからない。のちのち起こったことを考えても、なんのためにもならないことだった。このころの私には、ライス判事を食い物にしようとする人間に親切にする傾向があった。私のなかの無垢な部分だ。この態度はまもなく変化するが、その変化はまだ訪れていなかった。

「つまりですね、ライス判事の船はグロスターを出航してはいません。出航港はノーセットでした」

「よくわかりませんが」

「それに彼に息子はいません。申し訳ないですが――」

「僕を偽者だっていうんですか。偽者呼ばわりするのか」

「身体的な特徴に類似があることは否定しませんが――」

「おい聞けよ、このあばずれ。俺の話を聞け。つまらないことを言うんじゃねえよ。俺はそいつの孫なんだ、聞いてるか？　顎だってなんだってそっくりなんだ」

「悪いけど、そんな言葉遣いをする人はお呼びじゃないわ」

「くたばりやがれ。お前ら全員おんなじだ。奴にたかって、家族から遠ざけるつもりなんだろ。お前ら病気だよ、神に誓ってな。そいつの孫が言ってるんだ。お前ら全員病気だ」

そして電話を切った。私は受話器をそっと元に戻した。「わあ」ガーバーがめいっぱいの笑顔をつくった。「万事問題なしかい」

「びっくりした。ふう。言ってたことがわかったわ。ジェレミアの血縁だっていう人間の電話だから血の電話なのね」

「いいや」ガーバーは靴を机からどかして身体を前に傾け、悪い知らせを告げるように言った。「世界が吸血鬼だらけだって意味だよ」

研究室の向こう、受付のデスクで、また電話が鳴った。

午前二時までに、百十四人の人間がジェレミアの親族だと主張してきた。電話を直接留守電につながるようにして、いくつか仕事を終えることができた。それでも、電話の交換台が高い音を立てた――留守電のメモリーがいっぱいになったのだ。

ちょうど瞑想的な深夜の散歩から帰ってきたガーバーは、さっさと私のところを通り過ぎて持ち場に向かった。「きみに電話だ」

彼は椅子に飛び込み、ヘッドホンをつけて画面を横目で見た。まるで腕白小僧だ。

降参し、受付のデスクに向かい、メッセージを再生しながら、名前と電話番号を紙の綴りに書き留めていった。そのあいだも電話は鳴り続けた。声は老いも若きも、男も女もいて、共通するのはみな裕福ではないらしいということだった。連絡先さえ残さなかった人もいた。残していったものについては、きちんと記録し、誰かが査定して相手の利益や正気を確かめられるようにした。カーセッジが分類するだろう。みな、ライス判事を自分の父親か祖父か長らく行方不明だった叔父だと思い込んでいた。本当にそんなに多くの行方不明の先祖がいるのだろうか。それともたくさんの人がこの蘇った男と関わりを持ちたいと熱望しているのか。

セレブリティという汚水溜めにはまったのではないかと不安になった。科学とは正反対のものだ。注意深さより早さ、内実より表層、研究所の天井でブーンとうなる照明よりカメラのフラッシュ。なにかが引き金となって、最初に電話をかけてきた男を怒らせた。なにかしらの欲望や期待、彼が受け取ってしかるべきものを、ライス判事に感じたのだ。これはパズルの最初のピースで、解明には何ヶ月もかかることになった。

伝言メッセージがやっと空になったので、息抜きにガーバーが更新した最新の〈ペルヴェール・ドゥ・ジュール〉を見た。たしかにいくつかは優れていると思わせるものもあり、信じられないほど奇妙なものもあった。その夜の記事は俗悪だった。

ガーバーの見つけたサイトは〈セクシーフローズンマン・ドット・コム〉。我々のサイトから取ってきたジェレミアの静止画を、性的なイメージに加工していた。彼の頭が巨大な胸に挟まれていた。頬に赤い人魚のタトゥーを入れられ、その人魚の胸がまた風船のように膨らんでいた。彼の顔がボディービルダーの胴体に合成され、巨大なペニスを貼りつけられていた。その前には枝のようにやせた男がひざまずいていた。女性の裸の下半身があり、その下に傾いたライス判事の頭があって、オーラルセックスをしていた。ひどいわ。ガーバーがそれらの一番上に載せていたのは、判事の顔をデジタル加工したものだ。顎ひげが伸ばされて動物じみた顔になり、唇が引きつって快感の表情になっていた。

そのときはじめてそわそわした。ライス判事を守るのに必死で、あの夜、彼を車椅子に抱え上げたときのことをすっかり忘れていた。ガーバーを見て、彼がヘッドセットから流れる曲に合わせて頭を振っているのを確かめてから、また一番上の写真に目を戻した。

私は数週間前には思いつきもしなかったことを考えていた。百年前の性生活はどんなものだったのだろう？欲望はこれほどおおっぴらに示されたのだろうか。きっと変わってしまっているだろう。我々はもっと多くを知り、もっと多くを表現するようになった。大学時代に二年間つきあった恋人のダナを思い出す。私たちはどんなことでも試した。私はペッサリーの付け方に熟練し、彼はそれをきみのフリスビーと呼んでいた。ライス判事は、奥さんと似たような親密さを持っていただろうか。もちろん持っていたに違いない、だがいまとは違ったことだろう。間違いない。大学院時代によく一緒に過ごした麻酔医がいた。彼がなによりエロティックだと思っていたのは、ふたりでお湯がなくなるほどシャワーを浴びることだった。判事の家には水道なんてあったのだろうか？　いまはインターネットだってある。そこではあらゆる性癖が受け入れられ、簡単にアクセスできる。それも完全に匿名で。つつましい時代に生きた男が、現代の世界でどう暮らしてゆけるのだろう。

ガーバーがそばにきた。「どんどんおかしくなってるだろ」

「どこまでも間違ってるわ」

ガーバーは笑った。「それが普通なのさ」

「ライス判事が見たらどれほど仰天するか想像できる？」

「昔の人間だって、これくらいえげつなかっただろうよ」

「〈ペルヴェール・ドゥ・ジュール〉ってつけた意味がやっとわかった」

「邪悪なもののひとつのあらわれさ。ほかにもたくさんあるだろう。大衆は我らが判事を一時の楽しみにしている。ある者は雑誌を買い、ある者はニュースを見る。でもいま、多くの人間はネットにアクセスしてハンサムなヒーローに欲情している。今夜のは、いたって普通の発情だよ。だが断言してもいい、これからの週、俺がどんなサイトを見つけようとも、そこで人々が耽る幻想や、彼に投影する欲望は、すべて醜悪なはずだ」

受付の電話が鳴ったが無視した。「私としては、みんなに自分の人生に取り組んでほしい。そうすれば私たちも研究を優先して、ライス判事を現代社会に受け入れさせる手助けができる」

ガーバーはくすくす笑った。「俺としては、あの女がもっといいケツしてたらって思うな」

「失礼、この並んだ線はなんですか」

ライス判事だ。目を覚まして立っていた。指差された端末に、さっきのグラフが平行に伸びていた。彼はまだ手術着のままだった。

素早く〈ペルヴェール〉の張り紙を引きはがした。「ライス判事、驚いたわ」紙をまるめた。デジタルカウンターは十七日と十六時間を示していて、時計を見ると深夜の三時十九分だった。「こんな時間に起きるなんて。おはよう。体調はどう？」

「エネルギーが余っていて眠れません」と彼は言った。「おはよう、フィーロ博士」

「これはあんただ」ガーバーが答えながら、判事に歩み寄った。「過去六日間のね。これが心拍、そっちが呼吸数、一番上が血圧」

彼は頷いた。「平行に伸びていますね、先生」

「そして毎日少しずつ伸びている」

「それはどういうことですか、先生」

「身体組織がまだ目覚めつつあるということだろう」ガーバーは鼻をこすった。「不思議と、全部が同じ割合で進行している。代謝の神秘だな。ところで、俺は『先生』じゃない」手を差しだした。「ガーバーだ」

ふたりは視線を交わした。私はまるめた紙を急いで一番遠くのゴミ箱に入れた。ジェレミア・ライスを〈ペルヴェール〉から守り、ふたりが握手していることを楽しむ余裕ができた。百年という隔たりを越えて、過去からやってきた思慮ぶかい法律家と現代の風変わりな学者が出会った。まるで森に棲む二匹の猿が思いがけず遭遇したようだ。

「お会いできて光栄です、ミスター・ガーバー。私の名前は――」

「おいおい、あんたのことは知っているよ、ライス判事。ずっとここにいたんだから。あんたが発見されたときも、船にいた。それと、あんまりこだわってるわけじゃないが、正確にはガーバー博士だ」

「わかりました。ありがとう、博士」ガーバーのヘッドホンを指差した。「その耳を覆っているもののことをお尋ねしてもいいですか？　いつもつけているようですが」

「ああ、これは音を聴くためのものなんだ。いまでは、ある特定の時間と場所で演奏された音楽を記録して、ほかの場所でも繰り返して聴けるんだ、何度も、何度も。そして俺にとっては……」ガーバーはヘッドホンを掲げて笑った。「いかれた頭を集中させるのに役立っている。考えが手に負えないほど荒々しくならないようにしてるんだ」

「試してみても？」

急に人類学者になった気がした。コントロール室の隅から観察していると、ガーバーは椅子をもうひとつ自分の机に引き寄せた。思いがけない注意深さでライス判事にヘッドホンをつけ、位置を調節し、いくつかキーを叩いて音楽を再生した。これが判事にとっての、現代生活最初の感触になるだろう。

曲が始まったのがかすかに聴こえる位置まで近づいた。ライス判事の目が見ひらかれた。「はは。これはすごい」私たちもヘッドホンをしているみたいに大きな声で言った。

「『レディ・ウィズ・ア・ファン』」ガーバーが言った。「好きな曲だ。『テラピン・ステーション』ってアルバムに入っている。一九七七年の音楽はこんな感じだ。けっこういいだろ」

「いろいろなことが一度に起きたので」とライス判事はうなった。それから、はじめて笑顔を見せた。

まさかガーバーとは。ライス判事に現代の世界を紹介するのは私だと思っていた。自分が教師になるのだろうと。もちろん、あの夜の屋上で先陣を切ったのは私だ。しかし曲が流れたとき、自分が手柄を取ったとは思えなくなっていた。奇妙ではあるが、たしかにガーバーこそ適任ではないか。変わり者っぷりがすべてプラスに働いていたし、この男にはずるさというものがない。

「この光を出している機械はなんですか」ライス判事はヘッドホンを下ろしてコンピューターの画面を叩いた。

「あなたがたは何時間もここに座っているが、すごく退屈そうだ。なにがそんなに人を引きつけるんです？」

「ああ、退屈だという意見は正しい」ガーバーはぼさぼさの頭をかいた。「でもそれだけじゃない。これはコンピューター。世界の誰とでも話せる電話のようなものだ」

「電話？」彼は眉をひそめた。「なんとなく覚えているような気がする」

ガーバーが振り返って助けを求めた。私はひらいた両手を挙げた。「あら、あなたにお任せするわ」

「そいつはどうも」やれやれという顔をして、ライス判事に向き直った。「よし、電信は覚えてるか？」

「電報を送ったり受け取ったりするものですよね」

「ああ。そしていままでは、点と線を電線に伝わせるんじゃなく、人の声を送るんだ。この機械は、世界にあるほぼすべての電線を通じて、そうした声の伝達を可能にする。それだけでなく、書いた言葉も、撮った写真も保存できる」彼はヘッドホンを叩いた。「歌った歌もな」

「ここにいる友人が」ライス判事は私を見た。「私のやっていることをみんな記録していると言っていましたが、同じような意味ですか」

「これを見てみろ」ガーバーの手がキーボードの上でひらめき、画面に映像が流れはじめた。ライス判事が片手を机に置く。「その大嵐は、あらゆる経験を圧倒するほど深刻でした。船の均衡が保たれることはなく、たしかな足場もありませんでした……」

「はは」ライス判事は人差し指で顎を叩いた。「人間とは何という造化の傑作か、高貴な理性、無限の能力」

「まさに。そのとおり」

「『ハムレット』です」

ガーバーがにたっと笑った。「俺があんたにグレイトフル・デッドを聴かせたんだから、あんたが俺にシェイクスピアを教えるのも納得だな」

「この発明が司法の手続きをどれほど変えたかご存じですか？　世界中が目撃者になったらどうなるだろう」

「ちょっと待てよ、ロミオ。判事をやって長いんだから、証拠は疑うようになってるだろ？　見てくれ」彼はキーを叩き、マウスを動かして素材を編集しはじめた。「なんと、そんなふうにじっとしたまま動かせるんですね」ガーバーがエンターキーを押すと、機械が数秒でステータスバーを満たした。すると、先ほどと変わらないなめらかさで映像が流れ出した。「船の均衡が保たれていた、たしかな足場。圧倒的な体験だった」

ライス判事が吹き出した。「それもそうか。新たに真実を見出す機械は、新たな嘘も生み出すわけだ」

「飲み込みが早いな、兄弟」ガーバーは画面を触った。「この左手を見れば、不自然に跳ねているのがわかるだろう。改ざんされた証拠だ。よく見ればわかる」

「しかし面白い機械です。地図も見られますか」

「ほとんどすべての場所のね。世界全体を見渡せるし、自宅の前の通りも見られる」

「我々の探検に、これがあったらどんなに便利だったろう」ライス判事は腿に拳を打ちつけた。

「さて、それじゃあ」ガーバーが椅子の背を倒した。「悪い側面は聞いたが、いいこともいくらかはあったはずだ。その旅行で気に入ったことはあるかい?」

「たくさんある」彼はしばらく考えた。「たとえば、でいいですか」

「ぜひ」

私は固唾をのんで、目の前にひらけたひとときを楽しんでいた。

「グリーンランドのテューレを出航して九日目、ちょうど北極圏から北極点に向かう途中でした。見えるのは灰色の水、灰色の空、水面の白い泡、そのほかのちょっとしたもの。海岸線に近づいても人間の姿は見えず、厳しく簡素な風景があるだけでした。それから辺境の居留地に視察にいくと、絶望的なほど荒れ果てた土地に丸太小屋が密集していて丈夫な肌と乱暴な言葉遣いの人々が暮らしていました。彼らは親類として接してくれ、王族をもてなすような食事を出してくれました。魚や未知の食べ物でした。彼らの粗野なユーモアのおかげで、我々はその夜を、ピエロを前にした子どものように大笑いして過ごしました。明け方に錨を巻き上げたとき、桃色の空と真珠のように輝く海が見え、私たちはそれを、まっさらな目で見られたように思います」

「なにを見たって?」

「それらすべての美です。美を体験するとき、調査はおまけのようなものになりました」

「そう」私はつぶやいた。「まさに」

私たちは、ガーバーさえも、沈黙し、世界が止まったようだった。沈黙が引き延ばされるあいだ、その瞬間を、潮が月に引っ張られるようなものとして感じていた。認めたくないが、思わず見つめていたようだ。

「どうかしましたか」ライス判事が尋ね、自分の頬に触れた。「顔になにかついています?」

「顎ひげ」私は言い、さっと身を引いた。「顎ひげがあるだけよ」

「危険、危険、危険」ガーバーがロボットのような声で言った。

「どういう意味ですか」

「顎ひげ」ガーバーは椅子をコマのように回した。「顎ひげ。顎ひげ」

「黙って」私は彼の腕を叩いた。

「危険な顎ひげ」

「わかりません」とライス判事。

「このお友達はおかしなアヒルなの。気にしないで」

「顎ひげのあるアヒル」ガーバーは叫び、ぐるぐる回った。

判事は彼をしばらく見ていたが、やがて指を立てた。「この機械について、もしまだよければ」

ガーバーが突然、足を机の脚にひっかけて動きを止めた。「どうぞ」

「どうして世界中の人々と話したいと思うのですか。それに、どうしてみんなはあなたに話しかけたいと？」

「理由は無数にある」ガーバーはコンピューターに向き直り、いくつかのウィンドウをクリックした。「学ぶため、知識を共有するため、噂話をするため。この機械を通して恋をする人間もいる。そしてほら……」Eメールボックスの画面をスクロールした。「これは手紙だ。世界中の人があんたに好奇心を抱いている。それよりなにより、この箱は考えうるかぎり最大の図書館になっているんだ」

「そんなことが可能なのですか？　あまりに小さすぎる気がします」

「説明するより見せたほうが早い。知りたいことを言ってくれ。当時から興味を持っていたことを」

「簡単です」ライス判事は言った。「航空」

ガーバーが画面からライス判事に視線を移した。「なんだって？」

「一九〇三年にふたりの兄弟がノースカロライナの砂丘から飛行機を飛ばしました。魅了されました。人類が鳥のように振るまうのです、これほど創意に富んだことがありますか？『努力し、探し、求め、そして屈したりはしない』（A・テニスンの詩「ユリシーズ」より）。ああ、それにあの夜。思い出しました」彼は私を見た。「屋根の上に連れて行ってくれたときのことです。巨大な空飛ぶ機械を見ました。たぶん、これまで私が見たなかで最も大きなものです。これです、興味があるのは。航空の世界がどう発展してきたのかということです」

「完璧な選択だ」ガーバーは言い、両手をこすりあわせた。「航空の歴史か。だが警告しておく……」

「なんでしょう、ガーバー博士」

「人類という賢い生き物が、どこまでも愚かだとわかったら、驚くぞ」

「ちょっと、ガーバー。何を見せる気かわかったわよ。でも物事にはふたつの側面が――」

「おせっかいはやめろ」彼が遮った。「俺に全部任せる、そうだろ？」

「美しさを忘れないで」

「アドバイスをどうも」ライス判事を肘でつついた。「そこから始めようと思っていたさ。この年のうちに、あんたは海に出るんだ」

ガーバーはオンライン検索となるとイタチのようにすばやい。数秒経たずに一九〇六年の情報を引き出していた。その年、ドイツ人がツェッペリン飛行船を発明し、フランス人が水上機を作った。七月四日、ひとりのアメリカ人が飛行機を約一・六キロ飛ばした。彼は速度においても新記録を出した。時速七五キロ。

「信じられない」ライス判事は頭を振った。「光の速さだ」

ガーバーは年を追って進んだ。航空郵便制度が始まり、パイロットは膝のあいだに挟んだ手紙の包みを機外に放り投げた。オーヴィル・ライトは墜落で命拾いしたが、その乗客が動力のある飛行機の事故で最初の死者になった。やがてエンジニアたちがプロペラを翼の後ろから機体の前に移動させた。ガーバーは鼻をすすり、タイプし、検索結果をスクロールした。

「さて、サンシャイン・デイドリーム、この映像は一九一二年のものだ」映像を再生すると、粒子の粗い、灰色の、歴史的な映像が流れた。氷塊の浮かぶなかを漂う複葉機が、人だかりのする港を飛び立つ。次にカメラが機上からとらえたのは、工業地帯の沿岸といくつかのぼやけた半島だ。それから、巨大な銅製の像がくっきりと視界に入って揺らめいた。

「おお、これは」ライス判事は叫んだ。「自由の女神」

「ご名答」

「すっかり忘れていた」

「いまもそこにあるよ。さて、俺たちは一九一四年の夏に差しかかった。ここで飛行は別のビジネスになっていく。愚かしさが圧倒的になる」ガーバーは空中戦の映像を見せた。最初の爆撃機、肩に白いスカーフを巻いた撃墜王たちのポートレートだ。「最初の世界大戦だ」

「本当に世界中が戦争になったのですか」

「そのようだ。でもな、あんまり馬鹿すぎて、そのことについても楽観的だったんだ。連中はこれを『すべての戦争を終える戦争』だと言った」

「そうなったのですか」

ガーバーは舌打ちしてキーを叩いた。「どう思う?」

「ちょっといい?」私は言った。航空史における次の三十年間と、ライス判事がこれから学ぼうとしているものを思った。私のなかの教師が黙っていられなかった。「バランスを取るべきよ、ガーバー」

「人間の愚かしさとのバランスか。なにが釣り合うんだ?」

「いくつかのいいことよ、たぶん」

「勝ち目のある戦いじゃないぞ、愚かしさの圧勝で差はかなりひらいてる。でも、ほら」彼は隣の机を指差した。「そのコンピューターの電源もまだ入ってるぜ、ケイト。そっちで全力を尽くせよ」

ライス判事のほうに身を傾けた。「あなたは一世紀をまるごと学ぶのよ。とても受け入れられないものがあるかもしれない」

「私を守ろうとしてくれる心遣いには感謝します、フィーロ博士」彼は大きく息をつき、ゆっくりと吐いた。

「しかし、どうかひとつの思考を全うさせてください」ガーバーを見た。「すべての戦争を終わらせるのに失敗した戦争では、どれくらいの人が死んだのですか?」

「正確にはわからない」ガーバーはコーヒーをすすった。「二千、二千五百万くらいか」

ライス判事はまばたきした。「そんな馬鹿な。二千五百万の人間が?」

「だいたいね。ちょっと待て」ガーバーがキーを叩く。「パイロットに限ろう、いまのテーマに従ってな。どれどれ」検索をかけ、二度目の検索で答えが出た。「これだ。二万人のパイロットが死んでる」

ライス判事は心底驚いたようだった。「納得できません」と彼は言った。「この機械を発明して、冒険や、発見や、経済に理想的な形で寄与するよう工夫したのに、まったく逆の目的に使われているなんて」

「まあ、戦争は終わるが」とガーバー。「革新は止まらなかった。ほら、最初の商業飛行が一九一九年で、運賃を支払った乗客が十一人、パリからロンドンに飛んだ。銃もなし、爆弾もなし、すごくいいだろ。そして一九二一年、最初のアフリカ系アメリカ人のパイロットが誕生した」

「アフリカ系アメリカ人?」

「黒人ってことだ。ニグロ」

「有色人種？」

「そう。でもいまでは敬意のある呼び方をする。誰のことも傷つけたくないの。黒人のことはアフリカ系アメリカ人と呼ぶといいわ」

「黒人を傷つけたくない？」ライス判事は顎をさすった。「ふむ。素晴らしい」

「そう思うか？」ガーバーが言った。

彼は頷いた。「父は州間の戦争で戦ったのです。そして私の時代には、どんなに愚かな人間でも、労働と賃金に不公平があるのをわかっていた。勤めていた法廷でも、毎日のように取り上げられていました」

「ふうん」ガーバーは頭をかいた。「まあ、人間はそれをますます強く感じているってことだ。歴史の勉強を続けようか。これが最初のパラシュート。これで飛行機から飛び降りても虫みたいに潰れなくなった……あー あ、これは農薬散布機だ」

「この飛行機はなにを撒いているのですか」

「薬品だよ。植物についたゾウムシとか蚊とか、そんなものを退治する」

「そういう、平和的な利用の仕方を聞きたいものです。でもきっと、これと同じ仕方で敵に毒を撒くのではないですか」

「知らないだろうが、俺たちはその分野にかけてはものすごい創意の持ち主だ。われら愚かな人間って言うがな。俺たちはそんなものを敵に落としても涼しい顔をしてるんだ」

「そういうことばかりじゃないはずよ」と私は言った。

ガーバーが鼻で笑った。「またバランスがどうのこうの言い出すのか？」

「ちょっと待って」私は彼の隣の机にすがりつき、自分で調べはじめた。「ライス判事、この写真を見たことがある？　彼はロバート・ゴダード、横にあるのは世界初の液体燃料で飛ぶロケットよ。空中にまっすぐ、何キロも飛んだ」さらにキーを叩いた。「これは一九二六年のことで、同じ年には、飛行速度で新記録が出た。時速四〇〇キロを超えたの」

「四〇〇？」

「ここから自由の女神まで一時間かからないわ」

「驚いた」ライス判事が笑った。「私の時代には馬に乗ってたっぷり一週間はかかったでしょう」

「それから……」さらに検索をかけた。「二年後には四八〇キロを超えたわ。そのあいだに、ある人が大西洋を単独で横断した」

「一度の飛行で？」

ガーバーがくすくす笑った。「いや、正確には要所要所にたくさんの燃料補給所があったのさ」

「でもそんな距離を……」

「そうよ。こうして速度と距離を伸ばしているあいだ、高さに挑戦した人もいる。この人は気球乗りで、一九三〇年、一万三〇〇〇メートルまで上がったの。翌年には、別の人が約一万五〇〇〇まで。ああ、これ。これはいいわ。大恐慌の真っ最中に——ええと……大恐慌っていうのは経済的な恐慌があった時期のことで、銀行が潰れ、貯蓄がなくなり、砂塵が牧場を破壊し、たくさんの人が失業した——」

「大いに元気が沸く話だな」とガーバー。

「わかってる」私は認めた。「ライス判事がこの時代に居合わせなかったのはよかったと言うべきでしょうね。でもこういった問題に直面しているとき、ウィリー・ポストは人々を元気づけるのに多大な貢献をしたのよ。

それも飛ぶことによって。面白い人で、ほら、片目に眼帯をしているでしょ？　とにかく一九三三年、彼は世界ではじめて単独飛行で世界一周を成し遂げた。二万五〇〇〇キロメートル」

「一九三三年か」ライス判事は目を細めて暗算した。「もしあの遠征がなければ、生きていてもおかしくない」

「おや、そうかい」とガーバー。「いま見てきたものでは、まだ満足していないと見える。まだ第二次世界大戦にも触れていないんだものな」

「また戦争ですか？」

「戦争は、あんたが死んでから、ほぼひっきりなしに起こっていると言っていい」

「ですが、こういった発明がみんなをひとつにしなかったのですか。共通の地平を作ったのでは？」

「そう」私は割って入った。「いまではたくさんの人々が繋がっている。私たちは知識を蓄えつづけて、違ったふうに暮らしている人々についての認識を深めているの」

「深めるか、あるいは」ガーバーが笑った。「殺すか」

ライス判事はため息をついた。「疲れました。ですが、休んで、これらのことを理解する心の準備をする前に、できれば到達点が見たい。人類が航空において成し遂げてきたことの最前線を」

ガーバーが私を見た。「いいのか？」

「意見を聞いているの？　じゃあ、答えはノー。見せないでほしい」

「そんなにもひどいものなのですか」ライス判事は尋ねた。

「いずれわかることさ」

私は返事をしなかった。ガーバーはそれを賛成と受け取った。「オーケー、判事、見せようじゃないか。だが愉快なものじゃないぞ」彼はキーボードを叩いた。「ヒンデンブルク号爆発事故は飛ばして、ここから始めよう」ベトナムの映像が切り出された。ジェット機の筋が伸び、ナパーム弾が降り注ぎ、ジャングルが爆発して燃えさかった。「蚊を駆除するのとは違うぞ、そうだろ？　さて、これは興味を持つかもしれない。無人機が発明され、空飛ぶ爆弾が遠くの誰かによって操作されるようになる」ミサイルが荒廃した村の低い空を轟音で走った。地上ではターバンの男たちが身を屈め、指差しながら叫んでいた。

「次にはジェット機自体が武器になる」ガーバーが見せようとしているものはわかっていた。銀色の鳥が雲ひとつない九月の朝空を滑ってゆき、鋼とガラスのタワーに突き刺さった。この映像は幾度となく見たが、いまだに刺すような痛みを感じる。

「なんということだ」ライス判事は言った。「なんということ」

「一時期、これは世界で一番高い建物だった」ガーバーは最初のタワーが崩れるままにしていた。タイプしつづけ、容赦なく情報を呼び出した。

「これが現実ですよ、判事どの。最前線です。缶詰のアルマゲドンだ」次に再生したのは核爆発の詰め合わせだった。人造の太陽が砂漠と海上にあらわれ、車が吹き飛び、建物がバラバラになり、キノコ雲が次々にあらわれる。「せめてもの救いはこれが実験だということだ。この悪ガキが兵器として使われたのは二度だけだが、それでも、どちらのときも街を丸ごと更地にしてしまった」

画面から視線を引き離し、ライス判事が両手で口を覆っているのを見た。私は彼の肩に手を置いた。「大丈夫？」

「この暴力。これほど賞賛すべき志が、これほどの勇気と発明が、すべて殺人の道具に悪用されるなんて」

「そう単純じゃないぜ」ガーバーはコーヒーの入ったマグカップを取り上げたが、飲む前に止まった。「あんたの父親が行った戦争を考えてみろよ。粗悪なライフルを持たせて送り出したんじゃないか。そしてその武器を、勝利をもたらすものと願って正当化したんじゃないか」

「それにしても街を丸ごと、ひとつの爆弾で？　それにあの建物。飛行機を巨大な弾丸に使うだなんて。才能を悲しみに変えている」

「今度はこっちの番」と私は言った。「もうひとつの視点が必要だわ」

「おいおい、ケイト。とりつくろうのはやめてくれ――」

「ライス判事、今夜見たものすべてが嘘だったとは言わない。でも、それとバランスをとるものがある。もうひとつの側面がある」

「本当に」ライス判事は低い声で言った。「そう願いたいですね」

「ここにいる友だちほど探すのが速くはないけど、これを見て」検索し、映像を流した。木箱が空から白いパラシュートをつけて降りていく。「食料を落としているの。海中で起こった地震のために海に浸かった街に向けてね。陸路は破壊され、住民たちは孤立していた。飛行機を使ったから、食料や、薬や、避難所に必要な道具を届けられた」

「あーあ、バイオリンでも持ってくるか？」ガーバーが言った。

私がにらむとガーバーは笑いだした。目を大きく開け、左右にぐるぐる動かした。変な人。私は笑い返した。

「それに美しさもある。飛ぶことを芸術にする人もいる」

見つけたのはハンググライダーを操る人の映像だった。雪の積もった山の斜面を飛び立ち、上昇気流に乗った。大きな機体を操り、片方の翼を持ち上げ、地上すれすれまで降下して再び飛び上がり、空に舞い、滑るように遠く離れた場所へと向かった。空中のダンスだ。

「ただの殺人鬼じゃない」さらに検索した。「私たちは欠点を補える性質を持ってる」

ライス判事は答えなかった。次の動画は曲芸飛行で、両翼の端から煙を出しながらまっすぐ上昇し、上下に傾き、回転しながらまっすぐ地上に落下し、風をとらえて螺旋を描きながら再び上昇した。

「おお、これはすごい」

「最後に見せるのは、愚かにならず、より高い目標に向かって仕事をしたらなにができるかということ」

ガーバーが姿勢を変え、頭の後ろで手を組んだ「俺が考えているやつだといいけど」

その映像はすぐに見つかった。かさばる白い服を着たひとりの男が、四角いバックパックを背負って梯子を降りてゆき、靴が灰色の砂を踏みしめる。「ひとりの人間にとっては小さな一歩だが」男の声が受信機の雑音を通して響く。「人類にとっての大きな一歩です」

映像はふたりの男がアメリカ国旗を立てるところをとらえる。彼らの背景に強い太陽の光が注がれている。ひとりが跳ね、フレームの外に消える。

「この人はいったいどこに立っているのですか?」

「ニール・アームストロングだ、判事。考えうるかぎり右に並ぶもののない、とんでもない人間だ。そしてこの男が立っている、完璧にありえない場所はどこか?」ガーバーは私ににっこり頷きかけた。「月だよ」

「月」ライス判事は風をいっぱいに受けたように椅子に沈みこんだ。両目を指でこすった。「フィーロ博士?」

「いるわよ」

「ふむ。部屋に戻るのを手伝っていただいても? 疲れ果ててしまいました」

クロエが、心の準備ができないうちに二本の歯を抜かれたときのことを思い出した。深い麻酔のせいで、両目がほとんど閉じられていた。ライス判事のまぶたも、急にそんなふうに重くなっていた。私は介護施設でやったように彼を抱えあげ、腕を自分の首に回した。一緒に立っていると、彼の疲労そのものが、私の注意深さに身を預けているような気がした。ガーバーが見ていたが気にしなかった。私たちは、うまく机のあいだを歩いていった。

「月」ライス判事は言った。「月の上に立っていたのか」

「そうよ、ライス判事」

部屋に入るとき、過去からやってきた男は私を抱き寄せた。まるで私だけが、地面に落ちない支えであるかのように。

第十七章　残った者

エラスタス・カーセッジ

「単純なことだ。ここでの研究に寄与できないなら、プロジェクトにきみを抱える余裕はない」

ビリングスが重々しく頷く。その姿を眼鏡越しに見る。ひどい格好だ。青い顔で、疲れきっている。だが、そもそも彼はイギリス人だ。経験上あの国の連中はみな、めったに温かい食事をとらないし、陽の下でうたた寝もしない。

だが話しているあいだ、ビリングスの口調は思いがけず落ちついていた。「カーセッジ博士、喜んでご説明しますよ。あなたの聞きたいことをすべて、ほかの人たちがジェレミア・ライスに気を散らされているあいだに、私が達成したことをあますところなく」

「きみが〈サブジェクト・ワン〉を気が散らされるものと片付けているなら、このプロジェクト全体の重要性をはき違えていることになるが」

「とすれば、ご自分の研究所で起こっていることの半分もご存じないことになる」

そのとおり。コントロール室の怠慢にも驚かされた。それにフィーロ博士が規律を破って〈サブジェクト・ワン〉の元を訪れたことも、モニターを切られていたことにも気づかなかった。

それでも微笑む。世界広しといえど、イギリス人ほど愉しいものがあるだろうか。インドや香港に植民地を持っていた時代から、連中は妙に優位に立っているようなところがある。それを騎士道的な自尊心のあらわれと信じているようだが、愚かしさのあらわれにすぎない。彼らにとっては気高さだろうが、こちらからすればうぬぼれだ。どうしてノルウェー人がイギリス人より先に南極に辿り着いたか。それはスコットとかいうイギリス人が犬ぞりを使うのを拒んだからだ。こうした探求において動物に頼るのは紳士のやることではない、と彼は日誌に書いている。アーサー王の円卓につこうとでもいうのだろうか。そういうわけで、アムンゼンは南極に最初に到達し、無事に帰還しただけでなく、スコットの日誌を遺体から救いさえした。

微笑むのをやめ、机に手をつく。「きみが有意義に使える時間を見つけたことを嬉しく思うよ、ビリングス博士。きみの進歩を知ることができるのは光栄だ。期待で震えているよ」

ビリングスはこの態度を鼻であしらう。いかにもイギリス人らしい。だが受け流すことはなく、あの英国貴族特有の唇をきっと結んだ表情で、ノートをひらいた。「ライス判事をもたらした巨大な氷塊は、九百十四の標本をも我々に与えました。十一種に分類でき、各種類から一割ずつ分析しました。九十二の標本が試験されたわけですが、種類にかかわらず、結果は一貫していました」

「面白い」そう言ったのは、ささやかな愉しみに抗えなかったからだ。「では、その一貫した成長に追いつけなかったものがあるのかな？」

　ビリングスはノートを膝の上で閉じた。「ここでやめましょうか？　見下せる相手はほかにもいるはずだ」

「そのノートを置いてプロジェクトの所有物にし、いま進行中の分析を諦める気がないのなら、私のご機嫌は取っておいたほうがいい」

「博士、あなたのご機嫌を取るですって？　私は充分やっているではありませんか。職務の範囲を越えるほどに。フィーロ博士がライス判事を部屋から連れ出すのを止めようとしたのは誰です？　そのことを翌日あなたに知らせたのは誰です？」

「そのことから導きだせるのは、きみが同僚の説得に失敗したということだよ。それに、フィーロ博士がこの世で最も苛立たしい人間であるのには同意するが、それでも彼女の胆力は評価している。対して、おそらく家系のせいなのだろうが、私は告げ口をする人間が大嫌いだ」

　傷ついたようだ。ビリングスが返事をしないので、話を続ける。

「ビリングス博士、きみは私が毎週の報告書を読んでいないと思っている。それは間違いだ。それどころか、きみの報告にはずっと夢中だよ。調査隊が北から戻ってきてから数ヶ月間、ずっとね。むなしく待っていたんだよ、きみが発表に値するアイデアをひとつでも提示してくれないかと思って。そのあいだプロジェクトの残りの人たちは、人類の死の概念を再定義することに『気を散らされて』いた。間違いがあれば、いまここで正してほしいものだ」

「代謝率」とビリングス。「それに蘇生後の生存期間における生命活動については、どうですか？　激しいとは言えない。恐れる必要もない。すべての生物の代謝は恐ろしくゆっくりとしています。ですがその後です、ここが興味深いところなのですが」椅子をぐいと前に動かす。「生物のエネルギーと活動が同じ比率で増すのです。彼らの代謝がその比率で増加するためです。小エビでもロブスターでも、オキアミでもタラでも、おしなべてゆっくりと活動し、それから加速します」

机の上の紙をまっすぐにする。「それが意味するのは?」

「驚くべきことです。そこに人間の標本を含めなかったとしても。これらの結果だけでも、論文がいくつも発表できるでしょう。そこで提唱されうる理論は、加速する代謝率が予想可能だというものです。代謝率の差は、その種の体積によるのです——大きければ大きいほど遅い。蘇生した生物を生き延びさせるためには、代謝の問題に取り組むことが必須です」

ボーデンの発見の正しさを証明し、さらに押し広げてみせた。ビリングスだからできたことだ。ボーデンの考証はすぐれたものに違いない。だが彼は、塩分の摂取を抑制させること以外に対策を提示できていない。デジタル時計によれば〈サブジェクト・ワン〉の十八日目がまもなく始まろうとしている。「〈サブジェクト・ワン〉の命を長らえさせるのに必要な答えは得られたかね」

「まだです。ふたつの仮説があります。塩分の摂取を最小限にすることはその場しのぎになるでしょう。ですが、もっと長い目で見て結果が得られると思われるのは、彼の部屋を酸素で満たすことで——」

ノックの音がビリングスの話を遮る。トーマスが部屋に飛び込んでくる。「お邪魔してすみません——」

「最近ではどうやらそれが一番大事な仕事らしいな、トーマス」

「申し訳ありません、カーセッジ博士」窓を指差す。「ですが、外で起こっていることに興味を持たれるのではないかと思いまして」

ため息をつく。「いま抗議者たちの相手をしている暇はない、すまないが。まとめ役があらわれたのは知っている——」

「それだけではありません」

「ちょっと待て」指を一本トーマスに向け、ビリングスのほうに向き直る。「きみの小さな生物たち。彼らの寿命を延ばす方法くらいはわかったのか?」

ビリングスは空気の抜けた風船のようにしおれた。「まだです」

「先生」トーマスがなおも手を窓のほうに向ける。「一分でもご覧になっていただきたいのです」

「いまでないと?　どうしても?」椅子を下げ、急がず立ち上がり、ガラスの壁に向かう。「そんなに急かすようなことか?」

答えはすぐわかった。面白い光景が広がっていた。数百人が正面ドアに群がっている。人間がアメーバ状になって両側の歩道からこぼれ、さらにたくさんの人が通りに固まっている。いつもの抗議者たちは引き下がっている——騒がしい群衆に怖じ気づいたのだろう。ドアに群がる一団は荒れ狂い、ほとんど暴徒化している。

ひとりの女性がどちらの群衆からも離れて立っている。白いベレー帽をかぶり、どこか人を惹きつけるところがある。集中しているようでもあり、辛抱しているようでもある。しかし注意の矛先は烏合の衆に戻る。彼らは押し合って前に進もうとしている。

「なんと。この連中は何者だ、トーマス」

トーマスが即座にそばにやってくる。「子孫です、先生」

「なんだと?」

「とにかく、そう主張しています。孫だ、孫娘だ、いとこだ、姪だ、甥だと。彼らは口をそろえて、自分はジエレミア・ライスの親類だと言っています」

「とんでもないな」ビリングスがトーマスの反対側で見下ろして言う。「千人はいるんじゃないか。ライス判事はメトセラ以来の多産だったんだな」

「ビリングス博士、わかりきったことをいちいち説明させないでくれ」

「はい？」

音を立ててため息をつく。このプロジェクトに雇った人間は、実はみな愚か者なのだろうか。「誰も〈サブジェクト・ワン〉の末裔ではない。ひとりも。連中は反対しているわけでもなければ、ただの馬鹿でもない。彼らはなにかを深く信じている、それが偽りだとしても。彼らが示しているのは、〈サブジェクト・ワン〉やこのプロジェクトと関わりを持ちたいという、大衆の憧れだ。わからないか？　代謝についてのきみの発見をないがしろにするつもりはないんだ、ビリングス。間もなくその見解には従わざるを得ないだろう。とりわけ、きみの結論が寿命を延ばすことに貢献したときにはね。だが今日はまた別のことが起こっている。一目瞭然だろう。観察によって得られる明確なデータが、真下の正門で展開している。わかるかね？」

「三ヶ月ください」ビリングスは答える。「九十日あれば、長期生存の鍵を示せます。その答えに限りなく近づいています」

「妥協しようじゃないか。だがレポート用紙はやめてくれ、まったく。あれには心を乱されるし、机もちらかる。トーマス、ビリングス博士との面談の日をカレンダーに。十週間後のところに書き込んでくれ」

「はい、先生」

「十週間？　まあ……いいでしょう。できるかぎりのことをします。ありがとう、カーセッジ博士」ビリングスが一歩下がった。「ありがとう」

媚びへつらって感謝の意を示す手合いを見ると、どうしてミントキャンディーを舐めたくなるのだろう。この不快感はなんだ。結局ビリングスは、現実的な科学者なら誰もが数年かかるとわかる成果を七十日間で出すことになった。彼は大急ぎで資料をまとめて立ち去ろうとした。この忙しなさが問題だ。そんな人間を見下ろすのはなにより愉快なものだが、なにかしら見出してくれるのではないかという期待は損なわれる。何年も目を顕微鏡に押しつけていたせいだろう、この男はどこを見ればいいかわからなくなっている。

「トーマス、警察を呼んで連中を立ち退かせろ」

「はい、先生」

「マスコミにも知らせてくれ。この群衆、午後のニュースにほしい。大衆のなかにこんな渇望があるのを世界に知らせるのだ。それに〈ラザロ・プロジェクト〉は、労働者なら誰もが参加できるような社交場ではないことを教えてやらねば」

「はい、先生」

　そこに立ったまま待っていると警察が到着し、ほんの数分後にはテレビのカメラがやってきた。百人かそこらの人々がおろおろさまよいだす。自分たちの愚行を報道されるのが嫌なのだろう。残りの連中は声を張り上げ、まだジェレミアに会おうとしている。場を仕切る警官はベンチの上に立ってなにかを読み上げており、大声だったのでガラス越しにもその口調がわかった。友好的でも、辛抱強くもない。

　群衆が散りはじめる。最初は外縁から、それから歩道の連中も。入り口近くにいた数人は、誰もなかに入れないことが明白になってからも、自分たちの優位な立ち位置を諦めるのにしぶしぶといった様子だ。ひとりが警官を押したが、ここはテロ事件以降のボストンだ、もっと賢くなったほうがいい。男はすぐに通りに連れ出され、地面に顔を押しつけられて手錠をはめられた。カメラマンがそこに、自分でも手錠をかけられるくらいにまで近づく。思わず笑みがこぼれる。この映像は間違いなく今夜のニュースに出るだろう。

　残りの群衆が離れるのに、さらなる刺激は必要なかった。電話をかけ、資金援助を要請する手紙を口述筆記させ、窓際に戻る。この眺めには引力のようなものがある。暴徒は去り、警官とマスコミがいなくなり、抗議者たちはその日一日じゅう静かにしていた。消毒液をたっぷり出し、両手を暖めるようにこすりあわせる。

ちょうどそのとき、例の白いベレーの女が、騒ぎのあいだずっと道路の奥の芝生に立っていたことに気づく。少しも動いていない。いま彼女は帽子を取り、螺旋状にカールした髪を自由にする。目をもう一度ビルのファサードに向け、なにかを探すように窓のひとつを見る。凝視はたっぷり数分間続く。やっと巻き毛を耳の後ろにたくし込み、帽子をきちんとかぶる。再びビルを一瞥する。その表情は疑いようもなく沈んでいて、脚を引きずるようにしてうなだれながら去って行く。

想像をめぐらす。

「トーマス」

彼は扉の後ろからあらわれる。「はい」

「発見のスリルが我々を間違ったほうに導いたようだ。このプロジェクトに貢献する別の形の知が、分析と公共への情熱の影に隠れてしまっていた。フィーロ博士に伝えてくれないか、いまの仕事に加えて〈サブジェクト・ワン〉が残した遺産を調査するようにと。子ども、土地、投資、作ったものなどを」

「わかりました、先生。ところで、たったいま十八日目に入りましたね」

「それが?」

「あと三日でボーデン博士の減塩対策の成果が出ます。いよいよ危機を脱せます」

「それか破滅か、だな」

「ええ、先生。なにか特別にフィーロ博士に探してもらうものはありますか」

「すべてだ。彼女は靴のロゴを判読した。それも名前や仕事を知る前に。そんな彼女に、すべてを見つけ出してほしい」

第十八章　七種のリンゴ

私の名はジェレミア・ライス、ようやく理解しはじめた。

彼らは成功を期待してはいなかった。これだけが妥当だと思える説明だ。目覚めさせた人間に人格があり、意見があり、特性があり、欲望があるということを、予期していなかったのだ。人間としての私になんの便宜もはかってくれないのは、そのような人間を予想することができなかったから。たんなる野心以上の計画など持っていなかったのだ。

猿だったら、動物園でとらわれの身になることも受け入れられるだろう。それはほかの多くの無知な獣と同じだ。だが人間は、自由の身ではないことを魂で感じ取る。百年の移行にかかわらず、現状を判断する力は失われなかった。私は観察されつづけている。適切な衣服も、現金も与えられていない。日々を過ごし、夜には眠っているこの部屋は、寝室というより研究室だ。電気仕掛けの組み合わせ錠が部屋の出入りを妨げていて、その番号を教わるほど私は信頼されていない。危害を加える意図はないと信じているが、彼らは自分たちのラバを導くこともしない。法律と憲法に保証された自由の身だと言われるが、言うほどの自由はない。ガーバー博士とフィーロ博士とともに航空の進歩を学んだのは、圧倒的な体験だった。だがそのときまで、私が再び生きることになった時代の素晴らしくも暴力的な性質を、教えてくれる者はなかった。

たしかな例外はフィーロ博士だ。いつも親切に、私の必要に応えてくれる。彼女こそ、私がいまどこにいて、どの時代の何月にいるのかを伝えてくれた人だ。彼女はほんのときたま、長年教師をしていた、辛抱強い姉のことを思い出させる。フィーロ博士は私の時の移行が楽になるよう力を尽くし、いまこの時代を穏やかに紹介してくれた。あらゆる行為が同情に満ちていた。彼女はこの計画にかかわる多くの人とやり取りしているが、見たかぎりでは誰も彼女にかまってはいないようだ。私も普通なら関係を取り持ってくれる大使など必要としないが、この状況は普通とはほど遠い。もっと積極的に自分自身を弁護しなくてはいけないのだろう。もしその力があればの話だが。そうでなくとも、頻繁に、突然に襲いかかる、深刻な疲労に耐えなくてはならなかった。それでもまだ楽観的だ。日々疲れ果ててはいるが、そこまでの苦しみというわけではない。

ジョアンが部屋に閉じこもっていたときを思い出す。お腹が大きくなった彼女もまた、疲れていた。アグネスが生まれようとしているときだ。私は毎朝、お茶とほんの少しのパンとチーズを寝室に運んだ。ジョアンはそれまで、火を噴く銃を片手に一日に飛び込むような日々を過ごしていたが、このときは正反対だった。猫たちは家具の下を走り回り、私はお使いの内容をメモし、彼女といえば、起き上がる前に食事をすることが吐き気予防になると知るようなぐあいだった。ついでにいえば、私はそうやって彼女の世話をすることに喜びを感じていた。その後でやっと急いで法廷に向かい、大小の論争に満ちた一日をはじめた。

ジョアンは、妻を甘やかしすぎよと不平を言った。いま私は心から、この時の隔たりのなかで、本当に甘やかすことができたのであれば幸いだと思う。身に余るほどの愛を受けるばかりで世界を後にできるはずがない。あまりにたくさんの親切を受けるだけで、人生を終えられるはずがない。

彼女はその数ヶ月のあいだずっと疲れていた。もし昼食の時間に帰宅したら、ジョアンが上で昼寝をしているのが見られただろう。彼女が夜も早くに床に就くと、私はよくひとりで暖炉の前に座って一杯のポルト酒を味わいながら、このような孤独が、親になった私たちの生活を支配するようになるのだろうかと思いを巡らせていた。ふむ。あの静かなひとときの、一見すると味気ない豊かさに感謝すべきだろう。誠実な妻が、彼女のなかで、私たちの子を育てていたのだから。

ジョアンはアグネスをこの世に生み出してからまもなく快復した。それを思い出すたびに、まさにいま活力を失っている私は、楽観的になれる。親密さも徐々に私たちの間に戻ってきて、並はずれた愛情にかわった。私たちの横にはアグネスが、おっぱいを吸ったりつぶやいたりしながら、ベッド脇のゆりかごにいた。いまの状況を理解する努力を中断し、あの親しさや慈悲の心との断絶に思いをめぐらすと、痛みはあまりに鋭く、身体のどこかから血が流れているのではないかと考えてしまうほどだった。

失ったものの大きさは、再び生きているという驚きを覆い隠す。ジョアンと別れて百年以上経つのに、混乱した心は、ほんの一週間前に船で北に向かったとしか感じていない。リンを訪れたいと願いながら同時にためらってもいるのは、そのせいだ。大いなる冒険旅行からの帰還ではあるだろう。しかし彼女の不在という事実に気力を奪われる。思いがそちらに向かうたび、文字通り身体が震える。

心痛と疲労と戦い、自由を取り戻したいと願いながらも、想像をめぐらす。私はどんな奇妙な考えを身ごもっているのだろう？　私という存在はこの世界になにを産み落とすのだろうか？

結局のところ、その答えは、まったく逆を向いている。つまり、明らかに、世界のほうが私の上に落ちてきたのだ。インタビューや、紹介をさせてくれという依頼が山のようにきた。フィーロ博士はそれらの依頼を念入りにふるいにかけ、優先順位をつけ、私とプロジェクトにとって有益かどうか判断した。そうして我々は、公共生活への、風変わりなはじめの一歩を選んだ。私は新参者として今日の世界を体験することになった。リンで市が立った日に人々と交流したときの嬉しさを思い出し、公共の市場を見るのに興味があると言った。しばらく相談して私たちが決めた行き先は、フィーロ博士いわく、ある程度匿名でいられて、かついまの時代に行われている交渉に参加する機会がある場所だ。スーパーマーケットと呼ばれているらしい。

ははは、その体験はカーニバルに参加したみたいに刺激的なものになった。それは研究所の外へ一歩踏み出した瞬間から始まった。たくさんの人が寄り集まり、合図を送りながら、腰の高さまである支柱の上に乗った奇妙な機械の周りで半円を描いて動いていた。

「まったく」フィーロ博士が言った。「記者会見のど真ん中に飛び込むことになったわ」

「なにが起こっているのですか」

「テレビカメラの前でちょっとしたショーをやってるの。早く出ないと誰かに――」

「いたぞ」群衆のなかから男が叫んだ。全員が振り向き、五十人強はいる人たちがひとつになった。カメラがぴったりその動きを追った。滑稽な思い出が蘇った。少年時代、リンで、池の浅瀬にいる一羽のマガモにパンの耳を投げると、たくさんのアヒルがいっせいに泳いできた。この群衆もアヒルのように駆け寄ってきた。

「彼だ。待って」

「まったく」フィーロ博士はまた言い、私の肘を引いてその区画の端まで導いた。世界がぼんやりした騒音と煙に見えた。数台の車がすばやく通りすぎた。その様子は恐ろしく、決然としていた。彼女が手を挙げると一台が歩道の縁でぴたりと止まった。「完璧」と彼女は言い、ドアを開けた。「早く乗って」

不安だったが従った。彼女も続いて乗り込むと、息つく間もなく運転手に行き先を伝えて座った。

「いまのは？」私は尋ねた。「彼らは誰です？」

フィーロ博士が口をひらいたが、私は聞きそこねた。車の往来に混じった車体が揺れ、私が彼女のほうに倒れたからだ。手をついたところはよくわからなかったが、顔は間違いなく彼女の胸の上に乗った。車がまた急に向きを変えたので、気まずい状況からは脱したが、今度は反対側のドアに押しつけられた。

「もうちょっとゆっくり走れない？」フィーロ博士が前に呼びかけた。運転手は聞き慣れない発音で返事をした。私はドアに取っ手がついているのに気づいてつかまった。

街中を疾走するあいだ、私の胃は加速するたびに押さえつけられ、スピードが緩んで前のめりになるたびに飛び出そうになった。窓の外を見ようとつとめ、自分なりになにか見つけられないだろうかと思いながら、フィーロ博士があの群衆について説明するのを待っていた。だが率直に言って、運転は雪ぞりで氷の丘を急降下しているようなものだった。とにかく集中しなくては。先ほどまで味気ないオートミール粥だった朝食を戻してしまいそうだった。

ついに静かな区域に着くと、運転手が勢いよく車を停めた。車のすべての機能を一度に止めたみたいだった。彼はとんでもない額の運賃を告げた。それだけあれば、ジョアンなら軍隊に夕食を振る舞えるだろう。だがフィーロ博士は値切ることもせずに支払った。舌を巻いてしまった。

「行きましょう」フィーロ博士は私が出るあいだ、ドアを押さえてくれた。我々が立っていたのは小さなトウモロコシ畑くらいの土地だったが、道路と同じように均されていた。彼女は腕を上げて建物を囲むように広げた。「平均的なアメリカの食料雑貨店です、ジャジャーン」

店の外には、車輪のついた金属の籠が列になって重ねて置かれていた。フィーロ博士が一番後ろの籠を引き出すと、それはガシャンという大きな音を立てて列を離れた。あたりを見回したが、誰も我々の立てた騒音を気にしていないようだった。彼女は籠を操ってスーパーマーケットの扉に向かった。扉は近づくとひらいたが、ドアマンはどこにも見当たらなかった。飛び退くと、彼女は私を置いてなかに進んだ。

それからフィーロ博士は私がいないのに気づき、振り返って手を差し伸べた。「大丈夫。入って」

そこは手術台のように明るく、たっぷり一区画分の広さがあるようだった。彼女は私を連れて日用品の並ぶ列から列へと進んでいった。サイズと種類がたくさんありすぎて、どれほど賢明なら本当に必要なものを買えるのだろうかと思った。卵は三つの大きさに分かれており、さらに殻を白か茶色から選べる。おそらく四十種類はあるパンが、透き通っていてしなやかな、柔らかいガラスのような素材に包まれていた。百年前のリンで行われたすべての商業をひとつの大部屋に集めても、この店ほど大きくはなるまい。小麦粉がある場所に辿り着いた。私にはたまたま、小麦粉に多少の知識があった。町にはパンやパイを焼く職人がいて、私はよくジョアンに、法廷からの帰りがけに小麦粉を買うように言われていたのだ。だがこの店には九種類の小麦粉があり、それぞれに三つのサイズがあった。

「これはいけない」とフィーロ博士に言い、五ポンドの袋を両手に持った。

「いけない？　どうして」

「選びようがないではないですか、虫がわいているかもしれないし、傷んでいるかもしれないのに」

「虫がわく？」彼女は笑いかけた。

「私は真剣です。それに、これがちゃんと測ってあるとどうしてわかります？　本当に五ポンドだと信じられますか？　秤の後ろに親指を置いていた商売人をたくさん知っています」

彼女は笑った。心地よい調べだった。からかうような調子ではなく、むしろ喜びに溢れていた。それからフィーロ博士は説明しはじめた。政府が食料の品質と、重さと測定の基準を定めたという。私は法契約について教えていた法学校の教授を思い出した。古風な男で、手書きの資料こそ信用ある取引の基盤だと信じていた。彼同様、フィーロ博士も自分の言うことに確信があるらしく、無謀だとは思っていなかった。私は最終的に、この時代の人々は売り手を信頼しているのだという結論に至った。袋の重さも適切だし、小麦粉にたかる蛾も過去のものなのだ。

つまり、消費者の懐疑も過去の遺物になっているらしい。ふむ。それにしても奇妙な商売の仕方だ。

フィーロ博士は、この市場における最大の発見を最後に取っておいた。あの天然の産物だ。六歳のときのクリスマスを思い出した。祖母が編んでくれた厚い羊毛の手袋と、父がはるばるハノーバー通りから買って来た子牛革の靴に加え、母が私にくれたのは、オレンジという、それまで味わったことのない喜びだった。オレンジ丸々ひとつが私のものだった。

　ひとつずつ袋に包まれたオレンジは、どれも輝いていて傷ひとつなく、レモン、ライム、グレープフルーツ、タンジェリンも同様だった。大きくて申し分のないイチゴがあったが、このくらいの実が旬になるのは数ヶ月先のはずだった。バナナの房が積まれて光り輝き、ジャガイモが土のついた袋に入っていた。長いニンジン、オレンジ、胡椒、キュウリ、そして五月なのにもかかわらずトマトがあった。驚きに次ぐ驚き。自分がこれらの食べ物を欲しているのに気がついた。研究所のお粥と喉をこするような塩の記憶以外の味を味わえば、世界の匂いが戻ってくるのではないかと想像した。

　リンゴのピラミッドがあった。数えると七種類あり、明かりの下で輝いていた。豊穣の角がついにこの世界にもたらされ、どこかで聖堂のように飾られているのにちがいない。

　だがどういうわけか人々は、こうした豊かさのあいだを、ものうげに籠を押して進んでいた。品物を持ち上げて選び取る様子は、薪のようになんでもないものを扱っているようだった。

　大胆な気分になり、オレンジをつかんだ。「いいですか?」

「ボーデン博士のカロリー実験を失敗させても、世界が終わるわけじゃないわ。袋詰めでいる?」

　値札を見た。とんでもない。「ありがとう、けっこうです。ひとつで充分」

　彼女はオレンジを、籠のなかのオートミールやレーズン、石けんといった品物の横に置いた。私は彼女について籠を押す人々の後ろに並んだ。ほとんどの人が我々の籠よりたくさん積んでいて、多くの品物があの柔らかいガラス製品に包まれていた。前に進むと、小さくて光沢のある包みの並んだ棚に沿って列をつくることになった。畜牛が査定されるときのようだ。お金をやり取りする手が見え、やっと気づいた。ここで支払うのか。待っているあいだに人々を観察すると、雑誌を繰る者、ガーバー博士が見せてくれたコンピューターがミニチュアになったような機械の上で指を滑らせる者、赤ん坊をあやす者、ぼうっとして空《くう》を見つめる者がいた。

だが私の視線はまもなく、列の先で作業している若い女性に釘付けになった。金銭登録器らしい機械を操作していたが、ベルを鳴らして料金を告げるのではなく、ピーッという音とともに出てくる、なにかが印刷された細長い紙のようなものを切っていた。退屈を隠そうともしない表情ながら、イスラムの修行僧と見まがうすばやさで仕事をこなしていた。彼女の隣で買ったものを袋に詰めている太った人も追いつけていなかった。その能力以上に魅了されたのは、金属の輪を鼻につけていてピグミー族みたいに見えることだった。別の針が右眉のそばの肉を貫いている。それ以上の苦痛を想像できないくらいだが、まったく不快そうな顔をしていない。私たちの番が回ってきて機械の前に来ると、彼女がさらに輪を三つずつ両耳につけているのが見えた。

彼女が口をひらいて料金をフィーロ博士に告げようとしたとき、いったいどちらに仰天すればいいのかわからなかった——品物の詰まった小さな袋の総額と、この清算係がどういうわけか金属の棒を舌のまんなかに突き刺していることと。こんなふうに嫌悪の気持ちと魅了される気持ちを同時にかき立てるものを最後に見たのはいつだっただろう？　清算が終わって彼女が「よい一日を」と言ったとき、金属が歯に当たる音が聴こえた。

「あなたもね」フィーロ博士は言い、歩いていった。

「よい一日を」そっくり繰り返しながら、もう一度見ようと立ち止まった。彼女はまた前を向き、退屈した表情で次の客の品物を登録していった。

気を落ち着けるので精一杯で、外に出た。また扉が目の前でひらいたが、ひるむ余裕もなかった。扉が閉まるや口走った。「あの女性はどこの国から来たんでしょう？」

フィーロ博士は通りに目をやって車を止めようとしていた。「どういう意味？」

「彼女の顔に開いた穴は海賊より多かった」

またも彼女は心地よい調子で笑い、歯を輝かせた。嘲笑するような調子ではなかった。「いまの子たちはそういうことをするの。そのうち入れ墨だって見られる」

「アメリカは部族民の土地になったのですか」

「むずかしい質問ね」彼女が買い物袋を腕の下にたくし込んで反対の手を振ると、通りの反対側の車が警笛を鳴らし、ほかの自動車のあいだを縫うようにしてこちらに向かってきた。「複雑なのよ、ライス判事。そうなっているとしても、あなたが考えているような〝部族民〟ではないかもしれない」

彼女はドアを開けて先に乗り込むよう促した。私は首を横に振り、お辞儀して今度は遠慮した。彼女が先に乗った。腰を下ろすと、彼女は運転手に研究所の住所を告げ、私はすぐに取っ手を握った。やがて、この運転手は私たちをあちらこちらに揺すったりしないとわかった。取っ手から手を離すと、フィーロ博士はにっこりした。「あなたには、私たちがとんでもなく奇妙に見えるんでしょうね」

「とくべつ奇妙だとは。潤っているとは思いました」

彼女は座ったまま身体をこちらに向けた。「そう思う？　あの店に高級なものは置いてなかったけど」

「リンゴが七種類も」

「たしかに」彼女は頷いた。「そういうことをみんな説明できるようにしないとね。いろいろと変わったのよ」

街を駆け抜けながら、よく考えてみた。すべてが新しかった。それは当然としても、その新しさに接するようにして、あらゆる古いものが私の記憶のなかにあった。ジョアンにあの店を見せられたらどんなによかっただろう。リンゴの木がリンの家の庭にもあったが、収穫はとてもささやかだった。この時代のリンゴを見たらきっと驚くだろう。

車窓の外を、ぼやけた建物が通り過ぎていった。光がきらめき、人々は急ぎ足で歩道を行き交い、耳に電話を押し付けていた。角を曲がると、女性が犬につないだ革ひもを引っ張り、犬は従順に彼女の足元に座っていた。あんなに小さい犬は見たことがない。繋がれている哀れな動物のイメージが、私に一瞬の勇気を与えた。

「できれば、私のためにあることをしてくれますか、フィーロ博士。研究所で」

「やってみることはもちろんできるわ。なに？」

「頼みにくいのですが。正直に言って、プロジェクトがこれまでしてくれたことを考えると、このうえなにか要求することにしりごみしています。ですが私は立派な大人で、不在だった年月を計算に入れなくても三十八歳です」

「必要なものはなに、ライス判事？」

「ふむ。ふさわしいベッド。ふさわしい部屋。多少のプライバシー。ふむ。前に住んでいたような家にしてくれというつもりは少しもありません。ですが窓があってもいいのではないか。椅子や、ランプがあっても。何冊か本があっても。ほんの数冊でいいのです。シェイクスピア、トルストイ、ディケンズなどでしょうか。この世界にもう友人は残っていませんが、それでもささやかな安息があればと思っているのです」

返事はなかった。なにか間違っただろうか。踏み込みすぎたのか。フィーロ博士は窓の外をじっと見つめるだけだった。顎の筋肉が動くのが見えたが、それでもしゃべりださなかった。

「気にしないでください」ついに私は言った。「どうか許してください、失言でした。お願いです。この新しい世界で、自分の立場がよくわかっていないのです」

振り返った彼女を見て、私は驚いた。彼女は目に涙を溜めていた。「あなたはこれっぽっちも間違っていない。ただ……」

私は待った。彼女は手の甲で頬をぬぐったが、口はひらかなかった。

「ただ……」と私は促した。

「ただあのろくでなしのカーセッジが、あなたが生きているのをまったく理解していないってこと。つまりこのプロジェクトは、ただ闇雲に動いているだけなのよ」

こんなふうに熱っぽく語る彼女は見たことがなかった。「どうか――」

「それに、私があなたを世話することにおいていかにだめな人間だったかがわかった。でも答えはカーセッジに求めてもしかたがないわ。五セント玉から六セント分を絞り出さないとそれを手放さないような男だから。答えは世界にある」彼女は頷いた。「そう、みんなライス判事の友達になりたいのよ」

「よくわからないのですが」

「ささやかな安息？　すぐ手に入るわ。友人がほしい？　いくらでも連れてきてあげる」

研究所に戻ると、抗議者が待ちかまえていた。三角形に隊列を組み、頂部に指揮者を立たせていた。彼が説教師のように呼びかけると、みんなが応えた。私の耳には無秩序に衝突しあっているように聴こえたが、フィーロ博士は聞き取れているようだった。

「どんどん狂気じみてきてる。こっちよ、ライス判事」

彼女は誰にも気づかれることなく建物の側面をまわり、私を奥へと連れて行った。そこは研究所や事務所というより工場のように感じられた。荷下ろしや保管をする場所や、車を停める場所があり、人はいなかった。

フィーロ博士がカードを壁の機械に滑らせると、鍵の開く音がした。

なかに入るか入らないかのうちに、疲労の波が襲ってきた。壁に寄りかかろうとするとフィーロ博士が支えてくれた。私の腕を抱えてまっすぐ立ち、前に導いてくれた。彼女の空いているほうの手には買い物袋があった。私に向けられた力の強さを感じた。元気づける言葉をささやいてくれた。歩きつづけて、あとちょっとよ、そんなようなことを。言葉はほとんど聞き取れなかったが、それよりも大切なものを感じ取れた。それは心配と愛情のニュアンスだ。守衛の前をよろよろと通り過ぎながら、彼女こそ信頼できる人間だと身にしみてわかってきた。そして彼女の腕の後ろで空をつかんでいた手を彼女の肩にのせ、身を寄せた。

フィーロ博士の反応は、しゃべるのをやめることだった。だが沈黙は気まずいものではなかった。むしろ、エレベーターを待っているあいだも、互いを支えあっているということが心地よく感じられた。

扉がひらくとガーバー博士が立っていた。彼が顔を輝かせて私たちを見ると、フィーロ博士は私の身をしりぞけた。私は海の上にいるように両足でバランスを取った。

「おやおや、おかえり、勇敢な旅行者たち」彼は声を上げた。「でも忠告しておくぞ。いまカーセッジは敵意むき出しだ。ビリングスがなにかしたとかしなかったとか、いばって歩きながら叫んでたぜ。仕事に集中したいっていうのに。とにかく、それで午後の散歩の時間だと思ったわけだ。きみらもできるだけ目立たないようにすることだ」

「ありがとう」

彼と入れ違いになってから、フィーロ博士は上昇ボタンを押した。扉が閉まる直前、ガーバー博士が手を差し入れて止めた。「いいか、きみたち。なにもしないことだ、俺みたいに」

「わかったから、ガーバー」とフィーロ博士は言った。そして扉が閉まった。

「私にはわからない」

「からかってるのよ。事は複雑なの」

上の階に着くと、ひとりで寝室に行くだけの力があるのを感じた。そちらに歩いて行くとき、計算機のようなものが目に入った。数字が赤く光っていた――21：07：41。ひとつは寝室にあり、ひとつはコントロール室にあり、そして思い出したのだが、もうひとつが下のガラス張りの玄関広間にあった。

「この機械はなにを数えているんです？」

「あなたが蘇生してからの日数よ」彼女は言った。

「確かですか？」

フィーロ博士はボタンを押して寝室の扉を開けた。「はっきり聞いたわけじゃないけど」

まっすぐベッドに向かったが、礼儀を守ってゆっくりと身を傾け、すぐうつぶせになったりはしなかった。本当はそうしたかったけれど。まずフィーロ博士にスーパーマーケット旅行のお礼を言った。この時代への最初の探検のように感じたと伝えた。「それに、力尽きそうなとき、いつもすぐに支えてくれて感謝しています。信頼して一緒に歩けることがありがたかった」

彼女は口をすぼめたがなにも話さず、私はまたもや間違いを犯したのではないかと思った。フィーロ博士は近くで蠅が飛んでいるみたいに頭を振り、それから買い物袋を探ってオレンジを机の上に置いた。

「ハリケーン・カーセッジが通り過ぎたら戻ってくるから」と彼女は言い、また暗証番号を打ちこんだ。「ゆっくり休んで」

行ってしまった。部屋はたちどころに機械的で灰色に感じられた。できることと言えば、疲れきった身体をまた立たせ、部屋を横切り、あのふたつとないオレンジを手に取ることだけだった。輝くような色合いは、かつて属した世界で見てきたもののどれも及ばないくらいだった。びっくりするほど慣れ親しんだ匂いだ。次々呼び覚まされる連想は、子ども時代のクリスマスプレゼントから、ジョアンが作るハムのフルーツ煮のレシピにまで及んだ。皮は厚かったが、親指を差し込むと簡単にむけた。果肉は無傷だった。房をふたつに割ってみた——驚いたことに、種がなかった。そんなことがどうして可能なのだろう？　繁殖するすべのない果物がこの世界にとどまれるはずがない。

ひと房、取った。期待で唾が沸いてきた。完璧なオレンジだ。純粋な、こうあるべきだというオレンジ。手を止めると、食べたいと思えること自体が褒美だと感じた。そしてオレンジを食べることがどういうことか思い出した。とてもさわやか。渇きは癒される。酸っぱい。房を鼻先に持っていった。いい香りがした。記憶にあるよりまろやかだったが、だからといって欲望はすこしも損なわれなかった。

ああ、オレンジがどれだけ立派なものだとしても、こんなふうに果物が引き起こす欲望に屈するのは馬鹿馬鹿しいと思う。それでも私は房をきちんと分け、かぶりついた。

香りはほとんどなかった。水気があって、そう、すこし刺激がある。だが記憶にあったような豊かな感覚の奔流はどういうわけか、なかった。もうひと口試しても味は変わらなかった。はっきり言うと、風味がない。物足りない。さらに食べる。ひとつずつ親指で難なく取って、今度こそと思うが、果肉の味はまったく、ああ、まったくオレンジではなかった。

半分ほど食べたところでやめた。現実が思い出に負けたのだろうか？　それともこの時代のオレンジの香りは、外見の不完全な先祖が持っていた香りに劣るのだろうか。だがこうした考えはすぐに行き詰まった。この果物を理想的な形状で栽培するための技術があるのに、最も重要な要素をおろそかにするなんてことがあり得るだろうか。これだけ有能で進歩した人類のことだ。納得いく説明ははるかに単純なものだった。死んでいた百年間に、私の舌が感覚を失ったのだ。

そう、それが理由だろう。果物を脇に置き、間違いは果物にではなく私にあったのだと結論した。

第十九章　素敵な午後

ダニエル・ディクソン

　締切は友達だ。プレッシャーではある。時間がないときには妥協も必要だ。でも俺から締切を奪ったら、重要な仕事はなにひとつ成し遂げられなかっただろう。

　その夜、編集デスクがパンプローナに放たれた雄牛みたいに迫ってきてイントレピッド・ウェブ版の記事を更新しろとせっついた。俺はできるだけ待たせた。いつもなら原稿の一本くらい半分寝ながらでも叩き出せる。ちょっとした逸話ではじめ、読者を引きつける引用をし、ニュース記事を四行で要約し、支柱になる五つのパラグラフと三つの論拠を提示して、ピラミッド形の構造をひっくり返し、気の利いた結論は最後につける。ビールを飲むくらい簡単だ。

　だがカーセッジとの押し問答に加え、奴のビリングスに対する癇癪もあったせいで、俺はチアリーディング部のマネージャーみたいに気が散っていた。善良な判事の親類だと言い張る連中の調査は、もちろん完全に無駄な努力に終わった。命知らずの馬鹿がいるもんだ、ちょっと有名になれる可能性があるからって赤の他人の関係者の振りをするなんて。それに本に使う大物相手のインタビューにもかかりきりだった。どうか教えてください、なになに様、〈ラザロ・プロジェクト〉はこの崩壊しつつある社会にとってどんな意味があるのでしょうか……そんな戯言だ。言いたかないが、その日締切だった仕事は優先順位も四番目くらいだった。だが率直に言って、これほどネタも豊富で珍しい独占記事を書ける記者を解雇する会社がどこにあるだろう。

　それから「宇宙的な疑問」だ。俺が勝手にそう呼んでいるだけだが。たとえば、生命とはなにか。それはもはや、時間にまつわる従来の理解を越えなければわからないんじゃないか。なにも俺の両親を生き返らせてみろと言うんじゃない。もちろんだ。だがカーセッジがその知恵で死に至る冷気を負かしたのなら、奴は次になにを達成するんだろう。氷の後は炎もやっつけるのか？

いつもの癖で、フランクが目覚めてからの日数をデジタル時計でチェックした。二十一日目に入って十四時間と四十一分。ほほう。あの男はガラス張りの小屋で休暇中の億万長者みたいにいびきをかいていた。こっちは本当にやばくなる午前九時までに原稿を出さなくちゃならないというのに。

前向きに考えれば、普通の時計は午前一時一五分を刻んでいて、つまりそろそろ麗しのケイト博士が到着する時間だ。そうすれば状況は好転しはじめるだろう。その日の早い時間に彼女にインタビューできた。同席できた四十五分間は、六月の朝のように心地よかった。判事を現代社会に紹介したことについて聞いた。彼女はスーパーマーケットへの旅について話し、俺たちの営む生活が百年前と比べるといかに途方もないものに見えるのかを語った。

鞄を探り、ノートを取り出して彼女の発言のページをひらき、またタイプに取りかかった。だが邪魔者はいつも、ここぞというときにあらわれる。ちょうどそのときガーバーがビーチボールのように軽やかに、はずむように入ってきた。

「マッド・サイエンティストのお帰りか」と呼びかけた。「どんな悪事を働いてきたんだい？」

ガーバーは俺をほとんど気に留めなかった。「素敵な夕べに散歩していたんだ」と奴は歌うように言い、まっすぐ机に進んだ。座り、しばらく周囲を嗅ぎまわり、ヘッドホンを取り上げた。「素敵な夕べ、素敵な夕べ」

俺はこの広めの部屋のまんなか辺りにいたが、この男からたしかに煙の匂いがした。この場所は……やれやれ、とんだ動物園だ。

「素敵な夕べに散歩してきた」ガーバーは音を立ててヘッドホンを装着し、机の上のマウスをそっとつついた。

すぐ息を吹き返したコンピューターの画面は、漢字でいっぱいだった。

第二十章　二十二日目

ケイト・フィーロ

誰も教えてくれなかった。もし蘇生時計《リアニメーション・クロック》の意味を、それが真に数えていたものを知っていたら、大型スーパーの果物コーナーでライス判事の時間を浪費したかは怪しい。数ヶ月後、人々はスーパーマーケット旅行についてのディクソンの記事を読み返すことになった。私たちの外出が、判事の限りある貴重な時間を無駄にしたことが明らかになると、読者は、ふたつのうち少なくともひとつは確かだろうと言った。このプロジェクト全体が悪ふざけだったか、あるいは、私に人の心というものがないか。どっちにしても私は悪者だ。

事実、私はまったく気づいていなかった。その日も、いつものシフト通りに仕事に就こうと思っていた。午前一時半から昼前までだ。終わるころには、コントロール室の椅子は全部埋まっている。そうなってやっと腕のなかに顔を埋め、机の上で仮眠を取った。すると昼には、能率よく仕事できるくらいリフレッシュしている。家に帰って夕食を食べ、また夜中に戻る。こんなふうに言うと、ずいぶんひどい。判事を発見してボストンに移ってから、友人をつくる時間もなかった。行きたい場所もなかった。

ライス判事は午前四時頃に身体をそわそわ動かしはじめ、五時前には起きていた。そのときには、ありがたいことにディクソンも家に帰っていた。私は寝室のドアを開けた。ライス判事は私の後についてコントロール室に入り、椅子を引き寄せ、コンピューター学習の続きを始めた。今回ガーバーは自分の画面にのめり込んでいたので、反対の声もなく、私は判事に世界中の建造物や、見事なジャグラーや、オリンピック競技の映像を見せていった。さらに彼の希望に応えて、月の上を歩く男の映像を次から次に見せた。なにかを理解しようとするときに彼は小さくつぶやいた――「ふむ」――法廷で証言を聞いているかのようだ。身を守る振る舞いでもあるのだろう、と私は思った。圧倒されないようにしているのだ。私たちの世界がどれだけ奇妙なものとして彼の目に映っても、新たな発見のたびに出るのは「ふむ」だった。わかりました、では続けて、と。

それでも、明らかに彼の頭はフル回転していた。小休止するときは椅子を引いた。コントロール室を一周二周しながら豊かな顎ひげをかき、続けましょうと言った。

教師になったような気がしはじめていた。ああ、学校の教室で得られる豊かな体験とはまた違う。たくさんの知性に、日ごとに異なるエネルギーを見せられるわけではない。だが今日のように、こんなに風変わりな人物になにかを伝えることができるのは、最上級の特権だ。

早番の技師が集まりだすとライス判事は立ち上がり、お礼のお辞儀をしてベッドに戻った。私は彼に見入っていることに気づいた。彼は足を引きずるようにして歩いた。セキュリティのかかったドアが音を立てて閉じた。彼が疲れているのを見ると、クロエのよちよち歩きの娘を思い出した。一日じゅう遊び、すぐにガス欠になり、たいていベッドまで運び上げてやらないといけなかった。

彼がシャツのボタンを外しはじめると、私はすぐに机に戻った。未完成の図表があったし、バックアップの必要なシステムがあった。長い朝だったが、十時半までにけりをつけた。やっと落ち着けたとき、カーセッジがコントロール室にふらっと入ってきて、後からボーデンがついてきた。

あるいはこう言うべきかもしれない、ふらっと入ってきたように見えたと。そのさりげなさは明らかに偽りだった。技師たちはみな忙しそうに働いていた。徹夜明けなのをいいことに堂々と机でくつろいでいたのは私だけで、ガーバーでさえまっすぐ座り、ネクタイを締めなおす重役みたいにヘッドホンの位置を整えていた。

ボーデンは部屋の壁にそって歩き、立ち止まって最新の〈ペルヴェール・ドゥ・ジュール〉を見て、机の列の後ろを進んだ。彼の癖――顎ひげの先を引っぱり、舌をちろちろさせる――のせいで、どこかゼンマイ式の玩具のように見えた。カーセッジは使われていないコンピューターに屈み込んでEメールをチェックした。オフィスを出たのは数分前なのに、もう受信箱が更新されているとでも言うようだ。それからしばらく間を置いた。しっかり測っていたに違いないその一瞬の後、彼はふんぞり返って歩いてゆき、ガーバーの肩を叩いた。

ヘッドホンの片方を持ち上げ、ガーバーは執事のように口をひらいた。「はいっ?」

「バイタルに問題はないかね」

ガーバーは鼻をすすった。「すべていつもどおりです。昨夜の睡眠時間に変化はありましたが。こっちの部屋でたっぷり三時間、オンラインで世界のことを学んでいました。いまは意識もありませんよ」

「〈サブジェクト・ワン〉がベッドに戻ってから、誰か測定器を装着しなおしたかね?」

「やっていないと思いますよ」

「つまり」カーセッジはこれ見よがしに咳払いした。「死んでいるかもしれないということだな」

「もしそうなら」ガーバーは言い、後悔するような表情をした。「たいへんだ」笑い声を上げ、また耳をヘッドホンで覆った。

そのときボーデンが蘇生時計に近づいた。私は彼を見た。数秒で分が変わり、まもなく時間が変わり、ライス判事の二十二日目が始まった。

「フィーロ博士」カーセッジが呼んだ。

私は背を伸ばした。「私?」

「〈サブジェクト・ワン〉を起こせ」

「はい？」

「彼を起こすんだ」とボーデン。「ほら、ほら」

「あなたの指示はいつも彼を――」

「いま起こすんだ、博士」カーセッジが言った。「いま」

「わかりました」足を靴にすべらせ、立ち上がり、セキュリティドアに向かった。

「異変があったら〈サブジェクト・ワン〉には触れるな。なにも変えてはいけない」とボーデンが言った。

立ち止まってパスコードを押した。「どうして異変があるの」

もちろん答えはなかった。だろうと思った。しかし予期していなかったのは、部屋に入るときの、私は侵入するのだ、という思いだった。壁も床も画一的な灰色で、コントロール室の冷たい光が漏れていた。だが寝室にはライス判事の匂いもあった。土のような革のような、あの匂いだ。ベッド脇まで引き寄せられた椅子の上に、服がかかっていた。ここはひとりの男性の住まいであり、私は招かれざる女性だった。男性がいるベッドの傍らに最後に立ったのはいつのことだっただろう。

身体は動いていないが毛布は皺になっていて、ライス判事が息をしているかどうかはここからでは判断できなかった。さらに歩み寄り、立ち止まってコントロール室の細長い窓を見た。カーセッジとボーデンが窓のそばに立ち、見つめていた。金魚鉢にいるような気がした。あるいは刑務所。気づくとビリングスも到着していて、私の机とガーバーの机のあいだをさまよっていた。そのときやっと疑いを抱いた。彼らはいったいなんのためにここにいるのだろう。

カーセッジが手を動かし、進むよう促した。私はベッドに近づいた。彼はシャツも着ずに眠っていて、シーツは下がり、裸の肩を見せていた。私はまた窓を見た。カーセッジはじれったそうに腰に手を当てていた。

私は彼の左の肩甲骨の下、心臓の真上あたりに手を当てた。肌は滑らかで、温かかった。

「ライス判事」少し揺すると、私の手は心ならずも愛撫をするような動きになった。誰かに悟られただろうか。その手を戻してまた揺すった。「ライス判事」

まず片目が細く、ついでもう一方もひらいた。「はい？　おはようございます。どうしました？」

「フィーロ博士」カーセッジの声がスピーカーから響いた。「もう充分だ」

ガラス窓の向こうでカーセッジがにっこり笑っていた。ボーデンがタッチダウンを決めたように跳びはねた。ビリングスは片手で口を覆い、ガーバーはヘッドホンを取って複雑な表情をしていた。

「大丈夫ですか」ライス判事が尋ねた。

手がまだ彼の身体に触れていることに気づいた。「大丈夫」私は立ち上がった。「まったく問題ないわ。起こしてごめんなさいね、許して」

「もちろんです。起きて服を着ましょうか」

「邪魔してごめんなさい」シーツをたくし込んだ。「寝ていていいわ」

コントロール室に近づくと、ガーバーは両手を腰にやり、カーセッジから一メートル離れたところに立っていた。「説明してくれと言っているんですよ、いますぐ」

「やったぞ」ボーデンは言い、何度も跳びはねた。「間違いない、やったんだ」

「なにをだ」

「きみの領分ではない」カーセッジが寝室のスピーカーに通じる受話器を置いた。ガーバーに一歩も譲らないことを示そうとしているようだ。「ボーデン博士と私は、ある実験をやりとげたんだよ。そして成功した。それだけだ」

ガーバーが鼻をすすった。「俺には教えられない実験をしてたのか」

「私にも?」と私は言った。

「知っているのは、知る必要がある者だけだ」とカーセッジが言った。

「そしてきみたちは知る必要がない」とボーデンが付け加えた。

ガーバーが頭をかき、私は口火を切った。「必要がないのなら、どうして私を行かせたのかしら」

カーセッジは見下すように言った。「きみには関係のないことだ」

「〈サブジェクト・ワン〉が死にかけているときのためだ」ビリングスが言った。「彼は誰よりもきみに反応するから」

ガーバーは指を巻き毛に差し入れたまま固まった。「なんの話だ」

カーセッジはビリングスを睨みつけたが、ビリングスは続けた。「二十一日だ、ケイト。私たちの大事な判事が、蘇生後に生存できると考えられていた期間だよ」

ビリングスは説明を続けた。身体の体積に基づく計算、ボーデンの塩に関する理論、ライス判事が私の呼びかけに答えない確率。「実は、ケイト」彼は言った。「きみが、冷たくなった彼を見ることになるのではないかと思っていたんだ」

「ちょっと待て」ガーバーは交通課の警官が速度を落とせと命じるときのように両手を下げた。「あんたは、生死にかかわる問題をトップの研究スタッフに伝えるのを怠ったのか」彼は笑った。「こりゃいい」

カーセッジは腕を組んだ。私は怒りで立ちつくしていた。この秘密主義のろくでなし。

「私は言ったぞ」ビリングスは私のほうを向いた。「彼らはこの期におよんでも言おうとしない。これで私も多少はきみの好意を取り戻せるか？」

「ふざけないで」私は言った。「ビリングス、事が終わった後で教えて英雄になったつもりか知らないけど、ガーバーと私はこの問題に手を貸せたかもしれなかったのよ。そしてあなたたちふたり」ボーデンとカーセッジに向き直った。「あなたたちは科学を知っているかもしれないけれど、ここにいる人が生きていることの意味をまったくわかっていない。ここは動物園じゃない」

カーセッジは奇妙に引きつった薄ら笑いを浮かべただけだった。「そこが間違いだ。ここはまさにそういう場所なんだ。動物園。きみがわかっていないのは、ボーデン博士と私が飼育係だということだ」

第二十一章　世界に出会うための服

私の名前はジェレミア・ライス、目覚めはじめた。

いよいよ二十二日目に入ったとき、フィーロ博士がやってきた。彼女に深い眠りから揺り起こされたとき、また氷漬けから溶かされたような気がした。再び彼女は私に直接触れていた。無感覚に過ごした百年間に意識はなかったが、肌は、人との接触もなく過ごした一秒一秒を感じていたようだ。その日の朝、彼女の手が離れたとたん、すぐに焦がれる気持ちになった。

大きく息をつき、まっすぐ座った。コントロール室では議論が行われているようだった。観察していると、フィーロ博士が抗議し、ガーバー博士が笑い、カーセッジ博士とボーデン博士はガーゴイルのように冷淡だった。ビリングス博士はひと組からもうひと組へたらい回しにされているらしく、四人の野手に囲まれた野球ボールのようだった。私は、自分がこの諍いの原因ではないか、プライバシーやちょっとした設備を要求したことがこの衝突を生んだのではないかと思った。指揮官であるふたりはやがて、大将と大尉、あるいは王様と家来のように部屋を出て行った。ビリングスがすぐ後を追い、一方私の友人たちは机に戻り、部屋で活発に会話を続けていた。

ここ数日ずっと着ている服を再び身につけると、生地がくたびれているのに気づいた。ズボンの裾がすり切れはじめていた。シャツの一番上のボタンは最後に残った細い糸でなんとかくっついていた。だが服を換えてくれとは言えそうにない。私の要求が引き起こした争いが解決したとわかるまで待たなくては。

ボーデン博士の献立によるお粥を、窓のついた箱に入れた。これはどんなストーブもかなわない速さで食べ物を温める。ボタンを押すとなかの皿がうなって回転しはじめ、数分後には、配給のオートミールは胃に収まっている。みじめな楽しみであることは疑えない。スプーンのほうが食べ物よりうまそうだと思うようになるまで、それほどかからなかった。空になった器を脇に置いたとき、この拘束部屋のドアが音を立てた。来たのは担当のフィーロ博士で、袖をまくっていた。

「今日は大事な日よ、ライス判事。大事な日」

「どんな新しい愉しみと冒険が待っていますか、フィーロ博士」

「昨日約束したことよ――友達をいっぱい見つける」彼女は私が半分食べたオレンジを取り上げた。「もういいの?」

「申し訳ない。ただ――」

「問題ないわ、閣下」彼女はその残り物をなにも言わずにゴミ箱に棄てた。「服を着ていてくれたのはよかった。やらなきゃいけないことがたくさんあるから」

私は立ち上がり、両手をこすりあわせて身体を暖めるようにした。「案内してください」

外では抗議者たちが犬のように吠えていた。先頭に立つ男は手に握った道具で声を大きくし、声は建物のあいだをこだましていた。歓声のあいまに、彼はみんなになにかを教え込んでいた。ひとりが立ち、指導者の指示に従って、残りの人々がそのひとりを囲む。そしてまた別の人が志願者となり、人々が取り囲む。転々と移動する彼らを見ていると、納屋にいた猫がネズミを殺す前に何度も逃がして遊ぶのを思い出した。指導者がその訓練を「取り囲み」と呼ぶのが聞こえたが、私には、威圧し、罠にかけるようそそのかしているように見えた。私たちは芝生の端を通った。注意を引かずにすんでほっとした。彼らのゲームがなんであれ、参加するのはごめんだった。

フィーロ博士は、今朝の私の考えを見通したかのように、紳士用服飾商に連れて行ってくれた。彼女は〈ガーブ〉というその店を違うふうに呼んだが、店内に入った瞬間、何の店かはわかった。

ひとりの店員がふいに近づいてきた。「蘇生したお方ではありませんか、そうでしょう？」尋ねながら、カーペットの上を慌てて歩いてきた。

「この人はジェレミア・ライス」とフィーロ博士が言った。

「お会いできて光栄です」セールスマンは力強く手を握ってきた。「フランクリンと申します。本日はなにをお求めで……？」

「さあ」と私は言い、彼と一緒にフィーロ博士のほうを向いた。「灰色のスーツとか？」

「なにもかも」彼女はフランクリンに言った。「この人を現代に合わせるのよ」

「素晴らしい。それはいい。特別な日になりそうですね。マーシー。おい、マーシー」

浮浪児のようなそばかすの娘が奥の部屋からあらわれた。片方の鼻の穴に銀色の輪が通っている。現代の風変わりな人間に、どうやら限りはないようだ。彼女はシャツを畳みながら入ってきた。フランクリンはマーシーに自分の携帯電話の場所を尋ね、私には、電話はカメラも兼ねているのだと説明した。写真にまつわる体験といえば、探検に出発する前に船長や船員たちと長いこと動かないでいたことだ。カメラはパンの貯蔵箱より大きく、三脚の上に載って、後ろに布を下げていた。マーシーのような細腕であんなに重いものがどうやって持てるのか、想像もつかなかった。彼女がトランプのケースより小さな機械を持って戻ってきたときには当惑した。マーシーはそれを、くたびれた服を着た私に礼儀正しく向け、直後に写真を見せた。ひげ面、驚いた目。

フランクリンは大騒ぎしながら奥に引っ込んだ。「これは楽しいことになりますよ」

それからのひとときがこんな言い方で事足りるとはとうてい思えないが、私はたしかに愉快な目眩を感じながら、とてもたくさんの衣服を試した。店は豊富な品揃えを誇っていた。フィーロ博士が席を外してコーヒーを買いにいっているあいだ、シャツの山をひとつずつ試していった。彼女は戻ってくるとフランクリンを隅に引っ張っていき、しばらくふたりで話をしていた。彼は頷き、意味ありげに私のほうを見ていた。

「おふたりはなにを企んでいるのです?」と私は尋ねた。

フランクリンは慌てて駆け寄ってきただけだった。「靴を見ましょう」

そのようにして朝は過ぎた。シャツ、靴下、ズボン、ジャケット。マーシーはいちいち写真を撮った。濃紺の、プリーツのついたズボンをはくと、フランクリンは私を品定めしてフィーロ博士に呼びかけた。「宝くじよりいいものを当てましたね」

最後は下着で、試着室でひとりで選んだ。生地は猫のようにやわらかく、気持ちがよかった。最後にはフランクリンが完璧に調和した服を着せてくれ、私を鏡の前に立たせた。現代の男が私を覗き込んでいた。細い下襟。チョッキはなし。やわらかいシャツの襟はすでに取り付けられている。

「素晴らしい」とフランクリン。「残るはひとつだけです」

私は振り返った。「なんです？」

彼は指を動かして再び鏡のほうに向かせ、手のひらを私のひげに添えた。「これです」

「ですがこれは――」

「提案ではありません。やるべきですよ」

「そうですか？」

「そのような状態で表を歩かれては、商品をタダで差し上げるわけにいかなくなってしまいます」

「なんですって。この服をくださるというのですか」

「かわりに広告のために使う写真を撮らせてくれれば、です。ご友人がそのように交渉されたんです。さて、ここでお待ちください」

間もなく戻ってきたフランクリンの手には、コードのついた、片方が植木ばさみの先のように尖った装置があった。差し込んでスイッチが押されると、窓に蜂がぶつかるような音を上げた。「動かないで」とフランクリンは言い、私を前屈みにさせた。マーシーは下でくずかごを持っていた。彼はふた振りでほとんどの顎ひげを剃ってしまった。残りの三十秒で残ったひげがすっかり取り去られ、綺麗になった。なんとまあ。

マーシーはさらに写真を撮り、そのあいだフランクリンは数歩下がって自分の作品を眺めた。「素晴らしい。本当ですよ、感謝していただけると思います。新しいあなたをお友達に見てもらいましょう」

すべすべになった頬に手を滑らせると、まるで他人の頬を触っているような感触だった。それから袖を引っ張って整え、売り場に向かった。フィーロ博士は窓際に立ってコーヒーを啜っていた。私は咳払いした。彼女は振り向き、片手を口に持っていった。「まあ。あなた、それ……」

「フランクリンが顎ひげを剃れと言って聞かないんです。どうでしょう」

「どうって？　すごいとしか」彼女はそばの椅子に身を沈め、明らかに見つめすぎていることに気づいていなかった。そしてすぐ無表情になり、池のような落ち着きを取り戻した。「素敵よ、ライス判事。いいと思う」

「本当に格好いいです」フランクリンが言った。「では最後に、ネクタイを選びましょう」

彼について棚に向かった。彼はいくつか明るい色のものを選んだ。マーシーは次々と写真を撮った。私は鏡の前に立ち、ネクタイを首に持っていった。青、緑、それに模様のついた紫のタイは、リンの紳士服の店では一度も見たことがないものだった。

またフィーロ博士の手を感じた。背中の中ほどに置かれている。朝に起こされたときと同じだ。私は動かなかった。彼女は黄色いタイを首に回した。

「とてもいい色です」とフランクリン。「品がよくて、明るくて」

彼女は私の腕の下に手をまわし、タイを襟の下に通して、びっくりするほど上手に結んだ。「いつも父にやっていたの」そう言ってきちんと結び目を作り、のど元に滑り込ませた。

「出来上がりです」フランクリンが宣言した。

「どうもありがとうございます」

「いやあ、とんでもない。お礼を言うのはこちらのほうです。ご立派ですよ」フランクリンはフィーロ博士に向き直った。「そうではありませんか？」

彼女はネクタイの最後の微調整をし、胸に下ろした。なにも言わなかった。ただ脇によけ、私に扉に向かうよう促した。

このようにして、現代の生活への第一歩が始まった。

第二十二章　盗賊

ケイト・フィーロ

数年前に父が死んだとき、飛行機でオハイオに帰るのではなく、車で行くことに決めた。母は私が十二のときに亡くなっていたから、ほかならぬ自分の安心のために急いで駆けつけたりする必要はなかった。クロエはもう着いていた。あの人はロボットのように有能なのだ。私はひとっ飛びで行くより、距離を感じたかった。思い出す時間、涙を流す時間が得られる。まるまる太った最愛の父は、ほぼ二年かけて少しずつ衰弱していたが、だからといって準備万端で彼の死を受け入れられるわけではなかった。

ニューヘブンを北上してニューヨークのまんなかを突っ切り、ペンシルベニアに入って家に向かった。携帯電話の電源は切ったまま、燃料補給か軽食をとるために止まったときにだけメッセージをチェックした。そのたびにクロエから連絡があり、彼女が首尾よく事を運んでいることがわかった。棺を選び、葬送曲も決め、親戚にも連絡していた。保険関係で訴訟を起こしたことがある彼女は細かいところに通じており、いつもの要領のよさで物事を操っていた。

到着したとき、思っていた十倍以上の能率だとわかった。扉の開いたガレージの前で車を降りると、なかには箱や、椅子や、台所用品や、絵や、分解されたベッドがあった。どういうわけ？　私は台所に入った。いつも使っていた銀器を、見知らぬ人がまとめていた。彼は顔を上げてこんちはと言い、仕事に戻った。

クロエは二階の、子ども時代の私たちの寝室にいた。本をふたつの大きな箱に分けて入れていた。私はドアの側に立ち、呆然とした。

「こんにちは」

「あら、ケイティー」彼女は言い、ハチドリのようにすばやく重みのない抱擁をした。クロエはしかし、なにかに心を奪われているようだった。忘れがたい表情だったが、彼女はそれを隠そうとしていた。仕事に戻り、コンドルのように背を屈めた。「散らかってるけど気にしないでほしいわ。ふたりそろえば、このしょうもない分配もほかの人より一歩リードね」

「そう？　あなたがそう言うなら」

分配に興味はなかった。私が欲しいのは、父が大昔にアイルランドへ旅行したときに買ってきた厚手のニットのカーディガンだけだった。私が十七歳の冬、父はずっとそれを着ていた。クローゼットで見つけると、肘のところは薄くなっており、ボタンもなくなっていたが、父の匂いがした。私は実家にいるあいだ、葬儀のとき以外はずっとそれを着ていた。ワイン片手に高校時代の親友と裏庭の錆びついたブランコに座っていたときも、朝、台所に立ってお湯が沸くのを待っていたときも、子どものころに過ごした界隈を静かに歩くときも。家屋は小さく見えたが木々は大きくなっていた。そのあいだ、姉は二階か地下室であくせく働き、またもや昔ながらのハンターを演じていた。

ぼんやりとした印象の葬儀が終わってから、姉とふたりでリムジンに乗って家に帰った。リムジンなんて必要ないと思ったが、クロエはこういうことで礼節を示すのにこだわった。彼女は咳払いし、顔を覆うほど大きなサングラスを外して、私の肘をつかんだ。「あと一秒だって黙っていられないわ、ケイティー。言っておかないと。あなたを心配しているの。あなたの未来を本当に案じてるのよ」

「大丈夫」私は言った。「学位審査が三週間後にあって、博士過程を修了したらホプキンス大学にちゃんとした仕事が控えていて、七月から始まる。私は私でやってるから、クロエ」

彼女は頭を振った。「お父さんがあなたを甘やかすのはもう終わり、これからは現実よ」

「甘やかす？　なに言ってるの」

「わかっているでしょう。やってみるのよ、ケイティー、お願い。いますぐに。つまらない人間にならないよう最善を尽くすの」

息をのみ、信じられない思いでいると、姉はサングラスを戻し、仕事を終えた。

怒り狂うべきだったのだろう。だがむしろ気の毒に思った。だから正したりしなかった。父さんは甘やかしたのではなくて愛してくれたんだと説明することもしなかった。クロエが責任ある遺言執行人になったつもりで財産を管理することに、水を差したりもしなかった。たとえそのやり方が泥棒じみていたとしても。

これが次女の務めなんだろうか。哀れみから本音を言わないでいることが。そうかもしれない。そうして、どちらかといえば私のほうが犯罪者みたいに、例のカーディガンを車に運び込んだ。それもコネチカットに帰る前夜、クロエが眠ったのを確かめてから。

審査を終えて次の仕事に就き、また次の仕事があって、その次が〈ラザロ・プロジェクト〉だった。前進するたびに、心配を装った姉の軽蔑から身を守ることができた。自分が専門とする世界でつまらない人間だったことは一度もない。

長い時間が過ぎて、こうしたことは忘れていた。クロエは相手を見つけ、子どもをふたりもうけた。だが私にとっての家族は彼女ただひとりだった。そのことを思えば、彼女が父の遺産を公平に分けなかったときも、あからさまに軽蔑したり、侮辱したりせずにすんだ。「あなたがもっとお金を欲しがってたのはわかってたわ」と彼女がのたまったときには、父の死からもう五年が過ぎていた。

そのとおり。私はいまだに腹を立てていた。だが地団駄を踏みながらも、つとめて放っておくようにしてきた。それでも思い出は私を放っておかない。

ケンブリッジをライス判事と散歩した。六月の、風のない午後で、街灯の明かりが木々にまだら模様をつくっていた。そのころから私たちは、プライバシーがあるときだけ、腕をからめて歩くようになっていた。私は教師である喜びを感じていた。彼はなんにでも驚嘆した。この信号の光はすごい。あのパーキングメーターは画期的だ。私は法廷にいた日々のことを話すよう促した。そのことになるとライス判事の記憶は断片的だったが、まれにひとつの事件が細部とともに蘇ることがあった。彼が好きなのは、どちらの側にも一理あるケースだった。彼はそれを「正当な利益をめぐる争議」と呼んだ。

なにかが破裂したような音が数メートル離れたゴミ箱の列から聞こえ、金属のふたが歩道に落ちた。私は驚いて声を上げ、脇に飛んだ。ゴミ箱がひっくり返され、また音がして生ゴミが道に散った。

ゴミ箱からなにかが顔を出したと思ったら、太った年寄りアライグマだった。顔の模様が盗賊みたいだ。駆け出したり隠れたりする素振りも見せず、私たちに唸った。

「びっくりしたわ、まったく」

ライス判事は笑った。「豪胆なやつですね」

アライグマは黒い前足で抱えた空っぽのスープ缶に注意を戻し、鼻を舐めるときにこちらを見上げた。

ライス判事は再び腕を差しだした。「自分に必要なものをわかっているみたいだ」

「そうね」私は言った。「私が食事を終えていたのが、彼にとってはよかったみたい」

そっと立ち去ると、静けさが戻った。ふたつのことが心に残っていた。ひとつめは、人の顔を動物にたとえるのは褒められたことじゃないが、アライグマの顔に、クロエが本を仕分けているときの表情が重なったこと。そうか、どちらも盗人ということだ。

ふたつめは、驚いて飛びのいたときのことだった。ライス判事は私を守ろうと飛びだしたのだった。

第二十三章　次の出し物のために

私の名はジェレミア・ライス、歓迎を受けはじめた。

毎日、フィーロ博士に連れられてボストンをあちこち歩いた。こちらの街角に行ったら今度は反対側、というように。新聞社のインタビューがあり、会合があり、通りを行くたびに長い行列になった。どこに行っても人々は挨拶してくれ、手を握ってくれた。私が欲しいと思ったものや、彼らが私の役に立つだろうと考えたものを、すすんで提供してくれた。見返りを求める人はいなかった。

レストランの店主がドアを開けてくれた。ボーデン博士による食事制限があるので遠慮すると、彼は私たちに必ずまた来ることを約束させた。教師、法律家、聖職者、それに女性の牧師――これは喜ばしい。女性の法律家や医師という人たちとも出会った。街には世界中のあらゆる場所からきたあらゆる人種がいて、日本人、ロシア人、ブラジル人、アフリカ系アメリカ人、それにそれらの混血の人たちがいた。

誰もが私の名前を知っていた。通りの向こうから挨拶し、通り過ぎる車のなかから呼びかけ、いろいろな輸送機関から手を振ってきた。歩道を歩いていると、高いところにある窓が開き、大柄な女性が頭を突き出してずんぐりした腕を振った。

「おーいい、ジェーレーミーアー」

「やあ、おはようございます」と私は答えた。

彼女は笑った。「こっちこそ、おはようさん、このろくでなし」

「ふむ」私はひるんだ。

「あれは」ケイトが近づいてきた。「褒め言葉よ」

「ありがとう」女性に手を振り別れを告げ、同伴者につぶやいた。「あなたの住む世界はどうかしています」

だが、ああ、この声。またこんなにたくさんの声を聴くことができている。かつては母音を長く伸ばすボストン訛が許せなかった。口論や無学や酒飲みと結びつけていたせいだ。だがいま、このものうげな話し方は音楽の調べのようだった。表現力豊かで、正直さが最も素朴にあらわれていると感じた。おかしなものだ。まるで、家に入ったとたんに大好物がストーブで調理される匂いを嗅ぐような感じだった。

そしてあの人だかり。群衆の規模は、私たちが出航する一週間前のときよりも大きかった。胸を張ってまっすぐ立つ警官と会った。赤ん坊を抱いた。幼い頃のアグネスの思い出に胸をつかまれはしたが、とにかくその生命力に驚いた。公園で老人たちとチェッカーをした。彼らは容赦なく私を負かし、私にはそれがありがたかった。

街が私に向かって手を広げてみせた。映画を見た。とても明るく、荒々しく、大きい音が出ていて、汗ばんでしまったほどだ。ローガン国際空港の管制塔を訪れた。巨大な飛行機が大混雑のなかを行き来するのを見ていると、恐ろしくもあったが崇高な感じもした。オールドノース教会にも行った。古きアメリカの自由の物語を象徴する教会だ。私の乗ったバスは途中で船に乗り、また降りて、港や中央広場をめぐった。私はハーヴァード大学の芝生を歩き、州議会の議事堂に立ってその部屋を賞賛した。エレベーターに乗ってプルーデンシャル・センターの展望台に立つと、足元に街があった。街の先はどこまでも続く大西洋に面していた。

　触れ合いについて言っておかなければならない。私の時代には慎みが美徳だった。男性同士は手を握るだけ、女性同士は腕を触れるだけ。仲の決まっているカップルでも、公共の場では目だけでやりとりしたものだ。この時代はどうやら反対で、あらゆるやり方で親密さを示しあう。カップルたちは白昼堂々、互いの腕のなかでうっとりしている。男性同士で抱き合うのも何度も見た。女性たちも腕を絡めて一緒に歩いている。旅行者たちはトロリーや列車のなかでぎゅう詰めになって、折り重なる羊のようだった。

　この触れ合いが私にも及んだ。抱きしめられ、触られ、軽く叩かれ、熟したかどうかを確かめられる果物のように握られた。ふむ。最初は慣れる必要があり、身を引きたいという気持ちに抵抗しなくてはならなかった。だが次第に、いいものだと思うようになった。互いの身体を友人として遇するようなものだ。温かい。

　ある日、フィーロ博士が道でヒールを折ってしまい、修理店に立ち寄った。カウンターの女性は、しなびていて、顎から毛を三本生やしていた。夫は奥で仕事をしていた。彼女は靴を夫に渡し、またカウンターに戻った。そのときほかに客はおらず、彼女は私を見据えた。私のことを知っているのだろうかと考えた。職人がカーテンの奥から姿をあらわすと、彼女は料金を告げてフィーロ博士にお釣りを渡した。出口に向かおうというとき、その女性はカウンターを回り込んで駆け寄り、私を引き寄せて抱きしめた。すっかり驚いてしまった。彼女はさらに私の首に唇を押しつけ、ボストンは賢い街だと世界に伝えてくれてありがとうと言った。「かあしこい」というのが彼女の言い方だった。

道に戻ると、フィーロ博士が肘でつついた。「女性はみんなライス判事をほっとかないわね」とからかった。

「もう首は洗いません」と私は答えた。

誰もが私の存在を喜んだわけではない。それは聖十字架大聖堂を案内してもらったときに起こった。そこへは大昔、父が死んだ日と葬儀の日に訪れたことがあった。静かな午後に、ずっとそこに座っていたものだ。たったひとりの親を失うというのは無慈悲な結末だった。私と死のあいだにはもはやどんな障壁もなかった。次に死ぬのは私の世代なのだから。そんなわけで、このときフィーロ博士の脇に立って開けた扉の重さは、私の歩んだ歴史の重さでもあった。広間に立っていると、老婦人がロザリオを掲げてそろそろと近づいてきた。

「悪魔よ、退け！」彼女は力を込めてささやいた。

「いま、なんと？」

「覚えておいで、あんたは塵で、やがては塵に戻るのよ」

「どうしてわざわざそんなことを」

「私たちは一度きりの生を与えられている」彼女は黄色い歯をむき出しにしてしゃべっていた。「そこにきて、永遠の命があるっていうじゃないか」私に向けて骨張った指を曲げてみせた。「あんたは歩く冒瀆だ。罪深い存在よ」

「で、あなたは」フィーロ博士が私を引っ張りながら、肩越しに言った。「品のないしわくちゃ婆さんね」

「退け」その女性は大声で言った。

フィーロ博士は私を中央部の身廊に連れて行った。石の壁が反響するので、自然と沈黙をしいられた。たちまち私は新鮮な目で、その美に見入った。ステンドグラスの窓が色とりどりの明かりを会衆席に落としていた。高くそびえるアーチが目を天に向けさせた。

女性の怒りはもちろん心に残ったが、一番の気がかりというわけではなかった。その点では、あまりに多くの競争相手がいた。私は現代を学ぼうとする生徒であり、日々、目新しいものが大洪水のように押し寄せた。地図上に蜘蛛の巣のように広がる色の着いた線が、街の公共輸送機関の道筋を示している。日が沈むと明かりの灯る街灯は、誰かが点火する必要もない。道路脇の信号が、巣箱の蜂のように動きまわる車の流れを制御している。冷却器。芝刈り機。腕に巻く時計。

よく思うのは、人類は年月を経ても賢くなってはいないし、本来の性質から向上してもいないということだ。これまで私が目撃してきた程度のものが、一世紀にわたる努力の頂点なのだ。

変化や発見の頻度でいえば、おそらく私の若い時分のほうが際立っていただろう。蒸気機関と石炭の組み合わせによって、ひとりの人間の手は従来の千倍の力を発揮するようになった――とはいえ、機械仕掛けのテコも人間の手の導きなしには動かないわけだが。だがおそらく、勇気と冒険という点から見れば、この時代も私の時代も、人々が君主制を肩から下して民主制という重荷を背負った数十年には敵わないだろう。その時代さえ、男たちが地の果てまで旅して新大陸を発見した日々に比べれば見劣りするだろう。その日々もまた、科学技術の夜明けを思えば存在感を失う。そう考えてゆけば、その夜明けも鋤の発明にこうべをたれなくてはならないだろうし、さらに溯れば、人類誕生の瞬間に行き着いてしまう。

だが現代の道具や玩具に次から次へと遭遇すると、判事としての慎重さもお手上げになった。たとえばここにひとつの装置がある。この装置を通せば、ある時間のある場所の映像が別の場所へと送られる。映像の選択肢も無数にあり、情報の奔流ともいうべきで、語るのに一生かかるようなことが一度に起こる――テレビジョンだ。最初こそ驚いたが、まもなく、内容を予測できないこともないし、見る者の神経を鈍らせるところがあるとわかった。結局扱っている題材はふたつだけなのだ。それは死とお金で、どちらも暴力的なまでに過剰だった。例外は私の昔からの楽しみ、野球だ。試合は少なくとも予測不能だし、反応と行動のすばやさに魅せられる瞬間がある。ガーバー博士のコンピューターはもっと興味深かったが、その関心も、ジャーナリストのディクソンが画面いっぱいに揺れる乳房に見入っているのを、うっかり目撃するまでだった。

とはいえ、彼が誰より猥雑だというわけではなかった。至るところで俗悪な物言いを耳にした。まるで世界の住人すべてが波止場の労働者になったようだ。運転手、歩行者、商人、専門職、誰もが地に堕《お》ちた語彙を使い、遠慮も謝罪もなかった。粗野な物言いが尊厳を損なうと誰も教えてやらなかったのだろうか。

ある日の午後、フィーロ博士と私が乗ったバスがいまにも発進しようというとき、ふたりの女学生が駆け込んできた。お下げ髪で、チェック柄のスカートを履き、リンゴのようにみずみずしかった。彼女たちは席に飛び込んで目を見合わせるや、同時にひと言、悪態をついた。私の時代の婦女なら絶対に言わない言葉だ。

私は簡単に驚いた。車がバックファイアを起こしたとき。パトカーが鋭い音を立てて通り過ぎたとき。あるいは誰かが叫んだとき。テレビの暴力的なイメージのせいで、暗示にかかりやすくなっていた。ドアがピシャリと閉まるとそちらを向き、銃声ではないかと思う。ジェット機の音が頭上で轟くと、近くの建物に身を隠したい気持ちを押しとどめる。車のクラクションを聞くと飛び上がる。

ほかにも狼狽《うろた》えたことがある。事実が記憶を覆したのだ。黒いローブを着た正義の化身の前に連れて行かれたら、手を聖書の上に置き、彼と、神と、すべての前で誓うことができる――私はニューベリー通りの建物をすべて知っているし、それと交差する通りの名前も、この近くで馬に水をやれる場所も知っている、と。だがある晴れた日の午後にフィーロ博士と大通りを歩きながら、店を覗いたり、開花したアザレアの花を見ようと足を止めたりしていたとき、通りの順番が変わっていることに気づいた。記憶では、それらの通りは東から西に向かって逆アルファベット順に並んでいるはずだった。フェアフィールド、エクセター、ダートマス、クラレンドン。しかしその日、ダートマスを通り過ぎてフィーロ博士がコーヒーを買おうと店に立ち寄ったとき、私は次の角はクラレンドンだろうと予想したが、標識にはエクセターとあった。

「ちょっと」と彼女に言った。「急いでもかまいませんか」

彼女は腕を伸ばしてコーヒーをこぼさないようにした。私は次のブロックはきっとクラレンドンに違いないと言い聞かせた。だが標識はフェアフィールドだった。困惑しきって立ち止まった。

「どうかした？」フィーロ博士が尋ねた。

「この一世紀のあいだに、通りの名前を変えた人間はいないと思ったのですが」

「そう思うけど」

「興味深い」と言ったものの、少し恐ろしかった。ほかにどんなところで思い違いをしているだろう。自分の暮らした通りの名前も間違って覚えているのではないか。法律も覚えそこなっているかもしれない。文学への言及はどうやら合っているようだが、間違いを正せるほどの読書家は周りにひとりもいない。過去を把握しているという思いがぐらついた。

ありがたいことに、ひとつの記憶はたしかに残っている。自分の骨を感じるくらいたしかに、ふたりの人がいる。堅実な精神を持ち、活発で、愛情豊かな私のジョアン。そして私のアグネス。裸足の、よく笑う喜びの精。この土地の見知らぬものにはことごとく狼狽させられるが、この領域さえ守られていれば、ほかは問題ではない。私の心は、通りの順番などで揺らいだりしない真実を知っている。

行く先々にカメラがあった。報道陣ということもあった。ダニエル・ディクソンのときも。彼はときどき離れたところからフィーロ博士と私の後を追っているようで、声をかけることはできなかった。カメラを持つほとんどの人は私のことを知っていて、男性ならポケット、女性ならハンドバッグに電話をしのばせていた。私はチェッカーをしている人たちとポーズした。赤ん坊たちとポーズした。パイロットと一緒に笑った。外科医の横にも立った。彼が病気の男の腫瘍を取りのぞき、油焼けした肉のようなそれを金属の皿に落とすのを、感嘆しながら見た後で。撮られるときに頼まれて、可愛らしい店員の女の子の肩に腕を回したりもした。彼女は十六かそこらだったが、口じゅうに針金を通していた。治療のためだということだが、私はその光景に萎縮してくわしく尋ねることができなかった。だがそのときの居心地の悪さは、彼女の歓びの表情が消し去った。

ある日の夕方、ハーヴァード・スクエアでジャグラーを見た。一輪車で跳びはねながら、ひとりが火のついたバトンを相棒に投げ渡していた。

「次の出し物のために」シルクハットをかぶった自転車乗りが言った。「二〇ドル札をお借りしたい。誰かお持ちではありませんか」自転車乗りは客から紙幣を受け取ると、尻ポケットに押し込んだ。「ほら、消えました」そう言うと走り去り、観客たちが笑った。

後で彼はお金を返し、観客のあいだを進んでシルクハットを差しだした。人々はどんどんドル紙幣を入れていった。驚いた——即興のサーカスを見せられている気がした。

ある夜には、ガーバー博士がフィーロ博士を説得し、私たちをナイトクラブと呼ばれる場所に連れて行った。お金がなかったので、馬の操り手の後ろに乗っている気分だった。入り口では屈強な黒尽くめの男が手を振って私たちを通した。

音楽は耳を聾するほどだった。強い光が回転していた。曲はガーバー博士のヘッドホンから漏れてくるものよりもっとメロディーに乏しく、性急で、ドラムの音を強調していた。男女がぴったりと身を寄せあっていた。公衆の面前で欲望を隠そうともしない人たち。戯れるような素振りや挑発的な服装は、私の時代には考えられなかった。

フィーロ博士は水を飲んだが、ガーバー博士はアルコール飲料を二杯持ってきた。水のように透きとおり、オリーブが載っていた。彼はひとつを私に手渡し、もう一方の半分を喉に流し込んだ。私はひと口飲んで、父が台所のランプの燃料に使っていた液体を思い出した。

ガーバー博士はひとりでダンスフロアに出て腰を振り、肩をぐいぐい動かし、頭を左右に傾けた。髪の毛がすこし遅れて後を追った。馬鹿にするつもりはまったくないが、なんだか滑稽に見えた。音楽の拍子はとても大きく低く、腰そのものが太鼓になったみたいに響いた。吐き気が襲ってきたが我慢した。この夜を台無しにしたくなかった。

いろいろな体型と肌の色をもつ人々が一堂に会しているのを見るとぞくぞくした。彼らは動き、踊り、あるいはバーの周りを歩いていた。

「あらゆる人種が集まっているみたいですね」とフィーロ博士に叫んだ。

「え？　聞こえない」

繰り返そうと身を傾けたが、気づくと口が彼女の耳元にあった。髪が顔をくすぐった。言葉が出ず、背を伸ばした。彼女はただ笑い、また踊っている人たちに顔を向けた。

次の曲で違った種類の明かりが光りはじめた。目がくらむような明るさで、すごい速さで明滅する。光はダンサーたちを機械のように見せた。時計仕掛けの風変わりな装置のように動いている。胃が引き絞られるような気分になり、曲が終わるまで目をつぶった。

次第に気分が落ちてきたのは、半分は酒のせいだろう。以前よく飲んでいたポルト酒より強く、刺激もかなりあって、まるで精力剤のようだった。同行者ふたりは、どちらからともなく一曲踊った。しかし、一緒に踊っていたというのは適切ではない。ふたりは互いをめったに認めず、それぞれの気分で回ったり身体を曲げたりしていた。

　ダンスの経験は乏しい。若いときにジグを、それとたまにジョアンとワルツを踊ったことがあるくらいだ。踊るときのジョアンは、水が縁までいっぱいのグラスのようにそっと動き、優雅で、気高かった。だが現代では光がくるくる移動し、人々は勝手に回転して互いに触れ合わない。路上でのあっけらかんとした触れ合いと正反対だ。どっちが偽りなのだろうか。

　曲が終わるとフィーロ博士はにこやかに戻ってきて水をたっぷり飲んだ。研究所に戻りませんかと言おうとした。疲れてきたし、絶え間ない振動のせいで胃の調子が悪かった。これにひと晩中耐えられるなんて。

　突然私たちのあいだに男が立ち、カウンターの奥にいる人に注文した。そしてフィーロ博士に顔を向けてなにか叫んだ。彼女が問いかけるような表情をしたので、言ったことがわからなかったのだと私は思った。肩幅のある男で、シナモンとライムの強い匂いがした。彼はペンを取り出し、ナプキンになにか書きはじめた。三角形をひとつ書き、その上にまたひとつ書き、それを線でつなぎ、上の三角形を塗りつぶしはじめたところで、それがさっきガーバー博士の買ってくれたオリーブ入りの飲み物だと気づいた。男は最後にクエスチョンマークを書いて彼女を見た。

　フィーロ博士はまばたきして意図を理解し、「結構です」と口を動かした。男の後ろを回って私の横に立ち、両手でこの腕を取り、頭を私の胸の上に置いた。私は息を止めた。続きますように、続きますように。

　見知らぬ人は、自分を大きく見せるように身体を起こした。飲み物が来ると彼は支払いをすませて立ち去った。フィーロ博士は私の腕を自由にして水を飲み干した。グラスを傾け、残った氷をゆっくり揺らした。私は自分とカウンターのあいだに夕食をぜんぶ吐き出した。

翌朝の最初の訪問者はボーデン博士だった。診察机の傍らにある腰掛けに座った彼が絞っているポンプは、私のむきだしの腕に結ばれた管につながっていた。「外的な要因が主だろうね」と彼は言った。

「そのようです。音楽は耳を聾するほどで、飲み物も——」

彼は指を立てて黙らせた。聴診器に耳を澄ませながら腕の締め付けを緩めた。なにが聴こえるのだろう。ときどき、私もあの機械をつけてみてはどうだろうと考える。

ボーデン博士はそれを耳から外し、クリップボードになにか書き付けた。「調子はかなりいいようだよ」

「よかったです」私は心を込めて言った。「そのことでお尋ねしたいことがあるのです」

彼は腰掛けからぴょんと飛び降りて腕を組んだ。「どうぞ」

「博士、あなたの医療チームによる健康測定はもう必要ないと思います」

彼は聴診器の耳につけるほうをポケットに押し込み、もう反対側を首に回した。「どういう意味かな」

「心臓が停止しそうな兆候もありませんし、血圧も衰えていません。それでも検査は必要だとおっしゃるが、それはプライバシーの侵害でもあります。私は健康です。日々、体調はよくなっていくし、それにいま私たちは」私はコントロール室のあの時計を確認した。「六十九日目にきています」

ボーデン博士は、先が黒く円錐形になった金属の筒を用具入れから取り出した。私は彼がそれを右耳に入れられるように向きを変えた。「どうぞ続けて」

「夕べの出来事を抜きにしても、気づいていないわけはないと思います。私の食欲は戻りつつあります」

「気づいていたよ、確かに」左耳に移った。「続けて」

「睡眠も安定しています。毎日の活動量も。気分の起伏も。読解と会話の速度も」

彼は器具を置き、また別の器具を出した。さっきのと似ているが、先端に光る取っ手がついている。それを私の右目に掲げた。「要するに、なんだね」

ふむ。対話をしたいと思っていたのだが。こういう人間はよく知っていた。この手合いは検事に多く、よく相対していたものだ。彼は光を左目に当て、それから左右交互に光を向けた。

「要点はですね、博士、私は充分に回復していて、あなたも言ったように、体調もいい。検査から多少は自由になってもいいとは思いませんか。排泄物の重さを計測する必要がありますか。この部屋にカーテンを引き、私がわずかでもプライバシーを得るとまずいことがありますか。血圧を測るために夜中に起こされなくてはいけませんか」

ボーデン博士はため息をついて身を引き、そばの壁に寄りかかって床を見つめ、ひげの先を引っ張った。そしてついに、我々の会話のほうが自分の靴より重要だと判断し、顔を上げた。「記者会見で私の言ったことを覚えているかい」

「あなたが発言しているときにはまだそこにいませんでした」

「そうだった」指を鳴らした。「忘れていたよ。とにかくあの日、私はこの試みに反対する人たちを『無知』だと言ったんだ。口が滑って、尊大さをあらわにしてしまった。いま抗議者たちのなかには自分たちを『無学者』と呼ぶグループさえできている。『どうでもいい』とか『なにも知らない』などと言っているようなものだがね」

「あなたは反体派の人たちがじきに興味を失うと予想していましたよね」

「そうなる代わりに、連中は日ごとに勢力を増し、ますます苛立っている」目を照らす機械を私に振った。「きみと副大統領の会見が彼の政治的な対抗勢力に火をつけ、私はそれに油を注いだ。そしていまでは、あらゆるニュース、あらゆるプラカードの文句、仕事場を出入りするたびに聞こえるあらゆる叫び声が、彼らがただの無知な連中ではなかったのを証明している」

「抗議者たちに対する責任がどうしてあなたに降りかかるのかがわかりません。自由な社会にいれば、集会を催して語り合うのも自由なはずです。それに、そのことが私の検査とどのような関係があるのですか」

「このふたつの話に対する説明があるんだよ」

私は黙って待った。ボーデン博士は重心を片足ずつ交互に移動させ、目の装置のスイッチを何度も切り替えた。空いている手のなかで光が明滅した。私は冷静な表情を保ち、信憑性の低い証言を聞く姿勢をとった。

「なにをためらっているんです」ついに私は尋ねた。

彼は光を天井に向けた。マイクが下がっていた。

私は頷いた。「グリーンランドにいたとき、二等航海士のミリケンが腕をケガしました。樽が落下したんです。一週間経っても彼は包帯を外したがりませんでした。でも傷が臭ったから、なにが起こっているのかはわかっていました。ついに船長が命令を下しました。私たちは彼を押さえつけて布をはがしました。悪臭は耐えがたかった。誰の目にも明らかでした。彼は腕を失わなくてはならない。みながどれだけ距離をとっても、彼は独りで涙を流すこともできませんでした。船上にプライバシーなどないからです。ここも、同じです」

ボーデン博士が立ち上がった。「おい、みんな」彼は天井に呼びかけた。「アンドリュー？」

コントロール室にいるハンサムな黒人の技師が机から顔を上げた。

「少しのあいだ、スピーカーを切ってくれないか」ボーデン博士は私のほうを指差した。「医師と患者だけで内密の話だ」

「了解」技師は言い、いくつかボタンを押した。「これから切断します、博士。再開するとき合図してください。いいですね」

ボーデン博士は器具を置き、鞄を閉めた。「きみも知ってのとおり、カーセッジ博士は細胞のことになると実に大したものだ。細胞に潜在する生命力の発見ときたらどうだ。天才だよ、間違いなく。それに、専門ではないにもかかわらず〈ハード・アイス〉に関する風変わりな理論を証明してみせた。しかも自然に見出された標本を使ってね。気味が悪いほどだ。理解を超えている。だがね、それでも細胞というのは、人間そのものと同じくらい複雑なのだ」私の胸を指した。「呼吸を調べるよ」

シャツのボタンを外し、肩をはだけた。彼は足乗せに足を置き、冷たい聴診器を私の胸に押しつけた。「息を大きく吸って」彼は上下する左胸を調べ、右胸を調べ、背中に移った。「また大きく吸って。咳をして」

言われた通りにすると、彼は椅子からぴょんと飛び降り、服を着るよう促した。「素晴らしい、まったく不足なく治癒している。肺のなかに塩水をためて百年間凍っていたなんてわからないほどだ」

「カーセッジ博士の能力と限界の話でしたが」

「そう」彼は聴診器を折りたたみ、陰鬱な笑みを浮かべた。「実際、きみは我々の予期した生存期間を超えた。無知は私のほうだったんだ。実はね。私こそ、きみがせいぜい数日で死ぬだろうと予想した無知な男なんだ」

窓のそばに行き、コントロール室を見た。「だがきみは人格を取り戻した。目を開けるかどうかもわからなかったのに。街を遊び歩き、賢くなり、有名になるなどとは、考えもしていなかった」

博士は私に向き直り、眼鏡を外した。目は落ち窪み、小さく見えた。鼻梁を揉みながら言った。「カーセッジは世間の注目に興奮しすぎた。彼がデータを集めてきみをここに止めておくことに固執しているのは、我々が限界を超えたことを受け入れられないからだ」眼鏡を掛けなおした。「ほかにやりようがないのさ」

「博士」今度は私が率直に話す番だった。「私は細胞ではありません。情緒のある人間です。私に尋ねてくればいいではないですか」

「なんと。では」ボーデン博士の顔が輝いた。そんなことは思いもつかなかったようだ。「教えていただけないかな。なんらかの答えが得られるまでのあいだ、きみの状況を改善するためにできることはあるかい？」

説得しようとは思っていたが、こんな問いに答える準備はなかった。私は部屋を見まわした。あらゆるものが私の自由をさまたげていた。「カーテンがほしい。監視をやめていただきたい。記録もやめてほしい。椅子がほしい。読書灯も。本も何冊か」

「用意できるだろう」

「食事にも変化がほしい」

ボーデン博士はまた顎ひげを引っ張った。「それは保留にしてもらえないか。お粥はたしかに退屈な代物だろう。だが、シンプルな食事には医学的な理由があるんだ」

「ここを出入りできるようにしてほしい」

彼はくすっと笑った。「それを許可できるのはたぶんカーセッジだけだろうな」

「少しも笑いごとではありません」

「そうだな。だが私にその力がないのも事実だ。権限がないんだよ」

ふむ。知らないことはまだあるものだ。「この問題も、私の食事のように扱えるようにしましょう。つまり、テーブルに載せて再検討していただきたい」

ボーデン博士は頷いた。「結構だ」

「最後に、私は役に立ちたい。この世界を楽しみ、学ぶことはたくさんありますが、私は自分という存在が単なる飾りではないと思いはじめています」

「つまり？」

「好奇心の対象以上のものになりたいということです。この第二の人生には、より大きな目的に奉仕する機会があるし、おそらく必要でもある」

彼は私を見つめ、微動だにせず、それからかすかに頷いた。「もちろん、きみの言うとおりだ。セレブリティとして振る舞うほかにも役割があるだろう。カーセッジに持ち込んでみよう。大変よろしい」

彼は器具の横にクリップボードを置き、きちんと見えるように並びを整えた。ドアの側で少し振り返った。

「カーテン等とあわせて、きみの大いなる目的について検討しよう。ただしナイトクラブには行かないこと」

「真っ当な契約です」

彼がきびきびした足取りでコントロール室を行くのを見ているときに、早くもセキュリティドアがひらく音がした。誰なのかはわかっていたので、すぐに窓から振り返る必要もなかった。

「おはよう、フィーロ博士」

彼女は歌うように笑った。「おはよう、ライス判事」

第二十四章　最前列で

ダニエル・ディクソン

見つけたぞ。難しくはなかった。硬貨に彫り込まれてもいいようなハンサムだったからな。日々、叫び、行進し、公衆の面前でお祈りする抗議者たちのまとめ役なのかもしれないが、その顎はサーファーの兄ちゃんとカナダ騎馬警官隊を足して二で割ったような感じだ。俺は大規模な抗議の現場をとらえた通信社の写真の束を手に座っていたが、案の定、奴はフライパンの上のポップコーンのように飛びだしてきた。

記事のために取材するときはいつもちょっとしたスリルがある。いつだったか市の役人に頼んで殺人現場で見つかった血の血液型を聞き出したことがあった。間もなく、それは死んだ女の実の息子の血痕だということがわかった。身の毛がよだつことも、俺にはちょっとした宝石だ。

まずはリーダーの名前を狩り出すことだった。かなり掘り下げなくてはならず、午後の結構な時間を費やした。ついにワシントン・ポストの写真を見つけた。四人の弁護士が威厳たっぷりに最高裁判所の階段に立ち、そのかたわらに、ステットソンのテンガロンハットをかぶったT・J・ウェイドが立っていた。

この民衆煽動家にははじめから嫌な感じがしていたが、奴の経歴を読むと理由がわかった。カンザスから来たプロの宣伝マンであるウェイドは、過激な福音主義者でもあった。クー・クラックス・クランと比べてもほんの五センチほど控えめなだけ。奴の専門は汚い方略だ。たとえば、隠しカメラを用意してリベラルな政治家がびっくりするほど馬鹿げたことを言うようにしむける――そして残念なことに、連中はがっかりするほど簡単に口を滑らせる。奴はそれにとどまらず、戦没兵士の墓地のそばで騒いだり、政府予算の利用方針に抗議したり、悪天候を同性愛者たちの責任だと主張したりしていた。

TとJがなにをあらわしているのかは想像するしかない。第三代大統領のイニシャルか。

ウェイドは二度にわたって最高裁の前に立ち、言論の自由の限界に挑戦した。どちらの回も、道理をわきまえているとはとても言えなかった。膨らんだ財布を持った誰かが奴に騒ぎを起こさせて楽しんでいるとしか思えない。法廷の前線で戦う弁護士だって安くはないはずだ。

ウェイドに経営の手腕があるのは認めざるをえない。奴はバラバラの主張をもつ連中をまとめあげ、毎日少しずつ数を増やし、誰も職を失わないようにスケジュール管理し、そのあいだ連中の怒りを四割増にしてみせた。なにより感銘を受けたのは弁当だ。巧みにスケジュール管理された怒りを爆発させる合間に、みんな芝生に腰かけて黙々と弁当をかき込んでいた。ウェイドはデモのタイミングをニュースの時間に合わせていた。俺たちが映像を更新するのと同じ、汚いやり方だ。

はじめて見るような作戦もあった。毎朝、記者を集めて前日の報道を振り返るのだ。見出しは公平なものだったか。プロジェクトの支持者についてのコラムはウェイドたちのグループについてのコラムより大きくはなかったか。ある日ウェイドは、前日の記者会見についてひとりの記者が書いた原稿を引用し、証拠としてテープレコーダーに録音していた奴の実際の言葉と比較した。もちろん、大抵の記者はあちこちで間違いをおかしている。高速でメモをとっているときに一語も逃さないのは難しい。だがウェイドは言い訳を許さない。誰か、と奴は要求する――ケガでもしたかのように顔をゆがめ、素敵な顎をちゃんと映せもしないTVカメラを見ながら――誰か、訂正と撤回を表明する勇気のある人間が、この唾棄すべき報道陣のなかにはいないのか。生命を愛する反対市民という無辜《むこ》のグループが、罰当たりで公平さを欠くメディアにどれだけ脅かされているかについて書く、高潔な人物はいないのか。

やれやれ、あんたが一等賞だ、ミスター・T・J・ウェイド。些細な細部を取り上げてスペクタクルをつくりだせば、すべての記者――そしておそらく、ろくでもない編集デスクに控えているろくでもない編集者――は、引用するにも見出しを書くにも、記事のバランスに細心の注意を払わなくてはならなくなる。ケッサクだ。みんな、この男に後ろから見張られながら書いている。

奴はなんらかの理由で俺を見逃し、大目に見てくれている。記事の公平さが理由でないことくらいはわかる。だってそうだろう、誰かが老婆の頭を野球バットで殴ったからって、老婆をバットで殴るのに賛成する国の大統領に意見を聞いたりするか？　そんなわけない。公平性なんてのは、びびって立場を明確にできない意気地なしのためのものだ。俺はこの変人がハンサムなプロフェッショナルだろうとなんだろうと、揶揄するのをやめたつもりはない。だから、攻撃される報道陣に俺が含まれていないことに、まったく混乱してしまうのだ。歯牙にもかけていないということか。まあ、それはそれで都合がいい。でも後悔するぞ。

とはいえ、そういう政略のせいでウェイドを嫌っているというわけじゃない。そんな奴は腐るほどいる。気にくわないのは奴の計算高さだ。毎朝、抗議者たちに大演説を打ち、明日には新しい参加者を連れてくるよう訴える。正午になると例の弁当を配りだし、きみたちは無視されている、どんな変化も起こせていない、さてどうする、と呼びかける。

「マーティン・ルーサー・キングの偉業を思い出すんだ」と奴は言う。「それに彼が『現在において強く必要とされているもの』について言った言葉を」

そのとおり、ウェイドは公民権運動の指導者を引き合いに出して自分の反〈ラザロ・プロジェクト〉計画に利用していた。午後になると、六時のニュースに合わせたデモの直前に人数を数え、落胆して顔をしかめた。テープが回っているあいだは、隅に立って頬の内側を噛んでいた。そうすれば考えることと苦しむことを同時にやっているように見えるからだ。

なによりむかつくのは、ウェイドが機会をうかがっていることだ。大衆の苛立ちを煽るあいだに本人は次の作戦を練り、次の見出し記事を勝ち取って状況をさらに混乱させようとしている。この男はとんでもない野郎で、チャンスを待ち、そのチャンスに自分で打撃を与えるつもりでいるんだ。

そのときは、最前列で見せてもらおうか。

第二十五章　独立記念日

私の名はジェレミア・ライス、世界がその身を差しだしてきた。

動く階段が、一歩ものぼらせることなく、私を建物の内部へ連れて行った。エレベーターでも、待合室でも、ホテルのトイレでも、音楽が流れていた。明らかに単調ではあったが。太ってゼラチンのような肉が服からはみ出している人、荷馬のように均整が取れている人、ものすごく痩せているので温かいちゃんとした食事のとれるところに連れて行ってやりたいと思わせるような人がいた。水槽のなかに、テーブルくらいの大きさの亀や、敵意と愚かしさのないまぜになった顔のサメを見た。ペンギンに餌をやった。臭かった。科学博物館で私は立ちつくし、電動で動く彫刻に魅了されていた。

人の動きはどうだったか。とぼとぼ歩き、ぶらつき、後ろにモーターのついた機械仕掛けの椅子に座って走っていた。フィーロ博士と私はチャールズ川にかかる橋の上から、滑らかに漕ぎ進むトンボのようなボートを眺めた。車はクラクションを鳴らし、トラックは唸りを上げて通りすぎ、ジェット機が音を立てて頭上を飛んで行った。

ある日の午後、子供たちでいっぱいの動物園に行った。よちよち歩きの女の子が風船を手放してしまった。彼女が悲しんで泣くあいだにも、それは赤い狼煙《のろし》のようにのぼってゆき、一秒一秒、取り返しのつかないほどみるみる小さくなっていった。その夜、プライバシーの守られた研究所のシャワーでアグネスのことを考え、自分は風船のように娘のもとを去ってしまったと思い、泣いた。

慈悲深い世界は、絶え間なく気晴らしを与えてくれた。翌朝私たちはフィーロ博士のコーヒーを買おうと店に立ち寄った。みな並んで順番を待っていた。コーヒーの種類は数えきれないほどあるにもかかわらず、注文はせいぜい二十秒くらいで終わることに、すっかり驚いてしまった。どれだけ時間をかけてたくさんの味と大きさを試し、好みの一杯を見つけたのだろう。フィーロ博士はトールサイズのダブル・エスプレッソ・モカ・ラテにスキムミルクを載せたものを頼んだ。彼女は笑いながら注文を繰り返し、それを聞いている私を見ていた。挨拶の仕方を外国語で覚えようとしているのを見られている気分になった。アグネスの代わりというわけではない、そんなものは存在しない。だがその笑い声は、とにかく私の心を活気づけてくれた。

贈り物を受け取ると、〈ラザロ・プロジェクト〉の守衛の人たちが安全のためにすべて開封した。それらは地下室のけっこうなスペースを占めた。カーセッジは、狂信的なファンを増やすだけだと言ってお礼状を書くのを禁じた。

「どういう意味でしょう」とフィーロ博士に尋ねた。

「心が狭いってことよ」と彼女は答えた。「気にしないで」

服があり、本が、装身具が、人形が、器が、サングラスが、織物の毛布があった。ある日コントロール室で箱を開けると、細長い、先の尖った円錐形の固い物体が入っていた。明るい黄色で、底を見るとちょうど頭が入るスペースがあった。

「ほら」フィーロ博士が言った。「試してごらんなさいよ」

かぶってみると、その帽子は不気味にぴったりで、尖った部分が顔の前に突き出た。「ネクタイには合うかもしれない」

「おいおい、すごいな」ガーバー博士が立ち上がって近づいてきた。

「アヒルになった気分です」と私は言った。「ところで、これはなんです」

ガーバー博士の目が見開かれた。「自転車用ヘルメットだ、すごくいいね」

「嘘でしょ」とフィーロ博士が言った。「グロテスクよ。けばけばしいし」

彼は首を振った。「こういうのが好きなんだ」

「だったら、差しあげます」私は帽子をぬいだ。

「とんでもない」と彼は言った。「ガーバーになにかあげようなんて人間はいないんだ」

「かもしれない。でも私はあげたい」

ガーバー博士はうやうやしくヘルメットを取り上げ、くるっと回して頭にそっと載せた。尖った部分が後ろにきた。それではじめて、このヘルメットの先端は尾に当たるのだとわかった。「ありがとう、ライス判事。ありがとう」

あの太った記者がキーボードに向かって薄笑いを浮かべた。「エイリアンみたいだぞ」

「おい、ディクソン」ガーバー博士が言った。「ピエロ扱いするな」それから申し分のない威厳をもって、彼は王冠とともに机に戻った。

多くの贈り物に要求があった。この贈り物と一緒に並んで撮った写真を送ってくれませんか、というものだ。どういうことになるかはわかった。店でいろいろな服を試す私の写真を使ってフランクリンが新聞紙上でなにをしたか、見ていたからだ。

送り主は見知らぬ人ばかりではなかった。ある日の午後、ガーバー博士はヘルメットのお返しに、マッチ箱くらいの大きさの金属の物体を贈ってくれた。横から延びた配線がふたつのつぼみに分かれていた。彼はそれを耳に押し込むよう指示した。ボタンを押すと音楽が流れ出した。まるで頭のなかで鳴っているよう、演奏者がこの部屋に私たちといるかのようだった。

「二百曲しか入らないから、厳選したよ」と指折り数えた。『ヨーロッパ'72』から〈ジャック・ストロー〉、『アメリカン・ビューティー』から〈フレンド・オブ・ザ・デビル〉、『スカル・アンド・ローゼズ』から〈ラーフ・ラット〉。基本曲だ」

　個人的な贈り物をもうひとつ、独立記念日にもらった。素敵な午後を約束してくれたフィーロ博士は、ローズ・ワーフのそばのホテルに連れて行ってくれた。このときにはもう塩の匂いに喉を焼かれたりはしなくなっていた。快適な、高級な場所のようだった。エレベーターで屋上に行くと、テーブルが市場のように並んでいた。フィーロ博士がドア脇のカウンターにいた男に声を掛けると、彼は私たちを隅のテーブルに案内した。暖かい風が吹き、日が沈もうとしていて、下から街の喧噪が聴こえた。ウェイターがメニューを持ってきた。

　このときはまだ、ボーデン博士の食事管理の下に置かれていた。研究所のお粥は身体によくても舌を喜ばせてはくれなかった。だが胃が頻繁に未消化状態になるのを見ると、そのやり方は賢明だと言わざるをえない。

「食べられるかどうかわかりません」

　フィーロ博士は頷いた。「だからこのレストランを選んだの。ここの料理は未加工で、材料にも混ぜ物はないし、ぜんぶ有機農法でできている。街を一望できるレストランで、一番自然な食事を出してると思うわ。だからメニューにあるものなら、なんでも食べていいのよ」

「なんでも？」

「なにもかも」

　私はパンのスライスを頼んだ。それにトマトも。チーズも少し。フィーロ博士は笑い、もっと冒険するよう励ました。だが私はためらった。最初の皿が来ると、ひと口食べて少しのあいだ目を閉じた。最高の体験だった。身体にしみいる太陽の光、大地の酒だ。なにも味わうことなく百年を過ごした男にとって、塩で味つけされたふつうのトマトのスライス、これは逸品だと説明した。

彼女は思いに沈んだ顔をした。「私たちの時代と文化は、ものすごくたくさんのものを当たり前と思っているのね」

返事の代わりにパンに取りかかり、たくさんほおばった。彼女は笑った。笑ってほしかった。

夜も更けて、明かりはテーブルの上のキャンドルだけになった。通りの騒がしい音を聴きながら、学校帰りの子どもが爆竹で遊んでいるところを想像した。しかしこのテーブルは静かだった。再び目覚めて以来はじめて、言うことがなくなった。人々が食器で音を立て、グラスのなかの氷が鳴った。でも会話は止まっていた。こんな凪の状態はいままでになかった。

私はキャンドルをいじった。彼女は海のほうを見た。港に大きな帆船が停泊していて、高い帆の上で乗組員が索具を操っていた。

突然、キャノン砲のような爆音が鳴った。跳び上がったが、フィーロ博士は私の手に手を重ねた。「大丈夫。歓待されているのよ」

なにごとも控えめに言う人だ。前の時代でも花火はよく見た。ジギタリスと呼ばれる、小さい赤が弾けるものや、風車の先に火薬を仕込んだもの。リンでも、なにかと理由をつけては近所でかがり火を焚いた。アグネスは騎手のように私の肩に乗り、ジョアンは私に腕を回して残り火に願い事をした。今夜の驚きは、また様子が違った。大きな菊の花の色、ピューという音、こぼれる光。爆発した光がさらに弾けて新たな光を生み出し、球体が別の色の輪に囲まれ、土星のように港の上に打ち上がった。とくに気に入ったのは、白い閃光に遅れて、深い、大きな音が鳴ることだった。最後にはロケットと轟音で混沌となって、数秒のあいだにたくさんの爆発が起こった。私たちは歓声を上げて拍手した。

通りを歩いていると、手押し車で風船や旗やちいさな動物のぬいぐるみを売り歩く人がいた。雑貨を載せている車の横を通りすぎようとしたとき、フィーロ博士が立ち止まって品物を覗き込んだ。私もゆっくり歩いて戻り、彼女がなにかを買うのを見た。行商人がお釣りを渡した。

「あなたに」と彼女が言った。「この街をあちこち歩き回った記念」

手渡されたのはアライグマだった。あのゴミ箱の友人と同じ顔の模様で、フラシ天でできていた。私は手のひらに立たせた。

「ありがとう、博士。ほかになんとも言いようがないですが。ありがとう」

突然フィーロ博士はそれを奪って自分のお腹に押しつけた。

「どうしました」私は言った。「なにか間違ったことをしましたか」

彼女は首を振った。「私って馬鹿ね。地方裁判所判事にぬいぐるみなんて。なにを考えてるのかしら」

「しかし、胸を打たれました」

「ほんとに馬鹿だった。ごめんなさい」

「馬鹿じゃありません」それを証明しようと、アライグマを取り返し、頬に寄せた。その頭を私の額につけた。「ほら、こいつは私が好きみたいだ」

彼女の顔が輝いた。「ふたりとも、変なの」

翌日、これまでにない動揺を感じた。胃痛もあるが、それよりも精神のざわめきが原因だった。普段は落ち着きをなくしたりはしないが、その日の朝に限っては、フィーロ博士が連れ出してくれるのを待つだけではとても満足できなかった。

コントロール室にいるのはガーバー博士だけだった。いつものようにコンピューターの世界に熱中していて、ヘッドホンで外の世界を遮断していた。あの自転車用ヘルメットをかぶって、ふいに襲撃するかもしれない何者かから頭を守っている。私はガラスを叩いたが益もなく、リンにある昔の家の扉を叩くときもこんなだろうかと思った。彼は頭を動かすことさえしなかった。

ガーバー博士がくれたコードを耳につけ、最初に再生された曲を聴いた。甘いメロディーの、静かな、子守唄のような曲だった。

この道は、ただのハイウェーではない
それは夜明けと夜の闇のあいだにある。
踏み出しても、誰もついてはくるまい
この道は、きみがひとりで歩く道

急にジョアンが恋しくなった。彼女の辛抱強さ、ユーモア、力強い手。彼女の忠誠と深い友情を前にして、この時代の心惹かれるものがなんだというのか。

私はひどい男だ、こうして目覚めていて、彼女のことをほとんど考えなかった。妻は私が旅立ったとき四十四歳だった。私は遺産もまともな土地も残さなかった。どうやって暮らしていったのだろう。家にとどまることはできたのだろうか。アグネスが結婚したなら、そんな晴れの日に、誰が彼女とバージンロードを歩いたのか。仲間の誰が、あのさみしい事務所を引き継いだのだろう。なんという愚か者だろう、彼らのことを一瞬でも忘れるなんて。良心はどこへ行ってしまったんだ。どうしてあんな危険をおかしたんだ？

北極探検のあいだ、ジョアンとアグネスのことがずっと恋しかった。冒険の一部始終を妻と分かち合い、娘の強い、動物のような力を感じたかった。だがそうした渇望は、あと数ヶ月もすればまた会えるという事実になだめられた。いまはそんな気休めもない。苦しい。リンに行ってかつての家を訪ねたいとフィーロ博士に頼もうか、と考えつづけていた。だが怖くもあった。その光景が、心を引き裂くかもしれない。

ああ、愛する人。音楽を止め、恥と後悔と喪失の涙をこらえた。ベッドに腰掛け、刃物で刺されたような痛みを感じていた。

陳腐な展開だが、生理現象が私を助けた。ガーバー博士が立ち上がってトイレに向かったのだ。ヘルメットがまだ頭に乗っているのがちらっと見えた。私は窓のところで待ち、袖で顔を拭いた。彼が戻ってくると両手でガラスを叩いた。彼は驚いてこちらを見ると、窓に近づいた。

「どうか」セキュリティドアを指差した。「お願いします」

彼は歩いてきて数字を打ち込んだ。誰もがそうするように彼が入ってくるのを、私は待った。だがガーバー博士は後ろに下がって両手を広げていた。「おい、出てこないのか」

私ははじめて、誰の後を追うこともなくセキュリティドアをくぐった。「ありがとう、博士」

「ずいぶんかかったな」彼は机に向かった。「あんたがこの部屋のセキュリティのことを問題にするのはいつかと思っていた」

「では、番号はなんです」

彼は立ち止まり、ヘルメットの隙間に指を入れて頭をかいた。「やあ、面倒なことになりそうな質問だ」

「辛抱してきました」

「しすぎだ。規則は破られるためにある」

「そんな格言を判事が認めると思いますか」

ガーバー博士が微笑んだ。「2・6・6・7。マルバツの書かれてない三目並べみたいなボタンを押すんだ。押すのは2・6・6・7。誰が教えたかは言うなよ」

「あなたは天使です、博士」

「そんなんじゃない。とにかく忘れるなよ。番号を俺からは教わらなかった」

「なにを教わらなかったですって？」

彼は笑い、両手の指をひらひらさせた。そのときになってやっと、ある音に気づいた。賛美歌の合唱だ。遠くて、ほとんど脱穀機の立てる音のように聴こえる。「この声はなんです」

「これか」ガーバー博士がついてくるよう促した。「俺たちの大ファンだ。いままでにないくらい集まってぃる」エレベーターに着き、博士が壁についた装置にカードを滑らせると、扉が開いた。「Lを押せ。自分の目で見てくるといい」

「私たちのファン？」私はひとりで狭い部屋に入り、彼の言うLのボタンを見つけて押した。扉が音を立てて閉まった。下降するほどに、合唱は大きくなっていった。

四百人はいるだろうか。みな赤いシャツを着て、怒っていた。ハンサムな男が拡声器を片手に彼らを導き、意気を上げていた。私はほんの数十メートルしか離れていないアトリウムに立ち、圧倒されていた。

とは言え、誰かが私に気づいているわけではなかった。この怒りは彼ら自身から生じているということだ。ガラス越しでも、あのリーダーの言葉には音楽的なところがあるのがわかった。言葉にリズムがあり、見事に決まった一節の最後を、高い声音で締めくくった。間をつくるたびに人々が喝采した。問いかけられると、答えを叫んだ。リーダーがこうべを垂れて祈祷の姿勢を取ると、彼らは神々しいほどの熱情を込めて両手を上げた。その献身には熱が、熱意があった。私は怯えた。

一方で、正門に並んでいる三人の守衛たちは、石のように無表情だった。警察の車が左側で道を塞いでおり、巡査が腕組みして立っていた。テレビカメラが反対側に固まっていて、カラスのようにまばたきもせず見つめていた。カメラの後ろのトラックは大きな銀の皿を空に向けていた。後でガーバー博士にこれらのトラックについて尋ねようと銘記した。

突然、誰かが私を発見した。最前列の女性だ。叫び声を上げこちらを指差し、全員がその指の先を追った。人々がどっと押し寄せてきた。あのハンサムな男が下がるように言ったが、もはや機関車の前のヤギのようなものだった。守衛たちが警棒を引き抜き、警官たちが近づいた。背中に手が置かれるのを感じた。その感触で誰かがわかった。「フィーロ博士」

「こんなところにいちゃだめ。餌をぶら下げるようなものよ」

「ただ見にきたのです」

警官と守衛が肩を並べた。押し合いへし合いしている真ん中でリーダーが跳びはねており、腕を振って彼らを引き下がらせようとしていた。ひとりのカメラマンが群衆と建物のあいだに駆け込み、どちらの方向にもシャッターを切りながら走った。

「透明人間じゃないんだから、ライス判事。ついてきて」フィーロ博士は私の腕を引いた。素直についていった。彼女がガーバー博士がやったように装置にカードを滑らせるとエレベーターの扉が開き、私たちはなかに駆け込んだ。

「どれだけ危険だったかわかっていないでしょう」彼女が言うあいだも、小さな部屋は私たちのいた階へと上昇していった。「なにをしていたの」

「一秒でもあの部屋に座っているのに耐えられなかったのです、そうして人生がまた始まるのを待つなんて。彼らの声が聴こえたから、見る必要があったんです。なぜ彼らは私を憎むんですか」

「憎しみとは違う。どちらかと言えば恐怖ね。あなたが象徴しているものへの恐怖。あなたという存在が彼らの信仰を脅かすの」扉が開き、研究所の通路に降りた。「あの人たちのことは本当に気の毒に思うわ」と彼女は続けた。「現実に、信じているものをめちゃくちゃにされているんだから。辛いでしょうね」

「私の存在が彼らにとって大きな意味を持っているということですか」

「世界が、彼らの望まないほうに変わってしまった。あなたはその生ける実例なのよ」

私は頷いた。「それこそ私の考えていたことだった」

「あなたが?」

「ボーデン博士とその話をしました。これまで私の蘇生は科学的な偉業として扱われた。この世界についての知識を吸収し、礼儀正しくしていること以外の役割を、誰も私に与えなかった。この存在にもっと大きな意味があるのなら、それにふさわしい役割があるはずです。第二の人生を有意義なものにしたい」

コントロール室のドアに着いた。フィーロ博士は手を私の腕に置き、立ち止まらせた。私にとって、彼女の接触はこのうえなく雄弁なものだった。「これからどうするか、決めてる?」

「まだです。この世界について学ぶことに魅了されています。ですが、この機会を無駄にするわけにはいかないと思っています」

「最初の一歩に――」

「くそったれ」ディクソンが声を上げ、別のエレベーターから出てきた。「ほとんど暴動だ。やれやれ」ずんずん歩いて私たちを追い越し、ノートを振った。「やあ、ケイト博士。フランク、連中はあんたのために言葉を選んでくれているようだぞ」

「どうして私をそんなふうに呼ぶのです」

彼はコントロール室のドアをぐいと引いた。「推して知るべし、だ。俺は外のギャングたちについての記事を送るところさ。ありゃ手がつけられないね」

私たちは廊下にしばらく立っていた。私はフィーロ博士に向き直った。「これからどうすれば」

「これから？」彼女は笑った。「小児病院の患者を訪ねるっていうのはどう」


これが彼女のやり方だ。冷静ということ。こうした態度は私に賞賛と好奇心の両方を引き起こした。事態が予想外に展開することはある。研究所の食事が間違って出された場合に始まり、博物館の閉館や、甚だしく攻撃的な闖入者や、思いがけない土砂降りにいたるまで。普通なら苛立ちをあらわにし、うっかり動揺を見せるだろう。フィーロ博士はその反対だ。災難にあっても夜明けのように静か。判事としての私は、中立であるよう訓練され、自分の意見を隠す経験を積んでいるから、彼女の自制の力に感服している。だが夫であり父親である私は愛情にしつけられているから、彼女の感情はどこに行くのかと心配してしまう。彼女の内側のどんな場所に潜っていくのだろう。

ある夜、彼女の自制心が圧倒されるのを目の当たりにした。そのときのことを思い出すと笑みがこぼれる。私たちはノース・エンドを歩いていた。そこにはイタリアンレストランが寄り集まっていた。屋上で食事をして以来、胃袋が数日にわたって不平を訴えており、研究所のオートミールがないと困ると言っていた。だが味覚は復活しており、匂いと風味への飢えは消えなかった。そういうわけで、私はボーデン博士の用意した食事に加えて、少しずつ別のものを食べはじめていた。経過観察は続いていたが、監督員は間違いなくお粥の消費量が減っているのに気づいただろう。そのぶん私は、測定されない自由な食事を楽しんでいた。楽しむと言っても控えめにだが。こんな悦楽にふけるのを、かつての人生では恥ずかしく思っただろう。その夜、フィーロ博士が特別にいくつか外国の美食を紹介してくれた。プロシュートの豊かな風味、トスカーナ風ペコリーノ・チーズの塩味。食後に歩いているとき、彼女の手は私の腕が作った輪におさまっていた。

突然、お腹の大きな男が目の前に立ちはだかった。ひげを剃っていない顎に陰が差し、喉には黒いボウタイ、そして腰には赤いしみの付いたエプロンが巻かれていた。「おふたりさん《アモーレス》」彼は両手を組んで胸のところに持っていった。「素敵ですね《ヴァ・ベーネ》」

「いいえ」とフィーロ博士が言った。「私たちは恋人じゃない」

「そうでしょう《シ》、そうでしょう《シ》」と男は言った。組んでいた手をほどき、私たちの周りでひらひら動かし、距離の近さを示した。

「フィーロ博士は私の友人です」と説明した。

「案内係です」彼女がにこやかに割り込んだ。

「付き添い」私も微笑んだ。

「ボディガード」フィーロ博士はあいているほうの手を小さく丸めて掲げた。

エプロン男の笑顔がさらに横に広がった。「レイ・プレテンデ」と彼は聞こえよがしに言った。「そんなふりをして」。それから私たちを近くに寄せ、なにかを引き受けたような素振りを見せた。

「よくわかりません」と私は言った。

フィーロ博士がこちらに身を傾けた。「しーっ」

エプロンの男は歌いはじめた。だが歌うという言葉は、実際に彼のやったことを言い表すのに、少しも充分ではなかった。ははは。オペラにはまったく明るくなかったと打ち明けねばなるまい。当時の私にはあまりにも儀式めいて、格式張りすぎているように感じられた。だがここ、ボストンのノース・エンドの歩道で、私たちは素晴らしい技術と声を持ったテナー歌手を前にしていた。低い音から始め、言葉はゆっくりと、音は長いビブラートで発された。やがて歌は勢いづき、加速し、音量とピッチが上がった。二分も経たないうちに声量は最大になり、高く、明瞭で、情熱的になった。音楽は力強かったが、張りつめてはいなかった。私は自分が興奮しているのを感じた。彼は少しも気後れする素振りを見せず、ただ目を閉じて集中し、音に身を委ねていた。最後のフレーズで彼は吸えるだけの息を使い、大音量で、ひらいた片手のひらを、天に哀願するように上げていった。ついに歌い終えると目を開け、にっこり笑った。通りにいた人々がみな喝采し、口笛を吹き、「ブラヴォー」と言った。彼は慎ましくお辞儀をした。

そして顔を寄せてささやいた。「愛《アモーレ》ですよ、あなた《シニョーリ》。愛《アモーレ》です」

私はフィーロ博士のほうを向き、最初に異議をとなえるチャンスを与えた。だが私のボディガードは武装解除していた。片手を胸の上に載せ、赤くなっていた。晴れやかだった。私はとまどった。

カメラのフラッシュが光った。フィーロ博士はひるみ、エプロンの男に礼を言って私を急き立て、通りを進んだ。空を飛んでいるような感覚だった。だが逃げだす理由などないはずだった。

その夜、フィーロ博士がセキュリティドアの側に立っているのを見て、招き入れた。私はすでにベッドに就いていた。彼女は部屋に入りながら言った。「今日は楽しめた？」

「親切で、素敵な世界に住んでいるんですね」

「あなたも住んでいるのよ」

「そうでした。すごい冒険でした。いま、このときが好きです。急がないと、すべてを体験しつくせない」

「時間はたっぷりある」彼女はベッドのそばに立ち、毛布の角を引っ張った。「ところで、明日は大事な日よ」

「驚きは取っておいてください」と私は言った。「でも忘れないでほしい。私は楽しむ以上のことをしたいと思っているのです」

「明日のあなたの貢献は、〈ラザロ・プロジェクト〉にとってすごく重要なものになる。だからいまは眠るようにして」

「そうします」あくびが漏れた。寝る前のお祈りをすませた子どものようだ。こういうと馬鹿げているかもしれないが、私はいまだに人間という存在に慣れていなかった。あくびは非の打ち所のない喜びだった。なんという驚きだろう、反射的に息が吸われ、緊張が解かれるこの動きが、肉体を伴ってここにあるとは。人はとても多くの動きや感覚を当然のものと思っている。だがこの肉体、この生きる機械は、生涯を通じて離れることのないただひとりの友人であり、最初の一歩から最期までを共にする旅の仲間なのだ。生まれ落ちて最初に息をするところから、来世に向けた最後の呼吸までを見届けてくれる。私はシーツの下で足を左右に動かし、生物としての自分の、忠実な仲間意識に感謝した。

そっとドアまで歩いて立ち止まった彼女もまた、疲れた子どものように壁にもたれかかった。私は呼んだ。

「フィーロ博士」

「なあに、ライス判事?」

「あなたは弁護士であり、私の事件を法廷で弁護してくれているという思いが強まっています。ですから、あなたが私を呼ぶ呼び方が適切でないと日ごとに感じています。今後はジェレミアと呼んでくれませんか」

彼女は笑った。音符三つぶんの曲だった。「あなたがフィーロ博士と呼ぶのをやめてくれたらね」

「それは無理です。礼儀として――」

「ガチョウの雌鳥にいいことは、よ（「ガチョウの雄鶏にもいい」と続くことわざ。女性に当てはまることは男性にも当てはまるという意味）。ライス判事」

「どういう意味ですか」

「私たちは平等ってこと。もし私があなたを友人のように呼ぶのなら、あなたも私をそういうふうに呼ぶ」

「なるほど」私は力を抜いた。天井にはなにもない。「ふむ」

「いまの世界で形式張らないことは、あなたの時代に礼儀を守ることと同じなのよ」

私は片肘を立てて起き上がった。「それなら。取引成立ですね、ケイト」

彼女は笑った。その表情を前にも見たことがあった。そう、ケイトが外科用のマスクを引っ張って下ろしたときだ。「おやすみ、ジェレミア」と彼女は答えた。「いい夢を」

ケイトは残った明かりをすべて消した。私はそばのテーブルに手を伸ばし、アライグマをつかんで枕の下に押し込んだ。セキュリティドアが音を立てて閉まると、ひとりきりになった私とともにあるのは、ちらつきながら昇ってゆくろうそくの火のような、様々な思いだけだった。

第四部

安定

第二十六章　群がる者たち

エラスタス・カーセッジ

トーマスが二度ドアを叩き、頭だけを出した。「二十分待たせています、先生」

「けっこう。通してくれ」

「その前に、今日の記事から引用してもよろしいですか」

「ぜひとも」

「『これを成し遂げたのがエラスタス・カーセッジ、細胞の秘密の覇者だ』」

「ディクソンが書いたのか、『覇者』と」

「そうです、先生」

「非難されることになるぞ。彼がこれ以上プロジェクトに協力すると、人々は我々を怪しく思うだろう」

「喜ばれると思ったのですが」

トーマスが慌てて去ると、気分は完璧に整う。いまの会話は微妙だったが、結論は明白だ。私が志半ばで倒れる日はまずこないだろう。

フィーロ博士が肩をいからせ、リングに上がるボクサーのように入ってくる。そうだろうと思っていた。彼女の武装を解くことが先決だ。

「どうか」椅子を指し示す。「楽にしてくれたまえ」

「ありがとうございます」彼女は椅子に浅く腰かけた。

「コーヒーか紅茶は」

「朝食はすませてきました、ありがとうございます」

「よし、では。フィーロ博士、私は〈サブジェクト・ワン〉の公的な生活を非常な興味をもって観察していた。会いたかったのは、きみを賞賛するためだ」

「いま、なんと？」

「厄介な事件は起こらなかった。世間の評判はおおむね好評。彼は健康を保っている。つまり我々には、長期的に見て前向きになれる理由があるわけだ」誰かを褒めるのは苦々しい気分だ。内側に針があるような感じだが、かろうじて一礼したとわかるくらいに頭を下げた。頷くよりわずかに深く。「素晴らしい」

「ああ」彼女は顔を背け、眉をひそめる。「それは、どうも」

「ときに今日の〈サブジェクト・ワン〉の予定はどんなものかな」

やっと彼女はほんの少し深く腰かける。「そのことですが、面白いことになると思います。一時間後に、はじめてのテレビ出演です」

「地方かね、全国かね」

「地方局ですが、全国に放送されます」

「収録かね、中継かね」

「中継です。なぜ？」

机の上にある仕事リストの位置を調節する。「収録現場にいてほしい。彼がうっかり、彼自身やプロジェクトにトラブルを持ち込みそうになったときに、放送を止めてほしいのだ」

「なにを懸念しているのですか」

「ハプニングが起こる可能性がある。報道に熟練した者でさえサンドバッグになることがあるからな」

「護衛します。ですが、いまの問いかけの裏にはもっと大きなものがある気がします」

「そうかね」そこで机を押して身を引き、戸棚まで歩いてゆき、消毒液を手のひらに出す。「〈サブジェクト・ワン〉が、もっと大きな目的に関心を持ちはじめているのに気づいているかね」

彼女が頷く。「単なる時間旅行者以上の存在でありたいと彼は言っています」

「まさに」椅子の後ろに立つ。「偶然だが、〈ラザロ・プロジェクト〉の活動領域を広げるのに関心を示している人たちがいるんだ」

「どういう意味ですか」

「まだはっきりとはしない。我々のテクノロジーは応用の可能性に満ちている。重要なのは、いまこうして話し合っていることに関して、生きて確かに存在している〈サブジェクト・ワン〉以上に優れた視覚教材はないということだ。だから私の望みは――きみに今日伝えたかったことでもあるが――彼の行動が、我々の組織とその潜在的な可能性に直結することだ」

「わかります。ですが彼があなたの被雇用人でないことはご承知ですよね」

「もちろんだ」頭に血がのぼるのを感じるが、笑顔を作って押し隠した。「ただ、彼の関心と我々の関心を一致させたいだけだよ」

「わかります」また彼女が言い、祈るように両手を組んだ。

「忘れているといけないので繰り返しお願いしておくが、彼の来歴に関する書類の提出を待っている。我々が認知すべき責務があるかどうか確かめたいのだ」

「ライス判事にこの世界を見せて回るのでいっぱいなのをご存じだと思うのですが」

「締切は金曜の朝、私がこの席についたときだ。一分も遅れないように」彼女が顔をしかめたので、付け加える。「私の忍耐が足りなかったかな」

フィーロ博士は温度を下げた。「そんなことはありません。すみません」

「では金曜の朝、いの一番に頼むよ」

この瞬間を強調するために、窓際のお気に入りの場所に歩み寄った。デモ隊が四百人強、みな赤い服に身を包んでいる。普段、朝のこの時間は活動していない。だが今日、連中はひと塊になって、正門に到着したリムジンに群がっていた。囲まれた車のなかには四人乗っていた。

「見たまえ」彼女に呼びかける。「彼らは実に優れた統制能力を持っている。人間でできた囲い柵のようじゃないか」

彼女が近づいてくると、ちょうど運転手が車の外に出るところだった。すぐに大勢がたかり、彼を囲んで引きずり降ろした。彼が入り口へ向かおうとすると、身体を寄せあって立ちはだかる。取り囲まれて彼が動けなくなっているあいだ、連中はあらゆる方向からスローガンを繰り返し唱えた。

「私のお気に入りだ」

「ったく。テレビ局がジェレミアに車を手配したんです。あのリムジンだわ」

「今朝のこの様子では、どこにも連れて行くことはできまい」彼女のほうを向く。「ところでいまは『ジェレミア』かね」

「失礼ですが、別の手段を取らなくてはなりません。遅れてしまいます」

「ちょっと待ちたまえ」手を挙げる。「トーマス」

すぐにドアに顔を出した。「はい」

「すぐにフィーロ博士と〈サブジェクト・ワン〉のための車を手配してくれ」

「承知しました」

「運転手には裏口を使うよう言ってな」

「はい」

ちょっとした興奮をおぼえる。それから、彼女へのささやかな計らいがわが勘定書に書き込まれたという喜び。彼女が借りをつくった。彼女に忠誠を果たす義務を感じさせ、プロジェクトがあるべき形になるのに協力させるという目的が、野次馬たちの好もしい愚行によって果たされたのだ。

「フィーロ博士」説教を終えたばかりの牧師のように手を合わせた。「ほかになにかしてあげられることはないかね？」

第二十七章　王子さま

ケイト・フィーロ

黄色いネクタイを付けることは予測できたはずだった。せめて赤をひとつ、青をひとつ、緑をひとつ買っておくよう言ったのだが、付けるのはいつも黄色だった。

「悪いけど急がないといけないの、ジェレミア」私はカーテンを引いた。コントロール室から無人の寝室を見られたくなかったからだ。「話は車のなかで」

「準備万端です」彼はセキュリティドアのほうへ堂々と歩いてゆき、キーパッドに手を伸ばした。それから動きを止め、数歩下がり、「どうぞ」と言った。

パスコードを叩きながら、どういうつもりだったのだろうと思った。だがそのときあれこれ考える余裕はなかった。カーセッジの奇妙な振る舞いに動揺し、猜疑に満ちた私のなかに、思いがけない温かさがめざめていた。通路に出ると、ディクソンが私たちを止めてなにか尋ねる素振りを見せたが、押しのけて急がないと遅れてしまうと説明した。エレベーターの到着を待つあいだ、苛立つ彼の視線を感じた。

セキュリティデスクに着くと、ガーバーが哀しみに暮れたピエロのように前屈みで立っていた。「身分証を忘れた。俺たちの安全を守ってくれるこの屈強な人に、俺がここで働いていると言ってくれ」

「彼はここの職員です」私は自分とジェレミアの名前を書き込んだ。

「なあ、ライス判事、ちょっといいか」とガーバー。「俺たちはあんたを監視するのをやめている。プライバシーもある。でももしよければ、ダイオードを、小さい電子器具をひとつだけ付けさせてくれないかと思っているんだ。夜、寝てるあいだだけでいいんだが」彼は親指と人差し指のあいだを三センチくらいひらいて見せた。「ほとんど気づかない。それだけで俺たちには大きな収穫がある。科学への貢献になるはずなんだ」

「本当ですか」ジェレミアが尋ねた。「それなら、答えはイエスです」

「後で話せない？」と私は言った。「遅れちゃう」

「ちょっと待って」と守衛が言った。「こちらの方がここでお仕事をされているなら、それを保証するサインをしていただかないと」

「先に行って」私は手を振ってジェレミアを促した。「赤い服を着たお友達にはもう会ってほしくない。車は裏口で待っているはずだから」彼はアトリウムを歩いてゆき、私は紙の上に屈んだ。「サインはするけど、本当に必要なの？」

「私はカーセッジ博士の指示に従うだけですので」

ガーバーがくすくす笑った。「どうやら俺は自分から身を守らなきゃいけないらしい」

ジェレミアが声の届かないところまで離れると、私はガーバーを見た。「夜の測定ってなに？」

彼は肩をすくめた。「なんでもない。たぶんね」

「たぶん？」

「後で話す。行けよ。今日、仕事をさせてくれてありがとう」

私はアトリウムを急いだ。「メールして」

彼は私の行く方向に指を振った。「行った、行った」

ジェレミアは車のそばにいて、まだ乗り込んでいなかった。白いベレー帽をかぶったほっそりした女性と話をしていた。彼女はジェレミアとひらいた車のドアのあいだに立っていた。すぐに警戒心がわき上がった。

「失礼」と言いながら、走り出した。「失礼ですが、なにかお困りですか」

女性は落ち着き払ってこちらを見すえた。だが私はいつもの落ち着きを失っていた。彼女は「おかまいなく」と言い、またジェレミアを見た。彼の手を握り、ふたりの視線が通いあった。

彼は彫刻みたいに立ちつくしていた。「以前お会いしたことが？」

「いいえ」と彼女は言った。「でも私たちは互いの一部なんです」

「どのように？」

彼女は首を振った。「それはいいんです。誰もがあなたになにかを欲していますが、私はそうではないと知っていただきたかったんです。なにも望んでいません」

「あなたは誰」と私は言った。近づくと、とても美しい人だった。広い額、はっとするような青い瞳。「なにが望みなんですか」

「私はヒラリー」そう答えるあいだも、視線はジェレミアにあった。それから後ずさり、彼の手をはなした。「私の望みはこれです。これだけ」

その声の柔らかさに、私たちはしばらく動けずにいた。私がその雰囲気をやぶった。「ごめんなさい、でも行かなければ」

「もちろんです」彼女は後ろに下がった。「ひきとめてしまってごめんなさい」

「ありがとう、ヒラリー」ジェレミアがほとんどささやくように言った。

「こちらこそ」と彼女は言い、歩道の縁石のところで立ち止まった。私たちは車に乗り込み、ほっとして、運転手に行き先を告げた。あの人はまだそこに立っていた。ものうげに、だが堂々として。私たちは車道に出た。

私はゆったりと座りなおした。「あの人は?」ジェレミアに尋ねた。「前に会ったことがあったかしら」

「ヒラリー某と」

「あれはなんだったの」

「わかりません」ジェレミアは視線を窓の外に移した。「よくわからない」


移動中、どうしてあんなにかたくなな振る舞いをしたのかを考える時間ができた。あのヒラリーという人は明らかに抗議者ではなかった。だからそれに類する危険もないはずだった。ここ数週間にわたってたくさんの面識のない人間と交流しても、私の防御の引き金が引かれることはなかったのに。

嫉妬だろうか。私の遮ったひとときには、たしかに親密さがあった。だからなに? だからってあんなふうに割り込んだりするだろうか。もちろんジェレミアに対して衝動を感じてはいた。知的で、しかも驚くほど魅力的な男性とともに結構な時間を過ごしながら、ときには興奮する自分を感じないでいるのは不可能だろう。

でも勘違いはしていないつもりだ。彼が私のそばにいるのは、ほかに道がないからだ。

それでもまた、この百年のあいだに起きた性生活の変化を考えてしまう。ここ数年付き合ってきた苛々させられる男たち、今日約束しても明日には消えているような手合いの後で、性的に洗練されていない人と一緒にいるのは心地よかった。ジェレミアが広告や、「今夜彼をうめかせる二十二の方法」と表紙に書かれた女性誌や、ガーバーの連れて行ったナイトクラブの挑発的な服装の人たちを見たときの反応は、彼が慎ましい人だという印象を与えた。私のハードディスクは対照的に、嫌らしいことをしようとする男たちの記憶でいっぱいだった。私に空想の役柄をあてがい、最近ネットで見たらしいポルノから取ったシナリオに沿ってしゃべらせようとしたり。おそらくすべての女性が考えたことがあるだろう。いったい彼が耳元でささやく愛のうち、どのくらいが単なる欲望で、どのくらいが純粋に私に向けられたものなのだろうかと。男が性的な時間を過ごしているときに訊けば、答えは簡単だろう。

ジェレミアは窓の外を眺め、輝く目で街を見ていた。奇妙な逆転を感じた。とてもありえないことだが、もし私たちが恋人同士だったら、おそらく私は世間擦れして冷淡な女に見えるだろう。相対的に見れば、私に言い寄ってくる愚かで野卑な男たちよりも、私自身のほうがたちが悪いということがありうるのだ。

それとも、ヒラリーはまるきり異なるタイプの危険なのだろうか。ジェレミアとヒラリーのあいだに繋がりがあるのは明らかで、私は一歩引いてその外にいなくてはならなかった。だがセクシャルな繋がりではなかった。どうやら、もっと精神的なものだったようだ。たぶん必要以上に脅威を感じてしまったのだろう。こうしたことを話し合える相談相手はいなかった。クロエにも、もはやビリングスにも、誰にも言えなかった。

「怠慢でした」ジェレミアが急に向き直って言った。「今日の会見の目的を尋ねていなかった」

私は空想を、下流に流す小枝のように手放した。「おかしいわね、そのことについてさっきカーセッジと話していたところよ」

「今日の会談のことですか」

「いや、あなたがより大きな目的に関心を持っていることについて」

「では今日が、遊びの時間を終えて、よりよい目的を追求する契機になるのですか」

「ううんと、少なくとも彼はそう考えているわ。カーセッジは、このプロジェクトの規模を大きくすることに関心のある人たちを知っている。カーセッジはあなたに手を貸してもらって、資金を増やそうとしているんだと思う」

「私はそういう意味で言ったのではありません」ジェレミアは腿に拳を打ち付けた。「カーセッジ。スズメバチのように私を苛立たせる」

「あら」私は座りなおした。「あなたが彼を批判するなんて」

「あの男は、自分の権力の拡大に貢献しないとわかれば指一本動かさない人間です」彼は手のひらでさっき叩いたところをさすった。「彼の、周りの人への態度を見てきました」声が落ち込んだ。「あなたへの扱いも忘れはしません」

「それはみんなが知っていることよ。私たちが彼を大目に見ているのは、プロジェクトを存続させるため。カーセッジがいなければ、私には仕事も、それに……それに、あなたもなかった」

「ケイト」ジェレミアは横向きに座りなおして私の両手を取った。「どうして人類のなかで私だけが死後の人生を与えられたのか、私にはわからない。この世界の人々がどうして私に魅了されているのかも理解できない。でも人々が私に機会を与えてくれたことは、推測するまでもありません。その機会は、北方へのささやかな探検旅行で我々が達成しようとしたことより、はるかに大きななにかを達成するための機会です。このチャンスを、カーセッジの金銭欲のような小さなことで浪費するのは、この死後の人生を無駄にするのと同じことだ」

「その機会を捕まえるのはいまよ」私は言った。「いま、このとき」

「着きました」運転手が車を路肩に止めて飛びだし、回り込んで歩道側のドアを開けた。

ジェレミアは握った手を見下ろして笑った。「着いたようだ」

「そう言ったでしょ」

「錨を上げるんだ、ケイト。さあ行こう」彼は座席から転がり出た。私は急いで後に続いた。

「遅いですよ」そう言いながら、ポニーテールの女性がいきなり車のそばにあらわれた。「こちらです」

彼女はランニングシューズで小走りし、私たちは言われたとおりについていった。彼女はまだ若く、三十そこそこだった。クリップボードを小脇に抱え、首の周りに掛けていたヘッドセットのマイクを口に寄せた。

「到着しました。直接メーキャップ室に行きます」彼女は肩越しに振り返って言った。「中継放送だって言いませんでしたか？　時間厳守ですよ」

「失礼ですが、お嬢さん」とジェレミアが言った。

「はい」彼女は歩調を変えなかった。

「お名前は」

「ああ」歩みを緩めた。「アレックスよ」

「こんにちは、アレックス」彼は手を差しだした。「ジェレミア・ライスです」

「それは、どうも」手を握った。「右よ」そしてまたアレックスは前進した。

ジェレミアは目を引く呼び物だが、私は護衛も兼ねた世話人にすぎない。だから私は黙って付き従い、彼らがジェレミアを急かし、メイク室で彼の髪をスプレーで整えるのを見ていた。衣装部屋ではブラシを持った男が彼の上着を掃除して、見えないような糸くずを取った。部屋ごとに呼び方があった。あちらでは「タレント」、こちらでは「ゲスト」というように。アレックスの導くところはどこでも、天井の近くにテレビがあり、ジェレミアが間もなく出演する番組を映し出していた。〈トム・アンド・モリー・ショウ〉。ニュースとトークで構成され、司会はふたりだ。背の高いブロンドの女性は胸に明らかに細工していて、どうやら真面目な役割を振り当てられており、真剣な質問をしていた。小柄な男はよく舌が回り、パワーショベルのように角張った顎で、漫画のキャラクターのようにけらけら笑っていた。

やっと撮影のセットのところまで連れて行かれた。ひとことで言うと、みすぼらしかった。床は汚れたセメントで、こぼれたコーヒーでべとつき、ケーブルが足元を這っていた。わずかに高い場所にカーペットと椅子が置かれ、強い光に照らされていた。壁のポスターに気づいた。ジェレミアが副大統領と握手している写真の拡大画像だ。ジェラルド・T・ウォーカーの頭上に、心の声を示す吹き出しが貼られていた。「利用させてもらうぞ」。ジェレミアの上には、それへの返答があった。「ファスナーが開いてますよ」。

ジェレミアが私の腕をつつき、反対側のステージ脇の壁を指した。野球選手の写真が一面に貼ってあった。投球、ゴロの捕球、場外をねらった大振り。「素敵だ」と彼はつぶやいた。

「この放送局はフェンウェイに特等席を持ってるのかしらね」

「フェンウェイとは？」

「しいっ」アレックスが言いながら、足音の立たないスニーカーで走り去っていった。

照明の下ではエプロン姿の女性が、トムとモリーにクリームを上手に泡立てる方法を教えていた。スタッフがマイクを持ってジェレミアに近づき、コードを彼の袖に通した。別の人がジェレミアの背後に立ってカメラを指差した。「赤いライトがついたら、あれがあなたを撮る。最初と最後は、あのカメラを見てください。それ以外は、モリーとトムのほうを向いていて。彼らがあなたに話しかけるときはね。いいですか」

「会話するみたいに」と音声係が言った。

「振りでいいんだ」とカメラマンが付け加えた。

「ありがとう、みなさん。お名前を教えていただけますか」ジェレミアは手を差しだした。

彼らは名前を告げ、順番に握手した。

「油売ってないの、あんたたち」アレックスがぴしゃりと言った。「退散するわよ。それからあなたの出番だから、ここで待っていて。あなた」と、私を指した。「こっちにきて」

「がんばって」と私は言った。

「やるだけです」と彼は答えた。

ブースは制御装置とミキサーでいっぱいだった。カメラの背後だ。ヘッドセットをしたふたりの男がコンピューターの前で作業していて、脇にあるスクリーンにはいま放送されている映像が映っていた。向こうのほうに立っているのがディレクターだと思った。次にどのカメラで撮るかをマイクで指示していたからだ。彼が「四番カメラでズーム」と言うと、映像が別のアングルに切り替わった。

「さて、これが」いま舞台にいるゲストがそう言いながら皿を持ち上げると、カメラは彼女の顔に近づいた。

「完璧なストロベリー・ショートケーキの作り方です」

「一番、クローズショット」

「ありがとう、エリーズ」モリーがにっこり笑った。番組のテーマ音楽が流れた。マーチングバンドのホーン隊にストリングスが乗っている。「お知らせを挟んで、次は全国の天気です。チャンネルはそのままで」

「休憩中に皿を綺麗にできるかな?」とトムが言い、けらけら笑っているうちに照明が点滅して消えた。

本番中の笑顔はすぐに消えた。トムはさっさと舞台を降り、皿をステージ脇のスタッフに渡した。モリーは早足でテーブルに向かって携帯電話を取り上げ、画面をつつきはじめた。エプロンの女性はしばらく座っていたが、やがて立ち上がった。

「こちらになります」という声がして、彼女は暗がりに消えていった。観客用の照明がたかれ、昼間の戸外のように明るくなった。私は立ちつくしてまばたきした。あたりの汚れがさらに際立った。

突然、記憶の断片が戻ってきた。北極から帰ってきてすぐ、数週にわたって行った会見だ。あらゆる放送局が会見を求めた。服に染みついた、興奮と恐怖の入りまじった匂いを覚えている。すべてが推測か希望で語られた。そのあいだ、研究室の部屋に戻ると氷漬けの身体が横たわっていたわけだが、その彼が、いま数歩先で、私が最初に首に巻いた黄色いネクタイをして立っている。

アレックスが彼を椅子に座らせ、戻ってきて私の横に立った。「大丈夫みたいね」と彼女は言い、なにか不適切なところはないか探すように視線を走らせた。

むさくるしい身なりの年配の男がよたよた歩いて脇のセットに立った。ツイードの服を着て、まるで誰かにシャーロック・ホームズの衣装を着せられて失敗したかのようだった。男は持っていたノートを見て上着のポケットに入れ、眼鏡を折り畳んだ。それから曲がったパイプを取り出して咥え、虚空を見つめた。

「五秒前」頭上で声がした。観客用の照明が消えた。「三、二――」

「照明」とディレクターが言った。「三番、ウォルドーにズーム」

スポットライトが脇のセットに落ち、ツイードの男はパイプを吸って吐き出す真似をした。「ウォルドーの天気予報にようこそ、元気に始めましょう。では本日の問題だ。天気予報士はどのようにして未来を知るのか。そしてその予報がしばしば外れるのはなぜか。基本的なことさ、ワトソンくん」

彼は気圧や、異なる前線によって優勢な風向きの説明をまくしたてた。背後のスクリーンには一連のシンプルな図柄が示されていた。雲をあらわす白い綿、風をあらわす青い矢印。コーナーは三分ほど続いた。ジェレミアは薄暗いメインステージに座っていた。彼の孤独を感じた。ウォルドーが予報を始めると、合衆国の地図がいくつもの大しけや穏やかな天気を表示した。トムがゆっくり歩いていくあいだにモリーは携帯電話を置いた。ふたりは席につき、服の形を整えた。トムは頭を左右に振って首の筋肉を伸ばした。照明がついた。

最初はソフトボールのゲームのようだった。昔のリンはどんなふうでしたか。十九世紀のボストンの人々は友好的でしたか。そしてモリーが踏み込みはじめた。

「現代の社会についてどう思いますか。私たちの欠点は?」

ジェレミアは即答した。「あなたがたには品がない」

トムが大声で笑った。「やっぱり? やっぱり?」

「猥雑な言葉をあちこちで耳にしました。不必要なまでに性的なことが、あらゆる物事に見られます。宣伝広告から、ニュースから、公での人々の服装にまで」

「おやおや。ほかに批判は?」

「今日の文化は暴力的です。血なまぐさい娯楽を見ました。不道徳なコンピューターゲームをね。暴力的な犯罪が毎日のように起こっているのも不思議ではありません」

「そういった問題を解決するのが政治だとは思いませんか」とモリーは尋ねた。「だとすれば、副大統領とのご親交についてはどうです?」

「友人として、という彼の求めで行われた面会は一度だけでしたから、なんとも言えません。そういうことなら、大統領ともっと仲良くしておくのでした」

「ちょっと待って」とトムは言い、わざと田舎者みたいに頭をかいてみせた。「大統領にも会ったので？」

「現在の大統領ではありません。一九〇二年、ルーズベルト大統領がニューイングランドへの演説旅行を行ったとき、リンに立ち寄ったことがありました。その地区の指導者たる判事として、彼と三時間過ごしました。それでもウォーカー副大統領との面会より長い」彼はモリーのほうに身を傾け、引きつった笑みを浮かべた。

「あなたは彼と私が大親友だとおっしゃるでしょうね」

彼女も笑ったが、こわばっていた。駆け引きが始まっていた。「魅力的な生涯だったとお思いになりますか、ライス判事？　つまり、ハーヴァード法学校を出て、当時の役職としては最年少で判事になり、北方の海域へ大冒険を――」

「つまり、死んだという事実を脇において、ということですね。すべてを、友人を、家を、家族を失ったことを脇において」

ジェレミアが叱りつけるような調子になっているように聞こえた。だがこの光に照らされた機会を活用しようという彼の意図は感じ取れた。

「ええと」モリーは食い下がった。「蘇生してからのあなたの人生は、とても多くの視線にさらされたのではありませんか。一群が去るとまた次、というように」

「みなとても寛大で親切で、そのことには大変感謝しています。だが率直に言って、かつてもっと大規模な群衆を前にしたことがあります。今日セレブのゴシップに注がれているエネルギーは、私の時代には、探求と学びに注がれていました。私のチームが北極圏を目指して航海すると公表すれば、人々は私たちに会うために列をつくったものです。とてもたくさんの人で教会やオペラホールが埋まり、飲みきれないほどのシャンパンを飲みました」

気だった。

「始まりましたね」トムが高笑いした。「よき時代の話が」モリーは眉をひそめたが、彼は明らかにまだやる

「三番のままだ」とディレクターが言った。私はカメラが彼女の顔に切り替わらないのに気づいた。視聴者は彼女の動揺に気づかないだろう。

「では、教えてください」とトムが言った。「いま現在、どのような楽しみがありますか。面白いテレビ番組とか」

「多少は」とジェレミアは言った。「ほとんどは浅薄で、誤っており、疑わしいものです」

「気に入ったものは？」

「ああ、そうでした。二度ほど、レッドソックスの試合を小さな画面で見ました。大変面白いゲームで、驚きに満ちていました。いいチームですね」

「まったくそのとおり」トムがけらけら笑った。「この放送局がソックスのオーナーの一員だって知ってました？　観戦もできますよ、ねえ」

「本当に？　スタジアムで？」彼が立ち上がった。「それはすごい」

私は口元を覆った。ジェレミアの攻撃的で知的な調子が、すぐに学生が友達としゃべっているみたいになった。彼らは笑い、後で試合観戦の話をする約束をした。やっとモリーが機会をとらえて、強引にインタビューの流れを戻した。

「あなたを偽者だと主張する人々については？」

「はい？」

「でっちあげ。ごまかし。とても多くの疑いの声があります」

「ふむ」ジェレミアはしばし視線を落とし、考え込んだ。沈黙の放送時間が重くのしかかった。「ええ、いるでしょう」

「そういう人たちになんと言いますか。みなあなたのことを、手の込んだ宣伝行為にすぎないと考えています」

ジェレミアは向き直り、膝がモリーの膝とあわや接するというところまで近づいた。「反射的にシニカルな態度を取る人間はいつの時代にもいます。不信が安心をもたらすのでしょう。いずれにしろ、彼らが信じたくないものを、事実だと主張して得られるものは少ないと思います。それよりも、私たちの行動が手本になるようにすべきです。私たちの挑戦は、心のなかにある誠実さとともに生きることであり、願わくは、それによって疑いをもつ人々が真実を見出せばいい」

「そうですね」トムは嬉しそうに笑った。「健闘をお祈りしますよ」

そのとき、私はひそかに、生徒に追い越される教師のスリルを感じていた。ジェレミアはもうこの世界を私に案内してもらうのを必要としていない。自分の意志に世界を適合させようとしているのだ。

「時間が来てしまいました」とモリーが言った。「お付き合いくださってありがとうございました。ライス判事、ボストンのタイム・トラベラーでした。ヘッドライン・ニュースに続いて、最新の調査をお伝えします。平均的な夫婦のセックスの頻度はいかに？　驚きの結果が待っています」

「おやおや」トムが言った。「うちのかみさんは知りたがるかな」

モリーは口を大きく開けてにっこりした。「このあとすぐです」

テーマ曲がまた流れ出した。「二番カメラ」ディレクターが言った。「切り替わるまで彼の顔に寄れ」

ジェレミアの顔が画面いっぱいに映った。私の右側にいた音声係がヘッドセットを外した。「やれやれ、とんだ王子さまだ」

アレックスは反対側に立っていた。「王子さまってなんの?」
「彼を生きたまま食べようとする世界の王子さまさ」

第二十八章　プレイボール

ダニエル・ディクソン

ショートパンツをはいてきたのがまず間違いだった。四方を研究所の壁に囲まれて何ヶ月も過ごし、息抜きに砂漠に遠征に行ったり、水上機でエバーグレーズを行くツアーに参加したりすることもなかったから、脚は真っ白になっていた。これはもう、死体の脚だ。

だが座席がどこになるのか知らなかった。もしあのとんでもない外野席のどこかに座らされ、午後のあいだじゅう陽がさんさんと照ったとして、長ズボンをはいて蒸し焼きになるような趣味はない。

観戦できることがいまだに信じられない。我らがフランクが土曜の午後の対ヤンキース戦観覧席を三席獲った経緯を聞いても、依然としてまったく信じられない。テレビ番組が観戦するところを収録してインタビューをするというのが条件だそうだが、細かいことは耳に入らなかった。ブロンクス・ボンバーズ(ヤンキース打線のこと)がレッドソックスを奴らのホームでぶっつぶすのを見逃すわけにはいかない。歩くのを覚えたころからヤンキースの大ファンだった。やっつけられる相手のことを気にしたことは一度もない。

唯一残念なのは、ケイト博士がカーセッジに依頼されていた調査を終えなければならないことだ。彼女のショートパンツ姿が拝めるとよだれを垂らして待っていたのに。それで、研究所のほかのスタッフのうちゲーム観戦を希望したのはガーバーだけだった。研究所にいるのがどいつもこいつも専門バカだというなによりの証拠に、三つ目の席は俺のものになった。乾杯だ。

そういうわけで、財布と携帯電話以外はカメラもノートもなにも持たずに研究所に行った。十分でも記者をやったことのある人間に訊けば同意するだろうが、どでかいニュースはそういうときにかぎってやってくる。

正面玄関の外に群がって騒ぐ奇人変人を押しのけ、なかに入った。エレベーターから躍り出ながら、気分はまさに「私を野球に連れてって」だった。そのとき、スーツ姿の男たちが会議室から一列になって出てきた。俺はすぐに後ずさった。カーセッジがひとりひとりの手を握り、週末に来てくれたことに礼を言っていた。奴は笑っていたが、ほかはみな葬儀人のようにむっつりしていた。それぞれが緑色のバインダーを小脇に抱えていた。トーマスが身分証を滑らせ、ボタンを押してエレベーターを呼んだ。連中が重要人物なのは、火を見るより明らかだった。

俺はドアの影に隠れて携帯電話を取り出した。安いカメラだが、充分だ。スーツの男たちはひと言もしゃべらなかった。結構な人数で、到着したエレベーターに乗り切れない人がいた。はーい、笑って、と俺は心のなかで言い、撮影した。次のエレベーターをお待ちください。名乗っていただかなくて結構ですよ。

まもなく次のエレベーターもいっぱいになり、扉が静かな音を立てて閉じると、カーセッジはトーマスを見た。「どう思う?」

「六人は興味を持ったようです。三人は是非にという感じでした。ブロンスキーがあらわれなかったのは痛いですね」

「熱望している四人目と数えていいだろう。あのうちの何人が機密契約をやぶるだろうな」

「迷わず署名したのをご覧になったでしょう、先生。この件に関しては、彼らは安全だと思います」

「これから全体を振り返って、報告会だ」

「はい、先生」

ふたりはカーセッジのオフィスに消えていった。おかしなもんだ、カーセッジが誰かに意見を訊くところなんてはじめて見た。しかも従僕に。それはともかく、会議室を覗き見しないではいられなかった。そしたらどうだ、やっぱりふたつ残っていた。ひとつは名簿だ。どきどきしながら写真を撮った。もうひとつはあの緑のバインダー。大当たりだ。

これを隠せるブリーフケースなどはもちろん持っていなかった。廊下に飛びだし、コントロール室に入ろうと身分証を滑らせた。

「ディクソン」

トーマスだ。振り返り、バインダーを背後に隠した。「なんです？」

「土曜日になにをやっている？」

「野球の試合ですよ、忘れました？」

「そうだった」いぶかしむそぶりを見せた。「いつからここに？」

「さあ」俺は肩をすくめた。「この廊下を歩ききるのにどれだけかかるか、わかります？」

トーマスは暗算するような顔をして、会議室に向かった。「試合、楽しんで」

俺はコントロール室のドアを開けた。「もちろん」

そう返事したが、もう姿は見えなかった。コントロール室に入ると、ドアのガラス越しに奴が名簿を持って出てくるのが見えた。ブロンスキーさんにもバインダーをご用意していたのを忘れたらしい。

ガーバーが机につっぷしていた。ヘッドホンからは音が漏れ、顔には至福の微笑みがあった。その表情の理由は想像するしかない。俺はこのバインダーを隠す場所はないかと見回したが、どこも目立ちすぎるように思った。やっと見つけ出したのは、書類を入れるバスケットだった。ガーバーはそこに古い〈ペルヴェール・ドゥ・ジュール〉を入れていた。ここなら見つかるまい。バインダーを山の下に入れ、自然な感じで乱れるように紙をかき回した。

ガーバーもショートパンツ姿だった。もし俺の腿が珍妙だというのなら、奴のはまったくもって滑稽だった。一九四九年製かというような格子縞のパンツで、脚はサンショウウオみたいに青白い。ふたりとも研究所に住むネズミだ。〈ラザロ・プロジェクト〉の珍獣。

奴を親指でつついた。「俺たちの英雄は起きてるか」

「ああ」ガーバーは言い、ヘッドホンを外してまっすぐ座りなおした。「六時に来たときにはもう起きてた」閉じられた部屋のカーテンを見た。「試合を見たくてしかたないんだな」

「というか」とガーバーは言った。その意味を尋ねる前に、奴は時計を指差した。「俺たちが急がなきゃいけなかったんだろうな。連中はもっと早くに来てほしかったようだから」

「それなら」と言いながら、部屋の角を回った。「パスコードはなんだっけ」

「に・ろく・ろく・なな」考えもせずに奴は言った。俺は思った。ビンゴ。ついにやったぞ。

戸締まりが厳重なところは気に入らない。まるで誰かが悪さをすると決めつけているようじゃないか。あるいは、フランクが囚人でもあるかのようだ。２６６７を押したとき、電話と同じで、それぞれの番号の上にアルファベットがあると気づいた。ひらめいた。パスコードはなにかの単語を示しているのだ。ドアがひらき、判事は座って本を読んでいた。スーツを着て黄色いネクタイを締めていた。俺たちゃ社交パーティーにでも行くのか？

忘れがちだが、こういうのを見ると改めて思う。この判事の行くところ、まともな奴はほとんどいない。ガーバーと俺がただの変人なら、フランクは主役級の変人といったところか。「したくできたか」

「どこかで帽子を買わなくては」と奴は言った。「特別観覧席にふさわしい、背の高い帽子を。途中で立ち寄れる場所を知りませんか」

こんな男に夢中になるような俺じゃない。ほかの連中がそろって一四〇歳の男のケツにキスする趣味を持っていても、俺はごめんだ。しかし、こんな服を着ていたら焼けこげちまうだろうな。帽子も狭苦しいフェンウェイパークではかなり目立つだろう。後方四列分の観客から顰蹙を買うぞ。考えると楽しみになるが、口笛で愉快な曲でも奏でたくなるくらい、もっといいアイデアが浮かんだ。

「ぴったりの帽子を知ってるよ」俺は言った。「それを手に入れられる場所もな」

「素晴らしい」本をベッドの上に、聖書を置くかのようにそっと置いた。盗み見ると『大いなる遺産』だった。中学生のときの苦痛な時間を思い出す。このドアストッパーを読み通すのは、雨の日曜日みたいに退屈だった。唯一気に入ったのは、いかれた金持ちの令嬢が、主人公の少年に大金を残したのは自分だと周囲に思い込ませていたのだが、やがてその出所が暴かれるところだ。実はその大金は少年が数年前に助けた犯罪者からのものだったのだ。そんな展開になるとは思わなかった。

フランクはベッドから飛び下り、チョッキをまっすぐに伸ばした。「行きますか」

奴が以前にも増して潑剌としているのに気づいた。野球観戦に関してだけではない。ものを覚えるのも、質問に答えるのも速く、寝る時間も減っている。まるでずっと目覚めているかのようだ。

「ああ、ガーバーも引っ張って出発しよう。始球式で投げるんだろ」

「まさか。知りませんでした。とんでもないことだが、光栄です」

「まあ、ちゃんとホームプレートを狙うことだよ。いいか、あんまり心配させるなよ」

「ええ、もちろんです」

「出よう」親指をドアに掛けた。「ここは母ちゃんの腹の中みたいに退屈だ」

奴は首を横に振ってみせたが、リードをつけた子犬みたいについてきた。


カーセッジはトーマスに車を用意させたが、野球の試合にリムジンで行く奴があるものか。ばい菌なんてくそくらえ。ボストンの住人半数のくしゃみと咳と握手に殺されなかったのなら、電車に乗ってフェンウェイパークに行ったたって平気のはずだ。フランクが今日のボストンの真の姿を見る手助けをすると言うのなら、どうして一般人が使う輸送機関に乗せてやらない？　俺たちはこっそり裏口から出て、正面に止まっているリムジンをやり過ごした。

電車のなかで、判事はずっと昔の野球の試合についてくだらないおしゃべりをしていた。そこには、〈三塁〉とかいうバーですでに一杯やっていて、これから外野席になだれ込んで〈ロイヤル・ルーターズ（レッドソックスの熱狂的ファン）〉の横断幕の下に集うに違いない、地元の連中もいた。やかましい。スポーツライターは試合そのものと同じくらいこいつらにインクを費やす。

「血気盛んないかれたチンピラどもだ」とガーバーは言い、ウインクした。

判事は気にもとめていなかった。議論に熱がこもってきた。「ファンにもいろいろいて、同じくらい献身的だけれども、私のような立場にふさわしいマナーのある人たちもいました。仕事が一段落すると私も彼らに加わって、ウォルポール・ストリートのグラウンドに馳せ参じたものです。あっ、それに思い出した、観戦が終わるとハンティントン通りで野球をしました。そこにはニューベッドフォードのルーシー・スウィフトもいました。彼女は決して試合を見逃したことがなく、いつも黒いドレスを着て、持参した黒いスコアブックにバッターとピッチャーの記録を書き込んでいた。それにマイケル・レーガン。彼はボストンで有名な家具会社を経営していた。仕事熱心だったが、どうやってか、いつもピルグリムスを見る時間は見つけ出していました」

注意を引かれた。「ピルグリムス？　なんだいそれは」

「レッドソックスの母体になったチームのひとつです。シンシナティ・レッドストッキングスと並んで。ここは一等の野球街だったと言えるでしょう。観覧料としてほかのチームが二十五セント取っていたところを、ここは五十セント取っていた」

「なに」ガーバーが叫んだ。「五十セント？　きょうびチケットがいくらするのか知ってるか」

上下に揺れる車内の人々は俺たちを一瞥し、つとめて目をそらしていた。公共の交通機関を使うと、こういうのが愉しい。誰もが話を聞いていない振りをするのだ。ニューヨークの地下鉄も、サンフランシスコの高速鉄道《BART》も、ワシントンDCのメトロも、盗み聞きのエキスパートだらけだ。

「想像もつかないな。四ドル？　六ドル？」

俺は笑った。我慢できなかった。「まだまだだな、フランク」

ガーバーも甲高い声で笑った。「九百って言ってみろ」

「なんですって？　ありえない。だって、私の時代は選手の稼ぎだって一シーズンに三千ドルほどでしたよ」

「まあ、兄弟、いまじゃ連中はその千倍はもらってるぜ」俺は言った。「それ以上か」

これがまた奴に火をつけた。今度は一九〇三年のとんでもないシーズンの素晴らしい選手たちの話だ。「あの年には最初のワールドシリーズがあったでしょう、アメリカンリーグとナショナルリーグが決着をつけるあれです。パイレーツがレッドソックスに勝ち星三対一でリードしていました。ピッチングがそれはすごかったんです。驚くほどのスピードで。エイモス・ルーシーからヒットを奪える者がいなかったから、リーグが数年前からマウンドを後ろに動かしていたのにもかかわらず、ですよ。ああ、なにもかも思い出した」

「わかるよ」俺はいびきをかいてみせた。「嬉しいだろうねえ」

埃をかぶった野球の逸話に目がないファンがたくさんいるのは知っているが、俺は違う。立法機関を取材していたときはたしかに、委員長のこともそいつに酒を貢ぐロビイストたちのこともすべて知りつくしていた。だがスポーツとなると、そういう細かい数字で話は台無しになる。まずどこがトップなのか教えろ。そしてそれがヤンキースじゃないなら、何ゲーム差なのかを、そしてプレーオフまでどのくらい勝てばいいのかを教えろ。野球の昔話を持ちだされると、頭がめちゃくちゃになるんだ。

フェンウェイに着き、ぞろぞろ階段に向かった。フランクの口は芝刈り機のように動いていた。

「バック・フリーマン、彼は一塁手だった。ジミー・コリンズ——ああ、実にすばやかった。三塁手で、チームのマネージャーでもあった。でも本当の主力はピッチャーのビル・ディーニーンだった。もちろん歴史的な投手サイ・ヤングもいたけれど、そのときの彼はもう年だった。それに〈鉄人〉マクギニティは、その年の八月、ひとりで三回のダブルヘッダーを投げきった。とにかく、レッドソックスは三対一の劣勢から四連勝し、最初のワールドシリーズを制したんです」

そのとき、隣にいた老人が階段をのぼりながらこちらを見た。「そして偉大なビル・ディーニーンは、巻き返さなきゃならない四回のゲームのうち実に三回を投げたんだ」とあえぎながら言った。老人が被っている大昔のレッドソックスの野球帽は、まるで皮膚みたいにぴったり張り付いていた。

「そのとおり」と判事は言った。まるで即席の兄弟だ。「まさにそのとおり」

このおのぼせ上がった奴らにあと一秒でも付き合っていたら、誰かをひっぱたきたくなるところだ。俺はフェンウェイパークの横を通る大通り〈ヨーキー・ウェイ〉を一瞥した。どうすればこいつを黙らせることができるか知っていたんだ。

果たして、売り子がカートを押してTシャツや帽子を売り歩いていた。俺は三十秒で取引をすませて戻った。数ドル貧しくなったが手には素敵な新品のベースボールキャップがあった。青地の正面に赤いBがあしらわれたそれを、フランクの頭にのせた。

「これで正式なファンだ」と俺は言った。

ガーバーが判事を指差して言った。「おい、見ろよ。〈ロイヤル・ルーターズ〉の人じゃない?」

判事は立ち止まって見回し、普通の服装で試合に来ている人々を見た。野球帽にTシャツ姿で、シルクハットの奴などいない。帽子の位置を直し、古風なボディービルダーみたいに胸を叩いた。「勝利の匂いがします」

「いやいや」俺は奴をなかに通しながら言った。「ホットドッグを焼く匂いだよ」

テレビ局員たちがスタジアムのガイドと一緒に待っていた。俺たちは階下に下りて隅から隅まで見て回った。チームのオーナーにも会った。白髪で、肌は映画スターも羨むくらい見事に焼けている。フランクは誰とでも握手して、大きな声で心のこもった「こんにちは」を言った。俺はその相手がモップとバケツを持った清掃員でも、どうでもよかった。カメラマンは画角を決めようとたえず身を傾けていた。フランクもオーナーもそんなものは眼中にないようだった。俺はできるだけ光の外にいようとした。

広報担当のマネージャーに案内され、迷路のような廊下をやっとの思いで抜けてフィールドに向かった。彼は扉に向かう手前の暗がりで立ち止まり、緊張感を出そうとしているようだった。芝生と明かりが向こうで手招きしていた。ここでためらうような奴は田舎者だ。次の瞬間にはパークの現実に足を踏み入れていた。どっちのチームに肩入れしているかなんて関係ないんだ、くそっ、それに何世紀に生まれたのかも関係ない。扉を抜け、広い芝生と夏の陽と、わが身を取り囲む座席の列を前にして思った、すごい、すごいぞ。

「どうだい、フランク」

ゆっくりと見回しながら言った。「どうしてそのように呼ぶのですか」

「べつに」と俺は言った。「つまらん冗談さ」

「私はジェレミア・ライスです」即座に返答し、奴は眼の前の景色を見晴るかした。「私の時代には一万人は観戦していたでしょうか。今日はその三、四倍はいるようですね」頭をめぐらし続ける。「なんというたくさんの人だろう」

スタンドはほとんど埋まり、雑用の若い連中とベテランはベンチで動きまわっていて、遠方から来たらしい人たちはカメラの前でポーズをしていた。これぞゲームが始まる前の興奮状態だ。たっぷり三十分は続く退屈な演説があった。投球の前のワインドアップといえば伝わるだろうか。それからアナウンサーがタフツ大学のアカペラグループを呼び出し、国歌斉唱が始まった。

「あの大学は知っています」と判事が言った。「通っていました」

俺は指を宙で回した。「そりゃすごい」

彼らの声は本物だった。背の高い、オールのような痩せっぽちが、信じられないくらい低い声で歌っていた。豊かな赤い髪のソプラノは、最高にいいおっぱいをしていた。いいぞ。

連中が「自由の地」まで来たところで最後の一音を伸ばしたとき、フランクは泣いていた。なんだっていうんだ？　歌い終わって観衆たちが歓声を上げると、ガーバーが屈み込んだ。「やれるか？」

奴は頷いた。「すっかり忘れていました」

本当に大丈夫かよ。スペシャル・ゲストが始球式で投げるとアナウンスされた。ジェレミア・ライスの名が告げられると、大きな歓声が起こった。奴はマウンドに歩いていった。両側には審判とチームのオーナーがいた。だが位置に着く前、どこかからブーイングが響いてきた。これだ。一瞬で判事に対する世界の関心が明らかになる。部分的に曇っているのは当然だ。

審判がフランクにボールを手渡した。受け取ると、重さを確かめるように持ち、レースを扱うように触った。それからとんでもないことをやった。上着を脱いで腕を動かしやすくしたのだ。だがその服を掛ける場所がなく、辺りを見回しているあいだ、観客は待っていた。ただの始球式だぜ、友よ。

そのときチームのオーナーが「投げるんだ、ジェレミア」と促した。判事はオーナーの腕にジャケットをひっかけた。スタジアムの半分が笑った。オーナーはにこにこ親しげに笑っていた。たぶんカメラの存在が意識を離れないんだろう。

フランクの表情は、この一投にすべてのペナントレースの行方がかかっているというくらい大真面目だった。キャッチャーを見つめる。キャッチャーはゆるい球でも捕れるようにミットを前のほうに突き出し、十歳の少年でもはずさないように構えていた。フランクが腕を後ろに引き、片足を高く上げ、鞭のようにさっと振り下ろしてボールを放つさまは、まったく予想だにしないものだった。鋭い直線がインコース高めに伸び、カーブしながら、最後の数十センチ手前で岩の重さになったように落ち、少しも動かないミットに心地よい音を立てて収まった。

場内が沸いた。フランクはジャケットを受け取り、オーナーに礼を言い、また周りにいた連中全員と握手した。ファンたちはその一挙手一投足に熱狂した。奴は新品のキャップを指でつついた。順応性の高い化け物だ。

「シルクハットがほしいんです」からストライクゾーンへの見事なカーブまで、わずか九十分足らず。

おかしな席だった。前から四列目、本塁からは遠く、三塁のベースラインを見下ろす形になった。フランクに上着を脱げと言ったが、俺がネクタイに手を伸ばすと、身を引いた。

「いや、だめです」と言った。「最低限の身なりは整えておかなくては」

カメラマンは下のほうにいたが、俺たちは二杯目のビールを飲むころにはその存在をすっかり忘れていた。ガーバーはスタンドで冷えたビールを売っている若者に近くにいるように言い、いつでも注文できるようにした。一杯目は空気みたいに消えていった。二杯目は、陽の照りつけるこの日が、腹を見せた犬のように降参するほどの冷たさだった。フランクはビールを素直に飲んだが、ひと口啜っただけで顔をしかめた。

「今度はなんだ」俺は唇から泡をぬぐった。

「風味がない。私の身体で唯一戻っていない感覚のようです。味と言えるほどのものがないのです」

「あんたのせいじゃない」とガーバー。

「どういう意味ですか」

「いま飲んでいるのが法外な値段の小便だってことさ」ガーバーは笑い、がぶがぶ飲んだ。フランクはコップを横から眺め、席の下に置いた。

今日はどうやらピッチャー主導のゲームだ。三振とビーンボールまがいの悪球で誰も塁に出なかった。言い換えれば、典型的に退屈な試合だ。それは世界で一番いいもののひとつでもある。バッターの品定めができるように、フランクにプログラムを買ってやった。奴は二塁打が鍵だと言った。ホーナス・ワグナーの時代から、二塁打を最も多く放った打者が最もいい打率を誇っているのだと。俺は戯言だと言ったが、奴は俺の面前にプログラムを押しつけてそのことを証明した。羅列された選手という選手が、その法則に従っていた。

「どうしてわかった」と俺は言い、ホットドッグ売りの少年を腕を上げて呼び、四個注文した。「フランク、こいつを一本試してみなくちゃいけないぜ。一回死んでまた生き返る心地がするはずだ」

ガーバーが吹き出した。「ディクソン、お前いいセンスしてるよ、それ知ってた？」

「まあまあ」と俺は言い、ホットドッグを手渡した。「彼は俺の言うことをわかってるはず」

「わかります」と相づちを打った。「食べてみますよ」

「ほんとに？」

「ボーデン博士の抵抗力のつくオートミールはもう充分です」

「反乱だ」ガーバーは片手を口の前に添えて叫ぶ真似をした。「謀反だ」

「さあ」と俺は言った。「こうやって食べるんだ」奴のホットドッグ全体にケチャップをたっぷり塗ってマスタードをどばっと出し、自分のにも同じようにした。

フランクは匂いを嗅いだ。「ローマに入りては……」そしてばくっと食らいついた。

「どうだ、お前の人生で一番美味い食い物だろう」

「ああ、これは」口一杯にほおばりながら言った。「全部塩だ」辺りを見回してなにか流し込めるものを探し、脚のあいだからビールを持ち上げて一気に飲み込んだ。

「さあ、ご感想は」と俺は言った。

「よくこんなものが食べられますね」と言ってまた飲んだ。

「精進あるのみ」とガーバー。「練習、練習、練習」

フランクは数秒間、黙っていた。チェスの試合をやっているようだ。ホットドッグを食べ続けてはいたが、しかし一度に数センチで、食べきるのにたくさんのビールが必要だった。

俺はこの男が酒を飲むのを楽しんでいた。どうしてこんなに惹かれるのかわからないが、どうしても楽しい。ガーバーも同じ意見のようで、判事の二杯目が空になるとビール売りの若者に合図してもう一杯頼んだ。冷えたビールが来るとフランクはまたもや座席の下にそれを置いた。まあ、自分のためというより俺たちに気を遣ってのことだろう。

イニングは進んだ。ヤンキースが勝ち越せばレッドソックスがまた追いつくという一進一退の攻防で、ホームランも出ない、とにかく手堅い試合展開だった。フランクは夢中になって、ときどき口を開けたまま座っていた。ゲームは穏やかなペースで進み、午後はソファの上で日向ぼっこをする猫の背伸びのように、のんびりと過ぎた。そしてフランクは俺を見た。「ちょっと訊いても?」

「もちろん。なんだい」

「それはなんのためにつけているのですか」と、俺のサングラスを指した。

「目を日光から守るんだ」とガーバー。

「はは、だからふたりとも目を細めていたんですね。たしかに、そんな眼鏡があれば北極海に行くときにも使えたでしょう」

「あいつは嘘をついている」と俺は言った。「これはそんなことのためにあるんじゃないよ」

ガーバーはくすくす笑った。「じゃあ、なんでかけてるんだ」

「バレずに女を盗み見るためさ」

「もちろんだ」ガーバーが頷く。「それも大きな理由のひとつだ」

「あそこにいるみたいな」と、俺はフランクをつついた。「あそこのブロンド、見えるか」小柄でセクシーな女がちょうどそのとき立ち上がってショートパンツの皺を伸ばしていた。ものすごく短いカットアップジーンズが、素敵な尻の上にはりついていた。いい女だ。

「なんと」と判事は言った。「あんな格好が許されているのですか」

「趣味の問題さ」とガーバーが答えた。「違う格好が好きな奴もいる」

ガーバーが顎で指したのは、むっちりした太ももをそれより九サイズは小さいタイツに詰め込んだ女で、腕を振り振り通路を歩くたびに両足がこすれあっていた。

「なんと」またフランクが言った。

「検察が証人Bを召喚します」俺はまた素晴らしい女が来るのを指して言った。長い髪を上のほうでまとめ、ピアスの光るかわいいおへそを見せられるように、Tシャツの下のほうをカットしていた。

「なんと」判事は頭を振った。「妻は下着でさえもっと着ていた」

「そうさ」俺はホットドッグの最後のひと口にかぶりついた。「最高だろ」

「被告も、証人Cの言い分を聞いていただくようお願い申し上げます」ガーバーは言い、宝くじにでも当たったようににっこりした。手振りで通路の反対側の女を示すと、彼女の腹は樽みたいで、ものすごく大きなおっぱいがソーダ水とホットドッグの置き場所になっていた。「可愛いなあ」

「なんと」フランクがまたつぶやいた。片手を口に当てて。

「証人Dにお越しいただこう」と俺は言った。「あそこの白い服」その若い女が着ているシュミーズドレスはホットドッグの包装紙みたいにぴったりで、想像しなくても完璧な形のおっぱいが見えた。服の正面には「LOVE ME ORTIZ ME（"Love me or tease me〈愛しているの、それともからかっているの〉"と、レッドソックスの人気選手デヴィッド・オルティスの名前をかけている）」と書いてあった。

「なんと」フランクはさらにぼそぼそと言った。「どういう意味です」

「選手の名前にかけた冗談さ」とガーバー。「そして私は委ねます。あなたの意見に従い、法廷の、慈悲の心にすがります。私への判決は？」

「今日の残りの時間」俺は判事の真似をして詠唱した。「フランクはサングラスをかけること。そして我々は、召喚した証人の誰を彼が見つめるのか、よく見ておくこと」

「結構」とガーバーは言い、サングラスを手渡した。

「盗み見はともかくとして」判事は言葉を切り、サングラスを顔にかざした。「下品なものから目を守ることはできそうだ」

こうして、翌朝の新聞に載せられたフランクの写真は、怪物的なピッチングの場面ではなく、ビールを掲げて黒いサングラスをかけ、大笑いしている姿になった。

ひとつ、すっかり忘れていたが、フェンウェイパークのファンには、七イニングのあいだに決まってやる苛立たしい伝統があった。レッドソックス以外の自尊心のあるチームの観客ならば、テレビ局がビールやこまましたがらくたのコマーシャルをたくさん流しているのを知っている。だからちょっと立ち上がって周りの人たちとおしゃべりしたりしながら、飲み物を買いにいったりするわけだ。

レッドソックスのゲームは違う。全然違う。スピーカーがニール・ダイヤモンドの「スイート・キャロラインを流し、みんなが最大の声量で吠え立てるのだ。どれだけひどい音かというと、酔っぱらいのコーラス隊を想像してもらえればいい。判事は左右を見ながら歌詞を追おうとしていた。俺は耳を塞いだ。

なつかしのニールの歌が「手を……手を触れあって」のところまで来ると、そこにいるすべてのビール飲みとデブどもが、ビールを持っていないほうの手を頭上高く掲げた。判事もそれにならった。

「わあ」とガーバーが叫んだ。「こりゃすごいや」

ガーバーのほうに身を傾けた。「どうした」

「前に見たことがあるんだよ」フランクのひらかれた手を指差して言った。「そのときは凍っていたけど」

おかしな話だが、本当だった。そこには北極で撮られたイメージがあった。同じ手が同じ形になっている。遠くに来たものだという思いに打たれた。氷漬けになっていたころから、よくもここまで。そのことをしばらくじっくり考えてみたかったが、いらつく歌に邪魔された。

わざとらしいもの、皮肉、ありとあらゆるインチキには大賛成だ。でも、この曲が「いい時代を、とてもいいとは思えなかった」というところに来たとき、連中はみんな笑顔になって大声で「とてもいい、とてもいい、とてもいい」と歌いやがった。

もうたくさんだ。俺は肘でフランクをつついた。「来いよ。連れションだ」

奴は俺がある種の言葉遣いをすると決まって見せる変な表情をした。それでも意味を察して、俺について通路を歩いてきた。「三十七番と覚えておけばいい」――掲示を指した――「はぐれたときのために」

便所に入ると後ろについてきた。長い便器の列を一瞥したが、そのすべてに男たちが並んでいるのを見て後ずさり、片手を壁につけた。

「さわるのはやめとけ。一九二二年から洗ってないかもしれないぞ」

判事は壁に電気が通っているかのように飛び退き、虫が群がってでもいるかのように手のひらを見つめた。

「さっさとすませろよ。あの角できちんと手を洗ってこい」俺は別の列に並んだ。「外で会おう」

奴はひと言も発さずに離れていった。かわいそうな奴だ、公衆便所みたいなありふれたものにも怯えなきゃいけないとは。

待たなくてはならないのも、俺には都合がよかった。その日のフェンウェイパークはいい尻に事欠かず、まさに喜びのオン・パレードだった。柱に寄りかかり、すべての可愛らしさに正当な評価を与えていった。

フランクがやっとよろめきながら出てきた。一週間海で過ごしたような顔だ。俺のほうに近づいてくる途中、ひとりの女が行く手をはばんだ。赤いスウェットを着た脚の短い金魚みたいで、ボウリングのボールも入りそうなピンクのハンドバッグを持っている。ほんの二秒で奴をつかまえた。俺は柱の陰に隠れ、ノートを持ってこなかった自分を罵った。

「いつかは会えると思っていたわ」女は腕を奴の腕にタコのように絡ませた。「わかってた」

判事は歩くのをやめ、腕を引き抜こうとしたがあえなく失敗した。とても危険人物には見えなかったので、俺は様子を見ることにした。

「なにかお手伝いできることがありますか、奥さん」

「もう助けてくれたわ」女はサメのように笑った。「あなたは希望をくれたのよ」

「それはよかった」と答えながら、彼女の手をつかんで自分の手首のところまで引き下ろした。

「私の夫のことなの。膵臓がんで九年前に亡くなって」

「それはお気の毒に――」

「いいえ、いいのよ。彼は極低温で凍っているんだから。おわかり?」

声はうわずっていて、ソプラノの騒がしい教会の合唱隊みたいだった。フランクが抵抗をやめるまで、肘をしっかり握って引っぱった。

「五万ドルかかったのよ」聞こえよがしに言った。「私はたいして信じちゃいなかったんだけど、彼がどうしてもって言うから。そしたら九年後」奴の胸をつついた。「あなたが来た。ああ、いまなら信じられる」

判事はサングラスを外した。「話を聞かせてくださってありがとう」

「そう簡単には逃がさないわよ」指を動かした。「頼みたいことがあるの」

奴は群衆のなかに俺を探したが、柱で見つからない。「もちろんです」

「やっぱりね」彼女は言い放った。便所から出てくるほかの連中にも聞かせるような大声だ。「やっぱり立派な人だわ」

判事は威厳のある姿勢を保った。荘厳とさえ言えた。「私になにができるでしょう」

「わからない？　あなたのお友達に、夫を目覚めさせてほしいのよ」

「ああ、なるほど。なにか手助けできればいいのですが。申し訳ないけれどそれは私の権限を――」

「謙遜しなくっていいでしょう」彼女はなまめかしく頭を傾けた。たぶんだが、彼女がそんな仕草を最後にしたのは二十年前だろう。俺の頭も回転しはじめた。「あの科学者たちに影響力があるんでしょ」

「そうであればよかったのですが。ともかく、彼らは私にした実験をほかの人に試すことはしていません」

女は後ずさり、腰に手を当てた。「いやだとおっしゃるの？」

「すみません、つまり私には影響力も能力も――」

「信じられない」彼女は目撃者を探すようにあたりを見回した。「言ったじゃない」

「なんですって」

「私たちの助けになるって言ったじゃない。テレビを見ていた人たち、居間にいてあなたを見て、注意を傾けていた人たちを助けるって」

「どうしてそんなことを思うんです？」

「『私たちの行動が手本になるようにすべきです』。あれはなんだったの？」

「おい、判事。ライス判事」女とは反対側から、痩せた男が近づいてきた。帽子からスニーカーにいたるまで全身をレッドソックスのユニフォームで包んでいた。「俺のプログラムにサインしてくれないかな」

彼のペンを取って走らせるあいだも、フランクは女に腕を取られていた。「たしかに言いました。でも、あなたの配偶者の状況を踏まえたうえでのことではないのです。あの言葉は、私を偽者だと考えている人たちに向けられていたのです」

「私にも」十代くらいの女の子が、同じ年頃の三人の友達から背中を押されて言った。「サインくれる？」

ライス判事は男のペンを持ったまま、彼女を上から下まで見た。「申し訳ないが、書く場所がないと」

「あるわよ」と高い声で言い、シャツをまくり上げ、俺みたいな者は想像するのもはばかられるような可愛くて若々しいお腹を見せた。娘の友人たちは手で口を覆いながらぺちゃくちゃしゃべっていた。三匹の「言わ猿」だ。

フランクは当然ためらった。「しかし、いいんでしょうか——」

「大丈夫」と彼女は言った。「やって」

通りすがりの男が口笛を吹き、十代のその娘はぱっと微笑んだ。万年雪も溶かす笑顔だ。そのとき、あのいやな女が判事の腕をハンドバッグで叩きはじめた。

「あんたは本物よ」とぐずりだした。「本物の、身勝手な人だわ」それから集まりはじめた群衆に顎きかけ、連中を巻き込もうとした。「〈ラザロ・プロジェクト〉の人間と極低温貯蔵をしている人たちを会わせるのがどんなに大変かわからないの？　ねえ。どうなのよ」

ああ、お嬢さん、今朝の研究所でなにが起こってたか、あんたが教えてくれたよ。あの男たちが何者なのか、そしてあの緑のバインダーの正体はなにか。

ちょうどそのとき、完全に酔っぱらった三人の男たちが肩を組んでよろめきながらやってきた。まだあのいらつくニール・ダイヤモンドの歌を歌っている。「おいおい見ろよ！」右側の男が叫んだ。ほんの数メートルの近くに来ていた。「くそっ、ありゃライス判事だ」

「おい、あんた、ここにいるおれのダチが来週末結婚するんだ」左側の男が叫んだ。「あんたはどうなの。つまり、そういうのをやっていいことになってんの？」

フランクの表情が、網にかかったことに気づいた魚のようなパニックになっていた。こいつは愉快だ、四方向から一度に引っ張られている。野次馬が増え、カメラマンたちが飛びかかろうとしていた。それでも俺は引っ込んでいた。ケイト博士がゴールキーパーをやってはくれない世界を味わって自信をなくしても、死にはしないだろう。だいたい、こんな面白いショーはそうそうあるもんじゃない。

真ん中の酔っぱらいはファストフードのピエロの格好で酔いつぶれていて、目がマンガにあるみたいなバツ印になっていてもおかしくないくらいだった。そいつが九十キロはあるかというような感じで頭を上げ、ろれつが回らないまま言った。「独身お別れパーティー」

両側のふたりがすぐにやんちゃな男子学生みたいになった。「お別れパーティー、お別れパーティー」

「話は終わってないわ」とスウェットの女が言い、また判事の腕にすがりついた。

「あの、俺のペン返してくれる？」

「友達のお腹にも書いてくれませんか？」

「お別れパーティー、お別れパーティー」

わかった、わかった。こうなったら俺の出番だ、助けなきゃ。だがガードマンが先に到着した。ボストンのアイルランド人よ永遠に、などと思っていそうな穏やかな手合いではなかった。筋骨隆々で居丈高、戦車かというくらいたくさんの道具を身につけている。「どうかしましたか」

おやおや、学生連中は煙のように消え去った。すごい速さでしらふに戻り、真ん中のお友達をまっすぐ立たせて便所に連れて行った。女の子たちも同じくらいすばやくお腹をしまって群衆のなかに消えた。だがピンクのハンドバッグの奥さんは残っていて、判事にフジツボのようにくっついて離れなかった。フランクはいつもの堅苦しい姿勢に戻っていた。

「こんにちは、お巡りさん。いまこの親切な女性に説明していたのです――」

「あんたはいい人でもなんでもない。私たちはあなたに食べ物をあげた、思いやりも、服もあげた。どうして助けてくれないの」

奴は彼女に向き直った。「カーセッジ博士に話してみます――」

「話すわけない。私を黙らせたいだけなのよ」

「奥さん、彼にも時間が必要なんですよ、ねえ？」

彼女は拳を小さく固めた。「やっぱりあんたはインチキよ。大嘘つき」

「そう、そのとおり」フランクが叫び、とうとう危険度最高になった。「私は偽者です。よくわかりましたね。それで放っておいてくれますか」

「行きましょう、奥さん」とガードマンは言ってあいだに入り、彼女を胸で押しやるようにした。「ここを離れなさい、さもないとあなたをお宅まで送ることになる」

フランクがガードマンに近づいた。「その必要はありません――」

「おい」俺は判事の腕を引いた。「行こう」

ガードマンは振り返って言った。「行ってください。後はこちらに任せて」

「自分勝手なインチキ」女はわめいた。「偽者」

「だとしても」と筋肉バカが付け加えた。「バレるのは、俺がかみさんにフローズン・マンを助けたんだと報告した後にしてほしいね」

俺はフランクを引きずっていったが、奴は首を後ろに伸ばしていた。野次馬はもう見るものがないとわかるやすぐに散った。

「おーい、すごいな」奴をつついた。「復活したのはエルヴィスか?」

奴は俺の手を振り払ってこっちを見た。「あなたは私を見捨てていた」そして三十七番へとまっすぐ歩きだした。俺は捨てられ、置き去りにされた。

そいつは悪かったな、クソお高くとまったクソ殿下さんよ。


フランクがすねるとは思わなかったが、明らかにかなりふさぎ込んでいた。ガーバーのサングラスを放って返し、心をとざした。ホームチームへの声援もなし、カメラへの笑顔もなし。とんだお子さまだ。テレビのスタッフはゲーム後のインタビューをしようと待ちかまえていた。

「なにかあったのか」とガーバーが尋ねた。

「後で話すよ」と俺は答えた。

「二十世紀と二十一世紀が出会ったんですよ」と判事が言い、また憂鬱に這い戻っていった。

知ったこっちゃないぜ。ヤンキースは九回裏で三対二とリードしていて、すでにツーアウトの局面だった。いいところを見逃しちまった。だがソックスが盛り返しはじめた。ひとりがライト方向に浅いヒットを打ち塁に出ると、次の打者はバッターボックスのギリギリに立ってフォアボールを選び、一、二塁のチャンスになった。熱狂に包まれ、フランクも我慢できずに立ち上がって騒ぎに加わった。ガーバーは奴の横に立って口笛を吹いていた。

昔、野球のすべてが真っ当だった時代なら、こんなときに期待するのは、レッドソックスが蛇のように車一台をじわじわ飲み込んでいくところだろう。かわりにあのドミニカ共和国から来た手のでっかい馬鹿野郎がやってのけたのは、バッターボックスに立ち、一球目からボールはいつまでも落下する気配もないと思えるくらいに高く打ち上げることだった。

大騒ぎだ。五対三でソックスが勝った。打者がベースをまわってホームベースを踏むたびに、チームメイトの連中があちこちでそいつを叩き、観客たちは耳障りな声で叫んだ。

「言うことなしだ」判事が叫び、持っていたコップを振った。「言うことなしだ」

近くにいた連中が俺たちを見た。ガーバーが俺を見て、なんだそりゃ？　という顔をした。俺は肩をすくめた。すると奴は笑い、くしゃくしゃの髪を振って叫んだ。「言うことなしだ」

まあ、いいさ。席はタダだし、ホットドッグは六個平らげた。それにガーバーがビールをおごってくれたし、もう、どっちが勝ったかなんてどうでもいい。いかれた女を別にすれば、判事もいい時間を過ごしたんじゃないか。

スピーカーが〈テシー〉を流しはじめた。はじめて聴く曲だったが、これがその日一番の奇妙な一瞬を引き起こした。お決まりの勝利の歌なんだろう、俺は座ってほかの連中が歌をがなっているのを眺めていた。フランクを見た。歌詞に合わせて口を動かしていた。歌っているのではなく、言葉に合わせてつぶやいている。

誰か、教えてくれないか。テレパシーでもないなら、奴はいつこの歌を聴いたんだ。そして俺は、いままで九十回以上も自分に投げかけた質問をまた問いかけることになった。この男はいったい何者なんだ。

第二十九章　航空の歴史のように

私の名前はジェレミア・ライス、加速しはじめた。

気づいたのは朝だ。いつもより早くに目が覚めた。次に、読書のとき。ますます速く読めるようになり、読み終わるのも速く、それでいて読む喜びは減っていなかった。『ボヴァリー夫人』をその日の午後いっぱいで読み終えた。内容は、香水のついたハンカチを顔にかぶせて吸い込むように鮮明に感じられた。

精神が明晰になり、無気力という海藻は取り払われ、本来の鋭さが戻ってきて、それ以上にいい状態に達していると感じた。理解するのも早く、即座に返答することができ、状況に順応するのもたやすくなった。それでも私はこの変化を、自尊心を保とうとしているにすぎないと考えて取り合わなかった。心はいつでも自身を賞賛したがるものだから。

しかしなにより説得力のある兆候は、食欲だった。この飢えは、ボーデン博士の栄養強化されたオートミール粥で収めることはできなかった。手に届く範囲にあればなんでもつまみ、こっそり食べた。ボーデン博士の目の届かないところで食事をした。抵抗でも、意思表示でもない。あの日の野球の試合で食べたのは、これまで口にしたなかでも最も粗悪な食べ物だったが、もっと欲しいと思っていた。翌朝には、消化不良を恐れながらも部屋の窓際に立ち、カーテンのわずかな隙間から、あの記者がドーナツをぱくついているのを飢えた犬よろしくこっそり見つめていた。

ドアがひらく音が聞こえた。「おはよう、ケイト。久しぶりですね」

「残念ながら、アンドリューです」その技師は黒人で、ドアのそばでためらっていた。

「ああ、アンドリュー。ひとつ訊いてもいいかな。ずっと訊きたいと思っていたんだが」

「もちろんです」

「きみはいまなにを？」

「ええと、学部生時代はプリンストン大にいました。いまはハーヴァード大学で細胞生物学を研究していて、ABDです」

「ABD？」

「論文さえ提出すれば博士号が得られるということです。博士論文はあなたについて書いています」

「それは驚きだ。なにか私にできることがあったら言ってください」

「もう助けていただいていますよ。あなたのミトコンドリアを調査しているのですが、その基盤はあなたが提供してくれた血液です」

「針を刺すあの行為に目的があるとわかって安心しました。それから、もうひとつ質問してもいいかな、もっとデリケートなことでも？」

「なんでもどうぞ」

「きみの持つ資格や、置かれている状況だが、黒色人種としては特別なことなのかな」

「多くはないでしょうね」明るく笑った。「ですがそれは私の在籍した学校での競争の結果であって、人種とは無関係です。たくさんの黒人が大学に行きますし、研究を続ける人間も増えています」

「それはよかった」

「もしよかったら、ライス判事」

「なんでしょう」

「私たちはいま、黒色人種とは呼ばれません。単に黒人と。望ましいのは、アフリカン・アメリカンです」

「そうだった。ガーバー博士に言われていたのを忘れていました。申し訳ありませんでした。話し相手になってくれてどうもありがとう」

「こちらこそ」

アンドリューはドアに向かい、立ち止まった。「忘れるところでした。お知らせしたかったのは、今日の最初の面会は研究所であるということです。ここの会議室で」

「ありがとう。フィーロ博士がどこにいるかは知りませんか」

彼はドアを椅子でおさえ、後から私が出られるようにした。「申し訳ないのですが、知りません」

またひとりになって、ガーバー博士のつけた電極を外し、絡まったコードをサイドテーブルに置いた。コントロール室に入ると、ちょうどディクソンが出ていくところだった。

「すみません、今日フィーロ博士がどこにいるか知りませんか」

「最後に俺たちの目を楽しませてくれてから結構経つよな」と彼は言った。「カーセッジとの面会に必要な書類の締切でもあるんじゃないか。失礼」

彼は急ぎ足で出て行った。どうやらトイレに向かったようだ。残していった箱のなかには、手のつけられていないドーナツがあった。


「おっと」とインタビュアーが言った。「まだ朝食をすませていなかったとは」

「少し待ってください」私は答え、くすねた軽食を平らげた。

「スケジュールを管理してくれている人に別の用事があり、あなたがいらっしゃることを知らされていなかったのです。申し訳ない」

「こびても無駄ですよ、判事」彼はブリーフケースから書類を取り出した。「書く内容には影響しませんから」

私ははじめて相手をまじまじと見た。背が高く、きちんとした身なりで、手は大きいが品がある。スティールと名乗ったその男は、しかしどこか不快なところがあった。「お世辞を言ったり嘘をついたりする理由がありません」と私は言った。

彼は頷き、黙って紙をめくった。それから小さな箱の電源を入れ、私たちのあいだにあるテーブルに置いた。

「それはなんです？」

「ご存じない？」

ずいぶん昔に、質問に質問で答える手合いを嫌う癖がついていた。スティールの話し方をお返しに使うことにした。「ほかに尋ねる理由がありますか」

彼は唇をすぼめて身を守ろうとするような顔をした。「我々の会話を録音して、それをもとに適切に文字に起こすのです。これのおかげで、あなたの言葉は間違って引用されたりしないし、逆にあなたがその言葉を間違っていると主張した場合に、私を守ってもくれる」

「正確さがあなたにとっての重大事なんですね」

いまの返事がスティールにとって心地よいものでなかったとしても、彼の表情にはあらわれなかった。それに彼は、これまでの報道で明らかになった情報から取材を始めようともしなかった。ほかの記者は決まってそうしたのだが。そのかわりに取り出したのは、タフツ大学で私が書いた論文の写しだった。目にしたとたん、ほとんど目眩のような興奮がわきあがった。それが書かれたときとの隔たりを感じた。論文は、『オセロ』のイアーゴの雄弁術と『失楽園』のサタンのそれとを比較していた。そういったことが自分と関係していると、かつて真剣に考えたことがあったのだ。

「この研究について思い出されることはありますか」スティールが尋ねた。「なにか心に浮かぶことは」

「人間のもつ詐称の力と自己欺瞞の力はいまだに消えることはないということくらいですか」

「研究そのものについては？　なにを読まれました？　引用した学者たちについては」

ページを繰っていると、笑みがこぼれた。「このとき、二十歳でした。でもあなたの質問で、もう一度ミルトンを読み返したいと思いました」

スティールが次に見せたのは私が法学校で発表した調査書で、州際通商法と、隣接する州の鉄道会社のあいだで起こった争議について書いていた。

「これに関して、なにか我々に教えていただけることは？」

「奇妙ですが、この時期について思い出せることは多くありません。一生懸命書いたと思います。でも発表したことはまったく覚えていません」

次に出してきたのはボストン・グローブ紙の切り抜きで、日付は私が判事に就任した日になっていた。どういう方法を使ったのか、とても綺麗な紙に複製されていたので、困惑を隠せなかった。

「就任式の日になにか印象的なことはありました？　特別覚えていることは？」

思わず黙ってしまった。切り抜きを見て、ジョアンを思い出したのだ。親友であり、私という船の錨《いかり》。彼女は冬らしく冷え込んだあの朝、よく切れる裁ちバサミで記事を切り抜き、スクラップブックにひと押しで貼りつけていた。そのときに使う褐色の糊の鼻につく匂いが、部屋の反対側にいる私のところまで匂ってきた。ほかの女性はこうしたことにもっとたくさんの時間を費やしていたようだ。ジョアンの場合、スクラップブックに貼るのは最重要の記事だけで、取っておくのは私たちの結婚式の案内やアグネス誕生の知らせ、そしてジョアンの両親の訃報記事といったものだった。わが家に関係のないものや、私が耳にしただけの事件は、どれほど論争になっていたり賞賛されていたりしても、切り取られなかった。そしていま思い出したが、我々の探検旅行に先駆けた記事のどれひとつとして、彼女は取っていなかった。なぜ彼女のもとを離れたのだろう。なぜなによりも尊いものを軽んじたのだろう。

「ライス判事、なにかコメントは」

「すみません、いろいろと考えてしまって」私は言った。「記事の内容ではなくて、そのときの妻の様子を思い出していたのです」

「特定の出来事や書いたものについてなにも思い出せないことを、どう説明します？」

聞きのがした。まだ夢想にふけっていた。なにもまして欲しいものがないのに、なにを支えに生きればいいのか。鋭くて知的なジョアンの声を聴きたいという思いは、たっぷり呼吸できるだけの空気を求めるようなものだった。アグネスの力強い抱擁を、あの細くてちいさな腕をこいねがう気持ちに、この時代に対するあらゆる関心が陰ってしまった。

正気を保とうとした。判事たるもの、目の前にいる人々の言葉にはたえず細心の注意を払っていなくてはならない。だがそれでも、この記者がなにを言ったか聞き返さなくてはならなかった。

「後回しにしましょう」彼は書類に目を落とした。「あなたの法廷で起こったもののなかで、特別印象に残った訴訟はなんでしょう」

「私の記憶力はあなたの要求に応えられるほどよくありません。訴訟の数はとてつもなく多く、最終弁論のほんの二週間後でさえ、審理の内容を思い出すとなると大変な苦労です。それをあなたは、百年以上前に起こった出来事についてお尋ねになる。さらに言えば、審理の結果は当事者にとっては一大事ですが、私にとって重要なのはなによりもまず、手続きの公正さなのです」

「ご自身の法廷で扱った具体的な犯罪や訴訟をひとつも覚えていない？」

「無理です。うろ覚えで話せば大変な間違いを犯しかねません」

「便利なものですね」

私はこの返答について考えた。何が言いたいのだろう。記者はメモ帳に頷きかけた。明らかにその癖は、アイコンタクトを避けようとしてなされていた。「質問を少し変えましょう。あなたの判事としての評判について覚えていることは？」

「私はそんなことを述べるのに最もふさわしくない人間でしょう。ベストは尽くしました」

「評価の分かれるところだと？」

「どんな訴訟にも勝者と敗者があります。誰かが判決の過ちを見つけようとしても不思議はありません」

「しかし、それ以上のことを体験なさっているのでは、ライス判事？」

「そうですか？」

ついにスティールは顔を上げた。睨みつけさえした。「情け深いので有名だったのでは？　悪名高いといってもいい。誓約書を書かせただけで酔っぱらいを釈放させませんでしたか？　靴工場に火をつけて四人を殺した男を」

「どうしてそんなことを言うのです？」私は声を上げた。「でっちあげですか」

「すべて公的な記録に残っているものです。探検旅行は実際のところ、公職の解職請求を避けるための逃亡のようなものだったのではないですか」

ふむ。なるほど。このやり取りの後で野球観戦のチケットはもらえないようだ。この男の尋問は激しく偏っている。私に害をなそうとしている。どうしてケイトはこのことを伝えておいてくれなかったのか。そもそも、彼女はどこに？

「できるかぎりの説明をさせてください」と私は言った。「立っても？」

「お好きなように」

そう、エネルギーは満ちてきていた。法廷では何年間も微動だにしなかったが、いまは囚われた動物のように行きつ戻りつしていた。「まずなにより先に、否定します。私は情け深くはなく、賢明でいようと考えていました。私の責任は、法律を維持し、正義を保護し、先例を尊重することです。もし悲惨な事件に判決を下すうえで過ちを犯したとしても、私の良心は細心の注意を払っていました。それが未来において別の裁判を生んだだけだったとしてもです。歴史は、ときには私が間違いを犯したことを証明するでしょう。たしかに。なぜなら私は人間であり、法廷は人間のつくった組織であり、私たちは誰でも間違うからです。解職請求のような動きがあったとしても、私は幸いなことに、気づきませんでした。たしかにリンではいくつか看過できない火災があり、悲劇的な結果もあったようですが、どれひとつとして私の裁判とかかわっていたことはありません。

まだあります。あなたがこの面会のために用意した資料には、私がさまざまな仕方で規定の役割を越えて街の福祉に貢献したという記録が見つかっているはずです。それを私が列挙しないのは慎ましさがあるからです。したがって、先ほどからの質問には、偏見が働いていることになる。我々は自由です。あなたは自分の発表したいことを公にすればいい。だが書かれたものには重い責任がついてまわりますよ」

彼の前で立ち止まったが、血がのぼっていて黙っていられなかった。「最後に、あなたのとんでもない間違いは、私の探検旅行参加の動機を、科学的調査への思い以外のなにかだと考えている点です。たしかに興奮しました、もちろんだ。世界が身震いするような時代で、新発見がいたるところにあった。知識はそこらじゅうにあり、誰かがやってくるのを待っていた。それだけの好奇心を持っている誰かが。出発をためらう理由はいくらでもありました。家族と離れているのはつらかったし、帰れるとわかったときになってもそう感じていました。ついに家路につけなかったのは――」

自分の声に圧倒され、喉を締めつけられて、目からこぼれる涙が勇気をくじいた。顔をそむけた。

インタビュアーは私に充分な時間を与えてくれ、それから次の質問に移った。「あなたを発見し生き返らせるのにどれだけの費用が使われたか、知っていますか」

「何度も尋ねたが、誰も教えてはくれませんでした」

「カーセッジは、このプロジェクトに二五〇〇万ドルつぎ込んだと言っています」

「金銭感覚がいまと当時では違うのを知っています。それでも、途方もない額だとわかります。驚きました」

「ええ。マサチューセッツの飢えている子供たち全員を一年間養うことができるでしょう。ボストンのホームレスの人たち全員を受け入れられる施設を作ることも」

そのことを考えてみた。「あなたの意図を考えたうえでの返答は、こうです。私は死にたくて死んだわけではないし、また生き返りたいと望んだわけでもない。異議はお門違いだ」

この答えは彼を満足させたようだった。ペンの端を噛み、次はどちらに舵を切ろうか考えているようだった。

「異議ではありません。単なる報告ですよ」

返事はしなかった。

スティールはため息をつき、新しいページをひらいた。「ライス判事、あなたが蘇生されたときの状況について知っていることは?」

「どういう意味ですか」

「彼らがあなたをどのように蘇生させたか知っていますか」

彼に顔を向けた。完全にリラックスしているようだ。手を机の上で組み、ペンはノートの脇に置かれていた。顔から感情は伺えず、退屈しているのではないかと思えた。

「知っていますか」私は言った。「私がなにも知らされていないのを」

「好奇心はないのですか。尋ねもしなかった？」

これは素晴らしい質問だ。どうして自分にとってこんな基本的な調査を怠っていたのだろう。「しませんでした。だがあなたにはたしかに示唆を与えられた」

スティールは口をつぐみ、時計を見た。軽蔑の念を伝えたくてそうしたのなら、大成功だった。髪の根元にいたる全身で感じ取れた。

「ライス判事。失礼だが、あなたは何度も自分を、学びたいという欲求に動かされている人間だとおっしゃった。それでもわが身に起こったことを知るのになんの努力も払っていない。それでもあなたの言葉を信じろと？」

私は皮肉を込めて笑った。「あなたが信じるかどうかは、どうでもいいことです」

「では、本当に訊きたかったことを訊けますね。それは、どうしてもっとましな人間を選ばなかったのか、ということです」

「よくわかりませんが」

「インチキの蘇生を演じるとなって、どうして難点の多い判事のようなキャラクターを選んだのです？　もっと適した判事がいたのでは？　あるいはまったく異なる職業でもいい。書類にキャリアが残らないような職に就く人物を選べばよかったのではないですか」彼は書類の山を手で示した。「これらの判決や決断すべてが問題にされるのですよ。ねつ造するならどうしてもっとシンプルにやらなかったのです?」

いまやっと、TVのインタビュアーが「疑りぶかい人」という言い方で言おうとした人間がわかった。むき出しの敵意を持ったスティールは、法廷の古い警句を思い出させた。〈あなたのことを「友人」だという人間は、友人ではない。「信じてくれ」という人間を信用してはいけない。「私は本当のことを言っています」と言われたら、自分の財布は隠すこと〉

だからこの記者を納得させようなどとは思わなかった。自分の正しさを守る言葉は、端から彼の不信を強めるだけだ。私が大学時代に書いた論文を持って来たのはポーズにすぎない。会議室に入る前に記事を書き上げていることだってありうる。

だが彼は間違いをおかした。私の真実性に正面きって挑戦したために、私の尊厳を目覚めさせてしまった。それは判事になって身についたものではなく、むしろ州知事が私を判事に任命した理由、そこに座る資格のようなものだった。

「いいでしょう」私は机の上に座った。「このインタビューも終わりですね」また判事のように振る舞うのは気分がよかった。私は力を持っている。二本指でドアを示した。「ご機嫌よう」


ジェレミア・ライス以上に時の流れに翻弄されている人間がいるなら、手を握って共感を伝えたい。だいたい、私は何歳なのだろう。私が存在しているうちの何年が数えられないものなのか。時間はとらえどころがなく、ますます不可知になっている。なんといっても、この部屋には時計がない。時間を知ろうと思えば、立ち上がって部屋の隅にある窓に立ち、コントロール室の壁にかかっている時計を読むしかない。その日、無礼な記者に侮辱され、とにかくすぐ誰かにこのことを聞いてほしいという欲求と戦っていた。ケイトは不在で、研究所に残った信頼できる人間はあとひとりだけだった。彼とふたりきりで話す機会を辛抱強く待った。ああ、好奇心を満たそうという思いの強さ。それこそが、忘れもしない、私を海へと向かわせ、こんなに途方もない結果をもたらしたのだ。今度はこの渇望を操れるようになろう。

夜明け近く、最後の技師が荷物をまとめはじめた。私はドアに急いだ。だが技師がまた座った。やり残した仕事を思い出したようだ。それからやっとコンピューターを暗くし、出て行った。私が２６６７を押すと、空気の漏れる音がして、ドアが広くひらいた。はじめて自分の意志で研究所のなかを歩いた。獲物の顔がコンピューターの青ざめた光に照らされていた。

「ガーバー博士」

「わあ」彼は跳び上がった。「わあ。わあ」ヘッドホンを後ろに外してあえぎ、片手を胸の上に置いた。「心臓発作を起こすかと」

「すみません。脅かすつもりは」

「まあ、いいってこと」彼は笑った。「飛び出た脳みそが戻ってくるまでちょっと待ってくれ」音楽が鋭い音で膝の上のヘッドホンから漏れていた。

「数分だけお仕事の邪魔をしたら、困りますか」

「あんまり眠れなくなったんだろう、違うか？」

「頭がどうやら別のことをしようと考えているようです。理解しようとしています――」私はためらった。

「重要なことを」

ガーバー博士は、まず謎めいた、それから哀しそうな顔をした。キーを叩くと音楽が止まった。「どうやらおかしな会話になりそうだな。だろ？」

「率直に言って、あなたはある種のことに関して本当のことを言ってくれると信じています。その点では、ほかの誰でもなく、あなたを頼れる」

「ケイトでも無理なのか」

「おそらく」

彼はため息をついた。「この日が来るとは思っていた。俺がほかの誰よりも適しているって？　しかもだ、あんたが俺を捕まえたこの夜、俺はたまたましらふ……まあ、いつもと違って頭脳明晰だったわけだ」彼はヘッドホンを脇において両手を膝の上に置いた。「聞こうか」

一日じゅう、この質問のことを考えていた。「あなたがたはどうやって私を目覚めさせたのですか」

「説明するより、見せたほうが早いかもな」

「そんなことができるのですか」

「まあ待って」たくさんのキーを叩くと、画面に映像が映し出された。コントロール室だ。人々がそれぞれの持ち場で働いていて、たいてい誰かわかった。カーセッジがほかの人たちの意見を聞いている。言葉ははっきりしないが、場の空気は張りつめている。

それからガーバー博士が映り込んでしゃべった。いや、これは死者への冒瀆ってやつじゃないか。ケイトが頷いた。それに関してはもう有罪だわ。

迷信にすぎない。カーセッジがあざけり、演説した。気にはなりませんか、と彼は締めくくった。問題はそれだけだ。知りたくてたまらないのでは？

それからボーデン博士が装置を動かし、人々が息をのみ、明かりが消えた。文句が聞こえた。次にコンピューターに映ったのは私だ。身体はねじれ、曲がり、振り回されたようだった。煙、本当の煙が、肌から立ちのぼっていた。直視できたのは一瞬だけだった。関心の深さにもかかわらず、私は無理やり目を閉じた。

「さて、これからどうする」

まばたきして現実に戻った。ガーバー博士が椅子を近づけて、心配そうに眉を寄せていた。

「たしかに気持ちのいいもんじゃない。でも成功した。ちょっと待て」彼は席を立ち、水の入ったグラスを持って戻ってきた。私はぐっと飲んだ。

「気分はどうだい」

「煙が立っていた」

「昇華だろうな、おそらく。身体についていた氷が一気に水蒸気になったんだ」

「私が最初なんですか」

彼は頷いた。「世界中を探していた。見つかった人間はあんたひとりだ。人間が一瞬で凍り、その状態でずっと保存され、この惑星じゅうの氷のなかからどうにか発見されたんだよ。確率を考えてみろ」

「ほかの種では？」

「たくさんある。ほとんどは小さな生き物だ。すごく小さい」

「それを見せてもらうことはできますか」

「もちろん」彼はキーボードを叩きはじめた。「プロジェクトが始まったのは三年前だ。俺が参加する前だから、詳しく知るには俺以外に聞かなきゃだめだ。カーセッジが俺を引き込んだのはあんたを探そうというときだった。ああ、これだ」

画像はぼやけていたが、小さくて尻尾のある生物が、ぴくりともしないで横たわっていた。スクリーンの下方にカウンターが表示され、数字が驚くほどの速度で動いていた。「この数字はなんです」私は尋ねた。

「時間だ。ええと、一秒の千分の一を刻んでいるのさ」生き物が動きはじめた。ゆっくりと、尻尾だけが。

「私の時計と同じように?」

「ちょっと短いというだけだ」小さな生き物は活力を増し、突然止まった。「これが最初だ」とガーバー博士は言った。「記録は九秒」

「ほかのものも見せていただけるでしょうか」

「なあ、ライス判事、はっきり言おう」彼は肘から先をスクリーンの上にのせた。「俺たちがあんたをどうやって目覚めさせたのかを見せるのは、愉しいものじゃなかった。ほかのものでも、やはり愉快とは言えない。本当にどれだけ知りたいのか、自分に問いかけてみるべきだ。それが本当に重要なことなのか、それともただの好奇心に過ぎないのか」

「心配してくださってありがとう。でもこの情報は重要です。ものすごく」

「あんたがボスだ」彼は笑ってさらにキーを叩いた。

次の映像はオキアミだった。その蘇生は前に見たのと同じで、はじめはゆっくりと、それから速くなり、二十二秒保った。「続けてください。これは歴史ですよね、いつか航空について見せてくれたような」

彼はそのとおりにしてくれた。一時間以上にわたって、標本を次から次に見た。ガーバー博士は細かく説明した——溶液内の塩分含有率を上げること、磁場を強めること——そして、結果として目覚めた生物の寿命まで。私にもわかるものがあった。イワシだ。稚魚はたっぷり一分間生きながらえて、最後の数秒間にやはり狂乱状態になった。次は小エビで、とても激しく動き、二分と二十秒生きた。その映像が終わると、ガーバー博士は次の映像を出さなかった。ただスクリーンを見つめるだけだ。

「どうかしましたか」私は言った。

「気づいたかい？　見た？」

瞬時に私はすべてを理解した。増加する食欲、減る睡眠量、じっと座っていられないこと。私はイワシで、オキアミだった。「誰か、すでにこの狂乱を止める方法を発見した人は？」

彼は首を振り、目を合わせなかった。

「私を除いて、蘇生した生物で今日まで生きながらえているものは？」

ガーバー博士は動かなかった。

そういうことか。情報の海は予想をはるかに越えていた。ふむ。私は机の並ぶ迷路を歩きだし、重々しい恐怖を引きずった。血のなかに感じていた活力は見せかけだった。それが示すのは、生気が戻ったということではなく、終わりの始まりだった。行き着く先は明らかだ。加速、それから死。

「例外なく？」私は尋ねた。

ガーバー博士は頷いた。「ない。見てくれ」コンピューターに表が映し出された。平行する線が上り下がりしているが、ある時点から一定のペースで上昇している。

「私ですか」

「ああ」彼は線をひとつひとつ指で示した。「これが心臓、呼吸、血圧、睡眠時間、消費カロリー、すべてだ」

私はまた顔を背けた。それぞれの線が、身をもって感じていることを現に示していた。

最初のとき、海でのときとはわけが違う。あのときにもすべてが終わっていく感覚はあった。もうリンには戻れないし、二度とジョアンやアグネスにも会えないと。その思いは水の冷たさよりはるかにつらかった。だが、それを感じていたのはほんの数分だった。今回も同じ思いを抱いているが、喪失の時間はもっと長い。いまこのときから始まるのだと気づいた。部屋を見渡した。二度目の人生の大半を過ごした建物の壁。これがすべてなのか。これで全部なのだろうか。

　フェアではないと感じた。まだ新鮮な気持ちで、肉体を得たことにも、生きることにも次第に慣れてきていたというのに。気づくと窓から自分の部屋を見つめていた。本の山、いくらかの服、きちんと整えられたベッド。客観的な目で眺めたのははじめてだった。ますます質素に見えた。実際、ひとりの人間のなんとちっぽけなことだろう。

　時計を見ると六時八分を指していた。「ほかの生き物たちはどのくらい生きられたのですか」

「サイズによる。大きいほど長く生きる。体積の問題だ」

「私の体積だとどれくらい生きられるかわかりますか」

「それが不思議なところだ。二十一日後には燃え尽きているはずだった」

「パターンを破ったということですか」

「そうなる」

　私は手を冷たいグラスに添えた。「疲れられればいいと思います。疲れることが恋しい」

　すぐには返事はなかった。それから穏やかな声で言った。「なあ、判事。本当にすまない」

「どうして謝るんです、博士？　ジョン・アダムス（米国の法律家で第二代合衆国大統領）が言ったように、『事実はいつも手に負えない』ものです」私は誰かがそばの机に置いていった鉛筆に触れた。それは転がり、本棚にぶつかって止まった。考えは自分自身のことを越えていった。「多くの人が私に大きな期待をかけている。副大統領のウォーカー、カーセッジ、野球場で会った不幸な女性さえも。ああ、でも抗議者たちは、私が小エビのように死ねば、喜ぶんじゃないだろうか」

「そうだろうな。だからあの連中には苛々する。連中の主張なんて知ったことじゃない。他人が苦しむのに喜びを見出す奴らの頭は狂ってる」

私は部屋の反対側から彼を見つめた。彼は前屈みになっていた。髪が顔の前でこんがらがっていた。「ガーバー博士？」

彼はめちゃくちゃに絡まった髪を払った。「なんだい、ライス判事」

「残された時間を理想的に使えるように最善を尽くします」

「誰もがそうすべきなんだろうな」とガーバー博士は言った。

私はコントロール室を見回した。たくさんの無人の椅子が机の前に並んでいて、なんだか裸になったような気がした。「このことは誰かに？」

彼は鼻を鳴らした。「カーセッジの注意を引こうと思ったが、奴は耳が遠い。それに」ガーバーはくすくす笑った。「富と名声のビジネスに夢中だ。トーマスが状況をさらに悪くしている。奴をあおり立ててな。カーセッジは完全に飢えに屈している。だがもちろん、いずれ食われるのは奴のほうだ」

「ほかの人は気づいていますか」

彼は座りなおした。「疑ってはいるだろうな。ビリングスは間違いなく。もし小さな標本たちから推測できていればだが。でもカーセッジが周りの人間を犬みたいに足蹴にして遠ざけているのは知っているだろう？俺も、奴が放っておいてくれたおかげでこうしたことを発見できたひとりだ」

「ケイトは？」

「さあな。俺も数週間前に知ったばかりだ。そのころ彼女はきみとの毎日を楽しむので忙しかったからな」

彼女にのぼせ上がっていたことの重みを感じた。私たちのあいだに育った愛情は、重荷の上のさらなる煉瓦だった。ケイトは素敵な女性で、信頼できるし、私が個人的な思いを抱くのが恥ずかしくなるくらい魅力的だった。だが、私はすでにひとりの女性を置き去りにしている。さらにもうひとりは、良心が許さない。「彼女は知らないほうがいい」

「そう思うか？」

「心配させて得られるものなどありません」

「庇うね。いいと思うよ。だが進行を止められるとしたらどうだ？　俺がいま取り組んでいるのはそれなんだ」

「馬鹿馬鹿しいほど控えめな言い方になりますが、あなたの骨折りには言葉にできないくらい感謝しています。こんなことになっても」戻っていって彼の肩に手を置いた。「本当のことを教えてくれてありがとう。待ち受けるものに備えることができます」

「俺のような変わり者はそのために生きているのさ、友よ。その真実がどれだけ醜悪でも」

「友か。そうですね。飲み込むのにまだ時間がかかりそうだ」部屋に戻ろうとして、もうひとつ疑問が浮かんだ。些細なことだが、ずっと悩まされていた。「博士、あの雑誌記者はどうして私のことをフランクと呼ぶんでしょう」

彼は鼻で笑った。「あんな寄生虫はほっとけ」

「あれは意識的な軽蔑です。彼は私の名前をたしかに知っているのに」

「知る価値についてさっき言ったことを思い出せ。ディクソンは残された時間の一分でも費やすに値する人間か？　まったく重要じゃないのでは？」

返事をする前に廊下に通じるドアが音を立てて開き、ケイトが倒れるように入ってきた。服装は乱れ、顔は憔悴しきって髪もくしゃくしゃだった。だが疲れている彼女には、人の心をとらえるなにかがあった。その表情は和らいでいた。すぐに、共に過ごせる残された時間がのしかかってきて、優しい感情がこみ上げてきた。彼女はぬいぐるみのように椅子に座り込み、組んだ腕に頭をうずめた。「いつかカーセッジの首をへし折ってやる」

「美人博士の今日の仕事はなんだった？」ガーバー博士が訊いた。「しかもこんなに早くに」

彼女は頭を持ち上げた。「あいつに提出するレポートを書くのに徹夜させられたのよ。どうせ来週まで読まないくせに。講義をまるまる一学期サボって最終試験で自分の尻をぬぐうはめになった学生の気分」

「それで」と彼は言った。「単位は取れた？」

また頭を埋めた。「疲れすぎていまはどうでもいい」

ガーバー博士は私を見て、眉を上げた。「まだ知りたいか？」

「まったくどうでもいいことです」私は言った。彼は頷き、ヘッドホンを頭に戻して乱れた髪を挟み、コンピューターに戻った。私は彼女に近づいた。

第三十章　帰郷

ケイト・フィーロ

彼は私に触れた。何気なく。いたわりの手を肩に置いた。彼の肌の価電子が私の価電子とエネルギーを交換し、私の神経はそのことを脳に直接伝えてきた。

私たちはたしかに、前にも何度も触れ合った。車椅子から降りるのを手伝い、腕を取って街を歩いた。だが彼が三日間も不在だったことはなかった。ジェレミア・ライスのいない生活は味気なかった。

通りを歩いていて、ほとんど気に留めないようなものの横を通り過ぎるときのことを考えてみてほしい。たとえば消火栓。彼はそれがなんなのか尋ねる。説明のあいだ、彼があまりに注意深く聞いているので、こちらも大変な注意を払って話すことになる。確信は減り、謙遜の気持ちが増す。私はなにも知らないのだ。ホース、圧力、梯子、炎、夏の一番暑い日に水しぶきのなかに立つ子供たち。彼はとても感謝する。そんなふうに言う。消防署の見学をした四日後、ジェレミアは椅子に座っている老人を見つけ、その人に話し相手がいないとわかると隣に腰かけ、消火栓と呼ばれる奇妙な装置についての、活発な議論に引き込む。そんなひとときが、毎日続くのだ。彼の好奇心とともにあるとき、人生は新鮮に、豊かになる。ジェレミア・ライスは、世界を私のもとに引き戻してくれたのだ。

その朝再会して感じたのは、思い出すのはつらいが、名状しがたい感情だった。科学的な態度とは言えないのは確かだ。「ここを出ないと」と私は言った。

「ちょっと待ってください」と彼は答えた。「お願いします」

私は疲れきっていた。見ていると、彼はセキュリティドアに近づいてパスコードを打ち込み、部屋に消えた。なるほどね。誰の思いつきかしら。

「ここでなにがあったの」とガーバーに呼びかけた。

彼がヘッドホンを外すと、ギターの即興演奏の音が部屋のこちら側まで流れてきた。「なんだって、汚れなきお姫様？」

「なんでもない」普段ならその変人ぶりにひと蹴り入れてやるところだが、いまはそんな気力もなかった。

ジェレミアが早足で部屋から出てきた。頭にはレッドソックスのキャップ。トレードマークの黄色いネクタイもつけていた。

「なあに、それ。いつから判事がそんな可愛い格好になったの」

「準備ができた」と彼は言い、上着の裾を引っ張って整えた。「行きましょう」

「ごめんなさい、ジェレミア、でも遠出するにはちょっと。今日は疲れすぎてて」

「あなたが休める場所を考えていました」彼の顔が輝いた。「もし少し運転してもらえるなら」

「どこ」

「ハイロックです。リンの」

彼はどれだけのことを知っているのだろう。「カーセッジのために徹夜して、私がなにをしていたか知ってる?」

「知らないし、興味もありません。彼のことは考える価値もない」

これも新しい態度だ。服従しないジェレミア。私はまっすぐ座りなおした。「またそこに行きたいの?」

「できれば、あなたと」声の調子がいつもと違った。慈愛に満ちているというか。

周囲を見渡した。ガーバーはコンピューターの画面を見つめていて、鼻が画面から数センチしか離れていなかった。盗み聞きしているとすれば、完璧にできている。私は立ち上がった。「行きましょう」

裏手のトラックヤードから出て、騒ぎになるのを避けた。抗議者たちはすでに小さな公園に集まり、赤い服を着た数十人の寝ずの番に加わっていた。出発するとき、あの白いベレーをかぶった女性、ヒラリーが扉のそばに寄りかかっているのをちらっと見たように思ったが、すぐに消えてしまった。「見た?」

「すみません、ケイト」ジェレミアが向き直った。「なにを見たって?」

「なんでもない。気にしないで」

私たちは曲がりくねった静かな街を進んだ。ジェレミアの脚が小刻みに揺れていた。「なにを考えてるの」と私は訊いた。

脚の動きはすぐに止まった。「いろいろです。本当にいろいろ」

私はにやにやした。「オーケー、シャーロック。吐いたらどう。パスコードをどうやって知ったの」

「黙っておくと約束したんです」と彼は答えた。「でも〈サブジェクト・ワン〉が釈放されるのを見たい人たちがいるのは確かなようだ」

左折して〈北93〉に入った。「私の後ろに並んでもらわないとね」


運転しはじめると、次第に疲れが消えていった。とても美しい夏の朝で、街は緑に満たされ、静まり返っていた。大きいサイズのコーヒーを買った。それも癒しになった。ふたりともそれぞれの考えに沈んでいた。私はひとつの想像を、破綻してしまうぎりぎりまで引き延ばしていた。もしジェレミアが自由になったら、私もこの仕事を辞められる、と。

カーセッジに提出するレポートのために向かったとき、ボストン北部はいい場所とは思えなかった。ちょうどジェレミアが野球に行っていたときだ。いまこうしてジェレミアを横に乗せて運転していても、その感じは変わらなかった。ファストフード店、ガソリンスタンド、フェンスに囲まれた敷地、石油を貯蔵する大きなタンク。昔ながらのアメリカの、準郊外の底辺部だ。ジェレミアといると、そうしたものに対する感覚が鋭敏になる。〈ルート1〉に曲がり、リンに入ったところで、私は口をひらいた。

「ここで一日過ごしましょう。最初にあなたの家に行く?」

「いや」ジェレミアは即答した。「それはまだ」

「そう?　驚いた」

「ボーデン博士がどのように私の胃を再び動かしたかを思い出してください。まずは少ない分量から始めて、消化力が戻ってくるようにした」

「もちろん覚えてる」

「自分の家族についても、そんなふうにしたいのです。あなたにとって彼らは存在していない、たぶん歴史のなかの抽象的な存在でしかないでしょう。私にとっては、彼らはついこのあいだ亡くなったのです。家の入り口へと続く道を簡単に歩くことはできない。そんなに容易いことではありません」

一分ばかり、そのことをよく考えてみた。この男性について私はなにを知ったというのだろう。彼の頭のなかの人生、心の内側をどうやって想像できるのだろう。わかるのはただ、自分が、もしできることなら、このうえ彼の痛みを増やしたくはないと思っているということだ。

「じゃあ教えて。手始めに行きたい場所はどこ?」

「ハイロック」とジェレミアは答えた。「高い場所から、街のいまが見渡せます。そこからの眺めは、きっと我々の精神を高めてくれるでしょう」

「忠告しておく。つい先日行ったけど、そこから見える風景は快適なものじゃなかったわ」

「リンが未来を写そうとしていたことはかつて一度もありませんでした。それでも、今日はそれに近い経験ができそうだ」

「どういう意味?」

答えはなかった。私も追求しなかった。

最初にここを訪れたときにリンの歴史資料館でもらった地図を後部座席から引っ張りだし、ジェレミアに手渡した。彼の頭は潜望鏡みたいに動き、通りを横切るたびに覗き込んでいた。「この街は私の時代に爆発的な進歩を遂げました」と彼は言った。「公共図書館を建てるときに知ったのは、名前のついたたくさんの通りが、私が生まれる直前には九百あったのが、世紀をまたぐときには七百を少し越えるまでに減っていたことです。たくさんの建物が建造され、廃材を集めて大かがり火をたくのが人々の楽しみになりました。事前に周囲に知らされ、お祭りに参加しようと町中から人が集まった。写真を撮ってもらおうと勢揃いしたものです。強い熱を発する炎の周りで、みんなして大きな輪をつくりました」

「素敵ね。無垢な感じ」

「リンが無垢だったことはありません」彼は地図の上に指を走らせた。「昔からずっと大酒飲みと喧嘩騒ぎの街で、マーブルヘッドやベヴァリーのように静かだったことはなかった。だからリンから出た兵士は優秀でした。実戦経験があったのです。それが裸の拳での殴り合いにすぎないとしても」

そのことを証明するように、私たちは、一番上に鉄線がめぐらされ、下にゴミの散乱した、長い煉瓦の壁にさしかかった。壁いっぱいに落書きが描かれていた。猥雑な絵、四メートル以上はあるかというペニス、ありとあらゆる奇怪な記号。

だがジェレミアは微笑んでいて、地図を熟読しては道を眺めた。彼があてもなく話すにまかせていると、私はプロジェクトのことを忘れられた。彼の弾んだ声を聞いていると、この外出はいいアイデアだったと思えた。

「混乱が多少は整理されていますね」と彼は結論した。

「そう？　建物が増えていると思うんじゃないかと」

「私の時代は、路面電車の電線と電気を供給する電線で街じゅうが蜘蛛の巣みたいになっていました。誰かがやっと整理したらしい」

「二十世紀初頭に電気が通っていたなんて知らなかったわ」

「ボストン以上でしたよ。「エジソンの才能のおかげで電気を使う機会が増えた。リンはその点に関して、小さいけれども輝ける都市だったのです」

洗車場の横を通り過ぎた。フードをかぶった黒人の男たちが、不機嫌そうに立ってぼろ切れを干していた。ひとりが顔を上げて私たちが通過するのを見た。私は怖じ気づき、顔を赤らめた。それから別の男がなにか言い、最初の男が彼を布で打って答え、全員が笑った。明るい顔、光る歯。

「あの人たちは?」

ジェレミアは横を向いて座り、背後の彼らを見ていた。「車を掃除する仕事があるなんて、よいですね。そんなことは考えたことがなかったけれど、こうして見ると、なるほどと思います。すごく稼げるのでは?」

「その逆。あの人たちはたぶん、法的に許されている範囲では最も低い賃金で働いていると思う」

「でも陽気に仕事をしているように見えました。あんな軽やかさは〈ラザロ・プロジェクト〉にはなかった。待ってください。速度を落として」

車を脇道に停めた。「なに?」

「ここです。ここにレノックス・ビルが建っていた。覚えています。あっちのほうに、ナイフ研ぎ師が研削砥石を置いていた。木曜日に行くと火花を散らせていて、五セント払えば家にあるナイフやハサミを全部尖らせてくれました。それからあっち、ちょうどあの段ボール箱がある辺りに、手回しオルガン奏者が手押し車を停めていた。ああ、子供たちは大好きだったなあ。いつかアグネスを連れて行ったとき――」

私は待ったが、彼は黙ってしまった。「アグネスが?」
彼が手を挙げた。待ってほしいのだとわかった。口が動いているのが見えた。自分が馬鹿になった気がした。
これだけの時間が過ぎているのに、どうして一度もこんな話をしなかったのだろう。最初の記者会見を思い出した。家族の話になると彼は言葉を詰まらせていた。私は煉瓦のように鈍感だった。ジェレミアはまだ手を挙げていた。

「いいのよ」と私は言った。「なにも言わなくて」

「また出発してもかまいませんか」

彼の手を握っているあいだも、私の膝の上には地図があった。曲がりくねった道を抜けるとハイロックへと至る通路についた。歴史的な写真を見たかぎりでは、もっと広い場所を想像していた。だがあるのは丘へと続く細い道だけだった。ほかには、前面を非常階段に覆われた重層型のアパート、「野犬に注意」の看板、それから行き止まり。

錆びついたミニバンの後ろに車を停めた。ミニバンの後部ガラスにはイースト・リン・ブルドッグスのステッカーが貼ってあった。彼を急かさないように、ゆっくり上った。

「つきました」とジェレミアは言い、コンクリートの階段を踏んだ。気分も持ち直したようだ、というより、そうであればと願った。アグネスのことは後で訊こう。

彼の後に続いた。頂上では、三十メートル弱はあるだろう石造りの塔を数エーカーの芝生が囲んでいた。足元にはビール缶が散らばっていた。塔はベニヤ板で囲われ、そこにも落書きがあった。ヨーロッパアカマツが岩のあいだに生えていた。成長を助けるものがないような場所でも木々が生きているのにはいつも驚かされる。
塔の周りをまわって東側のフェンスにいるジェレミアを見つけた。リンの街が眼下に横たわっていた。通りに、家々、それらの向こうに煌めく海があり、頭上ではジェット機が音を立て、ローガン国際空港へと向かっていった。

「教会の尖塔が多い」と私は言った。「信心深い街なのね」

「あるいは、救済を求めるほど罪深いのかもしれません。あの細長いものはなんですか」と、指差して尋ねた。見るところ、どこにでもアンテナがそびえていた。どうしてか私は見逃していた。

「携帯電話の中継塔じゃないかしら」

ジェレミアは頷き、こうべを垂れて、煙草の吸い殻が捨てられているのを見た。

「うえ」私は言った。「嫌ね」

彼はレッドソックスの帽子を脱ぎ、てっぺんを叩いて後ろにかぶりなおした。「さて、ケイト、時がこの土地をどのように変えたかを見ました。別の場所に行きましょう」

彼は階段を下りはじめた。私はまた後に続く格好になった。そして、ひょっとするとこの小旅行はそれほどいいものではなくなるのではないかと思いはじめていた。

「あなたのいた裁判所は数年前に火事で焼けたの」車で丘を下りながら言った。「でも同じ場所に新しい庁舎が建った。行ってみる?」

彼は頷いた。「ぜひ行きたいです。ぜひ」

地図があってもそこに行くまでは苦労した。一歩通行の通路でできた迷路に迷い込み、まったく近づけずに同じところをぐるぐるまわってしまった。

「メタファーなんじゃないかと思うと心配ですね」ジェレミアは言った。「正義に通じる道は、法廷まできちんと辿り着くための道筋のように、いつも遠回りである、ということかも」

市内を横断する同じ通りに三度目に入ったとわかり、車を脇に寄せた。ふたりの男が歩道に立っていて、うちひとりが消火栓にスニーカーをはいた足をのせていた。私はジェレミアの側の窓を下げた。「あの人たちに道を訊きましょう」

彼は身を乗り出した。「失礼。失礼、すみません」

彼らが話すのをやめたとき、私は間違いをおかしたと気づいた。ひとりは額と喉にタトゥーがあり、もうひとりはまぶたと鼻と唇にピアスをつけていた。たえず目を細めて苛立っていた。

「お話の邪魔をして申し訳ありません。もしよければ道を教えていただくわけにはいかないかと思って」

左側のタトゥーの男が顎を上げた。「ああ?」

「道が入り組んでいて。裁判所への道すじを教えてもらえませんか」

タトゥー氏が一歩近づき、腰の上に置いていた手を下ろした。「ああ?」

「もういいわ」とジェレミアに言ったが、彼は首をさらに窓の外に突き出した。

「裁判所です。エセックス郡司法区のリン裁判所。申し訳ないですが、ここから車ではどう行けばいいのか、教えていただけませんか」

タトゥー氏は友人と視線をかわし、友人は道につばを吐いた。それから私たちに向き直った。「失せろ、クソ野郎」

車を急発進させ、立ち去った。ジェレミアは席にどさっと身を沈め、驚いていた。私は我慢できずに吹き出してしまった。彼はこちらに頭を傾けていたが、笑い出した。

「失せろ、クソ野郎」彼が物真似した。私はさらに笑った。重荷が下り、私たちは普段の私たちに戻った。ジェレミアのほうの窓は下ろしたまま、私のほうの窓も下げると、夏の日が流れ込んできた。

裁判所はあきらめ、反対側に進んだ。数分もして通りかかった建物に、ジェレミアは叫んだ。

「ここにあったのか、公共図書館だ。八年がかりで仲間たちと作ったのです」

車を中央の芝生に止めた。図書館は威厳のあるつくりで、高い柱に支えられていた。窓の下方は、園児が作ったとおぼしき切り抜き細工の花で飾られていた。階段を二段上がり、振り返ってみた。青々としたカエデが芝生に影を落としていた。

「この辺りは私の覚えている景色に似ています。でも誰もベンチを使っていないのはどうしてだろう。誰も歩いていないのはどうして?」

「さあね。なかに入る?」

「これで充分」胸の前で腕を組んだ。「充分です」

立ったまま、私たちは夏の陽気を吸い込んだ。彼が作り上げるのを手助けした、威厳の感じられる緑の一画だった。わき上がった気分に一度は抗ったが、結局は降伏した。私は彼の腕を取った。

ジェレミアは私の手に自分の手を重ねた。「連れてきてくれてありがとう」

「もっと早く来ておけばよかった」

「すべてがもっと早く起こればよかった」

「どういう意味?」

私の手を軽く叩いた。「海岸に行きましょう」

その道すがら、彼はたくさんのものを解説してくれた。「こちら側はすべて」車が通りの片側を進むとき、彼は手を振って示した。「昔は〈テン・フッターズ〉でいっぱいでした。長い列をなしていた」

「〈テン・フッターズ〉?」

「四角い靴製造小屋で、一辺が十フィートあったんです。ですがそういった工場も破滅する運命にあった。このヴァンプ・ビルディングは、世界で最も大きな建物のひとつでした。私たちが探検の準備をしているころはまだ建設途中でしたが」

「ヴァンプ?」

「靴の爪革のことです。似た形の建物でした。待って、ほら。いま気づいた」

車は信号で止まり、再建された建物の脇にいた。装飾され、きちんと塗り直されていた。中華料理店とクリーニング屋が下の階にあり、ヨガスタジオの掲示が上の階にあった。近くの店先は空っぽだったが、老朽化しているというより回復期にあると感じられた。「知ってるの?」

「友人のエベニーザー・クローニンが事業をやっていました」

「〈クローニン・ファイン・ブーツ〉」

「聞いたことが?」

「あなたが見つかったときにはいていたのよ」

「そうでしたか。あそこの靴は素晴らしい。ふくらはぎを隠す高さがあって、オイルがしっかり塗られているから塩と水気にも耐える。彼もあの旅行の支援者でした。あの靴がいまどうなっているか知っていますか」

「研究所の奥のどこかにあると思う。探してみるわ」

「やってもらえますか」

「やってみても損はないからね」


海岸は驚くほど魅力的だったが、閑散としていた。防波堤を横切って芝生に着くと、光沢のある黒で塗られた巨大な錨がいくつもおかしな角度で横たわっていた。ボストンの街の輪郭が右手に立ち上がり、思った以上に近くに感じられた。水平線にはタンカーが陣取っていた。この距離だと小さく見えるけれど、あれでも途方もない重さのものを運んでいるのだ。サンドイッチを買って、陽の射すベンチに座った。湿気がのしかかってきたが、いつもの仕事から解放された気分が勝って気にならなかった。食べているあいだ、ジェレミアは思い出にふけっていた。

「東に見える島はエッグ・ロック。私の時代にはあそこに灯台がありました。霧の多い夜には航路標識が空を滑り、とても綺麗で、寂しげだった。いまはもうない」

私は目を伏せた。「そうみたいね。残念だけど」

「あの細く伸びた場所はナハントです。ボストンの上流階級たちが夏に家族を連れて行った」

私はズボンの裾をまくり上げ、アイスティーを飲んだ。徹夜仕事の疲れが毛布のように感じられた。じりじりする太陽のもと、ジェレミアはリンの歴史について話し続け、その声は次第にさざめきのようになっていった。できるかぎり聞こうとしたが、それはちょうど寝る前のお話のように、私を寝かしつけようとした。フローティングブリッジ池、キューーバとの戦争。その徴兵にリンがどんなふうに応じたか。ある石けん会社の製品が、肌を洗い流すだけでなく、床まで綺麗にしたこと。一八八九年の大火事が四百近い建物を焼き尽くしたこと。アルゴンキン族に由来する名前を持った通り。

ワバキン、パカナム、トントコン。ワバキン、パカナム、トントコン。私は眠りについた。

目覚めるのは好きだ。変わっているのは知っている。たいていの人は毎朝苦労して起きるものだ。私にとっては、意識のある状態に戻るのは喜ばしい。思いどおりに起きられる時間があればの話だけれど。土曜日はとくにいい。身体が欲したときに起きられて、三十分以内にベッドから出る必要もない。本を読んでも、電話を掛けてもいいけれど、たいていはただ横たわったまま、空想がさまようにまかせる。

水のそばのベンチにいた。目を閉じたままだったので、ジェレミアは私が目覚めたのに気づかなかった。うたた寝するうちにずり落ちて、頭は彼の膝の上にあった。こんな親密さ、起きているときには求めることを思いつきさえしなかった。陽のせいで喉がからからだったが我慢して、動かずに、この状態を楽しんだ。彼が身じろぎすると私の首の下で腿の筋肉が動いた。力強く、男性的だった。

目を開けると、ジェレミアが自分の指で遊んでいるのが見えた。すごく少年っぽく、彼らしくない感じがした。手を顔の前に持ってゆき、すべての指を一度に、ものすごく速く動かしている。人間の指がこんなに速く動くのを見たことがなかった。ピアニストが「熊蜂の飛行」を弾いているみたいだ。慌てたようにいっせいに動く。

「どうやってるの」と私は尋ねた。

彼は跳び上がって驚き、手を脚の下に押し込んだ。「なにをです」

「その遊びよ。どうやったらそんなにすばやく動かせるの」

「ふむ。よくある小手先のトリックです」

「すごい。いつか教えてよ」湿気でべたついていた。アイスティーはぬるくなっていたがおいしかった。「どのくらい眠ってた？」

「すみません。時間がわかるものを持っていなくて。いま午後遅くです。気分はどうですか」

「そのあいだずっと座っていたの？」

「ほかにどこに行けと？」

私はその質問がほのめかしていること、わかってもおかしくなかったことに、目をつぶった。「この街はあなたの街よ。見てみたいところはいくらでもあるはず」

「ケイト、私は思うんですが、天寿をまっとうする人は少ない。そしてみんな、あまりにも多くの時間を海辺でくつろいで過ごしたのを後悔するんです」

「ほんとね。あなたが死の間際でなくてよかった」

「ええ」彼は顔をしかめた。「よかった」

私たちは一分かそれ以上、黙っていた。さざ波が砂浜に打ち寄せた。「ケイト」と彼が言った。「もし医者に、あなたが病気で、あと一年か、もしかしたら半年の命だと告げられたら、どうしますか」

「そうね」と私は言った。不自然な問いだとは思わなかった。この人はすでに一度命を失っているのだから。どうするだろう？　私は彼の脚に寄り添った。

「博士課程に進むとき、生活していくために、レベル一〇〇の授業を学部生にやっていたの」

「レベル一〇〇？」

「基礎の授業よ。博士課程にいる研究者はたいていそうやって研究を続ける。みんな入門的なコースで教えるの――奴隷みたいな安い賃金でね。仲間はみんなこの仕事を毛嫌いしていた。レポートの採点や、実験の準備なんかをね。私は違った。大好きだった。学会発表のプレッシャーもないし、実験の進行具合にじれったくなることもない。キャリアの心配もしないですむ」

　私は座り直し、熱を持った首に髪を下ろした。「科学の最先端の現場で働くのはとてもスリリングで、そこに疑問の余地はない。このカーセッジとのプロジェクトだって、私をもっと高い場所まで連れて行くはず。でももしあと半年しか生きられないのなら、若い人たちに、この宇宙がどんなに美しくて興味ぶかいものかを教えて過ごすと思う」

ジェレミアはゆっくりと頷いた。「いい答えですね、ケイト。でもどうしていまそれをやらないのですか」

「複雑なのよ。私もなにか重要なことをしたいと思った、って言えばわかってくれるかしら」

「ふむ」と彼は言った。「私が法廷の仕事を辞してからやろうとしたのは、法学者になることでした。若い人たちを導くより大切だと思えることがいくつかあったのです」

「まだチャンスはある」と私は言ってみた。彼はなにも言わなかった。私は両手で顔をこすり、ゆっくりと脚を伸ばした。「こんなに居眠りしてごめんなさい。ここにいるうちに行っておきたい場所はある？」

彼はエッグ・ロックを見つめた。「もう一カ所」

「あなたのお家ね」私はカーセッジに科された宿題のために、もちろん、そこへも行っていた。立派な煉瓦造りの家で、リノベーションの波を経験した丘の上にあった。アンティークのガス灯が、装飾の施された正面扉の両側に掛かっていた。

ジェレミアは大きくため息をついた。「遠慮します」

「本当に？　あなたがいつそこへ行きたいと言い出すか、ずっと考えてた」

「いま考えているのは、過去にとどまることではなく、私のなかにある、未来の死に向き合うことです」

私は座りなおして彼のほうを見た。「どういうことかしら」

「家に惹かれる気持ちは確かにあります。でも失ったもののとてつもない重さがある。残された時間は絶望に費やされるべきではない。なんのためにもならないことです」

「でもあなたの家は、ご家族が――」

「耐えられない」彼はさっと立ち上がった。「私にも考えがあるんです、ケイト。いまこの状況に働いている強い力は、あなたにもわからないことなんです」

どういう意味なのか、もっと聞きたかった。だがやめておいた。「ごめんなさい。無理強いしたりして」

彼はズボンの皺を伸ばした。「私の行きたい場所はそこではありません。今日のところは」

「じゃあ教えて、ジェレミア」私はゆっくりと話した。「どこに行きたいの」

「墓地」強く目を閉じ、フクロウのようにゆっくりとひらいた。「私の墓を見たい」

カーセッジから依頼された調査ではじめてパイン・グローブ墓地に行ったときは、車でなかを抜け、助手席には市役所でもらってきた墓地の地図を置いていた。今回、ジェレミアが車を入り口に止めるよう頼んだので、私たちは歩いて入った。

「ゆっくり近づいていきたい」と彼は言った。「お願いします」

入り口はゴシック風の石造りの建物で、ペンキのはがれかかった標識には〈事務所〉と書いてあった。窓を覗き込んだ。床に散らばった書類、ひっくり返った椅子。誰かが大急ぎで出ていったあとのようだった。事務所らしいもので残っているのは、墓地の注意書きが詳しく書かれた張り紙だけだった。

「墓石に登るな、だって?」ジェレミアが言った。「誰がそんなことを」

「私に訊かないで」

入り口から続く丘を登ってゆくと、影の差す小道が立派な松の並木に挟まれていた。その木々が一メートルあまりの苗木だったころの、彼の一度目の生涯を思った。ジェレミアが立ち止まり、舗装された道路から松葉の針の房を取り上げた。私は彼が針を広げ、親指でその尖り具合を確かめているのを見た。

「大丈夫?」と私は尋ねた。

彼は遠い場所から戻ってきたように私を見た。「ずっと注意をそらされていたので、とてもたくさんのものをきちんと見られないでいました。やっと視力が戻ってきたようです。そして、知っていますか」針の房を掲げた。「すべては奇跡だ」

「あなたにはいつも驚かされるわ、ジェレミア・ライス」

その褒め言葉を手を振ってしりぞけた。「単に頭のこんがらがった男ですよ。さあ、行きましょう」

実はあえて急がないでいた。先に待ちうけるものを知っていたからだ。もたもたとゆっくり歩いたが、彼を守るためにできることは思いつかなかった。そうやって私たちは長い道を歩いた。

道に沿って曲がると、ひらけた場所に出た。小高い丘の頂上に大砲がある。斜面には何列にもなる灰色の石があり、ひとつひとつに、花束や旗を立てるホルダーがついていた。ジェレミアはそのひとつに屈み込んだ。

「『兵卒、歩兵第二三連隊、第二師団』。ここはなんです?」

「あなたのときには軍人墓地がなかったの?」

「これには遠くおよびません」彼は長い弧を描く記念碑の列に視線を投げた。「州間の戦争のときでも、ここまでは。小さな街の墓場とは思えない。どんな大火事があったんでしょう」

「第二次世界大戦よ。ガーバーが言っていたでしょう」

「全員がひとつの戦争で? みなリンの出身だったのですか」

「禍々しいことが起こったのよ、ジェレミア。人類の歴史のなかでも最も深刻で、最悪のことが。避けることができなかった。これ以上うまく説明することはできないけど」

彼はキャップをぬぎ、数歩ずつ進みながら、墓石ごとに立ち止まった。私はこうして先延ばしにされているものを考えると不安になった。ジェレミアはひとつずつ、兵士たちの階級を大きな声で読み上げていった。

「よく知っている名前を探しています」

歯を食いしばり、これまで以上に心の準備をした。「先に進めばたくさん見つかると思う」

この言葉に彼はまっすぐ背を伸ばした。「ぞっとしますね。先に進みましょう」

アイドリングしていたショベルカーを通りすぎた。その後ろにいたふたりの男が煙草を吸いながら、挨拶代わりに無言で頷いた。私たちはもっと古い敷地に入った。ジェレミアが声を上げた。「キッチン、ニューホール、マッジ。覚えています。ジョンとハナのアリー夫妻も知り合いだった。年上の友人たちだ」両手を腰に当てた。「ケイト、目的地は?」

五十メートルも離れていない一区画に立つ柱には〈ライス〉の名前が彫り込まれていた。私は指差した。

「ここよ」

「なんと」ジェレミアはつぶやき、そろそろと近づいた。

私は逮捕でもするように、彼の肘を摑んだ。屋上で過ごしたあの夜の記憶が蘇った。彼が私に全身を預けたときだ。あのとき願ったのだった、世界が彼を打ち負かしたり、傷つけたりしませんようにと。彼にこのうえない苦痛をもたらす場所があることは、心のどこかでわかっていたのだけれど。

ジェレミアは自分の両親の墓の前に立って胸を押さえた。誰かに殴られでもしたようだった。一本のオークの木が一族の場所で大きく育っていた。彼はそれによりかかった。

「あなたは塵であり、塵にかえる」

「それはなに?」

「聖書です」彼は前に進み、母親の墓石に触れた。「その通りだ」

「大丈夫?」

彼は私を見た。「両親のことはぼんやりとしか思い出せません、ケイト。でも恋しく思う気持ちは忘れていません」

「ご両親には会ったのかしら、つまり、こちらに不在のときに。あなたが凍っていたときに。彼らの存在を感じたりした？」

「もし感じていたのなら、生き返るときにその記憶は置いていったのでしょう」彼は指の爪で父親の墓標についた苔をはがした。「私の記憶は、冷たい水に飛び込む瞬間から、あなたが座っている横で目を開けるまで一足飛びです。あなたの微笑みを覚えています」

私たちは立ったまま墓石を見つめた。「さて」と私は言った。「あっちにあるのが、あなたが見たかったものだと思う」

次の石には木が覆い被さるように伸びていたが、とにかく彼を案内した。「ここよ。あなたがこれを見るなんて誰が思ったでしょうね」

一番上にジェレミア・ライスと彫り込まれ、その下に生年月日と、一九〇七年のはじめごろの日付が記されていた。おそらく探検隊が彼抜きで帰還した日だろう。小槌と船の画が彫られていた。さらに下に彫られた文章は、「献身的な家庭人であり、尊敬された判事であり、みなにとっての友人」。

「素敵よね」と私は言った。「みなにとっての友人。いまと同じくらい社交的な人だったのね。凍っていた時間はあなたを変えはしなかった」

ジェレミアはしばらく返事をしなかった。「銘記しておこう」ついに彼は言った。「この世界に来て、一番奇妙な体験だ」

口は乾いていたが、なんとか話そうとした。「一番辛い体験をする準備は？」

彼の答えは、私の手を取るというものだった。私はこのあまりにも辛い瞬間にも、彼と共にいることの名誉を感じていた。できるときに彼の心を守り、できないときに慰めを与える特権を享受しているのだ。この瞬間は私の手にあまる、それはよくわかっていた。私は彼の手を強く握り、先へと導いた。

墓石は木の別の側面にあり、彼のものと高さも字体も一緒だった。ジョアン・ライス、八月十五日、一九三四年。名前の下に花束の画が彫り込まれていた。献身的な妻であり母。

「ごめんなさい、ジェレミア」

「私より二十七年長生きしたんですね」

「なんと言っていいか――」

「再婚しているのといいのだけれど。ジョアンがあの後ずっと独りだったなんてことがありませんように」

私はかけるべき言葉を探した。だが彼は次の墓に移った。その身体は空洞になってしまったようだった。アグネス・ライス・ハルシー、十月十七日、一九二六年。愛すべき娘。出産で死去。彼女のは、光の冠をいただく天使の画だった。

「ジョアンはアグネスも失ったんだ。八年間も独りだったのか」

「でも死因は出産よ、ジェレミア。お産のときに亡くなったの。あなたには子孫がいるのよ。いい？　研究所に戻ったら、その名前のリストを作って、可能性のある人すべてを調べる。ディクソンがやるよりもっと詳しく。夫のハルシーさんはここには埋められていないんだから、これは大きな手がかりよ。私たちはあなたの家族を見つけ出す。約束する」

ジェレミアは固まったままで、顔は金属の薄板のようだった。「ふむ」と彼は言った。

「本当にごめんなさい。言葉もないわ」

「ふむ」

「ねえ、ジェレミア。あなたの時代にはもしかしたら許されなかったことかもしれない。でもいまこの世界では、男性が感情をあらわしてもかまわない。とりわけ悲しみは。いいのよ、悲しみが、あまりにも大きいときには」

「ふむ」

私は勇気を出し、手を伸ばして、彼の腕に添えた。ジェレミアは息を詰まらせ、顔を私の肩に埋め、激しく泣き出した。片方の手が傷ついた鳥の羽のように宙で震えた。私はその手を取って胸に押し当てた。もう片方の手で、できるだけ強く抱きしめた。彼の背中は、檻に囚われた動物のように波打っていた。

第三十一章　飢え

ダニエル・ディクソン

携帯電話が鳴り、〈ラザロ・プロジェクト〉のオフィスからだとわかると、例によってカーセッジが報道陣を操る戦略を立てようと言うのだろうと思った。ガーバーが出るとは思いもしなかった。

「急いでこっちに戻ってきたほうがいいと思うぜ」と奴は言った。

「いったいなんだよ」

「公園にいる俺たちのファンがついにやったのさ」

それ以上の説明はなく、おかげで俺は大急ぎでボストンに駆け戻ることになった。しかしこれは恥ずべきことだ。なにしろ俺はこれまで、人から仕事をもらうより、人にやらせる毎日を過ごしていたんだから。フロリダの新聞記者時代、学生たちの春休みの時期には、カメラマンをビーチに送り込んで最新の水着スタイルを取材させた。帰ってきたカメラマンは、混雑していたし暑いし酔っ払ったガキがいるし、本当に苛々したと文句を言ったものだ。俺たちはそいつの撮ってきた写真を次から次へと見ていった。ビキニ、ほとんど紐だけの水着、それにもしそのなかに隠れた二十歳の身体を想像できさえすれば、競泳水着だってよかった。男なら熱波のなかの犬みたいにあえぐこと間違いなしだ。そして編集部はその週いっぱい、使い送りをさせられたそのカメラマンを馬鹿にした。

人のあとをつけまわすのは愉しい。陰に隠れ、半ブロック離れて運転し、新聞紙を大きく広げて歩道のベンチを即席の隠れ場所にする。数年前、当時俺が働いていた街の市長が大酒飲みだという噂が立った。三日間あとをつけ、ついにアップタウンのバーにいる現場をとらえた。バレずにいるのは簡単だった。やっこさん、マティーニを五杯も飲んでいたんだから。だが、彼が扉に向かうときの足取りは外科医のようにしっかりしていた。俺が急いで飛びだすと、ちょうど車に乗り込んで走り去るところだった。これがジレンマというやつで、記者はその記事の一部になってはいけないのだが、もし黙って見過ごしたら誰かを轢きかねないし、それは良心にかかわる。俺がどう動くか決める前に、パトカーが飛んできてランプをつけた。のちのちわかったことだが、市長の妻が探偵を雇って尾行させていて、どうか逮捕されますように、しらふではありませんようにと願っていたというのだ。笑いが止まらなかった。このかわいそうな酔っぱらいはただ飲みたかっただけなのに、ふたりの人間に尾行されていたんだから。

とにかく、その日の尾行の収穫は充分だった。必要とあらば、後でふたりをどこで捕まえればいいかも見当はついている。急いで街に戻り、渋滞をかわすために横町に入り、弾丸の速さで研究所についた。

電話してくれたガーバーにはキスしてやりたいくらいだ。到着すると、あたりは殺人現場みたいになっていた。四、五台のパトカーが道を封鎖していて、フラッシュがたかれ、カメラマンたちが立っており、人々は行ったり来たりしながら叫んでいた。人を押し分けてTV局のトラックの背後にまわり、最初に見つけた警官に近づいた。「このお祭り騒ぎはなんだい」

「とにかくうるさいね」と警官は言った。「あいつら、ちゃんと注目されてないってんで道路のまんなかに人間バリケードをつくりやがった。六十人ばかしょっぴいて通行どめにしたが、あの集会は許可もなんも取ってないんだ。それに名前だって言いやしない」

「どういうこと?」

彼が指差した先、犯行現場の黄色いテープの向こうで、赤い服を着た男たちが身を寄せ合っていた。石畳の上に座り、羊のようにあたりを見つめていた。「あいつらみんなアダムで、名字はないんだと」

俺は笑った。「身元不明者《ジョン・ドウ》も真っ青だな」

「あいつら」と彼は女性の一団を指した。やっぱり赤い服を着て、反対側のテープの向こうにいる。「あいつらはイヴなんだと」

「なるほどね」

「ほんとの犯罪の処理もしなきゃならないってのによ。それに、マラソンで爆弾投げた馬鹿のおかげで、俺たちゃはっきり言って群衆が嫌いなんだ」

「彼らをどうするつもりだい」

「アダムとイヴ? さあな。ヘビもっていってやるか? リンゴ食べさせる?」彼は笑った。「いやあ、ダウンタウンで一晩過ごしてもらうさ。運べる奴がきたらな」

彼の上司が近づいてきた、警部補だ。俺はすぐそこを離れた。野次馬をここに入れるなと言うのが聞こえた。

俺のことだ。裏口から入ろうかと思ったが、ウェイドが歩道で記者たちを前にしていた。素通りはできない。

「まだ早いと言ったのです」奴はマイクの群れに知らせた。「まだ市民的不服従を示すときではないと」

強盗の脚に噛みつくよう闘犬に命じた飼い主のような言い訳だ。俺は頼りのノートを取り出した。

「私たちは辛抱しました」とウェイドは続けた。「法廷でこの研究所と議論もしました。マサチューセッツ州に、この極悪非道な集団の悪魔的な所業を調査してくれるよう頼みもしました」

俺は笑った。壁の向こうの研究室でその形容に当てはまる人間を考えてみたのだ。グレイトフル・デッドの最新の海賊盤でハイになっているあのガーバー？　カーセッジの靴を舐めているトーマス？

「その甲斐もなく」とウェイドは言った。「善良な人々が自らの問題としてそれに取り組んだにもかかわらず、見てください、正しい信念のために逮捕された人たちを。良心があることを咎《とが》に、牢屋に入れられるのですよ。彼らはきっとガンジーの教えを思い出すでしょう。『彼らはまずあなたを無視する。それから笑い者にする。それから弾圧する。そしてあなたは勝利する』。そしてこれは弾圧です、友よ」

キング牧師を引用していたこともあったが、お次はガンジーか。恥知らずな野郎だ、手頃と思えばいっさい悪びれずに、熱意を持って利用する。

「死の概念を覆そうというのではありません。倫理にもとる科学を使うのでもない。私たちが進んで苦悩するのは、良心が耐えられないからです」

すべて書き写したが、口に広がる苦々しさを否定できなかった。あいつらがガンジーとキングで来るなら、こっちはダイアナ王妃だ。やがて護送車が到着し、警官たちがアダムとイヴを詰め込みはじめた。ショーもこれ以上盛り上がらないだろうと思ったとき、誰かが「勝利を我等に」を歌いはじめた。

癪に障った。好きなものを引用しろ、こっちの知ったことじゃない。だが俺が五年勤めたボルティモアでの新聞記者時代、最後にあの曲を聴いたのは、二十歳の青年の葬式だったんだ。流れ弾はどこに当たるかなんて考えない。公民権なんてものはあの抗議者連中とはなんの関係もない。ただテープをまわしつづけさせるコツをつかんだ計算高い野郎がいるだけだ。

「我々の責務は道をあけることです」警察の代表者が記者のひとりに言いながら脇に追いやった。「彼らはここを通る運転手を危険にさらし、自分たちを危険にさらしている。単純な話です」

収容活動は退屈で、逆らう者もいなかったので、俺は身分証をかざしてなかに入った。この隙に編集部にメールして、例のファイルをコピーすることができるだろう。研究室という名の収容所は、記者が集まる前の早朝の編集部を思い出させた。明かりは少なく、電話も鳴らない。ビリングスはコンピューターに身を乗り出していた。まるで十九世紀の低賃金・長時間労働の搾取工場で働かされている会計係みたいだ。ガーバーは机の上に足をのせ、目を閉じていた。ヘッドホンから流れる、ラリった男に白昼夢をもたらす即興演奏に、至福の表情を浮かべている。

俺は〈ペルヴェール・ドゥ・ジュール〉の籠の前で立ち止まり、いまこそあの緑のバインダーを運び出すチャンスだと思った。だがとりあえず掲示板を確かめると、やっぱりガーバーが新しく貼り出していた。奇天烈なものに関して、この男はメトロノーム並みに信頼できる。

今夜の投稿はいつもと違うものだった。あまりによく知られた情報元だ。〈ウォーカーを大統領に・ドット・コム〉。そこにあるのはジェラルド・T・ウォーカーのトレードマークである歯を見せた笑みだった。両手を広げながらジェレミア・ライスの紹介を受けていた。説明書きはこうだ——理解し、ふれ合い、科学とテクノロジーの世界におけるアメリカのリーダーシップを回復する準備をする。写真の隅には、ケイト博士のほっそりしたくるぶしとふくらはぎが見えた。いい女だな、くそっ。

ガーバーは、フランクの話を副大統領が聞き取ろうと身を乗り出す場面のスクリーンショットを貼っていた。説明書き――アメリカの声に耳を傾ける。我が国の誇り。

ウォーカーがフランクの肩に腕をまわした写真まであった。判事は痛みを訴える表情をしているが、ウォーカーは二週間続いた便秘に打ち勝ったような笑顔だ。いつも思うんだが、歯が奥に引っ張られ過ぎていて、いまにもくしゃみをしそうな馬に見える。説明書き――蘇生したアメリカ。ウォーカーを大統領に。

「吐き気がするだろ」ガーバーが座ったまま近づいてきていた。

「え？」俺は笑いながら、手をバインダーの入った籠から離した。「愛国心で胸がいっぱいになったぜ」

奴は鼻を鳴らした。「飢えがもたらす最悪の状況だよ、これまでで一番ひどい」

「なんの話？」

「わかってるだろ」椅子を足でこいで机に戻り、スイッチを押してスクリーンを暗くした。「あの連中全員、同じように飢えてる。平和をくれ、くれ、くれ」

「連中がフランクを食い物にするのがなんだ？　いまに始まったことじゃないだろ」

「だな。それに間違いなくあの判事の手には負えない」ガーバーはヘッドホンを取り上げた。「プラカードを見てみろよ。ウェブサイトを、ブログを見てみろ。メディアが騒ぎ立てて、まるで映画スターだ。あの変態の集まりは、自分たちを彼の子孫だと言っているんだぜ。ウォーカーも無関係じゃない。ちくしょう」

「それが人間だ、ガーバー」俺は掲示板の紙を叩いた。「いたって普通のことさ。百年前にはこれが、最後のロシア皇帝の行方知れずの娘だと言い張る女たちだったってだけだ」

「よくある話だとしても、悪化してるんだ。まるで全員が皇帝の子どものふりをしているみたいじゃないか。国中がだ」ガーバーは腕を広げた。「このうえお前が煽るなら、必ずや連中は判事をネタに下衆《げす》なことを始めるぞ」ヘッドホンごと頭をかいた。「それが気に入らない」

ノートを取り出そうかどうか考えた。この会話をいつか引用したいと思うだろうか。それともこれはいつもの深夜のガーバーで、気分転換が必要なところに鉢合わせただけなのか。「思うに」と俺は言った。「お前は科学に集中するべきだ。この状況はどう見てもお決まりの馬鹿騒ぎだ。なんの害もないさ」

「抗議してる奴らはうさんくさい。クソ苛々させられる」

「たしかにますます苛立たしくなってはいる」ついにノートを取り出し、綺麗なページを出そうとめくっていった。恋人たちを一日じゅうつけまわすうちにできた暇な時間に、パスコードのアルファベットの組み合わせを考えていた。BOMS。CMNR。無益に終わるかもしれない。だが人はたいてい、パスワードになにかの意味を与えているものだ。BNOQ。カーセッジの秘密を暴く単語になるだろうか。そしてついに俺はAMOSに辿り着き、黄金に行き当たったと感じたのだ。どんな意味だろうと、調べ上げてやる。「今夜は連中のことは頭から締め出しといたほうがいいんじゃないか」

「頭にあるのは、ほしい、ほしい、ほしい、ばっかりだ」ガーバーは続けた。「ドアの向こうの連中には、敬虔っていう危うさもある。あんまり正義感を振りかざされると、俺はナーバスになっちまうんだ」

奴の言うことを書き取ったが、ページの上にあるのはラリった人間にありがちな誇大妄想のようだった。

「どういうこと?」と俺は尋ねた。

ガーバーは質問を無視した。「最悪なのは、昨日やってきた新聞記者さ。あのおつにすましたクソ野郎」

「なんのことだ。ここに入れる記者は俺だけだぞ」

「名前は聞きそびれた。守衛室で来訪者リストを見るといい。俺にわかるのはそいつがカーセッジの許可を得ていたことだけ。インタビューとは名ばかりで、明らかになった過去をネタに哀れなジェレミア判事を責める気満々だった。判事は記者に怒鳴ったが、その前にぺちゃくちゃしゃべってやがった。なに様のつもりだろうな。人を捕まえて、百年前になにをしただのしなかっただのと問いつめるんだぜ。なにを証明したいんだ」

「カーセッジは俺に〈サブジェクト・ワン〉に対する特権を与えたんだ。ほかの誰でもなく」

ガーバーが目を回した。「お前も飢えてるなんて言わないでくれよ」

「ありえない」と俺は言った。「これもただのネタ、ただの署名記事にすぎない。だが取り決めは取り決めだ。そのふざけた記者がどこのどいつか、見当はついてる」

「俺が言いたいのはそんなことじゃない」

俺はノートをポケットに突っ込んだ。「いまこの瞬間ばかりは、悪いがてめえの言いたいことなんてクソくらえだ。俺はまたコケにされたんだ」

ガーバーは笑って背を向けた。「いまに始まったことじゃないだろ」コンピューターのキーを叩くと、スクリーンが明るくなった。グラフの束がみな上昇していた。奴は身を乗り出してグラフを調べはじめた。

三十秒ほどゆっくり歩き回った。説明があってしかるべきだ。カーセッジが帰宅しているとなれば、なにがしかの答えを知っているのは善良な判事とケイト博士だけだろう。どこにいるかは正確にわかる。つまり、フランクの身になれば、ふたりきりの夕暮れに、彼女をどこに行くよう促すかがわかるのだ。言うまでもなく、これから夜の尾行だ。

「仕事に行ってくる」ガーバーの背中に向かって言い、廊下に急いだ。

「楽しめよ、暴れん坊」奴は歌うように言い、手を振った。

いまいましいエレベーターが来るまで、半月も待たされる気分だった。

第三十二章　爪先立ちで

ケイト・フィーロ

リンでの午後を通じてなんとか落ち着きを取り戻したが、方向転換して〈ラザロ・プロジェクト〉のオフィスに向かったとたん、その落ち着きもガラスのように粉々になった。ジェレミアが気を鎮め、墓地の周りで長いものうげな散歩をするあいだ、私は入り口で待っていた。ヤマアラシのように気が立っていた。携帯電話が何度か鳴った——研究所にいるガーバーから——だがそのときの私は彼の悪ふざけに応対できる気がしなかった。ジェレミアが戻ると、私は手を取って曲がりくねった道を車まで戻った。ナハントに向かう幹線道路を通り、ビヴァリーへと海岸沿いを走った。そのあいだひと言もしゃべらず、ボストンに向かった。

そしてとんでもない現場に直接乗りつけてしまった。警察の車が道路をすべてふさいでいた。炎と消防車が眩しい光を放っていた。車の窓を下げると、人々が歌いながら警察に導かれ、巨大な鎧をつけたような車に乗せられていった。

制服姿の男がこちらに懐中電灯を振った。「こっちに寄せてください」

「この人を裏手の搬入口で降ろさないといけないんです」

「通りが封鎖されているんですよ」

「でも彼はこの建物に住んでいるのよ。どうやって家に帰せばいいの」

「私が知るわけないでしょう、あなた。こっちは道を塞ぐ危険な連中を百人以上も抱えてんだ。二時間もすりゃ処理し終わると思いますよ」

私は途方に暮れた。ジェレミアは窓から離れて身を沈め、そこで起こっているすべてに、全世界に否定の気持ちを伝えるように首を振っていた。「どうすればいい？」

「でっかいピザでも買って、ゆっくり食べて、十一時半ごろに戻ってくるといい」

「彼だ。彼がいるぞ」警官の背後にいたカメラマンが私たちを見つけ、カメラ片手に飛びだしてきた。

「おい、あんた」警官が彼の腕を引いた。だが別のカメラマンがすぐ後ろにいて、私たちはあっという間にフラッシュの光に包まれた。

私は窓を上げ、車をすばやく逆方向に向けた。交差点で左に急カーブし、音を立てて走った。一区画も離れていない背後をTV局の車が尾けてきていたが、中央広場に通じる横道に切り込むとバックミラーから消えた。

「まいたわ」

ジェレミアはもう眠そうではなかった。「あのすごい光はなんですか」

「プロジェクトに対するデモでしょ、たぶん」

「カメラを持った人たちが押し寄せたことです。それに追いかけてきた人たち」

「ええと、私たちはあれをパパラッチと呼んでる。意味は知らないけど、イタリア語。お金持ちや有名人の写真を撮ってお金を稼いでる人たちよ」

「写真を撮りたいという相手からなぜ逃げる必要が？」

「彼らのどん欲さには限りがないからよ。危険でさえある。彼らにはプライバシーや制限という概念がないの。彼らから逃れようとして死んだ人もいる」

「でも私たちはお金持ちでも有名でもない」

「お金持ちではないわね。でもあなたは世間によく知られているのよ、ミスター」

「その結果こんなことになるのなら、誰もが努めて無名であろうとするのでは？」

「別の世紀から来たんだから、そう考えるのも当然だわ」

ジェレミアはダッシュボードの掛けがねをもてあそんでいたが、すぐにやめた。「なにが起こっているんです？　夜中まで待つのですか」

「いいえ」ストロー・ドライブに入ってケンブリッジに向かった。「私の家に行く」

返事はなかった。私は肯定と受け取った。速度を上げた。交通事故でも起こしていたらと思うと、こんなに無鉄砲なことはなかった。

奇跡的に、アパートからあまり離れていないところに駐車場を見つけた。猫が街灯の下を歩いていた。それを除けば辺りには誰もいなかった。車を降りて、私は差しだされた彼の腕をとった。そのとき、いつもと違うように感じられた。いつもより強引に摑み、いつもより摑めるのが嬉しかった。両手で摑んだ。

「ここに住んでいるんですね」ジェレミアは言い、曲がった木々を見た。

「研究所が私の住処よ。ここは寝る場所。それに洗濯をする場所」

「今夜も洗い物があるのですか」

無邪気な聞き方だった。彼を横目で見たけれど、その表情からはなにも読み取れなかった。これは現実だろうか。私たちは一緒に少しずつ歩道を歩いた。とうとう、入り口の段差に辿り着いてしまった。

「ジェレミア、墓地でのことは本当に——」

彼は指を私の唇にのせた。向かい合いながら黙っていた。街灯の光が木々に当たり、この途方もない人の顔に縞模様をつくった。私は片手を彼の首の後ろに回し、勇気を出してつま先立ちし、キスをした。

間違いない。いや、間違いないと信じたい。この記憶が真実だったと思いたい。彼はキスを返してくれた。

おかしなことが起こった。光線を見たと感じたのだ。暗闇を凝視した。誰かが隠れていたのだろうか。うまくまいたのではなかったか。「なに？」私は呼びかけた。「誰かいるの？」

答えはなかった。「なかに入りましょう」と私は言った。ジェレミアはすぐ後ろについてきた。

こと男女の仲について言えば、一度のキスですべてが変わる。ふれ合い。個人的なやり取り。互いに求めあっているということへの了解。ベッドに入ったときが節目だと言う人もいるだろうし、たしかにそうなのだろうが、心からのキスが障壁をはらうのは否定できないだろう。

昼の次には夜が来るように、自然と疑問がわいた。彼の希望は？　どんな作法がある？　性についての道徳観は今と昔でどう違う？　私はどうしたい？

まず、電気をつけないでみた。いま起こったことを考えれば、つけたら明るくなりすぎるだろう。玄関で「ちょっと待ってて」とジェレミアに言った。それからバッグを椅子の上に置き、キッチンに急いで、ろうそくを探した。

少しひとりになりたくもあった。男性と親密になったのは法学者のワイアット以来だ。ジェレミア・ライスとは前のめりになってキスしたにすぎない。だがあれは現実だった。気分を落ちつけようとし、乱雑な引き出しをさぐった。バッテリー、スペアキー、半分残った赤いろうそく。カウンターから飲みきっていないワインボトルを取り、残りをシンクに流しながら、これがなにかのメタファーなのではないかと考えていた。古いワイン、古い過去、古い恋人、さようなら。

とはいえ、ジェレミアがなにを考えているのか知るすべはなかった。この気持ちのよい夏の夜に彼と玄関に立っていて、感じていたのは単純な事実だ。私の人生における数々の経験は、いまこの状況に備えるためのものにしかすぎず、これまではパラシュートで落下する準備をしていたのだと。

ボトルにろうそくを差し、ストーブのバーナーを使って火をつけた。炎は優しく、静かだった。それを両手で包んだ。素晴らしい気持ちだった。ジェレミアに向けられた、私のなかの壊れやすいなにかを守っているようだった。

彼はリビングのほうへ数歩進み出た。「あなたの匂いがする」

「コーヒーとストレスの匂い？」

「ラベンダー」と彼は言った。

「シャンプーかしら」私は笑いながら、ろうそくをテーブルに置いた。「この花の匂いのものを、大学時代から使ってるの。それがトレードマークになったなんて」

「素敵です」

「ありがとう」と言ったが、ほとんどささやき声になった。

「ケイト」

名前を呼ばれただけだ。でもいままで聞いたことのない言い方だった。「聞こえてる」

彼は両腕を私にまわし、私は胸に頭をあずけた。ジェレミアは肩を愛撫したが、腕まで下りてくるとためらうように触れた。

「震えてる」と私は言った。

「そんなことは」

彼の手を取ってこの身に押しつけた。彼の手首を胸のあいだに持ってきて、震えが止まるまでそのままにした。とうとう、やってしまった。私は想像した、彼はこれから愛し合おうと言うだろう。どんなふうに言うかはわからないけれど。それになんと答えるかもわからない。彼に身をあずけ、その感触を味わった。彼は深く息をついた。

「この不可解な時代で、あなたは数え上げることができないくらい何度も、私を助けてくれました」

こんなときに、なんという言葉遣いだろう。私は形式張って微笑んだ。「なんでもないわ」

「あなたの組織から与えられ、享受した体験も、数えきれない。私の第二の人生は、あなたのおかげで輝いたんです」

「私も同じ気持ちよ、ジェレミア」

「しーっ」彼は顎を私の頭の上にのせた。「しーっ」

彼に埋もれるようにして、待った。炎が揺れ、また安定した。

「あなたに言ったことを、どうか忘れないでほしい。約束してください、ケイト。いまから何ヶ月、何年経っても、このひとときを思い出すときは、私がどれだけあなたに感謝していたかを忘れないで。約束してくれますか」

私は頷いた。

彼はささやきはじめた。「現在と過去が大きく渦巻くなかで、たったひとつのことが私の正気を保ってくれている。とても大切なことで、口にするのもつらいほどです」沈黙し、つばを飲んでさらに続けた。「私の精神が理解しようと苦闘するときも、記憶が誤っていたとわかるときも、私が知り、愛していたものたちのあいだに百年の孤独が横たわっているのを感じるときも、ひとつのことが胸に残っていました。しっかりと、羅針盤が常に北を指すように」

私は待ち、二本指で彼の黄色いネクタイをつまんだ。

「家族です」と彼は言った。「私の錨であるジョアン。私の蛍であるアグネス。そして彼らに感じている、決して崩れることのない愛情。この時代に身を置く混乱のなかで、ふたりへの愛、ふたりを置いてきた後悔、また会いたいというかなわぬ望みだけが、私に知り得たたったひとつのものです。岩のように、真に確かな知識でした」

自分がものすごくちっぽけに感じられた。卑劣だと思った。まだなにもやってはいないけれど、なぜか自分勝手だったという気持ちになった。私もささやいた。「私になにをわかってほしいの？」

「私から離れてくれと頼む無礼を許してほしい、ケイト。でも私は、男女としての私たちのあいだに育つかもしれない関係への準備が、まだできていないのです。きっと素晴らしいだろうと思います。それでも、過去との絆があまりにも強くて」

「これは不倫とは違うわ」私はささやいた。「あなたは独身じゃないの」

「それに、私が気にしているのは、時が……その時がきたとき……」

「なんの時？　その時って？」

「なにより、私の知るただひとりの女性、私の知っていた女性は、ジョアンだけです。それが私の人生の親密な世界すべてなのです。ジョアン。彼女を越えてはゆけない」ジェレミアは黙り込み、私をさらに強く抱きしめた。それから力を緩めて身体を離し、まっすぐ立って咳払いした。「それにあなたは疲れ果てている。私はぴんぴんしていますが。どうか休んでください。私にはなにかいい本を貸してくれれば充分です。それに毛布も。疲労に襲われるかもしれませんから。朝になったらまた話しましょう」

私は後ずさり、顔を覗き込んだ。「それでいいの？」

彼は頷いた。「本当に、それで。どうもありがとう。この日は忘れません」

「あのキスは？　あれはなんだったの」

「ふむ」彼は額を私の額につけた。「素晴らしかった」

「夢にも思わなかったわ」

「『私たちは夢と同じものでつくられている』」

「ああ。『そして私たちの儚い命は眠りによって包まれている』」

「おやおや」彼はかすかに笑った。「すごい」

「『テンペスト』を読んでいるのはあなたひとりじゃないのよ」

　そして私たちは離れ、最後に手を離した。だがそれは一時的なことだ。「準備がまだできていない」は「ノー」からはほど遠い。ろうそくを吹き消し、電灯をつけ、落胆の強い光にまばたきした。ともあれ、互いの願いは明らかになった。果実は思っていたとおりの味だった。もう後戻りはできない。

第三十三章　蟻の怒り

エラスタス・カーセッジ

　オフィスにやってきたとき、その手には帽子しかなかった。実際、彼の手中にはなにもなかった。彼がこれから発するどんな言葉よりも雄弁だ。資料も、発表できるアイデアの下書きもないのだ。辞表願いもなし。こういった状況は楽しむにかぎる。

「ビリングス博士、やっと来たね」

「カーセッジ」彼はありもしないキャップ帽のひさしを軽く叩いた。

彼も私の獲物だ。彼らイギリス人に幸あれ。ささいな交渉における有能さは地球上のどんな種にも勝る。彼もその一員にほかならない。夏の朝の輝きが事務所の窓から漏れていた。抗議者の合唱がこの時間を音楽的なものにしていた。そしてこの哀れな男は、研究に失敗し、懇願に来たのだ。したがって、これから行う儀式の結末は誰の目にも明らかなものだ。トーマスと視線をかわした。彼は休めの姿勢で賞状のかかった壁際に立っていた。私は両手を机の上に置いた。「またお目にかかれるとは、身に余る光栄だ」

彼は当惑したようだった。うろたえ、平静を装った。「あなたは忘れているかもしれませんが、小型生物の標本に関する調査の成果を今日持ってくるよう言われていたので」

「もちろん覚えているとも。だがとても愉快とは言えない空気で私たちはすれ違ったのではなかったかな」

牽制すれば彼は後ずさり、体勢を持ち直す。「博士、あらゆるすれ違いは、互いの親切心と協力関係の欠乏により生まれるものだと思います」

まっとうな反撃だ。しかし欠乏などという言葉の選び方はどうだろうか。頷き、前座試合を終わらせようとする。「たしかにそうだな」

「エラスタス・カーセッジはあらゆる面で有名だけれども、美点はあまり知られていない」

「どちらの意見も褒め言葉ととっておこうか」

「お好きなように」

「さて」両手を打ち合わせた。「教えてくれ。偉大で賢明なグラハム・ビリングスの発見を」

彼はゆっくり腰を下ろす。「カーセッジ、あなたは何年、生物学の研究をしていますか」

「考えたこともないな。最初に論文を発表したのは十六のときだ、きみも知っているだろうがね。だからもう何十年にもなる」

「その長いあいだに試みと失敗があり、探し求めたものを時には見出したでしょう。でもそのなかで、たった十週間で実験の準備をし、実行し、意義深い結果を得たことがありましたか。たった十週間で」

「私が間違いをおかしたと言いたいのかね。締切が早すぎたと。さらにあと十週間あれば啓示が得られたと本当に思っているのか」

「その質問にも喜んでお答えしますが、あなたの答えが先でしょう」

トーマスを見ると、彼はにこっと笑った。よろしい、彼はわかっている。これは一種の娯楽なのだ。契約解除の書類が、左手の下にある机の引き出しにすでにおさまっている。この争議は、こちらの弱さや、厳しい世論と財政状況による疲弊のあらわれでは決してない。ビリングスの解雇は、彼自身の行動がきっかけでなくてはならないのだ。オックスフォードと友好的な関係を維持しなければ。研究の投資者になりうるイギリス人を侮辱する愚は避けなくてはならない。ビリングスの高名には敬意を払うが、この事業にはふさわしくなかった。とはいえ、彼はなんの成果も持ち合わせない小僧ではない。どんな軽蔑も、彼の仕事に対するものではなく、人格に対するものでなくてはならない。トーマスの微笑みは、このニュアンスをちゃんと理解している証なのだ。彼はどんどん有能になっていく。

「なかった」私は認める。「少なくとも私のキャリアでは。十週間は、適切な準備をするのに充分ではないし、有意義な実験をするとなるとなおさらだ」

「ならばどうしてそのような期間を私に与えたのですか」

「教えるためだ、博士。さらに時間をくれと言ったとき、きみはもう答えを知っていたんだろう。きみは説得力ある資料の提示を拒んだ。科学者としていい加減な態度だ。それを知ってほしかったんだ」

ビリングスは口を開けたが、堪えた。よくできたな。科学者としての私の態度を非難しようものなら、ピストルを探してくるところだ。だがこの男は徹底的に打ちのめされていて、自己弁護もしなかった。

「とはいえ」と言って両手を広げる。「私が間違っていたということもありうる。仕事の成果を、どうか授けていただきたい」

「授けられるものはありません。そんなことはご承知のはずです」

「なんにも？」

「あなたの役には立たないでしょう。代謝率のデータに、ある傾向があり――」

「どういった傾向かね」これは興味深い。

「気まぐれなものです。推測では、我々が干渉することで標本のライフスパンを引き延ばすことのできる指標があるはずでした。だがその指標が安定してあらわれることはなかった」

「生存期間を延ばそうとしていたんだな」

ビリングスはため息をつく。「与えられた期間では難しいとわかりました」

思わず椅子から立ち上がる。ビリングスはまさにこちらの欲していた情報を追っている。未来の出資者が繰り返し要求していたものだ。生存期間の延長。凍った人間を保存する貯蔵庫を持っているビジネスマンは、凍った人々を起こすことには一文も払わない。だが彼らを目覚めつづけさせるためには、フォート・ノックスの金庫室にだって行くだろう。もしビリングスが決定的な答えを見出していて、それを隠しているなら……。

「忘れないでいただきたいが、ビリングス博士、ここでのあなたの仕事は契約上、この研究所の所有物なんだぞ。それに〈サブジェクト・ワン〉の命がかかっている」

「契約書のコピーもありますが」トーマスが割って入った。

手を振ってその提案を退けた。「その必要はないはずだ」

「必要ない」ビリングスが餌に食いついた。「充分わかっています。研究ノートの句読点に至るまであなたのものだ」

「私のものではない。この大事業のものだ」

「いいでしょう。では」嫌悪と痛手のために歯を食いしばっている。「酸素です。加速する代謝は多くのアンモニアをつくりだします。外からの補助なしには肝臓が処理できないほどです。ただそのメカニズムを証明するには、実験対象があまりに小さすぎました。ですが、酸素を一定量以上浸透させることによって、活発状態にあるイワシを数匹救うことができたのです」

「まったく」これまでの待遇が無駄になった。「それは間違っている」

彼は馬鹿にしたように鼻で笑った。「なんですって」

「酸素ではない」

「ですが私の論文を読んでいただければ――」

「水槽に過剰に酸素を供給すれば、イワシを長生きさせることはできる。だが人間の身体にあるのはヘモグロビンだけだ。外部からなにをしようとも〈サブジェクト・ワン〉の血液が運べる酸素量には限りがある」

ビリングスはつつかれたように顎を引く。「なんと。それが私の理論の綻びだというわけですか」

「答えは酸素ではない」これを教えてやることができる喜びを噛みしめる。「塩だよ」

「塩ですって？　どのように？」

考えてみる。ボーデンの発見を分かち合ってもかまわないだろう。「塩分の摂取量をゼロにすればな、ビリングス博士、アンモニアの問題が発生するのを防げるんだ」

「それは違う。食事の効果は薄れていくはずです。彼の身体は生来的に細胞内に塩分を含んでいるのですから。塩分は筋肉収縮に欠くことのできないものです」

ため息をつき、本棚のほうを向いた。一番上の列はみな自分の著作だ。「ビリングス、きみは馬鹿じゃない。だがこの問題に関しては我々のほうが先を行っている。ボーデンは生存期間の問題を、塩分によって二ヶ月も前に解決しているんだよ」

振り返れば、彼が屈服し、落胆しているのが見られるのではないかと思った。だがビリングスは顎を上げていた。巻きたばこ用の長いパイプを持った一九二〇年代の名士のような佇まい。実におかしな男だ。科学の世界が生み出す存在の、なんと奇妙なことだろう。

「塩だけだと。それはそれは」

またも向きなおる。「博士、なにかつけくわえなくてはならないことでも？」

「もしよければ、あと一日いただけたらと思います。賃金はいりません。酸素の研究を急いだので、実験道具が散らかっているのです。データを適切な形式にまとめれば、いつか誰かの役に立つでしょう。それに、これまで私を助けてくれた技師たちにきちんと別れを告げておきたい。あなたのやり方とは違うでしょうが、私は母にそのように育てられたんです」

「天よ私に、母性に挑戦する力をください」と言い、片手を上げ、あますところのない真実を告げることを誓う意志を示した。「一日の猶予を与えよう、ビリングス。君の言うように給与はなしだ。それが適切だろう。身分証を明日の午後までにトーマスに返却するように。契約解除の書類を準備してくれているだろう」

ビリングスは頷いたが、それは私に向けられたものでもあった。「キャリアを通じて、ひとつの研究所から別の研究所へ渡り歩いてきました。問い合わせさえすればいい。失職したことなど一度もないのです」

「今度もそうだろうね」机に戻り、腰を下ろす。

「言われなくてもそうなりますよ、そうでしょう?」ビリングスが立ち上がる。もう出て行ってくれないだろうか、仕事に戻りたいのだ。だが彼の足取りはこわばり、威厳に満ちていて、カタツムリのように鈍かった。ドアのそばで立ち止まる。告別演説でもするのだろうか。「これだけは言っておきましょう、カーセッジ、あなたとの仕事は――」

「くそっ、あいつはどこだ」ビリングスが驚いて飛び退いた。飛び込んできたのはほかでもない、広報の操り人形ディクソンだ。ビリングスを突き飛ばしても足取りは乱さない。ディクソンは机に身を乗り出し、両手を腰に当てた。「話がある」と彼は言う。「説明しろ。いますぐだ」

この男の手がここまで太っていなくて、握った拳も子豚みたいじゃなければ、敬意を払うのも簡単なのに。

「説明『しろ』?　きみが私に命令するのかね」

「私が話していたんだ」とビリングスが口をひらき、自分の時間を取り戻そうとした。

「そんなことはわかってる」ディクソンがどなる。「この数ヶ月間、書く記事書く記事、あんたのためにやってきたのに、あんたはそれを仇で返したんだ」

こういう直接的な攻撃にはリーダーの質が問われるものだ。今回の場合は、こちらの統御力を示す機会が与えられている。「落ち着け、ディクソン。ちょっと座って待ってくれれば、改めて話を聞こうじゃないか」

「座らない。待ちもしない」

不敵な奴だ。恩知らずめ。無視するために身をそらす。「ビリングス博士、なにかね」

「いま彼が私よりうまく言ってくれましたよ。卑劣なあなたの幸運を祈ります」そう言って笑いながら部屋を後にした。

わずかに心乱される。こちらの意向に対してなぜあんな態度が取れるのか？　いまのやり取りから、どうしてあんな歪んだ笑みが？　ディクソンはまた腰に手を当て、偽善と無知をさらしている。そう思ったとたん、倦怠にとらわれ、彼という重荷にうんざりした。「なんだね、ミスター・ディクソン」

「俺たちのあいだに特例はないと取り決めたはずだ。なのにあんたは俺が不在のときにウィルソン・スティールと判事を面会させた」

　ビリングスとの面会が不満なものに終わったために、忍耐強さがなくなっていた。このくだりも早いところ済ませてしまおう。結果はもう決まっている。「たしかに」

「俺との契約の直接的な否定だ」

「そうだな」

「くそっ」拳を腿に打ちつける。「なにを考えてる？」

「ミスター・ディクソン、その答えを本当に知りたいかね」

「でなけりゃ質問するか」

「よろしい」椅子をまわして半身をディクソンに向け、横顔を見せる。もちろん、トーマスに向かって話そうとしたわけだ。「きみとの契約を取り消す。なぜならウィルソン・スティールは、たとえ眠っているときでも、記者として作家として、きみが絶好調なときの百倍は有能だからだ。彼は国家規模で仕事をしていて、大量の読者を持ち、ベストセラーを書いた実績もある。きみはといえば三流の科学雑誌の三文文士で、要約するのはすばやいが、知的な文章を三行でもひねり出すのには悪戦苦闘している」

　ディクソンは先ほど勧めた椅子に座った。充分に顎を引くことを知らなかったために打ちのめされたボクサーのように、どさっと。すでに打撃は与えていたが、続ける。

「はじめこそ我々の仕事のプロパガンダとして役に立ったが、きみの限られた理解力と未熟な能力では、いま我々の必要とする規模と観客には不充分なんだよ」椅子をまわして後ろを向き、消毒液を両手に落とす。「ウィルソン・スティールにインタビューさせたのは、もうきみに価値がないからだ。この答えに満足かな？」

「きさま」彼は唸り、頭を振る。「きさまは偽善者のクソったれだ」

「トーマス、よく聞いておけ。我らの時代のシェイクスピアだぞ」

ディクソンは苛立ち、片手で顔をこする。わかるのは、彼が考えをめぐらせており、歯のがたついた認識という小さな歯車を回転させていることだけだ。見ていてしびれが切れそうになるが、少なくとも彼はビリングスがあらわしそこねた精神を見せている。最後の一分まで楽しめるはずだ。

「なにを考えているのかな、ミスター・ディクソン」

「ここで起こっていることをさ。考えてみてもよくわからないことがひとつあるんだ。それに近づいたとたん、あんたは扉を閉めた」彼は爪を噛む。「そうさ。このプロジェクトに疑いを持ったとたん、あんたは俺を切り捨てた。はは。その疑念が正しいとでも言うようじゃないか」

「いったいなにを言おうとしているんだね」

「きさまはな」前のほうに座り、奇妙な笑みを浮かべる。どうしてこいつらはこんな変な笑い方をするのだろう？「きさまは、自分のエゴがトラブルを回避していると思ってる。それは大きな間違いだ」

「そんなボーイスカウト並みの世間知らずだったとはな、ディクソン。鳥肌が立つよ」

無作法にこちらを指差す。「俺をそんなふうに扱ったことを後悔するぜ」

我慢できなくなって、笑い出す。「脅迫しているのか、ミスター・ディクソン。エラスタス・カーセッジを脅迫？　トーマス、彼から身分証を没収してくれ。彼の仕事は終わりだ」

トーマスが大股で近づき、下襟に付けられたカードを外す。この記者がプロジェクトの事務所と研究室に入る唯一の手段だ。軽くほくそ笑む。「本当に信じているのか。ダニエル・ディクソンがエラスタス・カーセッジを否認する記事を書いたとして、それを読んだ世間がきみの解釈を受け入れると?」両手を入念にこすりあわせ、ウシの乳搾りをするように、片手の指をもう片方で絞る。「そこまで勘違いしていたとは知らなかった」

「これから楽しませてもらうつもりだ。わかるか?」

手を入れ替える。「なにを楽しむって?」

「あんたがぶちのめされたときに立てる音をさ」

「ミスター・ディクソン、退屈な振る舞いはやめてはもらえないか」

「やれないと思ってるんだろう」

爪のあま皮に気を遣う。「蟻がオークの木を切り倒すようなものだろう」

「だが俺はあんたを知っている。あんたはオークじゃない」

「安心したよ、種を見分ける能力はとても鋭敏なままだな」

「あんたはペテン師で、このプロジェクトは偽物だ。あんたはたったいまそのことを認めたのさ。この計略にどれだけの人間が噛んでいるかがわかれば、後は書くだけだ。世間は騙せたかもしれないが、カーセッジ、俺はずっと注意を払ってきた。俺は真相を知っていて、証拠もあるんだ」

「また蟻を思い出したよ。ごちそうを見つけて目がくらんでいる。だが実際はパン屑にすぎない」

「俺が見つけたものを一緒に見ないか、いまここで。気取り屋のクソ野郎」

なんて猥雑な男だろう。まったく、自分の品のなさを開陳するこのやり方はどうだ。あえて返事はしてやらず、ただ両手の掃除を気持ちよく続ける。ディクソンは椅子から立ち上がってドアに向かうが、立ち止まる。

ひそかに笑ってしまう。これから、うちのめされた男の最後の抵抗が始まるのだろうか。

「最後にひとつ訊いていいかな、カーセッジ博士。正式に」

「どうしてそう完膚なきまでに陳腐なのかね」

「ひとつだけだ。そしたら出て行く」

手を挙げる。「言ってみたまえ」

「エイモスとは誰だ」

息をのむ。「なんだって」

「いい所をついたようだな、だろ？」にじり寄ってくる。「白状したらどうだ」

「ほほう。エイモス・カートライトに行き着いたとはな。おめでとう。そこまで賢いとは思っていなかった」

「遅かれ早かれ見識を改めることになるな、友よ」

「おそらく『遅かれ』のほうだな」机の後ろを歩きながら時間稼ぎをし、飲み込んだものに胃が慣れるまで、椅子を前方に転がした。「エイモスについてなにを知っている？」

「なにもかも」尻のポケットからノートを取り出す。「後は詳細を確かめてもらうだけだ」

はったりだ。なにも知らないのだ。よくても断片だろう。書類の位置を戻した。ビリングスへの封筒がある。最優先事項の山の一番上だ。今日の仕事は、そもそもこれだけの時間を割くに値しないものだったはずだ。椅子を元の位置に戻し、再びこの会話を最短距離で終わらせようとする。「ならば自分で見つけることだな、ダニエル。私に言えることは、公的な資料に記載されている分だけだ」

答えはない。机の上で両手を組む。「よろしい。エイモス・カートライトは、世界に知られたチェスのグランドマスターで、不正を密告されたことによってその地位とタイトルを失った人物だ。その後、首をくくって死んだ」

ディクソンはペンを取り出し、ノートを取るあいだ沈黙した。「チェスでどうやって不正ができる?」

「馬鹿をいうな。チェスにごまかしはない。だが論理の力を使えば、世界チェス連盟で不正を働くのは簡単だ。たとえば考えてみろ、トーナメント表を作成する人物と共謀すれば、最後まで弱い相手と対戦することができる。巧者はみな反対側にいるんだ。彼らは互いに潰しあって疲弊し、かたやこちらでは簡単な試合を次々こなしていく。最終的には反対側にいたひとりと決勝試合なわけだが、彼は疲れ果て、萎縮さえしている。なぜなら相手が快進撃を続けたことを聞いているからだ。もちろん、その生き残りがきみをやっつける可能性はある。だが少なくとも二位につくことはできる。そしてたいていの場合、きみの優勢をくつがえすのは難しい。こうして世界的な名声を得るわけだ。弱きをくじき、幾度も二位を獲ることによって」

「すごいな」

「だが、ひとりの地位ある連盟のメンバーが告白した。リタイアしてずいぶん経った後、仕事に対するモラルを明らかに欠いていたことに死の床で気づいたんだ。信用を傷つけられたエイモス・カートライトは、首に縄を巻いた。たいしたニュースにもならなかった」

「チェスのいかさま師とこのプロジェクトとなんの関係が?」

エースの手札を持っているように両手を見下ろした。「それを知るには、きみの百倍は取材力のある人間が必要だろうな」

ディクソンは音を立ててノートを閉じた。「愚か者は、人を侮辱するのをためらわないもんだ」

「エラスタス・カーセッジが愚かだと?」

「一番わかりやすいタイプのな。自信過剰ってことだよ。でもさっき言ったように」

「なんだね」

「おれはあんたが痛い目を見るのを楽しむつもりだ」

踵を返し、立ち去った。


気分を落ち着けるのに数分を費やした。エイモス・カートライトの名をあんなピエロの口から聞くとは。とはいえ、エイモスと私との関連が見出される可能性はない。皆無だ。何十年もかけて、ばれそうなルートはすべてつぶした。それには、細胞や蘇生や自分自身の呼吸に対する以上の思慮ぶかさや慎重さが必要だった。彼がプロジェクトを脅かす記事を書くとしても、この情報はネタにならないだろう。

トーマスが背後にいた。「先生、エイモス・カートライトと私たちの繋がりはなんです?」

「彼の名前をパスコードに使った。それだけだ」

「どうしてそのような人物を?」

「なぜならな、トーマス、我々は彼とまったく異なる存在で、似通っている可能性がいっさいないからだ。彼はいかさま師で我々は清廉潔白だ。彼は自分の知性を無駄遣いしたが、我々は勤勉にそれを活用している。彼は生涯かけて嘘をついていたが、我々は決して嘘をつかない。決して」

トーマスは一礼する。「いまの質問で苛立たせてしまいました、謝罪します。しかし、ディクソンが我々に与える打撃はどれほどのものでしょう」

「彼がこれまでやってくれたことよりはるかに低い程度だろうな」

「しかし、投資家たちのことについてはどうです?　あの低温学者たちはいつも実に無口ですが、そのうち投資を拒みはじめるかもしれません。ディクソンは脅威では?」

「トーマス、状況を論理的にとらえようじゃないか。この時点でディクソンをどうかすることはできない。だから彼のことを考える時間をこれ以上引き延ばしたくないんだ。投資してくれそうな連中のことだが、未熟な漁師でさえ、マスにあるのは知性ではなく、ただの猜疑心だと知っているよ」

「私にはわかりません、先生。我々の投資家たちはマスですか」

椅子を押しのける。「必要なのは、彼らの疑いを底からかきまわすことだ。それからいい餌を用意して、釣り上げる。あれはなんだ」

窓のところまでゆき、階下を見下ろす。抗議者はいつものデモを終えて午後のニュースに備えていた。六時のパフォーマンスまで休憩しているのだ。前夜の逮捕のおかげで勢いが増している。おそらく千人近い人間が、滑稽な赤いTシャツに身を包んで集まっている。例の扇動者、あのスーパーヒーローめいたハンサムがカンザスから来てからというもの、連中はさらなる組織力とメディアに対する知識を見せはじめていた。彼と面会するのも面白いだろうと思うことがある。いま、グループのほとんどは道の脇にある芝生に集まって、弁当を食べていた。特に献身的なメンバーは、正門のそばの歩道にひざまずいていた。ほとんど私に対して祈っている、それは確かだと思う。本当にありがたいことだ。答えは決まった。

「トーマス、私たちのファンをさらに励まさなくては」

「連中が私たちのファンですか、先生?」

「彼らがどれだけ献身的か見たまえ。ミスター・ディクソンのように、彼らも有意義な示唆を与えてくれた。問題はこれから彼らをどう利用するかだ」

「流れの底からかき回すということですか」

「それでこそトーマスだ。そのとおり、そしてやることは決まっている。私は明日、彼らを招待しようと思う。

シンプルに、エレガントに、しっかりとかきまわす。きみの助けが必要だ」

「もちろんです、先生。ですが、私たちに反抗する連中を活気づけることが、どうプロジェクトに貢献するのですか」

「敵の憎しみが熱烈になればなるほど、憎む相手の重要性が認められるのだよ。だがまずは〈サブジェクト・ワン〉を連れてきてくれ。最も説得力のあるセールスマンに仕事をしてもらおう。彼を未来の投資家たちに会わせるときだ」

「餌を使うということですね」

指を振る。「頭がいいな」

さて、いまの私に管理能力がないなどと誰に言えるだろう？　彼は前向きな笑顔で部屋を出ていく。

第五部

興奮

第三十四章　すでに手遅れ

ケイト・フィーロ

机の上で私を待っていたメモを書いた主はまぎれもなくトーマスで、真の書き手も同様に間違えようがなかった。「オフィスに来ること——いますぐに」。

不思議と恐ろしくはなかった。不安すら抱かなかった。そのときジェレミア・ライスは私の家のキッチンにいて、くたびれたペーパーバックの『宝島』を読んでいた。私は自分がそんな本を持っていたことさえ忘れていた。最後に見たとき彼はテーブルでくつろぎ、速読するようにページを繰っていた手を止め、次第に朝日に照らされつつある椅子の下に敷いて座っていた。奇妙だがどこか惹かれる仕草だった。彼とは対照的に、私のなかのエラスタス・カーセッジはあらゆる意味で小さくなっていった。トーマスは「いますぐに」に強調の下線を引かなかったが、大文字にしていた。果たして、手書き文字に萎縮するべきだろうか。

午前中ずっと、ありとあらゆる可能性を検討していた。見込みのありそうな研究所がニューヨーク北部にあるのをオンラインで見つけた。血液の研究に特化していたが、先頃細胞化学の交付金を受けたばかりで、その使い道を探していた。博士号取得者向けの職もミズーリ大とアイオワ大にあり、当面の仕事にできそうだった。アパートを出る前に履歴書をメールすることもできた。そのコピーに説明書きを添えて、学会でのかつての指導者であったトリヴァーにも送れば、彼は便宜を図ってくれるだろう。

でもそうはしなかった。かわりにマグをコーヒーで満たし、ジェレミアの肩を撫でてから、職場へのいつもの散歩を楽しんだ。驚くほど美しい朝だった。前日の湿気はすっかりなくなり、澄んだ空がひらけていた。きらきらと光るチャールズ川に架かる、マサチューセッツ工科大学の橋を渡った。私は緑の地に小さな白い花をあしらったサマードレスを着ていた。気分は十八歳だった。

搬入口に着くころには〈ラザロ・プロジェクト〉という糸をたぐっていこうと自分に言い聞かせていた。たとえその結果どうなっても。カーセッジのメモは問題を単純化したにすぎない。彼が私を解雇するつもりなら、一時間以内にすべて終わるだろう。家に帰って昼食をとり、履歴書を送り、ジェレミアをケープコッドに連れて行って夕食をとる時間くらいは残されている。カーセッジが私を解雇しなければ、持ち場に戻り、なにができるか見てみてもいい。廊下でふと立ち止まったとき、私は当座控えている仕事が特にないことに思い当たった。すでにこのプロジェクトとの関係は切れはじめているのだ。あるのはジェレミアとの繋がりだった。

トーマスはいつもの持ち場である室外のデスクにはいなかった。彼の笑い声が奥から聞こえた。ノックして足を踏み入れて、驚いた。トーマスがカーセッジの玉座に座ってリモコンを手にし、あのエゴイスティックな上司は、部屋のなかで立っていたのだ。ふたりは大きなテレビ画面を前に笑っていた。彼らが分かち合う最もプライベートな瞬間を目撃し、私は部屋を出ようと後ずさった。

「司教とはな」とカーセッジが叫んだ。「いまや我々は司教にまで糾弾されているんだぞ」

トーマスが笑った。「『神だけが生命を生み出せるということ』」嘘くさいバスの声で言った。

「出直します」と私は言った。

「いや、いや、完璧なタイミングだ」カーセッジは言い、袖で涙をぬぐった。「見たまえ、フィーロ博士」落ち着き払って画面を指差した。「見て、なにが起こっているのか知りたまえ」

トーマスがリモコンを押した。ニュース放送の動画がすばやく巻き戻されていった。その間も彼はまだ笑っていた。

「ここにテレビがあったなんて知りませんでした」

「フィーロ博士、きみの知らないことをリストアップしていたら一生かかるだろう」

私は口をつぐんだ。「これです」トーマスが言った。「ここが一番面白い」

ビデオが再生されると、赤いシャツを着た大群衆の中心に、聖職者用の襟をつけた黒ずくめの男がいた。彼の後ろにいる人々はプラカードや手を振っている。

「この人は……?」

「マサチューセッツ州の司教ですよ」とトーマス。「前任者は枢機卿にまでなりました」

「まあ聞いて」とカーセッジ。

「……化学と宗教のあいだに起こっている有史以来の争いは、論理と信仰の衝突です。そこで、我々はおおもとの原理に立ち返らなくてはなりません。エデンの園にまでさかのぼる根本的な教えです。つまり、神だけが生命を生み出せるということ。全能の神だけが、生命の始まりと終わりを決めることができるということです」司教は指先を舐め、ページをめくった。「このプロジェクトに従事する人たちのために祈ります。なぜなら私たちは学ぶことに敬意を抱いているからです。信仰は、人類を知と理解の高みに導く力への信頼を、その内に含んでいるのです。それでも私たちは、このプロジェクトの目的を案じてもいます。この俗悪な誘いを見れば……」彼は一枚の紙切れを持ち上げた。「彼らの真の姿が見えます。彼らは、私たちの誰もがなっておかしくない、罪人です。ですが、私たちと違って彼らは、すすんで人間の生を貶め、それを化学方程式に矮小化しようとしている。決してその生命を、自身の似姿として我々をお造りになった、寛大で慈愛に満ちた神からの神聖な贈り物とは考えないのです」

群衆が喝采したが、司教は手を挙げてそれを制した。

「私たちは辛抱強かった。彼らの達成を体現する男を、我々の街に、仕事場に、家に迎え入れました。聞くところでは、彼は大聖堂にもやってきたというではありませんか。そして私たちはこれからも、悔悛する者を、腕を広げて迎え入れつづけるでしょう」

「いいですね」とトーマス。「まるで彼が――」

「しかし冒瀆行為を許すことはできません。生の奇跡が損なわれるのを見逃すことはできません。とりわけ、偽りの不死がそれを損なうのは。私たちには認められません……」また紙切れを振った。「この破壊への招待を無言で看過することを。残された望みは、ただひとつです」彼は祝福を告げるかのように片手を高く掲げた。

「一番の見所です」とトーマス。

「私は頼みたい。この街の市長に、市議会に、州知事に、そして合衆国の副大統領に。彼はあまりに急ぎすぎ、この企てへの支持を表明してしまいましたが……彼らひとりひとりに頼みたい、そして公共の信頼に対する大きな責任に恃《たの》みたい。このプロジェクトを終わらせることを」

群衆が唱えはじめた。「終わらせろ、終わらせろ」ハンサムな抗議リーダーが進み出て、合唱隊を指揮するように腕を振った。「終わらせろ、終わらせ――」

トーマスが音量を絞った。「『彼らひとりひとりに頼みたい』」椅子から立ち上がりながら言った。「カーセッジ博士、あの招待状は大成功でしたね」

「忘れるなよトーマス、これはきみのアイデアだぞ」

「とんでもありません、先生。いつでもお呼びください」彼は言い、オフィスを出て行った。

カーセッジは咳払いし、ボタンを押した。テレビが消えた。木製のパネルが下りてきて画面を隠した。「軽率な行為はもう充分だ」

「いったいなにをしたらこんなに人々が怒るんですか。あの紙にはなにが？」

「はったりだよ」彼は机ににじり寄った。「とんでもなくうまくいったはったりだ」

「いつ、どこで起こったんですか？」

「一時間半も経っていない」とカーセッジ。「正門のすぐ前でね。きみが時間通りに仕事に来れば、そのさなかに足を踏み入れたところだ」

「今日は差し迫ってやるべきことがなかったので」

カーセッジがため息をつきながら腰を下ろした。「フィーロ博士、どこから説明すればいいかわからない。多くのことがものすごい密度で起こっていて、いろいろな変化があったんだ。気づいていないようだが」

私は椅子のひとつを彼の机に向けて座った。「教えていただけますか」

彼は眉を上げたが、ひと呼吸置き、数枚の書類を脇に押しやった。「では。我々の友人のミスター・ディクソンはもう友人ではなく、我々に危害を加えようとしている」

「その顔を見たかぎりでは、彼なしでもやっていけそうね」

「そして資金が底を尽きかけている。だが多くの投資家がこぞってやってきて、我々の技術を活用し、極低温状態で保管している人間に適用したいと訴えている。彼らに提示したいのは決定的な証拠だ。否定の余地のないサクセスストーリーを示し、彼らに〈サブジェクト・ワン〉を紹介することで――」

「そんな名前の人間はいない」

「――と思っていたが、アブラカタブラ。彼はもうここにいなかった」

予期していたことだったので、私もはったりをかけることにした。「本当ですか、博士？」

「おふざけはやめないか？　四つの監視カメラが、きみたちが建物をこそこそと抜け出すのをとらえている」

「私たちはこそこそしてなどいません。間違ったことは何もしていないんだから」

「――昨日の朝、八時過ぎだ」

「八時二一分です」カーセッジのオフィスの外から声がした。

「ありがとう、トーマス」カーセッジは、真新しく、削られてもいない鉛筆を取り上げ、消しゴムで私を指した。「私はきみの無責任な行動の正当化にも、ロマンスの可能性にもまったく興味がない――」

「そんなものは――」

「頼むから黙ってくれないか、フィーロ博士。きみはもう足の届かない水のなかを泳いでいるんだ。司教の一件など些末なことだ。きみが彼のアフターケアに励んでいるあいだにも世界は進行している。身を守ろうとして話せば話すほど、状況は悪くなっていくぞ」

「がみがみうるさい女でごめんなさい。でもどうするんですか、私を解雇するの？」

「それが怖いのかね？」

「少しも」

「そうだろうな。〈サブジェクト・ワン〉が四時までに私のオフィスに来ないとしたら、誰かをクビにすれば一件落着するような事態ではない。わかっているのか？　食事の監督がなくては、彼にとって悲劇的な結末を生むぞ。このプロジェクトにつぎ込まれた資金も、途方もない額だ。このうえ状況が悪くなれば、解雇ごときですむとは思わないことだな」

「私の姉のクロエはよく訴訟を起こすけど、世の中には二種類の人間がいると言っていました。お前を告訴すると脅す人間と、実際に告訴する人間と。あなたはどちらかしら、カーセッジ博士」

彼はその問いかけに驚いたようだった。鉛筆についた消しゴムで机を叩いた。「私は、きみを雇っていた十四ヶ月間、一貫した態度で接してはいなかったかね」

「ええ、していました」

「その態度をきみはどうとらえている？」

「正直に言っても？　マキャヴェリ主義。操作的。尊大」

「心にもないことを言っていたことは？　ためらったことは？　一度でも攻撃を恐れていたことがあったか？」

「あなたはいつもあなたらしく行動していました」

「それは、きみの姉上の言葉で考えると、単に脅すだけの人間かね、それとも実際に告訴する人間か？」

私は膝に目を落とした。手にはまだトーマスのメモが握られていた。サマードレスが、浮ついていて、脳天気なものに思えた。「告訴する人間ね」

「今日に限って私が別なふうに振る舞うと考えるだけの根拠があるのか」

私はまた顔を上げた。「これまでは、すべてのカードがあなたの手元にあった」

「いまは違うと？」

「ええ。トランプまるまる一組が私の元にある。昨日の朝八時二一分からね」

「フィーロ博士」鉛筆を両手でつかみ、ゆっくりと下ろした。関節が白くなっているのを見て、激怒しているのがわかった。ただごとでない怒りをなんとか抑えている。「きみを騙して、きみの道義心に反することをさせようとは思わない。その道義心がどれだけ間違っていようとな。聞く耳を持たない者に論理的になれと訴えもしない。向こう見ずなフェミニズムと戯れる誘惑に屈するつもりもない。未熟な科学者を愚かしさから救うのが目的ではない。目的は、このプロジェクトの存続だ。したがって繰り返すことは単純だ、曖昧さのかけらもない。もし今日の午後四時までに〈サブジェクト・ワン〉がこの事務所に来なければ――」

「はい、はい、私をクビにするって言うんでしょう」

「馬鹿な」彼は嫌な笑みを浮かべたまま椅子が横向きになるまでまわりはじめ、こちらに横顔を見せた。「小さなマフェットちゃん、解雇など無意味だよ。何年にもわたって大勢をクビにしてきたんだ。さっきもひとりクビにしてから一時間と経っていない。きみの同僚だ」

「あら、今日はどんなに立派で献身的な人が船外に投げ出されたのかしら」

質問を無視して、鉛筆を指揮棒のように振った。「クビにしたところで、ただ哀れなほどに誇張された履歴書を書き、年老いた教授たちに泣きつき、埃をかぶった研究所を見つけてそこを家と呼び、退職までかわりばえしない、無価値な日々を送るだけだ。私が解雇くらいですませたときは、礼くらいしてほしいものだよ」

また前を向いた。「彼に対して影響力を持っているのは認めよう。そうなるのを許したことを悔やんでいるよ。だがきみの影響力に払える私の辛抱も限界だ。だから率直に言おう。ジェレミア・ライスが四時までにここに立っているか、きみが破滅するかだ」

「破滅する？　いったいどういう意味？」

「知りたくもないだろう。キャリアも名声も得るのを許さない。それだけじゃない。私に持ちうる力をすべて使い、きみがめちゃくちゃになって貧窮するまで容赦しない」鉛筆を机に落とした。「楽しませてもらう」

カーセッジは机に置いてあった消毒液のボトルを押し、白くてどろっとした液体を手に出した。洗うのをのんびり見ている必要はなかった。どれだけこすってもこの男を清めることはできない。

待合室には大きなボール箱がふたつあった。コントロール室に持っていった。ガーバーが座ったまま後ろに下がって道を塞いだ。

「おっと、来たな、旅人よ」彼は言った。「鬼神みたいに怒ってるな」

私はボール箱を机に置いた。「カーセッジをまっぷたつに引き裂いてやりたくなることがあるわ」

「あれはもう一種の芸術作品だからな」ガーバーは頭を振って同意した。「で、奴に因縁つけられたのか、きみが判事と一発ヤったから」

「ちょっと、ガーバー。ディクソン並みに口が悪いわ」私はまたボール箱を持ち上げてジェレミアの部屋に向かった。「それに、違います、私はあなたの言ったようなことは誰とも『ヤッて』ない」

「おっと」肩をすくめ、机に戻った。「それはお悔やみ申し上げます」

なんてところだろう。もう待ってはいられない。番号を叩いてジェレミアの部屋に入った。すぐに、箱はひとつで充分だとわかった。洗面用具と、片手で足りる数冊の本と、人々から贈られたなかから彼が選んだ服を合わせても、箱はいっぱいにならなかった。カーセッジのエゴとメディアの関心に挟まれて、私はこのプロジェクトを重大事だと、ジェレミアの復活が世界を揺るがす出来事だと感じるようになっていた。それがこれっぽちの持ち物にまとまってしまうのを見ると、辱められたような気がした。

出て行こうと最後に部屋を一瞥したとき、後始末をしていきたいという思いがわきあがった。本を棚にきちんと積み上げ、その上にイヤホンを置いた。ベッドを整えていると、枕の下になにかあるのに気づいた。下に手をやった。アライグマのぬいぐるみだ。はじめに感じたのは悲しみ、喪失にともなう心の痛みだった。無邪気な時は過ぎ、もう戻ってこない。それから怒りが、消すことのできない炎が燃え上がった。彼は私を守ろうと飛びだしてくれた。今度は私の番だ。

余った箱を部屋のまんなかに置いた。関心を抱いた人たちへの手がかりだ。だが、そんなことをしなくてもビデオがすべてを明らかにするだろう。まだ稼働しているはずだ。しかし記録するものなどない。彼はもういないのだから。

みなに別れを告げたいとも思ったが、このスタートを無駄にする理由はなかった。それにまだ仕事は終わっていない。ジェレミアのために必要なものが、あとひとつある。

地下室は明るく、蛍光灯が二列天井に走っていた。パイプが頭上を這っていた。研究所の倉庫には何度か入ったことがあった。ジェレミアが町歩きでもらった贈り物を置きにきたのだ。

新しい注意書きがドアにかかっていた。《〈ラザロ・プロジェクト〉の所有物です。許可なく立ち入り禁止。エラスタス・カーセッジのサインなしに、なかの物を持ちださないでください》

どうしてジェレミアへの贈り物が研究所の所有になるのかはわからなかったが、どうあれカーセッジは私の持ち出しを認めはしないだろう。身分証をリーダーに滑らせたが、ドアは開かなかった。もう一度やっても無理だった。カーセッジはもう私のアクセスをブロックしたのか。困ったことになった。上に戻ったところで、誰が身分証を貸してくれるだろうか、研究所のメインコンピューターがすべての動きを監視しているのを承知の上で？

「お願い」と私は言い、無益にドアノブを引っ張った。

「よければ僕にやらせてくれないか、ケイト」

振り返ると、歯並びの悪い笑顔に迎えられた。研究所におけるかつての友人。どうやらまた友人になれるようだ。「ビリングス、助かるわ。いいの？」

「きみにも出て行けと言ったのか、彼は」

「正確にはまだ。あなたが、カーセッジが解雇したのを自慢げに話していた人なのね」

「おそらくね」ビリングスが身分証を滑らせた。私たちふたりの耳に、電気仕掛けのかんぬきが動く音が届いた。「半分クビ、半分辞職だ」

私は笑った。「同じ境遇なわけね。あなたが私よりちょっと先だったみたいだけど」

「だが僕の身分証はまだ使えるようだ」彼はお辞儀した。「お先にどうぞ」

「相変わらず紳士ね」段ボールの箱を持って先に入った。

「おうよ、娘さん」彼は嘘くさいコックニー訛で言った。「母ちゃんに叩きこまれたんだ」

私が最後に来た後、誰かが整理したようだった。棚が壁に並んでいて、上の段には灰色のプラスチックの箱が載っていた。箱にはうんざりするほど几帳面で完璧な手書き文字のラベルが貼られていた。「で、どうしてカーセッジと袂を分かったの」

「説明しにくいな、ケイト。彼にとっては、魅力がなかったんだろう。それは確かだ。僕としては、小さな生物から引き出した発見を彼のようなろくでなしに所有してほしくなかった。あとは、彼を苛立たせるように尊大に振る舞ったからだろうね」ビリングスは離れた壁に歩いていって、箱を下ろし、なかの書類をかき回した。「あったぞ、一発的中だ」ファイルをつかみ出し、箱を押し戻した。「退職手当を受け取ったら、マウイで退廃的な三週間を送るつもりさ」

通路をゆっくりと歩き、ジェレミアと関係のある物のラベルを確かめていった。最近のものから始めた。

「いい計画があるみたいね」

「次の研究のための資料を拝借できれば、答えはイエスだ。判事以外の蘇生した生物たちの代謝率を調査しておいた。専門家としてのパラシュートさ、言うなれば」

列の最後で立ち止まった。ラベルにはこうある。《〈サブジェクト・ワン〉発見時の着衣》。箱を引っ張り出すと、重くのしかかってきた。

「手を貸すよ」ビリングスは書類を置き、箱をとって、床に下ろした。「なにを探しているんだい？　よければ教えてくれないか」

箱はテープで封をされていた。その上にトーマスが書いた日付は、私たちがジェレミアの凍った身体とともにボストンに到着した日だった。テープをはがして蓋を開けると、一番上にある物が見えた。使い古され、オイルまみれになった、茶色のブーツ。取り上げ、底に記されたCの装飾文字を指でなぞった。「これよ」

ビリングスが腕を組んだ。「まったくおかしな気分だ。まるでお芝居の休憩時間にトイレに行って戻ったら、一番の見せ場が終わっていたみたいだよ」

「これは彼のブーツよ。彼が取り戻したいと言ったの」

「責めているんじゃないよ、ケイト。ここじゃ僕もきみ同様に盗人なんだ」

ブーツを手にしていると、動揺はおさまった。「そうね、ごめんなさい。あなたは小さな生物で発見があって、それを分かち合いたくない」

「そうなんだ。ここだけの話にするかい」

「もちろん」

「さて、それは代謝と関係がある」と言って笑った。専門バカの笑顔だ。研究者になってから何度も見てきた。なにか困難で難解な問題を追求して、答えを見つけたときの表情。たぶん私も一度か二度はそんな顔をした。

ビリングスは手をこすりあわせた。「ボーデンによれば『冬眠する熊』だそうだ。間違ってはいない。ほら、蘇生した生物はどんな種類の生き物であっても、決まって驚くほど低い代謝率で活動を始め、ほとんどスローモーションで養分摂取と呼吸を行うだろう？　彼らのお腹やなんかにとって、すぐれて穏やかなスタートだ。困るのは、代謝率を制御するメカニズムだ……というのも、それらのメカニズムは凍っていたときには機能していないわけだろう？　それは正常に戻っても速度が安定しない。安定せずにどんどん速くなってゆき、生物はこれまで以上に活発に活動していく。エネルギーを高い加速率で消費し、かわいそうに、すぐ燃え尽きてしまう」

「もちろん見たわ、小エビとか、ほかにも。なにが言いたいの」

「カーセッジは蘇生に関しちゃたしかに天才かもしれない、だが蘇生させた生物をその状態で維持することに関しては、なさけない記録しか残せていないんじゃないか？」

彼の言わんとすることがわかった。私は後ずさり、棚に背をつけた。「そんな」

「にもかかわらず」とビリングスは続けた。「これまで誰も、なぜあわれな生き物たちが死んでしまうのかを調べようとしなかった。なにが彼らを生きながらえさせるかということなど、もってのほかだ」

彼を直視できなかった。「けどあなたは」

「いよいよ核心に辿り着いたようだ。地下室でファイル泥棒の最中だがね。残念なのはそれだけじゃない。小さなものたちはとにかくも、日が昇るように確実に死んでしまうんだ、しかもすごいスピードで」

ブーツを落とした。一緒にくずおれそうになり、倉庫の床にしゃがみ込んだ。「どれくらい早く？」

「加速の対数だ、ケイト。そうだ、いいグラフがある」ビリングスは夢中になっていて、両手が宙に舞い上がった。「傾斜が上昇すると――とてもエレガントな曲線なんだが――一定して加速度が上がっていく」

「どんな兆候があるの？」

「推論はリスクが高いよ、ケイティー。僕のデータはすべて、きわめて細かな――」

「あるのかって訊いてるの！」

ビリングスは驚いてこちらを見たが、やがて慈しむような表情に変わった。私は彼とのこれまでの歩みを感じていた。研究所での夜、標本の整理に手を貸せなかったこと、北極海での凍りつくようなダイビング、列車のなかで飲んだバーボン。飲みながら、私たちはジェレミアを故郷に案内していたのだった。そして言うまでもなく、カーセッジのために働くという災難について絶えず交わし合った、同情に満ちた言葉。

「やれやれ、ゆっくり話しすぎたかもしれない。いまハンマーで叩かれて、やっと身にしみてきたよ。グラフのことで無駄口を叩きすぎた。きみは……」彼は咳払いした。「わかった。僕たちはかなりのものを駄目にしてしまったようだ。そうじゃないか、ケイト」

「そう思う?」

「僕はきっぱり仕事を下ろされた。そしてきみはもっと苦しい状況にある。だろう?」

「さあ。たぶん。おそらくね」

「本当に残念だ」彼はため息をついた。「おそらく完全に手遅れなんだろうね、科学的な視点を維持しろとか、研究者としての距離を保てといったアドバイスをするには」

「完全にね」ブーツをもてあそんだ。「ほかにこのことを知っているのは? ジェレミアに言った人は?」

「ありえないな。カーセッジでさえ、僕のほうから確かめるまでなにも言わなかったよ。僕は解決策を見つけたと思ったんだが、それもどうやら怪しいとわかった。カーセッジはもっといい策があると考えているみたいだが、僕はそのやり方が失敗するのを研究所ですでに確認しているんだ」

「それでどうすればわかるの、ビリングス?」

「そうだった」こぶしを添えて咳払いした。「よろしい。麻痺状態。もし彼がパーキンソン病の老人みたいに震え出したり、飲屋街の酔っぱらいが幻覚と戦うような素振りを見せたりしたら、彼がその無慈悲な傾斜のどこかにいると考えていいだろう」

　私は頷いた。喉が詰まったが、訊かなくてはならなかった。「もう震えはじめていたら?」

「もう始まっているのか？　それならおそらく……ほかの代謝のサインを見るんだ。いくらでもあるだろう。増加する食欲、睡眠量の減退」

とうとう、ほんの少しだが、静かに泣き出してしまった。「それから？」

「とても見ていられないよ、ケイティー。こうなってしまっては。耐えられない」

「教えて。お願い」

「ああ、ケイト。もう速度を予想しても無意味だ、ただ痛ましい結果があるだけ」

一分ほど泣いていた。涙がワンピースに暗い緑のしみをつくった。ジェレミア。あなたの指はリンのベンチで震えていた。部屋で本を読むとき手を敷いて座っていた。墓地に行くとき、あなたの手ははためいていた。

ゆっくりと気分を落ち着けた。ブーツの片方が落ちてまっすぐ立った。膝のあいだにはさみ、革製の口を見下ろした。「まだ私にできることがある？」

答えはなかった。目を上げると、グラハム・ビリングスはすでにいなかった。

第三十五章　当たりくじ

ダニエル・ディクソン

すべてのツキが回ってきた。その朝、人生が自然といい方向に向いた。感謝する相手がいるとすれば、あの司教ということになるだろう。その日の夜明けまで、俺にはなんのプランもなかった。拘束具に縛られているような激しい苛立ちがあるだけだった。

結局、ろくでなしのカーセッジは俺をものの十秒でお払い箱にした。こてんぱんにやられた。身分証もなし、入室もできずでは、世間に公表する証拠もなしだ。あの緑のバインダーは月の彼方に行ってしまった。その日の夜、編集と話した。奴は、たしかな証拠もなしにサー・エラスタスのような野郎とやり合ったらひどい目に遭うとぬかした。写真なりデータなり研究なりが必要だと。うちのデスクは腰抜けだが、正しいとも言える。ダニエル・ディクソンの原稿対ノーベル賞候補の博士？　物笑いの種だ。俺が真実を語ったところでガキのおっぱいほどの価値もない。

だが司教が状況を見えやすくしてくれた。俺はこの状況が形作られるのを数ヶ月かけて観察してきたが、そのあいだいつも、これはカーセッジやジェレミア・ライスの問題にすぎないか、もしくはケイト博士のウインドーショッピングにすぎないと思い込んでいた。司教が万物の創造主について語り、群衆が狂ったように歓声を上げるまで、この物語がまさに俺自身と関係があることに気づかなかったんだ。

十四歳の俺が両親をあの火から引きずり出し、彼らが炎に触れられる前に煙を吸い込んで死んだとわかったとき、俺と死の関係が永遠に形作られた。あのひどい夜は俺に、身体がどんなふうに死に抗うかを見せたんだ。ふたりの望みはもう一度だけ綺麗な空気を吸うことだった。そうすればきちんと座りなおし、宿題をすませなさいよと息子にも言えただろう。痛感したのは、どれだけ切実に信じたくなくても、死という存在は、最も確固として、最終的な、議論の余地のないものだということだ。

あのとき、激しく咳き込むたびに、肺が鼻から飛び出そうになった。あのあえぎひとつひとつが、俺をカーセッジの格好の餌食に仕立て上げていった。死を出し抜く方法があるに違いないと人生を賭けて求めてきたろくでなしは、俺のような人間を誰よりもうまく騙すのだ。

記者としての日々は、しかし、ものごとをありのままに見ることを教えてくれてもいた。はじめは霧がかかっているように見えても、現実はそれを消し去って、状況をとてつもなく明瞭にする。だからこそ俺は、このプロジェクトがてっぺんから爪先まで、頭からケツまで、はじめから終わりまでインチキだということも、すっかり突き止められたんだ。

唯一わからないのは動機だ。どうしてカーセッジはこんなビジネスをでっち上げたのか。金に困っているわけはないし、科学者としての名声も申し分ないなら、なぜ？　とにかくわからない、いったいどういうことなのか。研究所の入り口に面したベンチに腰掛けた朝、ずっとその疑問に思いをはせていた。

もちろんひとりでだ。ダニエル・ディクソンはいつもひとりで座っている。自己憐憫ではない、単なる事実だ。これから自分が書こうという人間に近づきすぎないのは、客観性を損なわせるからだ。いつでも刺々しいのは、世界の欠点をありありと見てしまうからだ。そして、ちくしょう、いま四十五歳で、子供のころから太っていれば、ひとりで座ることに関しちゃエキスパートになっちまうのさ。

ともあれ楽しみは最上級だった。おなじみのT・J・ウェイドがうっとうしい赤シャツ連中を煽動していた。奴がカーセッジからの馬鹿げた招待状を闘牛士のケープのように振りかざし、一団の声を最大音量に導いたころ、司教の乗ったリムジンが到着した。

だがコントロールはうまくいっていなかった。司教閣下が口をひらこうとすると、ウェイドは数分かけてみなを黙らせなくてはならなかった。説教のあいだも連中は叫び声とシュプレヒコールで遮り続けた。その躁的なエネルギーには辟易した。ぴりぴりして、まるで沸騰寸前の湯わかし器みたいだ。別のベンチに移り、通りの反対側から見物することにした。

司教が去っても、群衆はさらにカメラに向かって叫んでいた。終わらせろ、終わらせろ。素晴らしいともキャッチーとも言えないが、核心は突いている。報道陣が引き揚げの準備にかかると、俺は「森のなかの木」問題（森のなかで木が倒れるのを目撃する者がいなくても、それが倒れたときの音は存在するか、という問題）を考えた。抵抗を公にするメディアがなければ、この抵抗はいかほどのものだっただろう？　ハンサム隊長は小休止を指示したが、叫んでいる者たちはいつものように収まりはしなかった。ヒートアップしすぎだ。赤いシャツで大騒ぎしているのを見ていると、上流を目指す鮭の群れを思い出す。

　ドサッと俺の隣に腰かけたのは誰かと思えば、ガーバーだ。まるで蘇生を途中で止められたみたいに具合が悪そうだった。「どうかしたのか」

「なんで？」

　俺は笑った。「三日前にウィスキーの大たらいに入って、十分前にはい出してきたみたいな感じだぞ」

「今日は何曜日？」

「金曜。きっとすごいどんちゃん騒ぎだったんだな」

　ガーバーは両手で顔を覆い、長いうめき声を上げながらこすった。叫んでいる者のうち数人が気づいて振り返り、こちらに向かって騒ぎはじめた。だが通りを渡ってこようとはしなかった。交通妨害の件は一度かぎりで終わっていた。そのときボストン警察が百人以上を連行していた。彼らはまだ留置所で腐っていた。身分が明かされるまで、法廷が保釈を禁じたからだ。晴れた夏の朝、歩道はいつにもまして爽やかだった。

「ちがう」ガーバーが指のあいだから声を漏らした。「どんちゃん騒ぎじゃない。四日間ずっと答えを探していたんだ」

「おい」と俺は言った。「俺の意見は気にするなよ。お前がかかわっていないのは知ってるから」

　奴は頭を振り、片目で俺を見た。「なんの話だ」

「〈ラザロ・プロジェクト〉として知られている美しいイカサマのことさ」

「いかれてる」奴は言い、ベンチの背にもたれて首を傾け、空を見上げた。「馬鹿どもは、今日はなんて叫んでる?」

「いつも通りさ。プロジェクト、ジェレミア、神様」

ガーバーは頭をまっすぐに戻した。「サインも高級になったな」

たしかに。ウェイドが、マジックで書いたボール紙を立派な字体で書いた塗装済みの板に変えさせていた。木製の棒で高く掲げられるやつだ。スローガンも前よりは気が利いていた。《知識≠道徳、イエスは本物のラザロを愛していた》、それに《神は愚かじゃない》。俺のお気に入りは《私は愚かな側に立つ》で、「愚か《STUPID》」のTが十字架になっている。

ガーバーが長いため息をついた。「俺がおかしいのかな。いつもよりうるさくないか」

「二日酔いのせいだろ」

「聞いてなかったのか、ディクソン。パーティーをやってたわけじゃない。火曜の朝から大忙しだったんだ」

「そんな骨折りはNASAにとっておくのかと思ってた。どうしたんだよ」

「善き判事の心臓を動かして以来、最も厳しい状況だ」

「おいおい。あいつは街じゅうをケイトと遊び歩いてただけだろう」

「もう手遅れだと思っていたが、俺は答えを発見したらしい。塩分を制限する方法には限界があると思っていたんだ」

「なんの話だよ」

奴は俺がいないかのように続けた。「ビリングスが研究室を退去する前に、俺の机に資料を置いていったんだ。酸素の飽和について書かれていた。たいした内容だったが、ヘモグロビンの上限値に阻まれて、運搬メカニズムまでは見つけられていなかった」

俺は笑った。「公衆の面前でそんなわけのわからない話をしていいのか」

ガーバーも笑ったが、同じことを面白がったのではない感じがした。「今朝、ある技師が冗談を言った。疲れすぎてコーヒーを点滴したいってな。それでひらめいたんだ。輸血だと」奴はこちらを向き、目をぎょろつかせた。「輸血だ」

「そうかい」

「そう、そう。あの男に血を点滴すればいいんだ、大量にじゃなく、一パイントもあれば充分。ヘモグロビンが多いほど酸素も多くなり、アンモニアは少なくすむということだ。それで死を免れる。以上」

俺は吹き出した。寝不足かハッパの吸い過ぎか知らないが、わけがわからない。「ガーバー、あんたがその分野でどうやってトップになれたのか、俺にはわからんよ」

「注意を払わなかった？　なにが起こっていたか、見ていなかったのか」

「見ていたと思いたいがね」

「じゃあ、ヒントをあげよう――」ガーバーは目を覚ましたようで、座りなおした。「ときどきあんたが記者だっていうことを忘れるよ、なあ？　あんなにずっと研究室にいてさ」

「気にすんな。お前がなにを言おうとこれから俺が書くことと比べたらつまらんことだ」

なぜかこのひと言が奴を凪の状態にしたようだった。奴はまた前かがみになった。「じゃあそっちの話をしようか。俺のアイデアが有効かどうかなんて誰にもわかりゃしないんだから」

「まあ、俺に言えることはだな。お前がカーセッジと親しくはないってことだ」

「誰だって？」

俺はまた笑った。「まあいい。すべて明らかにするときが来たようだ」

「なんのすべてだって」

「イカサマだ。まったくの詐欺」

ガーバーはうなじを撫でた。「俺が戯言《ざれごと》を言ってるって言うのか」

「プロジェクトがだ、ガーバー。これまですべてを見てきて、ついにこれが完璧な偽物だとわかったのさ」

「なにを言ってる？」

「男は氷のなかで見つかってなどいなかった。死から蘇った男もいなかった。なにもかも嘘っぱちだ。安心しろ、これに噛んでいるのは数人にすぎないのはわかってる――カーセッジ、トーマス、ケイト博士。残りのあんたたちは演技していたんじゃなくて、信じていたんだ。そうでなきゃ、どうしてあんたみたいな経歴の持ち主が、偽物連中と一緒に仕事することがある？」

「酔っ払ってるのはお前のほうじゃないのか」

「すべてに証拠がある。確固たる証拠が。少し待てば、おおやけになる」

ガーバーはまたも顔をこすり、横目で見た。「じゃあなにか、カーセッジがあんたに無制限の取材許可を与えたこの数ヶ月の結果、あんたは自分を最も愚かな人間として世に知らしめるわけか？」

「あるいは最も抜け目のない人間としてな」

奴は立ち上がった。「なあディクソン、本当の大問題がジェレミアに発生していて、とんでもないことに、それを止める術を誰も持っていない。それが現実だ。あんたの疑念は絵空事だ。いかれてるよ。あんたこんがらがってるんだ、あのくそったれ狂信デモ連中みたいにな」最後の言葉を通りじゅうに叫んだ。赤シャツたちにはたしかに聞こえたようだ。さらに身を寄せあい、シュプレヒコールをガーバーに向けだした。

「だいたい、なんだ」ガーバーは続けた。「なんだって、今日はこんなにいきり立ってる?」

「これだろうな」俺はカーセッジの招待状を一枚手渡した。トーマスが昨日の夕方にばらまいたのだ。通りじゅうにゴミのように散らかっていた。


ボランティア募集。〈ラザロ・プロジェクト〉は、人間の生命の蘇生と強化に取り組むため、ボランティアを必要としています。探しているのは、身体を六ヶ月のあいだ極低温状態に置かせてくれる方。その後、プロジェクトがボランティアを無料で蘇生させます。科学的な知見を深め、この時代における最も偉大な達成に貢献するチャンスです。


ガーバーは目を見ひらいた。「ああ?　なんだこりゃ」

「見りゃわかるだろう。私たちに殺させてください、そうすれば生き返らせましょう。誰が名乗り出たいと思うかな?」

「『極低温状態』?　たわごとだ」

「あんた方が叩き起こしたジェレミアこそたわごとじゃないのか」

奴は顔をしかめた。「だが、おかしいな。どうしてカーセッジはこんなふうに挑発するんだ。どうやって〈ハード・アイス〉を見つけたかも、ましてそれをどう造るかも知らないくせに。なぜ俺たちが人々を凍らせなきゃいけないんだ、もし――」ガーバーは頭を振った。「どうやったらそんな考えになる?　カーセッジはなにをしようとしてるんだ」

「知るか。連中を刺激したいんじゃないのか」俺はデモ隊たちを指差した。いまや全員がこちらを向き、「終わらせろ」と吠えていた。「見出し記事が大好きな男だからな」

ガーバーは紙を丸めた。「この世界には馬鹿しかいないのか」

「もしお前がカーセッジに騙されて自分の威信をこの馬鹿げた冒険に掛けたのなら、馬鹿はお前だ」

「黙れ」丸めた紙を俺の膝の上に放った。それから通りを渡りはじめ、連中にも叫びはじめた。「黙れ。黙れ」

ガーバーが歩道を離れるや、奴らは示し合わせたように寄り集まった。一匹の犬が畜牛の群れに飛びかかるようだった。ただしこの犬は、疲れ果てておかしな髪をしたやせっぽちの変人で、牛たちは、怒り狂って腹に据えかねている連中だ。この数ヶ月戦いを続けてきたのに、自分たちの願いと情熱は状況をなにひとつ変えはしなかったのだ。奴らは波のように通りに押し寄せた。

「黙れ、クソったれ」ガーバーは弾みをつけながら言った。

「終わらせろ、終わらせろ」群衆は言い募った。そしてずっと練習していたとおりに群がり、赤尽くめの身体でできた円がガーバーを捕え、閉じ込めた。

ウェイドがそのとき角を曲がってきた。気取った笑みは、状況を察すると消え去った。駆け出し、みんなに引き下がるよう叫んだ。だが遅かった。ガーバーがひとりを押し、相手がもっと強く押し返した。ついでガーバーが別の男の持っていたプラカードを掴むと、男が乱暴に引き戻した。振りほどいたときプラカードが持ち主に当たり、一筋の血が額を斜めにつたった。ガーバーはそれを見て後ずさった。一瞬の間があり、絶叫が起こって、奴らはガーバーに飛びかかった。

駆け寄ろうとしたが、片足を通りに、片足を敷石に置いたところで止まった。俺はプロジェクトの関係者じゃない。それに、ガーバーを助けようとしたら同じ目に遭うだろう。ウェイドは人々を後ろに下がらせたが、暴行を加えている一団はとどまった。ガーバーは地面に殴り倒され、また無理矢理立たされてプラカードで殴られた。

なにかが乱闘から飛びだしてきた。道に落ちるや、すぐにそれがなにかわかった。当たりくじがダニエル・ディクソンに、真実の探究者にやってきた。ガーバーの身分証だ。

「大混乱だぞ」俺はフロントにいる守衛に言って、指差した。「ガーバー博士が袋叩きだ。手を貸さないと」

守衛はフロントの大きな窓ガラス越しに一瞥すると椅子から跳び上がった。「ヘンリー、表で乱闘だ」と無線に呼びかけた。「救急車を一台、パトカーを二台呼んだら急いで来い」

守衛は横を駆け抜け、警棒を腰のホルスターから引き抜いた。俺は彼が回転ドアを押して騒ぎに駆けつけるまで待ち、大急ぎでセキュリティデスクを通ってエレベーターまで行き、ガーバーの身分証を電子リーダーに滑らせた。後ろを確認しながら、到着のベルが鳴ってドアが開く音がするまで待った。

机が並ぶコントロール室は実質的に空っぽで、ふたりの技師がなにやら隅でつぶやきあっているだけだった。一瞬立ち止まってから、ゆっくりと最新の〈ペルヴェール・ドゥ・ジュール〉まで歩いていった。今日のサイトは〈フローズンマンを殺せ・ドット・コム〉だった。大衆の創意はたしかに日々進歩していた。そこにはいつもの加工された写真があった。今回はナイフの絵が判事の喉に刺さっていて、クレヨンで描かれたダイナマイトが口のなかに突っ込まれていた。レッドソックスのキャップをかぶったサッカーボールもあり、脇には剪定ばさみが突き刺さっていた。ガーバーが貼り出したものの一番上には、本日の見所として、大きな口で笑みをつくってアサルトライフルを携えた男がいた。彼はどこか屋外にいて、傍らにはスイカが、上半分を吹きとばされ、赤い果肉をまき散らしていた。下半分には明るい黄色のネクタイが巻かれていた。

技師のひとりが退室し、もうひとりは俺に背を向けて座っていた。俺は〈ペルヴェール〉の箱に近づいて緑のバインダーを引き抜いた。勝ち分を回収する賭博師のように落ち着き払っていた。それからガーバーの机にまっすぐ向かった。

　思った通りだ。コンピューターはまだついていて、ファイルがひらかれていた。ヘッドホンはキーボードの横にあり、音が漏れていた。脇に押しやり、キーを叩いた。

　すべてが完璧に整頓されていた。ガーバーが潔癖だと思ったことはなかったが、ここではまさにそうだった。名前、日付、ファイルタイプ。新しいフォルダを作ってそこにコピーを入れた。一年前からの写真、日々の生命徴候を記録した表、船上と、コントロール室と記者会見と、それからフランクの部屋の映像まで。

　フランクの部屋をちらっと見ると、閑散としていた。住む者の気配はなく、椅子にはシャツもかかっていなかった。ただ空っぽのボール箱がひとつ、隅に転がっていた。この大掛かりなペテンの完璧なメタファーではないか。無でいっぱいの箱。そして俺はまったく素晴らしい、最低なアイデアを思いつき、電話を取り上げた。

グローブ紙のトビー・シェアはこのプロジェクトに関していい仕事をしていて、俺の記事に色を付けた補足記事を書いていた。俺と違って内部まで踏み込めないにしては、なかなかどうしていい記事だった。最初にかけるにふさわしい。

「シェアです」

「トビー、ダニエル・ディクソンだ。〈ラザロ・プロジェクト〉を追っかけてる」

「驚いたな。ダニエル・ディクソンがなんでまた俺に電話を」

「今日〈ラザロ・プロジェクト〉周辺ではいろいろととんでもないことが起こってるんだ」

「ああ、午後のニュースで司教を見たよ」

「それだけじゃない。いずれ俺が書くけどな。だがちょっと手がまわらないネタがあるんだ。あんたはいい仕事をしていたから、ご褒美をあげようと思う」

「礼を言うべきなんだろうな」

俺は部屋を見まわした。「ああ、間違いなく感謝するだろうぜ、トビー。まず最初に、ジェレミア・ライスが失踪した。行っちまったんだ」

「まさか」

「まだある。もしメールアドレスを教えてくれれば、明日一番に奴が隠れている場所を教えるぞ」

彼は一字ずつアドレスを読み上げた。「なにか企んでるのか」

「言えないな、トビー。だがこれは本当だ。プロジェクトに電話してみればいい。ジェレミアと話したいんだがと言ってみろ。うろたえて口ごもるのが聞けるぞ」

「そうだな、わかった。ありがとう」

「なんの」丁寧に受話器を置いた。この場所をついに真実の側にひっくり返す。実にいい気分だ。今回ばかりは、世界には俺の曲に合わせて踊ってもらう。

それからさらに二本ばかり電話することにした。ひとつはヘラルド紙、もうひとつは俺たちをレッドソックスのゲームに招待してくれたテレビ局だ。そこの記者たちのアドレスを、明日の朝のためにポケットにおさめた。同じポケットから取り出したのは、頼りのＵＳＢフラッシュドライブ。ガーバーのコンピューターに差し込むと、三度のクリックで新しいフォルダのダウンロードが始まった。これで俺の所有物だ。

コンピューターが取り込みは二分で完了すると告げた。おいおい、やったぞ。ヘッドホンを手に取り、しっかり頭を挟んだ。曲が終わるところだった、フェイド・アウトだ。ゆったり座り、机に足をのせ、静かに次の曲を待った。

第三十六章　最後の卵

ケイト・フィーロ

その朝、寝室を出ると、彼はカウチに腰かけていた。夕べ最後に見たときにいた場所だった。手にした本だけが変わっていた。いまは『二都物語』を読んでおり、コーヒーテーブルには『ジェーン・エア』があった。

「おはよう、ジェレミア」私は晴れやかな声で言った。「眠れた?」

「大丈夫です、ありがとう」彼は立ち上がり、指を栞にして本に挟んだ。

私たちはとんだ嘘つきだ。毛布は昨晩私が置いたままの形に畳まれていた。カウチの縁の枕は頭の形にへこんでいなかった。だが空いているほうの手は安定しているようで、夕べより落ちついているように見えた。いい兆候だろうか。知りようがない。

「邪魔してごめんなさい」私は言った。「コーヒーをいれるわ」

「手伝いましょうか」

手のひらを彼の胸に置いた。「読書、続けて。すぐ戻る」

「あなたの髪は……」

「なに?」私は髪をかきあげた。

「いや、いや、そのまま下ろしていてください」彼は手を振った。

「本当に?」

「どうか。それも女性ならではの喜びですから」

なんの喜び? 私は黙って立ち、彼が座るまでずっと居心地が悪かった。それからようやく部屋の奥のキッチンに向かった。その日から、髪は一度も上げていない。最後の日々の彼と私の関係について追求されても、謝罪するつもりはない。科学者、信頼の置ける大人……彼が認めてくれたから、私はそうした立場を永遠に捨て去った。

廊下からこっそり様子をうかがった。彼の両脚は震えていて、コーヒーを二十杯は飲んだかのようだった。両手も、また。

とはいえ、ビリングスに告げられた事実は、ジェレミアには充分隠しおおせていると思った。アパートに戻ったとき、ジェレミアは戻ってきた靴にとても喜びはしたが、私のまとった空気には気づいていなかった。私はベッドの上で長々と激しく泣いたが、聞かれていたとは思わない。歯を磨きながら、決心した。この気持ちは落ち着きの後ろに隠すよう、力を尽くすと。だからコーヒーメーカーに水を入れ、豆を挽き、鼻歌を歌った。まるで友人のメグがボルティモアからやってきていて、いま別の部屋におり、これからふたりで美術館巡りをして楽しいときを過ごそうとしているかのように。

しかし今日はどうしよう。残された時間をどう使おう。ジェレミアにすべてを話すべきだろうか。いや、まもなく彼も自分で知ることになるだろう。時間が尽きようとするときに一番大切なことはなんだろう？

宙に浮いているような気持ちでキッチンに入った。重力は私を地につなぎ止めていたが、なぜか実感がわかない。コーヒーができた。マグに熱いコーヒーを注ぎ、ミルクを入れようと冷蔵庫を開けた。そこで見たものが、私の重みを地上に戻した。

卵がひとつ。ヨーグルトがなかった。レタスも、果物も、チーズも、残り物の中華料理も。なにもかもなくなっていて、卵がひとつボウルに残っているだけだった。持ち上げ、重さを手ではかった。

「申し訳ない、ケイト」

ジェレミアの声に跳び上がった。彼はドアのそばで憂鬱そうに立っていた。

「ゆうべひどく空腹になって。ひと晩中です。うまく説明できません。決まり悪いのですが、ほとんどすべて食べてしまった。申し訳ない」

「いいの」私は言い、卵を手で包んだ。「言ったけど、ここではなにかするのに断る必要はないのよ」

「でもなにもかも食べつくしてしまったんです、ケイト。シリアルも、パンも、クラッカーも」

「スーパーマーケットに行けばいいだけの話だから。きっと楽しいわ」

「飢えがずっと続いているんです」

「説明しなくてもいいの」打ち明けることもできた。おそらくそうすべきだったのだろう。でも顔を背け、わずかに残ったミルクに視線を落とし、ひと口飲んだ。彼を失いたくない。「ねえ、ジェレミア。この最後の卵、あなたのためにいまから焼こうか」

「いいや、ケイト。ありがたいけれど、これはわざと残したんです。どう見ても私は充分食べた。卵はあなたに残したんです」

「そんなのないわ」

「いいや。あなたに食べてほしい」

「ジェレミア、三ダースの卵だって買えるのよ。コーヒーを飲んだらすぐにでも」

「それもいいでしょう、あなたにはそういう寛大さがある。でもやはり食べてもらわないと」

コーヒーの入ったマグを下ろした。彼こそ寛大でいようとしている。その食欲が意味するところを知らずに。すべてビリングスが言ったとおりだ。心がぐしゃぐしゃに塗りつぶされるようだった。「歩み寄りましょうよ」と私は言った。「私が料理するから、分けるっていうのはどう」

「ケイト、私があなたになにかをあげる立場になることがありましたか。本当に嬉しいんです、あなたがまるまるひとつ食べてくれたら。お願いです」

思わず笑ってしまった。「聞いて、ジェレミア・ライス——」

大きな音でドアが叩かれた。

「ちょっと待って」と呼びかけ、カウンターに卵を置いた。玄関に急いだ。借りてからほぼ一年になるが、朝はだいたい毎日研究所で過ごしていた。誰かがうちのドアを叩いたのはこれがはじめてだ。「どなたですか」

「ボストン・グローブのトビー・シェアです。ジェレミア・ライス氏とお話がしたいんですが」

パニックにとらわれた。私はどんどん増していく悲惨さをプライベートな問題だと考えて、ふたりきりで静かに体験するものだと思い込んでいた。安全だという感覚はすぐに霧散した。「ちょっと待って。服を着るから」

寝室に急ぎ、カーテンの隙間から外をうかがった。表玄関は見えなかったが、テレビ局の車が通りに陣取っていた。ひとりの女性が別の方向からメモ帳を手に歩道を進んできた。カメラマンが機材を取り落としそうになりながら彼女に追いつこうとしていた。

キッチンに戻った。ジェレミアはさっきと同じ場所に立っていた。「怖がっているのですか。なにがあったんです？」

「ここを出ないと。いますぐいるものだけを持って。残りはまた後で戻ってきたときに」バックパックに適当に放り込み、足をスニーカーに押し込んで、居間に戻った。

「フィーロ博士」さらにノックが鳴った。「早く開けてください」

「あと少し」と私は言った。

ジェレミアは自分の茶色いブーツをはいた。彼の手を取り、キッチンの低い窓のところに連れて行った。

「すぐ行きます」私はわめいた。

彼は混乱した顔を見せた。「どうして開けないのですか」

「パパラッチの話を覚えてる？」

「彼らがそうなのですか」ジェレミアは無防備に立ち、耳を傾け、信じきっていた。私は抱きつきたいのをただただ堪えた。

「正確には違う。でも私たちの生活に押し入ろうとする人間はほかにもいるの」

「わからないな。面会するならしましょう。私たちはなにも悪いことはしていない」

「そんなこと問題じゃない。彼らは加減を知らないんだから。王妃が交通事故を起こして死んでしまうまで追いまわすのよ。それがいま私たちを追ってきている。お願いだから信じて、ついてきて」

窓をそっと開け、非常階段に出た。アパートの裏の路地は幅が狭かった。空き瓶、錠のついた自転車、隣の通りの家の裏手。陽光はまぶしく、どこを見ても雲ひとつなかった。報道記者もいない。ジェレミアが後に続いてきた。

「ひと言も」と私はささやいた。「車につくまでしゃべっちゃ駄目よ」

彼は頷いた。私は爪先立ちで金属の階段を降りていき、後ろからついてくる彼の重さを感じた。こうして狩りは始まった。私たちは世界から逃げだすことになった。

二区画も行かないうちに、気づいた。最後の卵を忘れてきた。

第三十七章　もっと違ったこと

ダニエル・ディクソン

外科医が手術台に横たわっている。教師がまるくなって生徒用の机についている。運転手がバックシートに座っている。料理人がテーブルで料理の到着を待っている。

それが俺だ。晴れわたった朝、雑誌ライターとしての日々は終わりを迎えた。ニュースを追いかけるのでなく、ニュースを作る。見物人ではなく、俺こそが主役だ。一番乗りの記者たちがぽつぽつとホテルの会見室に入ってくると、俺はカーセッジのように舞台袖から眺めたりするのはやめようと決めた。そして椅子のあいだに下りていった。

「なんなんだ、ディクソン」ひとりが尋ねた。

「信じやしないだろうな」と俺は言った。「とにかく信じないだろう」

こんな場面は何百回も見てきた。記者たちが腰かけ、テレビ局の連中が我が物顔で陣取り、カメラマンはいいアングルのためなら椅子の列など無視して這いあがる。ヘラルド紙の記者がこちらに手を振っていた。インターンを数人連れてきていて、みな小娘と言っていいほど若いが、そのうちのブルネットの娘の脚はすらっとしていて、楽屋に連れ込んで大人の女性として扱ってもいいくらいだった。いい女だ。そして俺は豚野郎だ。訴えるなら訴えてみろ。記者はどうやらフェニックスからも送り込まれていた。短髪で、ヒッピー雑誌に載ってそうな農民風のドレスを着ている。これが終わったらジャガイモでも掘りにいくんじゃないか。もしかしたらこいつもヘラルドの人間なのかもしれないが、とにかく野暮ったいってことだ。

聴衆は願ったほどの規模ではなかったが、充分だった。誰も〈ラザロ・プロジェクト〉の旗を振っていないのにほっとした。心配していたような反対は起こらないということだ。俺がすべて語り終えたら、否定でも解説でもすればいい。

はじめの印象は上々だ。トビー・シェアはいなかった。俺が今朝メールしたほかの連中も。踏み込んだ先になにがあるのかは想像するほかないが、みな街の反対側にあるちいさな愛の巣にいるにちがいない。まあいい。よくある愛の逃避行とは違う、なにしろ逃げているのは偽者の蘇生男と美女だ。タブロイドは熱狂するだろう。国会議員の下着よりずっといい。なによりこれは狂気じみたメディアの一番の大好物だから。すなわち、追撃。

カーセッジは開始を遅らせるのを好んでいたが、俺もまた定刻を六分すぎて登壇し、挨拶した。記者たちは劇場に集まった客のように話をやめた。俺はプロジェクターのリモコンを取り上げた。ちくしょう、緊張している。ギャングとも大物とも三文文士とも等しく付き合い、どんな馬鹿が相手だろうと目の前でまくしたてはじめたら書き取ったものだが、今度は俺が矢面に立っていて、しくじらないように祈っている。あのブルネット娘を探して落ちつこうとしたが、見つけられなかった。絶壁から飛び込もうという人間になった気がした。縁からはるか下の海を覗き込み、飛んだ。

「足を運んでいただきありがとうございます、みなさん。ここには仕事として来たものと理解していますが、おそらく心から楽しまれることになるでしょう。しかしまずは、謝らなくてはいけない。私たちはニュースの仕事に携わるうえで、疑いながら対象に接することに誇りを持っている。違いますか？　懐疑的で、騙されにくく、自らの信念で行動していると。しかし、ときにはかつがれることもあります。みなさんにこうして問いかけるのは、私こそ騙された人間だからです。あなたがたもまた騙されたということに、いくらかの責任を感じないわけにはいきません。

「この十一ヶ月間、〈ラザロ・プロジェクト〉に関する署名記事を二百以上も書いてきました。みなさん方はそれをもとに地方向けに書き直し、それぞれの読者や視聴者に向けて脚色し、写真を印刷し、動画を再生してきたわけですが、そうすることで、我々は大衆に、ありもしないものの存在を信じ込ませていたのです」

後ろのほうで手が挙がった。「なにが存在しないのです？　はっきりと教えていただけますか」

「まあまあ。すぐになにもかもわかります。少なくとも、私の力の及ぶかぎり真実に近づけます。四つの証拠をこれから提示しようと思うのです」

また手が挙がる。「でも、なんの証拠です？」

「まったく、なあ、始まる前におしっこはすませとこうぜ」笑いが起こり、俺は自分の緊張が解けるのを感じた。「楽にしてくれ、いいかい？　これから〈ラザロ・プロジェクト〉の一切がでっちあげ、いかさまだという証拠を見せる」

息を飲むのが聞こえた。目が見ひらかれ、みなが椅子の上で背筋を伸ばすのが見えた。

「みなさんの疑いは最高潮になっている。俺の言うことは信じられないでしょう。すでにプロジェクトを、そして俺がこれまで書いてきたことを信じきっているからだ。それならそれでかまわない、とにかく始めさせてくれ。それから判断すればいい」

ホテルスタッフに頷きかけると、部屋の後方にいた彼が照明を落とした。リモコンのボタンを押すと、最初の写真がスクリーンに映った。これを撮ったときから一生分の時間が流れた気がする。調査船のデッキで、クラーク船長とケイト博士が窓ガラスの前に立ち、スポットライトの当たる白い壁を見つめている。

「この夜に発見された氷山に、ジェレミア・ライスが入っていたと伝えられている。これを撮影したのは、その氷山まであと二十分というときだった。この写真のケイト・フィーロ博士について、なにか気づくことは？」

この一枚をはじめて見たときのことを思い出す。タイトなダイビングスーツに包まれた素敵な尻を見るのが楽しかった。だがいま見ているのは、ひたすらダイビングスーツのみだ。

「ここにいるのは調査員、おそらく深夜に叩き起こされたばかりの連中だ。さて、ここは地球上最も寒冷な場所。誰も飛び込もうとは思わない――本当に、どうしようもなく必要になったとき以外はな。一瞬で死んでもおかしくないんだから。

そこで質問だ。人はそんなにいつでも、ベッドから出てすぐに特殊な服を着るだろうか。ここにいる人のなかで、今朝目覚ましを叩いてフットボールのプロテクターをつけた人はいるか？　防弾チョッキを着て歯を磨いた人は？　この科学者はどうしてダイビングスーツを着て一日を始めたんだろうか。これから海中に入るということをすでに知っていたんじゃないのか？」

「なにが言いたいんだ、ディクソン」

「彼らがミスを犯したということさ、痕跡を残してしまったんだ」

「ああ、しかしなんの痕跡だ？」

「それはそちらで判断してほしい。ただはっきりさせておきたいのは、前提として、連中のなかの全員がこれに関わっているとは考えていないということだ」しゃべるあいだ少し身じろぎした。エネルギーの有り余った神経を落ち着かせるためだ。「〈ラザロ・プロジェクト〉のなかには誠実に仕事をしている者もいる。ただし、信じ込まされた偽りに従って、ではあるがね。だが中心的なメンバーはみな俳優だ」

「この告発がどんな中傷になるか、わかっているのか」同じ記者が言いつのった。

「まあ、落ちついて」指を振った。「証拠が四つ。びっくりするなよ」

最初の証拠は記録のねつ造に関するものだった。氷の掘削作業の映像を見せた。ジェレミアの手が露出するところで終わるものだ。彼らは以前にもこれを見ているが、スローモーションで見た者はいまい。そこにあるのは、音声が細かく途切れ、ダイバーたちが慌てて動いて画面が泡いっぱいになり、テープが一瞬途切れ、やっと手が出現する様だった。

「もう一度ご覧いただこう」カットが入る一瞬前で停止した。ケイト博士の手が右下にある。その一瞬のち、その手はもっと高い場所にあった。「このとおり。ダイバーがうっかりカメラを止めてしまったとも考えられる。揺れたりして、それをもとに戻したのだと。ありうることだ。だが俺には、このビデオが編集されたように見えるんだ」

椅子が動く音が聞こえたので、急いで蘇生の日に進み、ボーデン博士が電子パネルでジェレミアに大量の電流を流す瞬間にうつった。照明が落ちる。ビリングスが叫ぶ。照明が戻ると、ジェレミアが呼吸している。ここでも編集があったと考えるのは簡単だ。暗転など、あまりに基本的で素人臭いやり方じゃないか。

「どのようにやったのか」と俺は問いかけた。場が静まり返ったからだ。答えはなかった。

「まあいい、第二の証拠だ。一九〇六年からやってきた男が、こんにちの物事を知っているはずはない。でももし知っていたら？　これから見せるのがとてもささやかなものなのは認めよう。たいしたもので、連中は何事もうまくごまかせている。だが、天才だって間違いをおかす。ささいな点を見ればつじつまが合うものだ。ちょっと野球でも見ようか」

ジェレミアの投球を見せた。ボールがキャッチャーミットに食い込んだ。「どうかな。ここでの間違いは、あまりに投球がうますぎるってことだ。理論的には、この時点でこの男は解凍されて二ヶ月しか経っていない。おいおい。大学野球でもやっていたみたいじゃないか。それともこれは、百十年間ボールを投げられなかった男のただならぬ情熱が成せる技なのか？」

数人が笑った。先を続けた。「これを見てくれ」

再生ボタンを押すと、テレビ局が撮ったフェンウェイパークの映像が映った。全員が立ち上がり、ニューヨーク・ヤンキースをやっつけたことで有頂天になって、「テシー」を大喜びで合唱していた。カメラがジェレミアにズームインすると、その口が歌詞に合わせて動いている。

「見事なもんじゃないか、なあ。一八六八年に生まれた男が、どうして二〇〇六年からファンが歌い出した曲の歌詞を知っているんだ」

「そんな」とフェニックスのヒッピーが言った。

「そのとおり」俺は答えた。「理由は直接ジェレミア・ライスから聞こうじゃないか。本名はなんだか知らないが」フェンウェイの親切な方たちが監視カメラからコピーさせてくれた映像を流した。女性がジェレミアに声をかける。彼は強盗に会ったかのように手を挙げて言う。「そう、そのとおり。私は偽物です」たしかに、きちんと文脈を踏まえているとは言えない。だが便利な映像だ。俺はもう一度再生した。「そう、そのとおり。私は偽物です」

記者たちはうつむき、大急ぎで書き写した。狂ったようにラップトップを叩いている者もいる。調子が出てきたぞ。「証拠その三。カネだ」

次はスナップショットの集中砲火だ。ランニングシューズをためすジェレミア。店員のもつジャケットに袖を通すジェレミア。金時計を耳に当てながら宝石商に微笑むジェレミア。

「これらの資料のコピーはいただけるのですか」

「もちろん」俺は言った。「さらに付け加えておこう。ジェレミアが受け取ったたくさんの品物はいま、〈ラザロ・プロジェクト〉のオフィスの大きな鍵のかかった倉庫に保管されている。なんの価値があるのか知らないが。だが、こんな略奪品に目を奪われて肝心なものを見逃しちゃいけない」

次の写真は俺が撮ったものだ。会議室から出てきた男たちがエレベーターを待っている。みなフォルダーを持っている。カーセッジがしゃべるあいだ、トーマスが背後に控えている。

「この連中はカネそのものだ」俺は説明した。「投資者候補。このうちほとんどは極低温保存会社の社長で、残りは生物工学の関係者だ。ご存じの顔もあるだろう。フォルダーには〈ラザロ・プロジェクト〉の発見を商業化する企画書が入っている。わかりやすくいえば、カーセッジは裏切りを働いたんだ。資本主義の世界といってしまえばそれまでだが、科学者としてはどうかと思わないか。おっと、ちなみに投資額の最安値は百万ドルだ」

実に愉快だ。沈黙がこのニュースに応えている。「カネのすべてがお金の形をしているとは限らない」と俺は付け加えた。「ときとして、コネは現金よりもいいものだ」スクリーン上に副大統領ジェラルド・T・ウォーカーの写真を映し出した。奴はいつものにやけ顔でジェレミアの肩に腕をしっかり巻き付けていた。部屋のどこかから高笑いが聴こえ、それがこの一連の証明に花を添えた。

「最後に。第四の証拠は、ロマンスだ」

ああ、この証拠の手数には限りがない。カメラや動画素材からどれを使うか、ここ数週間、何百回と悩まされてきた。ケイト博士がジェレミアをハグし、拘束具を外して車椅子で屋根の上に連れて行く。ふたりが最初の記者会見で手を握りあう。ジェレミアとケイト博士が手に手を取ってバックベイを歩く。ジェレミアとケイト博士が互いに寄り添って、科学博物館の動く彫刻の前に立つ。ケイト博士が海岸のベンチにいて、頭をジェレミアの膝の上に預けている。「これがプロの科学者と被験者の関係だろうか」

先を続けた。ふたりが夜にノース・エンドの歩道を歩いていたとき、太った男がメロドラマみたいに歌い出し、ケイト博士はジェレミアに寄りかかって少女のようにうっとりとそれを眺めていた。次は望遠レンズで撮影した一枚で、決定打だ。ボストン北部の墓地で、ふたりがべったりくっついている。まるで立ったままセックスしているみたいだ。

「部屋でやれ」と誰かが言い、笑いが起こった。

最後の一枚は、アパートの外での夜のキス。あつらえたような街灯の光に照らされて、舞台の上にいるようにくっきりと浮かびあがっている。この写真を長めに掲げ、ペリー・メイスン（E・S・ガードナーの推理小説の主人公で、敏腕弁護士）が答弁の終わりを示すように、プロジェクターの電源を切った。「疑う余地は充分あると思うが、どうかな」

照明が戻った。人々が落ち着きを取り戻すのに少し時間を要した。連想したのは、飲み込んだばかりの太ったカエルを消化するヘビだった。それが彼らだ。俺といえば、体操選手が難しい演技で演目を終わらせたときのように、ほっとしていた。

「確認させてください」と前に座った男が言った。「あなたは〈ラザロ・プロジェクト〉が偽物だとおっしゃった。そして、この計画をでっち上げたのは、資金と政治的な注目のためだと？」

手を大きく広げた。「もし〈ラザロ・プロジェクト〉の人たちがよりよい説明をすると言うのなら、耳を傾けよう」

「このことをどうしてご自分で書かれないのですか」

「信じてほしいんだが、できればそうしたい。だが俺もまたこの物語の一部なんだ。連中は俺を利用し、俺は真面目なボーイスカウトみたいにゴミを右から左に運んでいた。だからみなさん方に委ねたい。そして、みなさんがこれを正しく使ってくれるよう、心から願う」

「きみは隅から隅まで知ることができたはずだ。すべてを」聞き慣れた声が奥の壁際から聞こえた。「どうして騙されてしまったのかな？」

首を伸ばして見れば、ちくしょう、もちろんウィルソン・スティールだ。コーンフレークの入った皿に小便を引っ掛けられたような顔をしている。俺も似たような表情だろうが。俺に気づかれずにどうやって入ってきたのだろう。それにどういうわけでそんな鋭い質問を？

「いい質問だ」俺は言い、失速した。そこに答えがあるかのようにローファーを見つめた。だがそれはくたびれ、磨かれていなかった。これはメタファーだ。靴革のような俺。次に感じたのは、ダニエル・ディクソンの人生がなんだという強烈な感覚だった。考えてみれば、一級の特権は結局反吐の出るようなものだったと宣言し、キャリアを台無しにするのと引き換えに、真実を伝えているんだ。このうえ失うものがあるだろうか。

「なあ、ウィルソン」俺は言った。「それにみなさん。俺たちにはそれぞれ盲点というものがある、そうだろう？　胸に手を当てて考えてみてほしい。だが当人さえ気づかない弱点も、企業お抱えライターと詐欺師のプロなら、どんなに遠くからでも見つけられるんだ。過去にある出来事があって、俺はカーセッジの空想に奉仕する恰好の道具になってしまった。経験上、記者というのは影響されやすいものなんだ」

「その出来事とは？」

「きさまの知ったことじゃない」俺はかっとなった。「それに、奴に騙されたのは俺だけじゃない。ここにいるあんた方も、ずっと俺の原稿をもとに記事を書く取材班にすぎなかったはずだ。俺の知るかぎり、一線を越えたのは一社だけで、残りはみんなこのペテンに従ったんだ。

だがここからが本題だ。おおやけの場で、記録してもらうために言っておく。俺はもうカーセッジに操られた代弁者ではない。俺の理解する限りでは、すべての報道規制やら特例やらそのほかの取り決めは、つまり……」笑った。笑うしかなかった。「くそっ、ご破算になったんだ」

記者たちは彫刻のように動かず、ノートさえ取らなかった。みんなして一年間の仕事を窓の外に放り出しているようだった。これまでの誤解をすべてつぶすべく脳裏で修正を加え、そして理解していった。

「失礼だが」誰か後方にいた者が呼びかけた。これまで数えきれないほどの記者会見に参加してきたが、一度たりとも記者が「失礼だが」などと言うのを聞いたことはなかった。だいたい、質問は吠え立て、遮るものであって、礼儀なんてものは軟弱な奴のためのものだ。部屋にいるほかの連中も同じように思っただろう、というのも誰もが振り返ったからだ。細い道がひらき、声の主があらわれた。あれはタッカー・バブコック、グローブ紙のベテラン政治コラムニストで、俺がはじめて署名記事を書いたころから現役だった。もしボストンにニュース界の長老がいるとすれば、タッカー・バブコックがその人だ――白い顎ひげしかり、もじゃもじゃの、おっかない眉毛しかり。

彼は眉の片方を小指でなでつけた。王女なら咳払いにあたるだろうか。「段階を踏んでくれ、ディクソン君」と彼は言った。「きみがどうやって情報を集め、そうした結論に達したのか、細かく説明してくれないか」

さて、こんなくだらないやりとりはもうたくさんだ。歯牙にもかけられない三文文士の日々は終わった。

「よしきた」俺は言い、最前列から椅子を持ってくると回転させて座った。「ハイライトはすでに聞いたわけだ。これからはもっと違ったことをお教えしよう」

第三十八章　そんな人間に

私の名前はジェレミア・ライス、震えはじめた。

止めることもできない。その日目覚めると、奇妙な感覚に襲われた。ロープが私の脚を、肌の下でぐるぐる巻きにしているようだった。それともヘビだろうか。私がその手の生き物で知っているのは、庭の壁で日向ぼっこをしている夏の日の無害なトカゲくらいだ。ところがこのヘビは私の体内にいて、力強く、制御できないほど痙攣している。数分もすると筋肉が落ち着き、震えに変わっていき、ついには凪の海を行く船のようにゆっくりと止まる。手のひらを胸に当てると、心臓はもとの鼓動に戻っている。風がカーテンを、幽霊が持ち上げたみたいに室内に舞い上げた。

七月。とてもうつくしい七月だった。遠い昔、八月に船出したときは、生涯最後の七月が終わったのだとは思いもしなかった。今度はわかる。ベッドに戻り、空気を吸うと、とてもおいしい。海の潮の香りがほんの数メートル先から漂ってきていた。目覚めから三ヶ月が経ち、塩の匂いはもはや苦痛ではなくなっていた。

眠っていたのか。日数を数えるのをやめてからも、意識のない平穏に恋いこがれながら、幾夜も眠れぬままに過ごしてきた。傍らにはケイトが横たわっていた。心休まるその寝息は、宿の白い鉄製のベッドの上で、浜に打ち寄せる波のように静かだった。ある夜、気づくと、私たちはシーツを挟んで身体を絡めあっていた。それでも私は深くまどろみ、水の深みを泳いで顔を上げてみれば、もう午前半ばだった。

ベッドの横は空っぽだった。入口のたわんだバスルームのドアからシャワーの音が漏れていた。

人生の見方がここ数週間で変わった。驚くほどはっきりと気づいた。それは……なんだったか。言葉は、いまではやってきたと思ったらすぐに去ってしまう。言葉を脳裏に止めておく糊は、その言葉を口にする前にすぐはがれてしまう。「賞賛」だった。そう。私はありとあらゆるものを讃えるようになっていた。芸術家や精神主義者を気取るわけではない。私はただ法に携わる男、判例と手続きの奴隷だ。だがいまは高揚していて、とにかくなにに対しても謙虚な気持ちで接するようになっていた。夕食どきに宿屋の主人がマッチでろうそくに灯を点すと、芯がみずから火を引き寄せたように見えた。分厚いパンの皮に必死で食らいつかなくてはならないとき、馬鹿げていようといまいと、私は自分の歯が丈夫なのを素敵だと思った。水の入ったグラスを持ち上げるときに、氷の塊が音を立てた。人生ははち切れそうなほど満たされ、王国のように肥沃だ。残された時間の短さが、よく見ることを教えてくれた。

人が死のうというとき、世界は騒がしく、明瞭で、鮮やかになる。どんなものも、どれほど慎ましくとも、際立って感じられる。それが最後の出会いだからだ。波のきらめき、カモメの鳴き声、身体の芯に感じる服の重み。底なしのポケットがあればいいと一度ならず思った。そうすれば次から次に詰め込んで、すべてが消え去ってしまう前にとっておくことができる。昨日ミツバチが向きを変えて近づいてきて、私を調べ、羽音を立てながら去った。彼がまた倦むことのない仕事へと戻っていくと、私は飛び去る音だけで泣きそうになった。はじめてのときは、氷の海で、ほんの数秒ですべてを失った。苦痛は声にもならず、大きく、突然だった。意識がかすむことで安堵がもたらされた。だが今回、世界が失われる速度は緩慢で、はっきりと喪失を感じる過酷さがある。

かつては、年を重ねればすぐれた判事になれると思っていた。経験が智恵をもたらすだろうと。いまは、自分がもう年を取らないことを知っている。老人になった気分だった。身体の制御がきかなくなり、感情に流されやすく、知覚するものすべてに感じやすく、それでいてすべては自分から去りつつある。私にできる最も賢明なことは賞賛することだけだ。

光はまだ部屋に差し込んでいる。カーテンがそよ風に揺られてうねっている。こうしたものを交響曲と呼ぶのは適切ではないだろう。これは存在という、無数に、同時に生起する豊かさのうちの、ほんのふたつにしか過ぎない。

最も強い賞賛の念はもちろん、ケイトに向けられていた。彼女が笑うと音楽を聴いている気持ちになる。手を取られて散歩すればとても落ちつく。最近はよく物思いにふけるようになり、私はその顔から陰が去るのを、愛おしさを感じながら待っていた。

痙攣が脚をとらえ、過ぎ去った。ふむ。身体の発作を、あとどれだけ彼女から隠しおおせられるだろうか。できるかぎり、彼女を不安から守りたい。もしかしたら今日、告げることになるかもしれない。――少なくとも痛みはないのだ、と。

窓の向こうで子供たちが遊んでいる音が聴こえた。思いは私の天使アグネスのもとへ、そしてジョアンのもとへ飛んでいった。ふたりの名のもとにケイトを遠ざけるのは間違いだろうか。誓いに忠実でありつづけることは本当に尊いことなのか、時間がその誓いを歪めてしまった後でも？　いまこの世界は私にとって些細なものでしかない。ジョアンこそ私の基盤だ。ほかのなにも理解できないときにも、彼女の誠実さと寛大さは、辛抱強く、確かなものでありつづけた。

それでも、明け方にケイトと抱き合っていたことが安らぎではないとか、喜びというほどではないと言うなら、それは嘘になる。

昔、あまりに前のことなので別のジェレミア・ライスに起こったことのように感じられるけれど、ひとりの女性が私を献身的に愛してくれた。身に余るほど。彼女が娘というまたとない贈り物を授けてくれたことを、心から喜んだ。だが軽率にも、傲慢にも、私はふたりを置き去りにした。私にとってはほんの数ヶ月前のことだ。あの旅ですべてを失い、それだけでなく、他人には計り知れない苦難、不当なまでの重荷を、彼女たちに背負わせてしまった。

いま、ひとりの女性が新しい時代で私を気にかけてくれ、親密さを分けてくれる。しかし私は、あと数時間か数日で彼女のもとから去るのもわかっている。一度おかした過ちを忘れるつもりなのか。彼女の優しさに身を委ね、血のたぎるような欲望に屈して、この新たな時代においても害をなすのか。もうすでにひとりの女性と、ひとりの子供を置き去りにしている。どうしてこのうえ誰かを傷つけようと思うだろうか。そんな人間になりたいのか。

座り直し、シーツを後ろに押しやり、弱ってゆく身体を見た。残された時間は刻一刻と過ぎていく。自分の望みをかなえないことが、ジョアンの意志に感謝しつづけることになるのだろうか。告白しないことでケイトや自分自身の悲嘆を避けられると、本当に信じているのか。

もちろん、違う。全うされようとされまいと、繋がりはもうできてしまっている。寝ていたときの甘美な絡み合いが証拠だ。それまでの幸福にはおかまいなしに、喪失は起こるだろう。脚の震えが足首から尻にのぼってきた。まるで痙攣が教えているようだった。堪えて後悔するくらいなら、自分に正直に生きることだ、と。あの夜、私は降参してケイトのもとに向かった。それは確かだ。そして彼女に、なけなしの私自身を、その全身を、感謝とともに捧げた。進んでそうした。そうだ、なぜなら悲しみは喜びの代償だから。

そこまで考えると奮起して、服を着ようと立ち上がった。服と身体には隙間が目立つようになっていた。飲み込んだ食べ物の多さにもかかわらず、シャツはだらりと垂れ下がり、ズボンはだぶついていた。だが靴は、信頼のおけるこのブーツだけは、滑り込ませた足にぴったりで、友人の握手のように包みこんでくれた。

シャワーを止める音がしたので、すばやくもう片方もはいた。ケイトには服を着て気を落ち着けるひとりの時間があってしかるべきだ。彼女は物惜しみすることがなく、仕事の合間の時間に私を車に乗せて海岸地帯を移動し続けていた。ロックポートにはたくさんの画廊と、ハイアニスホテルがあった。どこもかしこも様変わりしていた。行く場所、行く場所、車と群衆がいて、みな急いでいた。そうしてケープコッドに着いた。容赦のない波と化したノーセット族のめまぐるしいドラム演奏が聴こえた。そのリズムは二十代のころに聴いたのと変わらず、ふたつの世紀の変わり目を貫いていた。

最終的にマーブルヘッドに行き着き、この小さなインに身を落ち着けている。船着き場のそばの家々のあいだにある宿だ。ケイトがすべての支払いをした。男としてはこたえた。しかし単純に考えて、私は現金を持っていない。あるとき彼女が数枚の紙幣を渡してくれた。おかげで彼女が休んでいるときに散策することができた。ケイトには睡眠が必要だった。当然だ。私はといえば、休憩することなしに日夜過ごすことができた。パンとブドウとチーズを持って戻り、彼女が起きるのを待って、私たちふたりしかいない埠頭で軽い食事をした。アメリカオシドリが存在をこちらに知らせるように泳いできた。私ははじめて目にするかのようにカモを見た。その虹色の羽根、コミカルな鳴き声。うつくしい生き物だ。

ケイトが少しずつ食べながらしゃべるあいだ、私はできる限り身体の震えを抑えていた。すると彼女の顔に憂鬱の陰がさした。「食べて、ジェレミア」と彼女は言い、チェダーチーズのかたまりを私に押しつけた。「いいのよ」

私は犬のようにチーズをむさぼった。残ったブドウも間もなく平らげた。ケイトは埠頭の端まで歩きだした。最後の数粒を食べて私も彼女のそばに立った。彼女はなにも言わずにもたれかかってきた。沈黙でさえ喜びだった。覚えておこうと誓う。賞賛することを学んだというのなら、覚えるという体験も讃えるべきだ。

その朝、上着をとろうとクローゼットに近づくと、指に震えが走った。手首を振って震えを振り払おうとしたが、そんなことではおさまらない。急いでベッドを整えた。ジョアンと一緒に毎朝やっていたことだ。習慣とは、自分たちを讃え、また消し去る、しっかりとしたやり方のことではないだろうか。

シャワーカーテンがひらき、竿とリングがこすれる音がした。私はドアまで急いだ。本能――いうなれば、おそらく私の底にいる動物――が誘惑に抗えず、私はバスルームのドアの隙間から覗き込んだ。良心がとがめる間もなかった。自分自身の視線の奴隷になっていた。

ケイトは蒸気のなかで立っていた。髪は濡れ、赤みが差した身体にぴったりはりついていた。ぼうっとするほど輝き、すらっとして、ゆるやかなカーブを描く身体の側面。彼女は片脚をトイレの便座にのせ、タオルで下に向かって拭きはじめた。

部屋を飛びだして階段を駆け下りた。全身が叫び声を上げ、飢えていた。

第三十九章　彼らはどこに

ケイト・フィーロ

彼は眠った。私の知るかぎりで四日間、目が閉じられることのない長い夜の後、ついに安らいだのだ。私のそばに身を横たえ、ふところで丸くなって眠っていた。

落ち着きをなくした人を見ると、ときどき思い浮かべる場所がある。そこでは誰かが祈ったり、庭仕事をしたり、ともかく目の前で起こっている怒りとは反対の、瞑想のような活動をしている。そんな想像の場所のひとつに、ジェレミア・ライスと眠っている場所がある。世界が加速し、怒り狂うとしても、自分は深く落ちついた領域にいられるのだ。

シャワーのあと身体を乾かしていた朝、私はわけもなく楽観的になっていた。一番活発なときの彼は本当に音を立てて震えていた。夜に眠っているのを見るのは、化学療法中のがん患者のそばにいるかのようだった。

まだ猶予があるかもしれない。ジェレミアを見ているあいだの四十回のまばたきで、また希望を得た。私もよく眠れ、落ちついた時間だけ不安から解放されていた。

たぶんこれが触れ合うことの力だろう。相手がいなかった月日のあいだに、身体を重ねることがもたらすものをすっかり忘れていた。温かい重み、私が本能的に腕を伸ばして彼を包むその動き。セックスがなかったというのはそれほど重要なことだろうか。期待してもいなかった。人を内側に迎え入れてお互いを喜びで満たすやり方はほかにもたくさんある。愛を交わすには、たくさんのやり方がある。

ああ、なにを言っているんだろう。この人に感じていたのは欲望にはちがいない。言葉のあらゆる意味においての欲望、心への、セックスへの、残りの人生で抱き続けたいと思う記憶への欲望だ。つまるところ、いまやっと気づいたのだが、私のジェレミアへの思いを最も適切に言い当てるのは、好奇心なのではないか。愛というのは結局、できるかぎり深く、余すところなく相手を知りたいという欲望ではないだろうか。その人の癖や情熱、時の流れに沿って変化するもの、そしてあらゆる箇所の肌を知りたいと思うことではないだろうか。そうすればたぶん、互いのことを、欠点も含めて知り合うことになる。だがそれでもなお、どうしてか奇跡的に、互いを求めつづけることがあるのではないだろうか。かつて、愛を育むというのは男と女として互いに知り合うことだと説明されることがあった。それこそ私がジェレミアといて望んでいることだ。時間をかけて、余すところなく、彼を知ること。

そうすれば彼が独りで死ぬことから救えるだろう。

タオルに身を包んでバスルームを出ると、彼は外出していた。ベッドが整えられていないままなのに驚いた。ジェレミアはケープコッドのあらゆるホテルでベッドメイクをした。それは清掃員の仕事だと何度も説明したにもかかわらず。彼は耳を傾け、頷き、わかったと言ったのに……それでも、翌朝にはベッドを整えているのだった。

ひとりの時間ができてよかった。重荷になったのではない。できるなら一秒でも長く一緒にいたいと思うばかりだ。だが彼の活発さに生活を合わせるのはかなりの疲労をともなった。

それに、ネットをチェックする必要もあった。世間がなにを言っているのか、カーセッジがなにをしようとしているのかを知らなくてはならなかった。同時に、私が休暇をとっている以上のことをしているとジェレミアに感づかれるのはまずい。コンピューターが起動するあいだ、下着と、最後の清潔なシャツを着た。ひまわりのような黄色のシャツだ。

作業机としてあてがわれた小さなサイドテーブルに腰掛け、そろえた膝を片側に寄せた。簡易宿泊施設なので、部屋はネットサーフィンより眠るのに合わせてしつらえてあった。九十四通の新着メール。カーセッジからは一通もなし。六通はクロエからで、無視されるたびに件名の大文字が増えていた。それにインタビューの要求が数通と、残りはいつもの、私個人の性格と行動への非難だった。皮肉なことに、彼らは私をタフにした。もし匿名で誰かを口汚く中傷するつもりなら、せめて綴りは見直したほうがいい。

プロジェクトの内部サイトでの私のアカウントは利用停止になっていた。ホームページでは、カーセッジがその日に記者会見をひらき、プロジェクトに対する誹謗中傷じみた主張への反駁を行うとアナウンスしていた。主張？　検索するとすぐに出てきた。「元関係者が研究所の虚偽をあばく」。さらに検索すると、ディクソンの会見の映像がノーカットで見られた。

五十分すべてを見て、激しく動揺した。ディクソンがカーセッジに盾突く神経を持っていたことへの驚き。彼が私たちのことを詐欺師だと信じきっていることへの狼狽。彼の発言によって評判を落とされかねない、善良な人たちへの心配。ディクソンが気の毒だとさえ感じた。この過ちで最も傷つくのは彼自身だろうから。

彼の言う四つ目の証拠にいたって、そんな哀れみは消え去った。この強欲な男は、私とジェレミアの関係が清廉潔白なものであることはおかまいなしに、四六時中私たちをつけまわしていた。ディクソンの色眼鏡を通せば、私たちは不純なカップルということになる。プライバシーの侵害に激しい怒りを覚えた。それでも写真を見るのをやめられなかった。私たちに歌ってくれたウェイターの写真にはノスタルジーを覚えたが、それも墓地で絶望するジェレミアを抱きとめている写真を見るまでだった。下品で性的なほのめかしで、ディクソンはその絶望さえないものにしようとしていた。

はじめに、身を守ろうという感情がわきあがった。この醜い猛攻を制御し、すべてを説明することができるはずだ。だがジェレミアは、彼の知性をもってしても、準備ができているとは言いがたい。

検索を続けるともうひとつの情報に行き当たった。背筋の凍るようなニュースだった。パパラッチが私たちを探しており、研究所に張り込み、隠れ場所についての情報や噂を逐一追いかけているという。恐ろしいのは、数人の抗議者たちがパパラッチを追っているということだ。ウェイドは自身の信者については冷淡に否認を決め込み、こう言っていた。「ああいった連中が生の尊さを貶めるのに科学を用いようが、嘘を用いようが、それはどうでもいいことです。彼らは邪悪な存在で、やめさせなくてはならない」

ラップトップを閉じた。ますますジェレミアが散歩に行ってくれていてありがたかった。考える時間が必要だ。ジーンズをはき、朝食をとろうと階段を下りた。〈ハーバービュー・イン〉自慢の朝食で、なにはなくともたっぷりのコーヒーがある。

「あら、いたのね」キャロラインは歌うように言った。インの主人で、彼女の白髪はそのエネルギーとバランスのよさを隠していた。「好きなだけゆっくりしていって」

キャロラインの過去については、向こう三度の朝食の最中にいろいろ聞いた。かつては旅行代理店で働いていて、このインを買い取ったのは退職してから。一年目の冬にヨガに出会った。七年後、毎日レッスンに通うだけでなく、ふだんの会話の最中にもポーズをとるようになった。キャロラインは朝食の時間をいろいろな話で彩った。マーブルヘッドの歴史についておしゃべりし、マサチューセッツの政治をからかい、私の膝は嵐を予見するのよと冗談を言った。そのあいだ片脚で立ったり、頭をフクロウのように、ぎょっとするほど後ろにまわしたりするのだ。

彼女は初日に私のコーヒーの消費量を知り、翌朝からは可愛らしいティーカップのかわりに大きな赤いマグカップで出してくれた。そのとき、この人が好きになった。

魔法瓶をもってきて、腰のストレッチをしながら私のマグを満たした。「お友だちは、早くに朝食をすませて出て行ったわ。ティーンエージャーみたいに食べてたわ、正直に言うと」

「ごめんなさい。ホルモンに異常があって」

上背をそらしながら、胸を張った。「言わなくてもいい。あの人、明らかに甲状腺が腫れていたから。スクランブルエッグ、出しましょうか」

私はコーヒーを冷まそうと息を吹きかけた。「ありがとう」

「今日の憂鬱よ」と彼女は言い、新聞を何部かまとめてカウンターからとってきた。「キッチンにいる。なにか必要だったら声をかけてね」

「どうもありがとう」

「なんでもいいのよ」彼女は言い、新聞の束を差しだした。「どんなことでも」

「本当に、ありがとう」そう言いながらも、言葉の意図を測りかねていた。彼女は身体を伸ばしたり屈めたりしながら、部屋を出て行った。私は新聞に目を落とし、ヘラルドの一面を読んだ。「彼らはどこに？」という見出しの下に、私たちがアパートの外でキスしている写真が載っていた。グローブを見た。「虚偽申し立てのなか、消えたカップル」。ひどい。私たちの顔写真が、指名手配の人相書きのように切り取られている。

コーヒーを飲んだ。記者たちがディクソンを信じているのは間違いない。カーセッジが声明を出していた。「このナンセンスに抗議しつづける」。疑問なのは、誰がプロジェクトに融資しているのかだ。どの記事もジェレミアと私に言及していて、この失踪劇はボニーとクライドの逃避行に仕立て上げられていた。

ジェレミアは死にかけている。私にできることはなにもない。彼の身体が跳びはね、引きつっているのを知っている。四人前の食事をとるところも見た。ファルマスでは、ちょうどシチューをスプーンですくうときに震えがやってきて、彼は目の前でこぼした。私はトイレに駆けこみ、彼が私の前で掃除するはめにならないようにした。それからというもの、ほとんどの食事は外でとるようにしむけた。ハンバーガースタンドや、ロブスターロールを売る屋台などで。

彼はどこまで知っているのだろうか。ノーセットのベンチに座っているとき、彼が砂を、手から手に間断なく落としていたことがあった。まるで落下する粒に知られざる秘密のすべてがあるとでも言うように、一心に観察していた。邪魔する気にはならなかった。

かと言って、彼に告げる勇気もなかった。あちこち走り、たくさんの海岸をまわったが、真実を告げることだけはできなかった。スキューバダイビングをやっているようだった。私のタンクは酸素でいっぱいなのに、横にいる人のタンクは当人の知らないうちに空っぽなのだ。

新聞をテーブルの反対側に放り投げた。まさにそのとき、キャロラインがトーストと卵を持って戻ってきた。

視線を交わしたが、彼女はたじろがなかった。

「どれも嘘っぱちよ」私は言った。

彼女はお盆をコーヒーの横に置いた。「私にはたいした問題じゃないわ」

「ものすごく大事なことなの、私には」私は言った。「そしてジェレミアには。みんな嘘っぱち」

「あなたに言っておく」彼女は椅子の背をつかんで身体をそらした。「ありとあらゆる人がここにはやって来るけど、たしかに全員が聖人というわけじゃない。秘密は守るわ」

「隠すことなんてない。私たちを食い物にしようとする連中はいるけど、だからってなにも――」

「責めているんじゃないのよ。お連れの方、面白い人だわ。私にもあんな人がいればいいんだけど」

「私はあんなことしていない。全然違うわ」

キャロラインは微笑み、なにも言わなかった。コーヒーを満たすと、またキッチンに消えた。

そうだったのだろうか。彼を守るのでなく、自分のためにそばにいさせたのだろうか。彼の平穏のためではなく、私の平穏のためだったのだろうか。インの玄関が大きくひらく音がして、ジェレミアのブーツが板張りの床で音を立てた。食堂を通り過ぎたが、覗き込んでから私のほうに方向転換した。

「もっと食べなくてはいけませんでした」と彼は言った。「それに新鮮な空気も。この古い街は気に入りました、よく保存された家々も。心配させたのでなければいいのですが」

「全然」彼の腕をつつき、机の上に散らばる新聞を裏返した。「散歩のあいだ、誰かと話したりした?」

彼は考えた。「子供が何人か埠頭にいました。道の見当がつかなくなってしまって、帰り道を尋ねたんです。野球ごっこをしていました。少年のひとりに持ち方を教えてやりましたよ、あの……あの……」両手を上げ、言葉を求めてパントマイムをした。

「バット?」

「それです。バット、そうだ。彼は短打という言葉さえ知らなかった」

「ジェレミア」私はお盆を見下ろした。「子供たちは、あなたに気づかなかった?」

彼はにっこり笑った。「そうそう。そのバットを持った少年に、『あの人』ですかと訊かれました」

「ああ、もう」

「なにか悪いことでも」

「私たちをつけまわす人たちがいるの。悪い人たちよ」

「ふむ」片手がぱたぱたと震えた。彼はそれをポケットに押し込んだ。「行かなくては」

「ええ」立ち上がると、椅子が甲高い音を立てて下がった。「キャロラインと手続きをすませてこないと」

彼は廊下に歩きだした。「まずは荷造りを」

「わかった。でもそんなに時間はないわ」

ジェレミアがそのときぴたっと立ち止まり、私は彼にぶつかった。彼の両手が私の両手を取った。彼は重々しい声で言った。「わかっています」

というわけだった。明言したわけではないけれど、とにかくわかったのだ。私は片手を彼の頬にそえた。

「私も、わかってる」

第四十章　まだ信じている人たち

ダニエル・ディクソン

最後に病院に入ったのは両親が死んだ夜だ。医者は煙を吸引したおそれがあると言って、俺をなかに入れた。だが病院の連中は、俺が永久に孤児になったという診断を受け入れられるように招き入れたのだ。しかしなんの助けになるというのだろう。鎮静剤を打たれて、静かに泣くことしかできなかった。薬は翌朝まで続き、叔母と叔父はそんな俺を拾い上げて家に連れ帰った。大学に行くまでの四年あまりを、そこで過ごした。家だと思ったことはなかった。家になる予感さえなかった。

嘆き節を言うつもりはない、誰もがなにかしら抱えているものだ。ただ、その日の朝に地下鉄を降りてマサチューセッツ総合病院のエントランスに向かうとき、玄関でためらった理由を説明したかったのだ。白い石造りだが大部分がガラス張りで、なかにある大きな絵が見えた。たっぷり一分はそこに立っていた。

入ることはもちろん決めていた。ほかのメディアは行方不明になった詐欺師たちを追うのに忙しく、嘘をついた代償を身体で支払った人間に注意を向けようとは思わなかったようだ。そんなことをするのは俺だけ。

病院で奴を張り込むのは妙な気分だった。船外にカメラを持ちだすようなものだ。こういうときの記者に一番頼りになる慰めの言葉がある。きっといい記事になる。いい記事のためには、すべてが許される。

女が〈ボランティア〉の札をつけて受付に座っていた。四百歳にはなるんじゃないかという感じだったが、てきぱきと部屋番号を調べてエレベーターを指し示した。五階のナースステーションにいる若い娘は俺の趣味からすると痩せすぎだった。まともな食事を六ヶ月分食べなきゃいけないだろう。彼女の言うことは俺をいささか驚かせた。

「四つ目のドアです。手短にしてくださいね。もうひとりいらっしゃっていますから」

これにはげんなりした。もう出し抜かれたか。半分閉まったドアに向かうと、しかし、なかから聞こえてきたのはイギリス訛のしゃべり声だった。

「輸血？」ビリングスが咳き込んだ。「まさしく。素晴らしい」

「やあ、みなさん」俺は言い、ドアを開けた。

まるで巨大な冷蔵庫に入ったようだった。ガーバーはこちらを一瞥するとそっぽを向き、反対側の壁を見つめた。ビリングスは、毛を逆立てて身体を大きく見せようとする猫のように、こちらに歩み寄った。

「やあ、お見舞いにきたぜ」

ビリングスが指差した。「カメラを持って？」

「いつでも持ってるんだ。こんなときにも持っているってことは、そういうことだろ」

「寄生虫」

もうたくさんだ。だいたい俺はこいつに会いにきたわけじゃない。ガーバーは、一見したところ、三試合前には身を引いておくべきだったプロボクサーみたいになっていた。目のまわりにはあざがあり、頬骨のあたりに縫った跡があり、片腕は板で固定されていた。

「うわあ」俺は言った。「ひどいな」

「気楽なもんだな」ガーバーは壁を見つめたまま答えた。

「ここに来られるなんて、たいした神経だ」とビリングス。

「その話は置いておこう」と俺は答えた。「俺はここにいる、そうだろ？　向き合えよ」

ビリングスは口をひらきかけたが、ひと言もしゃべらずにまた閉じた。

「あの曲の話をしてやれ」ガーバーの声は枯れていた。「そこから始めろ」

ノートを取り出したい衝動を堪えた。「なんの話だ」

ビリングスは鼻で笑った。「『テシー』って曲について書いただろう。あんたのリサーチは、あれが数年前からレッドソックスのゲームで歌われるようになったというところで止まっていた。でもあれはライス判事の時代にも歌われていたんだ。ブロードウェイミュージカルの曲だったのさ」

「まだ信じているのか。いまでも？」

「馬鹿を言うな」とビリングス。「事実は簡単だ。あんたの考えは単なる推測にすぎないってことさ」

俺は腕を組んだ。「奴が百年も前の歌詞を覚えていたと信じろって言うのか」

「杜撰な報道の話のついでに」と奴は続けた。「これも言っておきたい。あの氷山での夜、僕もダイビング用のアンダーウェアを着ていたんだよ。あんたが気づかなかったのは、僕の尻があんたの目を惹かなかったからだろう」

「おいおい」俺はこれ見よがしにため息をついた。「このことに関しちゃ、あんたにも誰にも、俺の考えを覆すことはできないぞ」

「じゃあ無駄なことは言うまい」ビリングスは頭をガーバーのほうに、戦車の砲身の向きを変えるみたいに回転させた。「ヘモグロビンの話だった」

「酸素を浸潤《しんじゅん》させるために」とガーバーは言った。とてつもなく疲れているようだった。「二ユニットも輸血すれば充分だろう。血液が多ければ多いほど、酸素の運搬量も増える。痙攣の段階も終わるだろう。パターンを破ってライス判事が生き延びれば、またタブロイドを騒がすかもな」

「奴を見つけるころには」俺はまぜっかえした。「あの男はアメリア・エアハート（女性初の大西洋横断飛行者。世界一周旅行中に南太平洋で消息を絶った）くらい遠くに消えてるだろうぜ」

「パパラッチを追いかけるよ」ビリングスが言った。「古いがよく動くバイクがある。それに返さなきゃいけない借りもあるしね。さて」――ガーバーのベッドに近づいた――「休んでくれ。きみはきみの仕事をしたんだ」そう言うとドアに向かった。「二ユニット。彼を見つけ出すよ」

「ありがとう」ガーバーはほとんどささやくような声で言ったが、ビリングスはすでにいなかった。バイクに乗ってヘルメットとジャケットを着た姿を撮りたいとも思ったが、そんなことをしてもしょうがない。写真に写るにはみっともなさすぎるだろう。

　気まずい沈黙がおりた。ガーバーとふたりきりだ。いくつか先の部屋でナースコールが鳴った。数人が廊下を急ぎ、ゴムの踵がリノリウムの床で音を立てた。ガーバーは毛布を引っぱりあげた。

　俺が沈黙を破った。「知っておいてほしいな、俺はお前がペテンに加担していたとは思っていない。あいつらは俺を騙したようにお前も騙したんだ。お前は誠実な男だと思ってる」

　ガーバーは手を下ろした。「あんたはなにもわかってない」

「なんでそんなふうに言うんだ。俺は、連中が寄ってたかってお前を袋だたきにするときに、助けようとしたんだぜ」

　ガーバーは何度かまばたきした。俺はその目に涙があふれそうになっていると思った。どうしてだろう。腕か、それとも縫ったところが痛むのか？　なぜ泣くことがある？

「ライス判事が俺にくれた自転車のヘルメットを覚えてるか、あんたが馬鹿にしていたあれを」

　俺は腰に手を当てた。「それがなんだ」

　ついに奴は正面から俺に向き合った。氷のように冷たい表情だった。「あの日あれをつけていたら、こんなに傷つかずにすんだだろうな」

第四十一章　礼儀の種類

エラスタス・カーセッジ

「申し訳ありません、先生」ドアのそばに立ち、手を動かしながらトーマスが言う。「プリンターが壊れています。インクに不具合がありまして」

鏡に向き合い、ネクタイを結びなおす。「頼むよトーマス、頭を使え。ここにはまともなプリンターが一台しかないのか？」

「もちろんあります、先生。ですが先生のコンピューターはどのネットワークとも繋げないようにとの指示でしたので、ほかのプリンターでは通信ができないのです」

「いま、何時だ」

「十一時まであと十五分です、先生」

「では時間は充分ある。定刻の六分過ぎまで始めないからな」

「どういたしましょうか、先生」

ネクタイを結び終える。完璧だ、銀行家といっても通るだろう。リモコンを取った。「なんとかしろ」

「はい、先生。もちろんです」

トーマスが出て行ったので、テレビをつける。あらかじめ合わせてあったニュースチャンネルはこちらの逆境を喜び、あの馬鹿のナンセンスな異議申し立てを事実であるかのように報道していた。この五日間、目が離せなかった番組だ。連中はこれから行われる反証のスピーチをちゃんと報道するだろうか。報道されたとして、それは公正さの証拠ととらえていいのか、それともあつかましさにすぎないのだろうか。

問いかけに答えるように、我々に関する最新の報道が始まった。音を消していても姿勢は明白だ。ニュースのシンボルマークが画面の右上に貼り付けられていた――〈ラザロ・プロジェクト〉のロゴがトランプで組み立てられた家の上に載っていて、壁の一枚が内側に倒れかかっている。繊細さはこの番組の長所ではないようだ。

それにしても、どんな進展があったというのだろう。ディクソンが新たに発言したとは聞いていない。最初の主張を五日間ずっと、あらゆるトークショーとニュース番組でしゃべっているだけだ。椅子はあの図体がおさまるくらい大きかった。一方、こちらの記者会見はまだ始まっていない。私抜きにして、どんなニュースがありうるのか。

その答えはジェラルド・T・ウォーカー、合衆国の副大統領が、ウィスコンシンの演壇に立っている映像だった。おやおや、素晴らしいな。いまをときめく大統領候補様が、ねつ造された事実の断片をもとに熟考した意見を携えての介入だ。ボリュームを上げる必要はなかった。画面の下に文字が流れてくるのを待てばいい。

そら来た――ウォーカー、〈ラザロ・プロジェクト〉の支持を取り下げる。「蘇生の可能性についての検証」を要求し、連邦政府による徹底的な調査を命じる。

たいしたプレゼントだ。この中傷は我々だけでなく、国中の科学者たちに向けられている。それに彼が忘れているのは、これが私設の研究所だということだ。政府からは一セントも受け取っていない。ここまでくると、啓蒙主義時代に理性が感情を打ち負かしたはずではなかったかと考えてしまう。副大統領は明らかに歴史の勉強をないがしろにしている。その罪を犯した政治家は彼がはじめてではないけれど。

「トーマス」

「はい」

この若者がどれだけ几帳面に仕事に身を捧げているかを思うと、喜ばしい。「プリンターは動くようになったか？」

「あと少しです、先生。トナーが問題だったようで、いま交換用のカートリッジを探しています」

「よろしい。スピーチ原稿をまたひらいてくれ。副大統領への返答を書き加えなければ」

「はい、先生。すぐに口述筆記します」

ほんの一瞬ですむ。三つのセンテンスのなかに、ウォーカーが結論を急ぎすぎていること、事が明らかになれば彼も意見を変えるであろうこと、そして大衆もそれに右ならえするだろうということを盛り込んだ。トーマスは文書を更新するために急いで立ち去った。

窓のそばに歩み寄り、通りを見下ろす。「ファン」たちはいなくなってしまった、ああ。ボストン警察は、マラソン大会でのテロが起こった後なのにもかかわらず、表彰ものの粘り強さで抗議者たちに接していた。だがついにうんざりしたらしい。特にガーバーの一件だ。困ったことに、うちでもトップクラスの科学者が入院するはめになった。ちょっとスリルを感じるのは、抗議者たちがパパラッチを追跡しているのを想像するときだ。追っ手をさらに追う者たち。ふたりの逃亡者が見つかるまでに、いったいどんな乱闘騒ぎがあるだろう。だが真下に彼らがいないのは、やはりもの足りない。寄せ集めの反対勢力は、世界の穴居人じみた愚かしさの名残なのだから。

今日は、その洞穴の片隅に理性の光を当てるいい機会だ。一生ものの講義になるだろう。

作戦に隙はない。ディクソンのお粗末なでっちあげを解体するのに貴重な時間を割くのは望むところではないが、本当の問題、科学の本質に迫ることにもなるだろう。〈ハード・アイス〉の発見、蘇生の方法、それになによりく〈サブジェクト・ワン〉の秘められた可能性。それは長い鎖となっていて、終わりは地平線の先にあり、まだ見えない。愚か者の主張は放っておけ、現実そのものに説得させるのだ。記者たちが合わせて五個でも脳細胞を持ち合わせていたら、どちらに正しさがあり、その正しさがいかに事実にもとづいているか、理解するはずだ。

またテレビを確かめる。またもやトランプの家だ。降参し、ボリュームを上げた。

「中国の研究チームが〈ハード・アイス〉で採集された小エビの蘇生を再現したと発表しました。しかしスタッフは、このプロセスが人間には決して適用されないということも明らかになったと付け加えています」

白衣を着た男が映し出される。見た顔だ。オーストラリア訛で、しかめ面で話している。しかつめらしさが威厳をもたらすとでもいうようだ。そう、彼はここで働いていた。なにかの理由で解雇したのだった。「人間の細胞の密度には大きな振れ幅があり」と彼は主張する。「それが均質な溶解を不可能にするのです」

「だが我々はやった」テレビに向かって言う。「ここでやってのけたのだ」

「ほかの霊長類についても同じことが言えます」とテレビの男は続ける。「人間はシャーレには載せられません。小エビ《シュリンプ》はサル《チンプ》ではないのです」

音を消す。嘘が韻を踏んでもたらされ、科学が広告のコピーに堕した。

エラスタス・カーセッジは違う。そう、いまやその対極を示すときだ。今日、メディアは細胞生物学について、グリコーゲンの貯蔵について、酸素の保有について解説を受けるだろう。物理学の一撃、磁界についての短い説明を与えれば、彼らは従順になり、玩具のように扱えるようになるだろう。少し時間はかかるかもしれないが、それは当然だ。おそらくは二時間。だが彼らは一分ごとに学ぶことだろう。理性の力を世界に示し、私が生涯のほぼすべてを捧げてきた崇高な領域を知らしめるときだ。果たして彼らは論理というものの強さ、事実の堅固さ、立証のエレガントな力に抗えるだろうか。

「トーマス」

「先生」

いい奴だ、いつでも準備ができている。「時間は、トーマス？」

「十時五五分です、先生」

彼を招き入れる。「もう一度だ。あともう少しセンテンスを増やさなくては」


これまでに十二回、このような記者会見をひらいてきた。私がジェレミア・ライスを北極で発見したときから、十二回。まあ、発見したのは文字通りの私ではないかもしれないが、要はそういうことだ。始まる前、舞台袖に立ってささやきと喧噪を聞く。どの会見にもこの瞬間があった。彼らの熱量は酸素、好奇心は食料だ。

だが今回、集まった人々は静かだ。おかしい。部屋の隅に立っていると、百席の椅子が列をなし、これから異議申し立てをする演壇の前に並んでいるのが見える。考える――どうして会話がない？　記者から記者への挨拶はなしか。リポーターはカメラマンに照明やアングルの話をしないのか。

「どう思いますか、先生」トーマスが脇に立っていた。

「私も考えていたところだ」

「スピーチの準備ができました」フォルダーを手渡される。「プリンターは完全には直りませんでした。なので、文字が印字してある部分には触れないようにしてください。こすれ落ちる場合があります」

眉を上げる。「トーマス」

「承知しています、先生。申し訳ありません」

彼はそこに立ったまま、身体を前に傾けている。どんな気分なのだろう。お世辞を待っているのだろうか。待たせておこう。消えそうな字が賞賛の理由になるわけがない。ところが、こちらがフォルダーを受け取ると、彼は咳払いした。「こうは思われませんか、先生。この窮地です……ひょっとして我々はここに辿り着くまでに間違いをおかしたのではないかと」

「トーマス、君には驚かされるな」

「科学的なことではありません、もちろんです。誰もあなたの成し遂げたことに追いつけるはずはない。ただ、私たちはここで自分たちの仕事をなんとか守ろうとしています。こんなことのはるか先にいると思っていたのですが」

「私がおかした過ちを見つけたか、トーマス」

「先生、そんなことはないとご存じでしょう」

フォルダーを開き、ディーラーがカードを扱うように親指でページを繰る。「当然だ。きみがこれから目撃するのは我々の勝利の瞬間だよ。そしてそんなときにきみがおかした過ち。トーマス……言っておこう。私はきみを許すと」

「はい？」彼はひるむ。「私を許すと？」

「そうだ。ほら、あそこにいる連中を見ろ」フォルダーでリポーターとカメラマンたちを指す。「礼儀正しい連中じゃないか」

「そうですね」声が固い。「看守が礼儀正しく、罪人を処刑台に導くようです」

「馬鹿な」思わず笑う。「とんだ心配性だな、トーマス。まあ見ていろ。知識への欲求という力が、大衆を啓蒙するときだ。素晴らしいひとときになるぞ」

トーマスが二歩、下がる。「ご武運を、カーセッジ」

妙な言い方だ。プレッシャーのあらわれだろうが、まあいいだろう。彼は大丈夫だ。会見室に入ってゆく。自分の力に対する信頼は、はじめて世界に〈サブジェクト・ワン〉を紹介した日と同様だ。だが今回は、その確かさの源泉がもっと底のほうに横たわっている。それは科学的な方法への長年にわたる敬意、そして世界を前進させる理性の限りない包容力だ。演壇に立つとフォルダーを開き、グラスに水を満たして、用紙を揃える。部屋は静まり返ったままだ。想像と違った。誰かが咳をすると、吠え声のように響いた。その方向を見るが、誰が音を立てたのかはわからない。

そのとき、やっとわかった。この部屋のような空気にはこれまで直面したことがない。冷え冷えとした気配、敵意の予感だ。数人のリポーターが顔をしかめている。ほかの連中はもっとたちの悪い無関心をあらわにして、携帯電話をチェックしたり、窓の外を見たりしている。講義の内容を刈り込もうかと考える。直接ディクソンを論破するべきなら――とはいえそれは屈服であり、私は屈服する人間ではない。

おはようございます、と挨拶をする。答えはない。すぐに計画を組み立てなおす。科学は半分だ、残りをディクソンに。しかしどこを削ればいい、〈ハード・アイス〉か、蘇生か。どの発言を見送り、どれを率直に話すべきか。

二秒を費やし決断して、ひと口、水を飲む。ところが、グラスを置いたとき、原稿が文字通り手についたのに気づく。文字が鏡に写ったように逆さになり、黒々としたしみとなって親指と手首にあらわれた。すぐに消毒液のチューブを上着のポケットから取り出す。報道の連中にはしばらく待ってもらう。手が汚れたままこれだけの人間に演説するのは、ズボンをはかずに話すようなものだ。時間をとって、徹底的に指と手のひらをこする。

三十秒が過ぎる。聴衆を前にしては永遠に等しい。ドアのほうを見ると、トーマスがいない。プレッシャーに耐えられなかったのだろう。だがボーデンはまだいた。心臓が激しく打つ。記者たちはそわそわし始めているが、それには報いるつもりだ。消毒液を置き、紙をそろえた。角を整え、咳払いする。間違いはある。誰にでも。だがその原因は、最も深く、最も古い私の信念を、世間が知らないということだ。決して誇張も近道もせず、些細なことも正確を期して述べなくてはならない。生涯かけて夢中で生きてきた信仰を告白するのはとても屈辱的なことだが、ここはそういう場所だ。聴衆もいる。

わずかに時間をかけすぎたせいで、質問が始まってしまった。

「カーセッジ博士、調査チームがジェレミア・ライスを発見したときの海中の映像を編集したのですか？」

「蘇生の最中にどうして電源が落ちたのですか？」

「フィーロ博士とライス判事の関係をどう説明します？」

「博士、あなたの研究が虚偽であるという告発に対してコメントは？」

「イカサマなのか？」

「違う」力のかぎり叫ぶ。「違う、違う、違う。我々のやったことはすべて記録されています。カメラは一度も停止したことはなく、コンピューターは絶えずモニターし続け、同時にデータを出しています。スタッフはみな非の打ち所なく優秀であり、プロジェクトの精確さと誠実さを常に高い水準に保っています」

質問の波がおさまる。彼らが止まっているあいだ、気を落ち着けた。

だがひとりの記者が黙っていられない。「資金はどこから？」

これが引き金となってまた叫び声が上がる。「資金源はどこです?」

「〈ラザロ・プロジェクト〉がほかの非営利団体のように『フォーム990（税制上の優遇措置を認められた非営利免税団体が国に提出を義務づけられる年次報告書。これによって組織の公益性が検討される）』に登録していないのはなぜですか」

「カネのためのプロジェクトじゃないのか」

「違う」また叫ぶ。「諸君、いったいなんだ? どうしてそんな言いがかりを? 十分でもオンラインで調べたらどうだ、馬鹿者。私の経歴と実績と論文を知って、少しは敬意を表していただきたい。どうか私があらかじめ準備した発言を述べさせるくらいの礼儀は示してほしい。そうすればあなた方の懸念も晴れるだろう。それから改めて、もしあればの話だが、残った疑問にお答えしようではないか」

静まり返る。時間を取り戻した。次はこちらの番だ。

ああ、時間よ。友人であり、敵でもある。アトリウムの奥の壁にある時計が明るく赤く輝き、セキュリティーデスクの上で容赦なく時を刻んでいる。だがそれは勝利のときがまだ続いていることも示している――時計はジェレミア・ライスの九十日目を刻んでいた。

「おはようございます」もう一度挨拶する。声には自信が戻っている。「お集まりいただいてありがとう。さる八月、〈ラザロ・プロジェクト〉の調査船は北極海を調査し……」

スピーチ原稿の最初のページを持ち上げると、言葉が喉に詰まる。読めない。文字がかすれて混ざり合っている。しかもインクが手のほうにも残っている。あれだけ洗ったのに。その結果がこれだ。口をひらく、だがいつものように言葉は流れ出さない。なんとか絞り出すしかない。「〈ラザロ・プロジェクト〉は……」

手が汚れている。ひと言も発せない。とてつもなく重い期待がのしかかる。世界が足元にあり、指示を待っている。だが立ちつくしている。この一大事に、消すことのできないしみをつけて。

第四十二章　クジラの眼

私の名はジェレミア・ライス、追われている。

私がベッドに座り、ケイトが残った荷物を詰めていると、宿の主人がノックした。

「来たわよ」キャロラインは言った。「この通りに。テレビ局のヴァンが二台。見たところでは、抗議者たちも何人かつけてきているみたい」

「くそっ」ケイトはパソコンをショルダーバッグに入れた。「あいつら」

「大丈夫、時間はある。一軒一軒訪ねていて、まだ一区画以上離れているから」

「わかった」ケイトが落ち着きを取り戻した。自制心を操る力が無傷なのを見て、信頼を感じた。「どうしようかしら」

「非常階段がある」キャロラインは言い、私を見た。額には心配の皺がよっていた。彼女とは毎朝楽しくおしゃべりし、彼女は私が恥ずかしくなるまで、食べ物の載ったお盆を次から次に持ってきてくれた。その彼女が、私の目を見据えている。「きっと彼らは、あなたたちふたりのどちらを欲しがっているのか自分でもわかっていない。もし捕まりそうになったら、二手に分かれるといいわ」

「どうすればいいのか」と私は言った。足手まといになった気分で、そんな決断をする心の準備もできていなかった。

「ありえない」とケイト。「絶対に」

「私はただ――」

「物置はある？　私たちのものを置いていける場所は」

「地下室を使って」

「完璧」ケイトの表情は穏やかで、夕食になにを食べるか話しているようだった。「もうチェックアウトしたと伝えて。そうね、メイン州のポートランドに行って、ノヴァスコシア行きのフェリーに乗るって。今日遅くに戻って、宿泊料を払うわ」

キャロラインは手を振った。「ここの払いなんて最後に心配することよ」

数分後には地下に持ち物を隠し、キッチンの奥にある小さな裁縫室に行き、古くて歪んだドアを押し開けた。しっくい塗りの階段で路地裏に下りた。非常階段を使って逃げるのはこの五日間で二度目だ。獲物でいるのは、もううんざりだった。逃亡は、残された時間の有意義な使い方とは言えない。

「ふたりとも」とキャロラインが言った。私たちは振り返った。彼女は階段の一番上で腰に手をあてて立っており、その堂々たる姿勢は軍隊を見下ろす将軍のようだった。「ジェレミア、あなたは充分に食べること。ケイト、もし必要とあれば、行動するのをためらわないで。それから忘れないでね――このインはいつでも安全な場所よ」

最初の数分だけ急いだ。通りは迷路になっていて、追っ手を引き離すのは簡単だった。一時間後、街を突っ切ると、インはもうはるか遠くにあった。ケイトは私の腕をとって引き寄せた。「旅行者になりましょう。うまくとけ込むの」

ケープコッドとボストンでの経験で、その手の演技は容易かった。歩きまわり、店を覗いた。マーブルヘッドは趣ある街で、十八世紀風の家並みと幅の狭い小道があった。足を動かしていると、震えも和らいだ。

ほかにも気づいたことがあった。鋭敏さだ。感覚が強くなった。どんなに小さいものでも感じ取れた。建物が隣り合った小道に影を落としている。ベーコンを焼く匂いが食欲をそそる。陽射しを浴びた窓の下に腰掛けがあり、とら猫が足の裏をゆっくり舐めて掃除している。泣いてしまいそうだった。

そのとき、気づいた。私は蓄えていた。最後の体験の目録を作っていた。ガーバーは残された時間が正確にどれだけなのかは言わなかったが、痙攣の度合いから見て、砂時計の上に残った砂は残り少ないと思えた。しかしなんと驚きに満ちた世界だろう。豊かでいて、移ろいやすい。感謝の念で胸が張り裂けそうだった。世界に存在する美を、天空のそこここにある星のように垣間見たというだけでは、言い足りない。そこにあったのは美の祝祭だった。建物を覆って密集するツタのよう、あらゆる方向から押し寄せる海水のようだった。それでも、刺すような喪失の感覚があった。荒々しいほどの豊かさとともに感じ取った世界も、やがては無慈悲に、永遠に私から離れていくのだから。だから心でひとつひとつをつかまえ、味わっていった。ケイトが花を指差し、名前を呼んだ。キンギョソウ。私はあふれるような賞賛の念を抱いた。花とその明るい紅の色合いに。どれだけ名付けても充分ではないとでもいうように、名付ける人類に。彼女のほっそりした指に。指差すという人間のなにげない仕草に。そして、そう、大切な女性がキンギョソウのようにありふれた言葉を口にするのを耳にして、ひとりの男が感じることに。

朝はそのようにささやかなものに囲まれて過ぎていったが、どれほど小さいものにも心がよろめくのを感じた。ケイトはパン屋でコーヒーを買い、カップを両手で包んだ。私にはマフィンを買ってくれた。まだ温かく、レーズンが秘密のように、なかに入っていた。丘を登って教会の中庭に行くと、そのとき鐘が鳴った。ここだけ何世紀も時間が止まっていたようだった。木陰のベンチに座って互いに口をつぐんでいる、大切な時間が流れた。そよ風が木を揺らし、拍手のような音を立てた。彼女が手を伸ばして私の手を取った。ほかに必要なものはなかった。

ああ、だがまた左足がどうしようもなく引きつりはじめた。最初はかすかに、それから左右に揺れ出した。力が有り余っている振りをするために、いつものように右手の指をすばやく動かした。しかしケイトはこわばり、立ち上がった。「もう安全みたい」と彼女は言い、時計を見た。「そろそろインに戻る？」

「いいですね」私もすぐに立った。ほかに震えをごまかすやり方がわからなかった。「ぜひ……ぜひとも、ああ、言葉が出てこない」

ケイトはコーヒーカップを見下ろしていた。唇は固く結ばれていた。「さあ、歩きましょう」

敷石を踏みながら、蜘蛛の巣のような街の通りを曲がっていった。話す必要はほとんどなかった。なにより言わなければならないことは、言葉にならなかった。そうこうするうちに覚えのある交差点に着いた。二ブロック南にはインが、車が、物語を次に進めるものがある。だが私の時間は減る一方で、もう走る気分ではなかった。

「ケイト、言っておきたいことがあります」

「いいの」彼女は言った。「なにも言う必要はないわ」

「いいや、あるのです。私の震えのことで――」

「いたぞ」ノート片手にケイトの車を覗き込んでいた若い男が顔を上げた。「待て。止まって」

私たちは言葉もかわさずに走り出した。ケイトが横道に入り、私はすぐ後ろについていった。ブーツが石の上で滑ったが、なんとか進むうちに記者の声は背後で消えていった。

ケイトは私を服屋に引っ張り込み、正面の窓越しにテレビ局のヴァンが通りすぎるのを待った。局の名前が側面に大きく描かれていた。さらに二台がすぐ後ろに続いた。おそらく抗議者たちの車だろう。一台のバイクが音を立てて続き、赤いヘルメットのライダーが建物の角に接触しそうなくらい身を傾けてカーブして行った。振り返ると、店員が手を口に当てていた。「あの人じゃない?」

「お願い」ケイトが言った。「一分で出て行くから」

「ねえ、コートニー」その娘が振り返って、奥の部屋に呼びかけた。「いま誰が来たと思う?」携帯電話を取り出した。「イーサンにメールするわ。写真撮っていい?」

また走った。私を混乱させた通りは、突然味方になった。あらゆる奇妙な曲がり道とジグザグ道が迷路になってくれた。下り坂を進み、インと人のにぎわう場所から遠ざかっていくと、やがて長い桟橋に辿り着いた。全力で走り、南京錠がかけられた柵の前に来ると、風化した看板があった。「私有地」。

パニックの後で、不思議なほど静かに感じられた。ヨットの列が音も立てずに揺れている。

「ここまでは来ないでしょう」ケイトがあえいだ。

「『私有地』と書いてあります」

「そのくらい読めるわ」彼女がまた腕を引いた。「来て」

人生ではじめての侵入。ケイトはショルダーバッグを手渡し、仕切りを乗り越えはじめた。彼女の夏向きの黄色いシャツがめくれ、赤らんだ肌が見えた。「バッグを渡して、ジェレミア。急いで」

彼女を追ったが、走るのをやめたために、震えがまた始まった。集中しなければ、門の一番上の棒をつかむこともできなかった。飛び越えるために、しっかりと握った。

ケイトはすでに駆け出していた。私が足を引きずっていたのは、胃がボクサーのこぶしのようにぐっと絞られたからだった。飢えが襲いかかった。肺が空気の欠乏を感じるような激しさだった。少し走っただけで、今日食べた物をすべて使い果たしてしまったのか。

「こっちよ」ケイトが先のほうで呼びかけた。「早く」

だが私は立ち止まった。ここまで事態が悪化するなんて、いったい私になにが起こったのだろう。判事としての思慮深さ、鍛錬された精神はどこに行ってしまったのか。腰を曲げ、大きく息をついて、なんとか明瞭に考えようとした。

〈ラザロ・プロジェクト〉が小さな生物を生き返らせたときには、こんなことはなかったのだろう。抗議したい気持ちがわきあがった。たしかに多くの人は親切で寛大だったが、いま脳裏に浮かぶのは別の人々だった。私は教会で罵られた。野球試合の会場で非難された。

キャロラインは間違っている。あの卑しい連中は、自分たちの欲しいものをわかっている。私は追われるもの、獲物だ。そんな私という存在の責任をとるため、ケイトを守るため、やらなくてはいけない。

まっすぐ立った。身体は痙攣していたが、頭はすっきりして意志の力を感じた。すると周囲が見えてきた。風がやみ、水面は静かになり、ヨットが造船台に並んでいた。素晴らしい。世界は時としてこんなふうに秩序の感覚を喚起する。昼前だ。可能性に満ちた一日が待っている。

ケイトが駆け戻ってきた。「どうしたの。隠れないと」

「申し訳ない。行きましょう」

彼女がまた進むと、車のドアが閉じられる音が耳に届いた。丘のかなり上のほうから聴こえたが、私にはわかっていた。まもなく我々は見つかるだろう。ケイトはヨットの後ろに隠れた。ヨットは光沢のある白い材質でできていた。木でも金属でもない。どんな荒々しい天候でも水の上を滑ってゆきそうだった。船体に指を滑らせると、上質な陶磁器のようだった。

「なにやってるの」彼女は私の背後を見ながら言った。「捕まったらどうなるかわからないの？　彼らは遠慮なんてしないわよ」

「ケイト」彼女の手を取った。「聞いてほしい」

するると彼女は戻ってきた。落ち着いていて、力強い平静が戻っていた。「聞いてる」

この瞬間は私のものだ。立ち去ることで誰かを傷つけるのを回避するチャンス、新たなジョアンを生み出すのを避けるチャンスだ。「ケイト、これまで数えきれないほど、自分が死んだときの体験を思い出そうとしてみました。天国？　地獄？　すべてが全うされたような、あるいは安らげるような場所だったか？　実際はなにも、なにも……戻らない。いや、帰らない。言葉が出ない」

「思い出せない？」

「思い出せない、そうだ、ありがとう。私がどこにいたのだとしても、まったく思い出せないのです」

彼女は立ったまま私の手を握り、次になにを言うのか待っていた。その辛抱強さに、深い思いやりを感じた。

「それが、この時代の一番大切な友人であるあなたに頼みたいことです」

「どういうこと？」

「私を忘れてほしい、ケイト。私がひとつの世紀だとすれば、あなたは……あなたはそのあいだずっと凍っていて、そう、そしてまっさらな気持ちで目覚めるんです」

彼女はくすっと笑い、手に力を込めた。「こんなに頭のいい人なのに、とんでもなく間抜けにもなるのね」

私はたじろいだ。「どういうことです？　私はただ――」

「ただ、高潔な人間かなにかになろうとしているなら、やめることね。私は大人だし、誰からも助けてもらう必要はない。たとえ――」

「でも人々があなたの言うように冷酷なら――」

「ジェレミア、少しでいいから聞いて、いい？　私の番」

身体はあらゆる方向に逃げだそうとしていた。だが集中して、静かにしていようとした。「わかりました」

「大学院生のとき、北大西洋の調査船でひと夏を過ごしたことがあったの。ある朝、クジラが船に近づいてきて横に並んで泳いだ。石炭みたいに黒かった。クジラは漂いながら、まるで人がするみたいに私を見た。ただその目が、夕食の大皿よりも大きかっただけ。一分後には潮を噴いて、自分の場所に帰っていったわ。私は船長がいるのに気づいた。手すりから下を見ていたの。たくましい老練なスコットランド人よ。彼は私のほうに来て言った、『しっかりとどめろ』。『なんですか？』と聞き返すと、彼は親指で額を突いた。『ここにしっかりとどめておくんだ、もう二度と見られないだろうから』」

「申し訳ないが、ケイト、私には……私にはどういうことだか――」

「あなたは私のクジラだってことよ、素敵な人」彼女は親指で額をつついた。「もうここにとどまっている」

ああ、なんという話だろう。目を閉じ、パニックに陥ったネズミのように混乱した考えをまとめようとした。ほかに彼女を助ける方法がないだろうか。ひとつしか思いつかない。目を開け、世界のあらゆる色彩が流れ込むに任せた――それははじめから終わりまで彼女の顔だった。「キャロラインは正しかった。二手に分かれましょう。そうしたら追われにくくなる」

そのときの彼女の表情は、うまく読み取れなかった。喜びだったのだろうか、苦しみだったのだろうか。

「ジェレミア」

「はい？」

「ただ名前を言いたかっただけ」彼女は額を私の胸に押しつけ、それから背を伸ばし、桟橋が分岐しているあたりを指差した。「あの突堤に行って、ボートのなかで暗くなるのを待って。私は別のほうに行く。インで会いましょう、教会の鐘が九時を告げた後に、裏口に来て」

「完璧です」そう答えたが、従うつもりはなかった。私は餌食、おとりになって、彼らを遠ざけようと思っていた。「素晴らしい」

彼女はゆっくりそばに寄ってきて、まるで私の胸の内を読み取ったかのように身を寄せた。ケイトはとても小さく見え、温かく、親密だった。私の心臓は、彼女のそばで激しく、おそろしく速く打っていた。彼女の耳が胸のすぐそばにある……言っておかなければ。

「ケイト、私は願うのだけれど、自分が……なんというか……言葉が出ない」言葉を心のなかでつり上げると、網から船のデッキに落ちた魚のように出てきた。「災難でなければ、と。あなたにとって、私が災難だったのでなければいいと思っています」彼女の手を握った。その力が言葉にならないものを伝えるのではないかと願った。「望んでこうなったわけではありません。誰のことも困らせたくはなかった。ケイト、とりわけあなたのことは。危害を加えるつもりはなかった」

彼女は身を傾けて私を見た。目は潤んで光っていた。「安心して、ジェレミア」手を伸ばして私の顔を撫でた。「あなたに傷つけられたことなんてないわ」

このとき分かちあったのはなんという瞬間だっただろう。抱き合い、黙ったまま、身じろぎもしなかった。ほんの数秒だったが、私が再び目覚めてからの時間すべてよりも濃密だった。だが、彼女の手が添えられた顔が引きつるのを感じた。激しい身震いが、爪先から頭の先まで、身体をのぼっていった。いままでないほど大きな震えだ。

私は後ずさった。立ち上がった彼女が私を見る目は落ち着いていた。ほかになにが言えるだろう。感じたことすべてをどうやって言えばいい？　両手が傷ついた鳥のように跳ね、痙攣した。私はそれを胸に押さえつけて鎮めようとした。だがおさまらず、指が身体の上をさまよい、震えて、ついにあれを摑んだ。そう、そうだ。指が上着についたそれを包んだ。まるでオルガンまわしの猿が硬貨を摑むように。

ドアが閉まる音がした。子供たちの声がする。「あっちだよ、あっちのほうに下りていった」

ケイトはそちらを見つめ、また視線を戻した。「隠れないと」

「ふたりとも隠れなければ」

「ええ、もちろん」彼女は両手を私の顔に添え、キスをした。彼女の唇以上に息を感じ、それがどういうわけか、私にとっての、彼女が生きている証だった。比類のない瞬間だったが、それも過ぎていった。「行かないと」

一瞬だった。私はコートからそれをちぎって彼女の手のひらに押し付けた。船ごしに目をやると、ひとりの記者が桟橋へ急いでいた。

「ボタン?」とケイト。「どういうこと」

「いまにわかります」私は答え、突堤を離れた。

記者が門に着いて錠を揺らした。それほど時間稼ぎにはならない。私は背を向け、走った。

脚は羽のように、なかなか地面に触れなかった。手を広げてなんとかバランスをとった。そこにはヨットが一艘残っていて、後ろに救命ボートが漂っていた。神から与えられたかのようだ。アルミ製で二・四メートルほどあり、ざらざらしたオールが二本ついている。それに乗って舫《もや》い綱をほどきはじめたとたん、罪をおかしていることに気づいた。もし生きて帰れたら返すことを誓ったが、誠実な人間には不誠実な行いがわかるものだ。あのライス判事が盗みを働くとは、なんという皮肉だろう。

十回もオールを漕ぐと、停泊したヨットのあいだまで来た。パパラッチが見逃さないといいのだが。連中にとって私は、猫にとっての結び目のついたひものようなものだろう。からかわれているとわかっても、追わずにはおれないもの。大西洋、私の避難所が、北に広がっていた。きっとその方向だ、そうだろう。運命を受け入れるように、また北へ。コートを脱いで船首に掛け、空を見上げて進路を確かめた。頑丈なブーツを向かいのシートに据えてオールを強く漕ぎ、自分の姿を港に見せる作業に取りかかった。右手に岩の塊が見え、背後を振り返ると、ボートは北へ、北へと進んでいた。

漕いでいると手の震えはやわらいだ。ひと漕ぎするたびに、港から、港というものの本質から、遠ざかっていった。心のなかで、これまで後にしてきたあらゆる港――完璧な保護、過去そして現在への穏やかな停泊の場所――を通過していた。

奮闘した。彼らには間違いなく私が見えるだろう。そして思った。人生とは、小さなボートに乗って少しずつ漕ぎながら、一瞬一瞬、知っているものから離れ、漕ぐたびに、はっきりとは見えない場所へと向かうことにほかならないのではないか。

船の下を流れる水、波がつくりだす鋭い光、あたりに漂う塩の匂い。未来が、自分の未来が見えていた。厳しく、避けがたいが、かつても耐えたのだからまた耐えられるだろう。それに、今度は押しつぶされるような冷たさはない。それよりも感じているのは、千々にくだけていき、塵となって、軽くなっていく感覚だった。そして彼女はこの姿を見ることができる。彼女に残せたものは、それだけではない。つまり、連中は私のほうを追うだろう。漕ぎきるときに、オールがボートの脇を打つ鈍い音が響いた。波が岩に当たってくだけた。見るものが克明に迫ってきた。波のかたち、背を伸ばしたり曲げたりするたびにブーツが立てる軋み。あらゆるものとともに、思考が加速していった。

水先案内をするカモメの、ちいさなピンクの目が見えた。じっくり見ると、驚くべき生き物だとわかる。高く飛び、風を読み、食欲は好奇心のように絶えない。浅瀬の場所を知らせる打鐘浮標《ブイ》が背後で鳴る。野ばらの茂みが絶壁に密集している。暖かい日光が肩に射す。肺が吹子のように動いて身体のなかの炉に灯りを点す。すごい、そのすべてが、途方もない。カモメは私を食べられないとわかると、陸地へと進路を変えた。

カモメを目で追った。ケイトが小さく見えた。黄色いシャツを着たすらっとした姿が、目にも鮮やかな埠頭に立っていた。なにをやっているんだ、どうして隠れていないんだ。一味が彼女の周りで一定の距離を保っていた。彼女に危害を加えられるはずがない、連中が探しているのはジェレミア・ライスなのだから。暴漢のひとりが私のほうを指差した。こちらを見た連中は、まもなく私を追うだろう。彼女は助けはいらないと言っていたが、私は助けようとした。これが、これが彼女を救う方法だ。

ボートは少しずつ陸の突端に近づき、やがてそれも通り過ぎていった。岸壁が視界をさえぎった。これが最後の一瞥だ。すべてが、すべてが矢継ぎ早にあらわれ、集中することはもうできないようだった、失う、ああ彼女を失うというのに。静かな水面に、小さな円が、小さななんだ、言葉が出ない、どうして出ないのだろう、胸が張り裂けそうだ、ああそうだ、渦巻きだ、小さな渦巻きが漕ぐたびにオールを追いかける。このうえなく素晴らしい。渦。これほど素敵なものがあっただろうか。陸地が、港がこれまで以上に小さくなった。身体が軽く、軽くなっていく。背を曲げて、続けなくては。漕ぎ、漕ぎ、必死で漕ぎ、そのたびに少しずつ、北へと向かって。

第四十三章　猟犬たち

ケイト・フィーロ

どこへ行ってしまったのだろう？　まるで消えたみたいだ。自分の身を落ち着けようと目を離していた数秒のうちに、彼はいなくなっていた。作戦は成功したのだ。

最初の記者が栈橋のフェンスを飛び越えて走ってきた。私は両手を挙げた。「待って！」

驚いたことに、彼は止まった。が、すぐに奇跡でもなんでもないとわかった。息切れしただけだ。彼が腰を曲げているうちに、ほかの人もひとりずつ門を越えてきた。それぞれ手にしたカメラやノートを持ち直すのに時間をかけていた。寄生虫なりの礼儀正しさというべきか。抗議者の一団が興奮してその後ろに群がり、騒ぎ立ててはいたが、なぜか門に阻まれたままだった。彼らはよじのぼったりせずに待っていた。

「たいした追いかけっこだ」あえぎながら記者は言った。「なかなか面白かったぜ」

「面白かった？」はじめ埠頭じゅうを見渡しても、ジェレミアの姿は見えなかったが、すぐに見つけた。小さなボートのなかに、彼の大きな身体が閉じ込められていた。隠れる様子はまったくなく、埠頭の真ん中を漕ぎ進んでいた。行って、私は心のなかで言った。離れて、ここで食い止めるから。

ほかの連中もやってきた。栈橋に馬の群れがやってきたような騒がしさだ。私の名前を叫びだし、小学生みたいに手を挙げた。私がまた腕を高く挙げると、一瞬ののち、叫びはつぶやき声に変わった。ひとりふたりが写真を撮った。

「ジェレミア・ライスはどこだ」と最初のひとりが言った。

あの人は私を抱きしめた。いままで一度もないことだった。彼の命が鼓動するのを身体で感じた。そして彼は、コートから引きちぎったものを、私の手に押し込んだ。

視界の一番隅で、小さなボートが進んでゆくのが見えた。叫びたかった。戻ってきて。まだやり残したことがある。

最初の記者が指差した。「あそこにいるのは誰だ」

私は気づいていなかったかのようにそちらを見て、眉をひそめた。「どこ？」

心臓が激しく打っていた。すべてが失われようとしている。だがどんなに劇的な局面でも冷静になれるのが、私の才能だ。習得したのは大昔で、もう習慣になっている。混沌にあっても落ちついていること。この落ち着きで彼を暴徒から守らなければ。そうしないと、万一私の思いを聞きつけた彼が戻ってきたときに、どうなるだろう？　苛立ちに満ちた質問と、残された時間への私の絶望的な愛情以外になにが残るのか。死肉を漁る連中に、ジェレミアの死を見届ける権利はない。一緒にいられなくても、あなたを守ることはできる。

「彼じゃないか？」誰かが訊いた。

時がきた。「すべて真実よ」と私が言うと、みな黙り込んだ。だが私はそこでやめ、言葉を続けなかった。彼らは待った。カメラを、マイクを、ノートを持って、桟橋の上で押し合いながら。

そのとき抗議者のひとりがためらいを捨てて門を越えてきた。残りの連中も彼に続き、埠頭になだれ込んできた。ひとりが叫んだ、「彼女を逃がすな」。

テレビのスタッフたちが、はからずも私を助けることになった。おそらく私の言うことやすることならなんでも見逃したくないと思っていたのだろう、誰もこちらに向かってくる暴漢たちにカメラを向けることはなかった。

どうやら、無視されることが彼らを押しとどめたらしい。桟橋の半ばで立ち止まった。リーダーが見えない手綱を引いたようだった。武器もなく、観衆もなく、空から雷鳴が轟いたりもしなかった。なにもなかった。突然、どうして彼らがいつもあんなに大声で叫んでいたのかわかった。なにも持っていないのを隠すためだ。無視されてしまえば、無力だった。記者たちが固まっているところまで来た抗議者たちは、ためらい、恥ずかしがっているようにさえ見えた。彼らはこの埠頭で半円をつくる、劇の最後の場面の観客だった。

ついにひとりが同僚を肘でつついた。「それで、なんだって？」

「みんなうまく騙されていると思っていた」と私は言った。落ち着きの賜物だ。「でもダニエル・ディクソンは違ったみたい」

また黙り、時間を稼いだ。縮こまっていた私の意識は埠頭に、ジェレミアに、少なくとも彼という観念に向かって熱をおびた神経のように伸びてゆき、現実が動き、手の届く範囲を越えていくようだった。戻ってきて。耐えられない。

みながそわそわしはじめた。彼らの注意が引き裂かれているのを感じた。どうしてあんなに目につくように漕いでいるのだろう。隠れなければならないのに。彼らはあの小さなボートを追うだろうか、それともここにとどまるだろうか。みなが私の言葉を待っていることに気づいたとき、ただならぬ力を感じた。彼を救うことができる。それが私を破滅させるとしても。本当に救うことができる。

必要なのは嘘だけ、ひとつの嘘だけ。

そのときバイクが小道で音を立てた。運転手が飛び降りてこちらへ駆けてきた。走りながらヘルメットを外す。その顔は、ジェレミアがついさっき見せたのと同じような、懇願の表情をしていた。

ビリングス。欠けていたものすべて、とどめのひと押し、最後の観客が着いたのだ。私はお固い女教師が学校で初日を迎える三年生を歓迎するように、腰に手を当てた。

「嘘でした」と言った。「なにもかも」

彼らの沈黙は感情に満ちていた。転んだ赤ん坊が息を吸い込み、母親を呼んで声のかぎりに泣き叫ぶ、その数秒前の静けさだ。だが彼らが息を吐いたとき、出てきたのはまったく違うものだった。みな、怒鳴り、吠えた。追っていた狡猾な狐にかわされ、騙された果てに、ついに木の上に追いつめたかのようだ。私にふさわしい。いまやその幹の下を猟犬が取り囲み、当然の結果として、乱暴に、餌を求めていた。

報道は容赦なかった。あるタブロイド紙は、私の顔写真の下に大きな見出しで「あわてふためく」と書いていた。名誉毀損で告訴することはできなかった。本当のことだったからだ。ジェレミアの居場所を明かさなかったことが火に油を注いだ。私は新聞を毎日、一字残らず読みあさったが、ボートが見つかったり、ましてそのなかに人がいたりしたというニュースには出会わなかった。ジェレミアの最期がどんなものだったかは想像するほかなかった。静止への、静かで孤独な降伏だったのだろうか。それとも研究所のオキアミのように、最後の痙攣が心臓を焼き尽くしたのだろうか。ボートから身を投げ、海に最後の仕事を任せたのか。それとも横たわったまま太陽の陽を浴びていたのか。頭に浮かぶ可能性はどれも恐ろしいもので、ついには空想にふけるようになった。彼はまだ死んでおらず、海のどこかでオールを漕ぎ続けているのだ、と。

深夜番組はここぞとばかりに騒ぎ立てた。「副大統領は今日、ゾンビと狼男への支持を表明したわけですが」と司会者が冗談を言った。隣には副大統領とジェレミアが写った写真があった。「おそらく吸血鬼からも票が欲しかったんでしょう。彼がもうニュージャージー州で大差をつけているのを考えれば、おかしなことですが」

プロジェクトの船は港に呼び戻され、〈ハード・アイス〉の世界規模の探索はしぶしぶと終わりを告げた。

詐欺に対する九回目の訴訟で〈ラザロ・プロジェクト〉は先行きも見せずにオフィスを閉めた。グローブ紙の尊大なベテラン記者が、司法長官に調査を呼びかけた。

メディアは数週間にわたって報道し続けた。おそらく注目すべき役者がいたからだろう。演者たちはそれぞれに、憎しみや暴露のスポットライトを浴びることを強いられた。

たとえばトーマス。意外な素性が明らかになった。彼の本名はT・ボールガード・フィリオン、三代にわたる鉄鋼業の経営者の末裔だった。彼ははじめから最後までカーセッジに資金提供していた。その額は数年で約三千万ドルにのぼった。プロジェクトが頓挫すると、カーセッジとトーマスが目指した蘇生技術に投資していた人たちもまた、その寄付先をもっと見込みのある場所に移した。

「達成に誇りを持っています」トーマスはワシントン・ポスト日曜版のロングインタビューで答えた。「資金は無駄にはなりませんでした。歴史に残るすぐれた頭脳の持ち主と仕事をし、彼が科学史の一部になる瞬間に立ち会えたのですから」

トーマスは、似たような研究所をすぐに中国に立ち上げた。紅茶をこぼした件でカーセッジにクビにされたサンジット・プラコアが、研究所を引っ張っている。彼もまたポスト紙で発言していた。「フィリオン氏は、我々の取り組む仕事に多大な援助をしてくださっています。最も頼りになる人物です」

きっとそうなのだろう。〈ラザロ・プロジェクト〉の知的財産すべての所有権を持っているのだから。

ガーバーは二週間後に退院した。彼の記事もまたグローブ紙に載っていた。マサチューセッツ総合病院を後にするとき、一文きっかりの短いコメントを残した。「人類が誕生してからこれまで、狂信的な連中は、神の名の元に許されない暴力をおかしてきた」記事の写真で彼は、親指を立てた変な格好で奥さんの腕に寄りかかっていた。ガーバーは結婚していたのだ。数ヶ月後、彼はＮＡＳＡの仕事に就いた。北極と南極の気候変動を観測する衛星のプログラマーだ。あの変わり者が。私は喜んだ。そのニュースはニューヨーク・タイムズで読んだ。

そういえば、エイモス・カートライトについて知ったのもニューヨーク・タイムズでのことだった。有名なチェスのいかさま師で、除名されてから国際的な立場を失った。さらに明らかになったのは、エイモスの、度を超えたナルシシズムを抱える息子のひとりの名が——十八のときに法廷で名前を変えていた——エラスタス・カーセッジだったということだ。そして、手際のよい取材でこんなフロイトめいたつまらない話を書き上げたのは誰か。もちろん、ウィルソン・スティールだ。

スティールはプロジェクト関連の記事をいくつか書いた。ボーデンが次の仕事を見つけられない件や、不払いの借金についてだ。ディクソンが「テシー」を根拠に判事を偽物だとした間違いを指摘したのも彼だった。その曲は、そもそもある女性がインコに向けて歌ったもので、一九〇二年のブロードウェイのヒット曲だった。スティールは「本物のライス判事」に存命の子孫がいるかどうかをリサーチしていた。私には興味深かったが、誰かが見つかる前に、彼の新しい本が刊行された。『震え』は地震に関する本で、それに出版記念パーティーや講演会や次なる話題が続いた。

そうなっても、カーセッジはいかなる暴露にも傷つけられなかった。すでに首を吊っていたからだ。残された手紙には、我々はエイモス・カートライトとは違う、と書いてあった。ジェレミアなら言うだろう——ふむ。まさに父親のように死ぬことで自分の間違いを証明したことと、書き置きに威厳のある「我々」を使うことで思いがけず自己風刺をしてしまったこと、果たしてどちらが悪いのだろうか。

事務所で最後に見てからは、カーセッジと再び会うことはなかった。噂では、あの記者会見の大失敗から立ち直ることはなかったという。記者たちが非難の叫びを浴びせるあいだ、演壇に立った科学者は哀れにも凍りついたままで、口ごもる彼をボーデンが部屋から連れ出した。カーセッジの悲劇的な自殺は一面を飾っただろうと思うかもしれない——たしかに悲劇だった。というのも、欠点がどれだけあっても、彼は真の天才だったからだ。しかし私がその記事を見つけたのは社会欄の一番隅で、文章は数センチ、その上にぼやけた顔写真が載っているだけだった。どう考えてもテレビで報道するメリットはない。素晴らしかったものも、無駄に費やされたものもあった。だがどれもすでに古いニュースだ。

ジェラルド・T・ウォーカーがそれと反対の結末を迎えたのは、世界中が知るところだ。その年のハロウィーンで一番人気のマスクは、トレードマークの笑顔を見せた彼の顔だった。その次の火曜には三十一の州で圧勝し、次期合衆国大統領への道を進んでいる。広範にわたるウォーカーの政綱のなかでは些細なことだが、彼は科学研究のより詳しい説明義務を支持していた。そこには政府が交付する調査資金の会計監査も含まれている。投票結果は、市民の大多数がその方針を支持したことを示していた。大統領万歳。

政治的な野心は感染する。T・J・ウェイド、独善的な抗議者たちのスター指揮官が、評議員会を立ち上げると宣言した。数人の批評家たちが、選挙が終わった直後の早すぎるキャンペーンを批判したが、ウェイドはすでに気前のいい寄付金を得ていた。あの魅力的な顔がものすごく頻繁にテレビに登場するようになった。カメラは彼を愛している。

愛が注がれれば、他方ではお金が注がれていた。ダニエル・ディクソン、私の宇宙を侵略した男は、ひと財産を築いていた。本の売り上げは七桁にのぼり、彼は人の詰めかけた講演会の講演料を堂々と受け取っていた。来年公開予定の映画では、彼より十歳も若くて雑誌の表紙に映えるハンサムが、彼の役を演じることになっている。奇妙なことに、ディクソンは二十万ドルをペンシルベニア州の火災治療センターに寄付し、理由は語らなかった。それで再び雑誌のヘッドラインに祭り上げられた。ヒーロー、真実を語る者、慈善家として。

研究所の外に立っていた白いベレーのヒラリーについては、私はある疑いを抱いて楽しんでいる。探し出すつもりはまったくなかったが、インターネットでボストンの電話帳を検索した。もし墓石が時を越えて真実を告げるというのが本当なら、彼女の名字はハルシーだと確信している。つまり彼女はジェレミア・ライスの娘の娘だ。もしそうなら、声には出さないが、祝福の合図をヒラリー・ハルシーに送りたいと思う。彼女がいまどこにいようと。

残るは私だ。おなじみのケイト。カーセッジは私を破滅させると言ったが、ある程度まではそれは現実になった。仕事、家、未来、すべて失った。だが彼がやったのではない。それをやったのは私だった。あるいは世界がやったといってもいいか。何度かアパートに戻ると、タブロイドの記者たちが張り込んでいた。だが彼らもそこまで辛抱強くはなかった。カメラを向けなくてはならないスキャンダルに限りはなかったからだ。彼らはまもなく日中にしか来なくなった。私はトラックを借り、ひと晩で運び出せるものをすべて運び出そうと思った。長い、骨の折れる作業だったが、順調に進んだ。だがそれも、キッチンに入って卵がひとつカウンターに置かれているのを見るまでだった。ほぼ三週間もそこにあったのだ。泣かなかった、なぜなら息もできなかったから。結局シンクに捨て、水を渦になるまで流した。それから作業に戻った。ほかにすることがなかった。寝具を取り去り、台所用品と冬服を詰め、すべてをダンヴァースにある倉庫に押し込んだ。それから大家を呼び、残りはとっておいてくれと言った。敷金はどこに送ればいいかと訊かれ、それも置いていくと伝えた。居場所を明かすことはない。

私の居場所はほかでもない、マーブルヘッドの〈ハーバービュー・イン〉だった。大金を払ってひと夏、部屋を借りていた。続く冬は、実質的には休業期間中だったので安く借りられた。三月、キャロラインは次のシーズンを手伝ってほしいと言った。部屋と賄い付きであなたを雇っても、ティーンエージャー並みに食欲のある女子大生を指導するより安上がりだわ、と彼女は言った。それにあなたは街の大学生のウェイターと恋に落ちたりしないし、夜更かしもしないし、一番忙しい朝に寝ていたりしないでしょうから。

妥当な提案だった。屋敷の奥にある修道院のような部屋をあてがってくれた。百年前には裁縫室だったのだろう。箪笥、テーブル、ランプにベッド。窓からは潮風が入ってきた。わざわざキッチンを通ってやってきて、私を邪魔する宿泊客はいなかった。非常階段はジェレミアと私が逃げるのに使ったものだが、いまではプライベートな入り口になっている。キャロラインは毎日のように、ヨガのレッスンに参加しないか、心も落ちつくから、と言ってくれた。だが私はその月日を沈黙のうちに、静かな時間を過ごした。

哀悼は神秘的な迷路だ。次はなにが起こるのだろうと何度も問いかけたが、目に見えるような抜け道はなかった。私の悪評はボストンじゅうに広がり、ノース・エンドからサウス・ステーションに至るどこにいても、罵られるような立場になった。研究をまた始められる場所はどこにもなかった。学会のトリヴァーにはあわせる顔がなく、とても連絡できなかった。おそらくもう彼の評判を落としていただろう。学会誌でビリングスがロンドン郊外に研究所を設立するかもしれないということを知った。保管していた〈ラザロ・プロジェクト〉での標本を調査するためだ。私はおずおずと挨拶のメールをした。なにかを当てにしていた。彼の返信にはこうあった。もし研究所がひらけて、資金集めもうまくいき、きみの能力が必要になったら、仕事を頼むかもしれない。でも事前に言っておかなくてはならないが、論文の著者としてきみの名前がリストに載ることはないだろう。理由はわかると思う。末尾のサインはこうだ。きみの献身的な友人、ＧＢ。

科学研究の世界の献身はこの程度のものだ。それでも落胆はしなかった。信頼が失われているのに、どうしてそちらへ戻りたいと思うだろう。やがて聞いたところでは、中国の研究所がビリングスを雇ったということだった。それからひと月も経たないうちに彼らはイワシを蘇生させ、何ヶ月も生きながらえさせた。その記事は詳細を省いていたが、酸素の浸潤に関する解決策が見つかったのは間違いなかった。それが達成されたのが中国だろうとどこだろうと、あまりにも遅すぎたとしか思えなかった。

クロエは毎日のように意見してきた。彼女のメールは高慢で、辛辣だった。それでも読み、毒を身体に取り込むのをやめられなかった。軽蔑と非難を受けることを、償いのように感じていた。彼女は言い募った、このどうしようもなく惨めな事件からなにか学ぶのよ、ケイティー。なにかを。

私はなにを学んだのだろう。世界の移り気なこと。騙されたとわかったときの人間の悪意に満ちた振る舞い。科学への健全な好奇心と、個人的な野心の持つ虚しい強欲との違い。それら以外になにを学んだのか。なにか教えがあるはずだ、それはわかっていた。あの北極の夜と、桟橋での朝のあいだの数ヶ月から、なにかを学べるはずだった。しかしその教えはいまだにはっきりとしなかった。

ささやかではあるけれど、たぶんこういうことだろう。愛が人生にかかわってきたら、それを価値あるものにするために、自分のすべてを賭けなくてはならないということ。それに挑戦しようと思えれば、愛は植物の根となり、あなたは花になる。そうだ。私はそんな愛を目一杯生きた。たとえ短いものではあれ、あんなに素晴らしい、類まれな人と。彼こそ、気づくことの、讃えることの力を教えてくれた人だった。そう感じないではいられなかった。

だから、ジェレミアの願いを受け入れて彼を忘れるのではなく、アパートの前で私を抱きしめてくれた瞬間を、讃えたいと思う。あのときの彼は、死につつあることを知っていただろうに、自分の抱く感謝の念を忘れないよう、私に約束させた。なんという贈り物だろう。言われたとおりに、彼の姿をすぐに刻みつけた――何よりささやかな動作も、とるにたらない言葉も。それらの記憶を反芻している。後悔はない。

内面が厳しい試練にさらされるなか、出口を指し示してくれたのはキャロラインだ。夏は飛ぶように過ぎ、私はきたる秋を戦う準備をしていた。港から吹いてくる風は、すでに秋の気配を漂わせていた。そのころ、キャロラインのヨガの友人に地元の高校の校長先生がいて、レッスンの後、生物学の先生が産休でいなくなったことを嘆いていた。

キャロラインは断りもなく、私を代理の教員としてあてがった。インに戻ってくると私の部屋のドアに立ち、樹木のポーズをとりながら、私を解雇すると告げた。

何年も研究所で働いてきたが、男ばかりで女性の少ない職場だった。こうした深い思いやりを、拒絶するわけはなかった。

初日には学生たちの試験があった。植物の細胞の成分に関するものだ。彼らの先生が置き土産に作ったもので、矢印が図のいろいろな部分を指している穴埋め問題だった。

熱心に屈み込んで鉛筆を動かしていたのは数人で、ほとんどは静かに座ったまま窓の外か虚空を見つめていた。答案用紙を前にまわすように言うと、ひとりの女の子がすぐに隣の子とおしゃべりを始めた。目鼻立ちがはっきりしていて、ブロンドの髪がまっすぐ伸び、とても可愛らしかった。

彼女の机のそばに立った。「お名前は？」

「ヴィクトリア」頭をさっと動かしたので、髪が後ろになびいた。

「ノートを見せてもらってもいい、ヴィクトリア？」

ほとんどのページは白いままだった。いくつか数字が書き込まれた箇所もあったが、これは授業内でやった実験だろう。残りのページにあるのは、とてもカラフルなホッケースティックの絵や、同じくよく描かれた男の子の名前だった――クリス。

「おしまいです」まだあと二十分は残っていたけれど。「今日はここまで」

「やった」男の子のひとりが言った。みなが急いで教室を後にするとき、私はゆっくりと自分のデスクに戻った。採点を待っている最初の紙の山があった。ヴィクトリアは最後に教室を出ていった。彼女がほかの子に言うのが耳に入った。「つまんないの」

答案用紙はリサイクル箱に入れた。その日の放課後は居残り、顕微鏡をすべて引っ張り出してぜんぶ掃除した——埃まみれの本体を拭き、反射鏡の電球を取り替え、レンズを磨いた。翌朝早くにインでバケツを借り、埠頭の塩水のたまりからバケツ一杯をすくい出した。世紀を超えた私の共謀者が、肩越しに見守っている気がした。学校に引きずっていくうちに、バケツはどんどん重くなるように感じられた。

生徒たちは教室に入って来るや顕微鏡に気づき、いぶかしげな表情を見せた。疑問はいいスタートだ。私はスライドをバケツに浸けて掲げてみせた。「このガラスになにか見える?」

もちろん見えるわけはなく、みなぼそぼそと返事をした。だが私は、その海水がとてつもなく豊かなものだということ、ゾウリムシや原始生物の鞭毛や藻類が生き生きと動いていることを知っていた。私は微笑んだ。

「今日の作業は、自分でスライドを浸け、顕微鏡に置いて、見えたもののなかで一番面白いと思ったものを描くことです」

はじめ彼らは、毒を無理矢理飲まされるとでもいうように不平を言い、冷笑を隠そうともしなかったが、次第に列をつくりはじめた。

「あなたもよ、ヴィクトリア」

「え、うん」

彼女は最後に並び、ずっと友だちとしゃべっていた。水が臭うとでもいうようにバケツから顔を背けてスライドを浸した。私は待った。彼女は小さなガラス板を顕微鏡のクリップに挟み、隣の列の子と笑いあい、髪を片方に下ろした。作業を遅らせるジェスチャーが尽きると、ヴィクトリアは頭を下げて顕微鏡をのぞいた。

はじめは横目で見ていた。それから焦点を調節した。そわそわするのをやめた。ひとりの男の子が教室の向こうで操作について尋ねてきた。私がしばらくしてからヴィクトリアのところに戻ると、彼女は熱心になにかを見ていた。しばらくじっとしていたが、やがてレンズから目を離さないまま鉛筆に手を伸ばした。

彼女が友だちにひと言、言うのが聞こえた。「すごい」

その夜、クロエからメールが届いていたが、読まずに消した。縁を切ろうというのではないけれど、いまは批判が必要なときではなかった。彼女にとっても、自分の書いたものを読みなおす時間があっていいだろう。

数ヶ月後、ビリングスが約束通りに仕事の詳細を送ってくれた。中国がやっきになって科学の世界での覇権を求めている、と説明していた。役員たちがきみの経歴をとやかく言うことはないだろう。彼らはすでに釣り船の調査範囲を地球の両極に絞っている。それらの調査船を監督する人間が必要だ。

もちろん、すべてを明確にする必要はある、と彼は書いていた。あれはねつ造ではなく、実証的な科学だったのだと説明しなければ。彼らの望むものを提示できれば、寛大に接してくれると思う。だいたい、きみは愛にのぼせていたからね。

のぼせていた？　返信せずにメールを閉じた。それから非常階段に行き、考えをまとめた。キャリアをすべて投げうちたかったというのでは決してない。言うなれば、乗りこなすことはできるけれども愛せなかった馬の手綱をやっと緩めたということだ。それがギャロップで視界から消え去ってゆくときも、胸は痛まなかった。

だからいまもインを出て、いつかやっていたように毎日街を横切り、学校へ仕事に行く。教室の前に立てば、そこにはブンゼンバーナー用のガス栓とくぼんだシンクのついた、黒塗りの実験用机がある。輝く顔がこちらを向いていて、むっつりした子でさえ、面白いことが起こったときのために目の端を光らせている。

まもなく、簡単にAをくれる教師として知れわたった。覚えがいいかどうかを問題にしなかったからだ。それぞれの好奇心を掘り下げていってほしいだけだった。そう、旧い友人はいまでも私のもとに残っていた。単純な、知ることへの意志という友人だ。生徒たちが木質部と篩《し》部の違いを説明できなかったとしても、それが彼らの志望大学への足かせになったり、キャリアの妨げになったりするべきではない。彼らの人生は、驚きへの感性や、うつくしいものへの視線を持ち合わせているかどうかにかかっている。多くの人は、知らないことを恐れる。恐れるかわりに、私が生徒たちに持ってほしいと思うのは、自分に理解できないことにはエレガントな魔法が潜んでいると信じられる、謙虚さだった。

教員たちや、ネットで調べてきた生徒、しばしば苦情を言いにくる彼らの両親によって、過去が持ちだされるだろうと思っていた。そういうことはあって当然だ。私たちは意地の悪い世界に生きている。賢明な判事に学んだおかげで、議論や自己弁護はしなかった。オンラインに残る、彼が映った映像を何度も見てくれたことに感謝した。私のなかで答えは出ていた――私たちの行動が手本になるようにすべきです。私たちの挑戦は心のなかにある誠実さとともに生きることであり、願わくは、それによって疑いを持つ人々が真実を見出せばいい。

学期が終わり、研究ノートを集めたとき、一番にヴィクトリアのノートをめくった。ノートは使い込まれて分厚くなっていた。おかしかったのは、あのクリスという男の子の名前がいまだに余白や裏表紙に書き込まれていたことだ。だが残りは、メモと測定結果と、精密に、注意深く描かれた絵だった。

「ふむ」と私は言った。正直に言うと、もっと笑い声に近かったが。彼女に届いていた。好奇心が届いていた。ヴィクトリアの前進は、私にとって充分に意義深いものだった。

休職していた教師は出産を終えたけれど、次の秋に復職するかどうかはまだ決めていないらしかった。そういうわけで、未来が、所属できる場所が、わずかに見えはじめていた。

自分にまだ価値があるとわかって慰められた。いや、それ以上だ。誇りを感じた。結局、私はジェレミア・ライスを愛し、彼と世界の醜さのあいだに立てた。そして彼を解放した。

だが何もかも手放したわけではない。手元に残っているもののことを考えると、笑みがこぼれる。ほぼ毎夜、私は街の狭い通りをさまよい、古風な家々から漏れる明かりを眺め、家庭の生活を羨んだ。そうして最後には埠頭に行き着いた。彼を抱きしめ、解き放った場所だ。曇り空の夜もあった。そうでない日には、月光が暗い水面に輝く小道をつくっていた。天候にかかわらず、私はそこを訪れることができることを、そしてジェレミアの残したもの——小さくて、茶色い、丸いもの——がこの手にあることを、嬉しく思う。

強力なトーテムでもなければ、神聖な護符でもない。本当に取るに足らないもので、その大切さがわかるのは、私ただひとりだ。私だけがなにを示しているか知っている。これは彼が存在したこと、そして彼が私に愛情を返してくれたことの証なのだ。この事実はあまりにも力強いので、こんなに小さなものにもとどまれる。よくあるチェーンにかけられ、私の心臓の上にある。

埠頭に立ち、触れる。三本の指が丸い縁を包む。彼が残したもの。ひとつのボタン。

謝辞

一九九二年にはじめて聴いたジェイムス・テイラーの曲「The Frozen Man」が、この小説の種を植えた。二〇一〇年、友人のクリス・ボージャリアンとダナ・イートンにこのアイデアを話した。彼らはやってみるよう勧めてくれた。十八年かけてのゆっくりとした溶解だったが、彼らの励ましにとても感謝している。

ほかにもたくさんの人の助けを得た。カール・リンドホルムは黎明期の野球の世界を紹介してくれた。そこで出会った本のなかにはバート・ソロモンの『Where They Ain't』やピーター・ナッシュの『Boston's Royal Rooters』、それにミルトン・コールとジム・カプランの『The Boston Red Sox』があった。早い段階での原稿では、ジェレミアの野球熱に多くのページが割かれていたが、しぶしぶ削らざるをえなかった。

〈リン・ヒストリカル・ソサエティ〉のマネージャーであるアビー・バッティスと前館長のスティーヴ・バビッドは、百年前の街の地図、土地契約の資料、そしてエリザベス・ホープ・クッシングによる写真資料集『The Lynn Album, A Pictorial History』を提供してくれた。「心臓が求める鼓動」に関する記述の元になったのは、ミズーリ州カンザスシティーのセントルークス米国中部心臓協会の移植外科医であり医学博士のマイケル・ボーコンとの会話である。

数十年前、日刊紙の新米編集者だったころ、ベテランの法廷リポーターだったマイク・ドナヒューが「ペルヴェール・ドゥ・ジュール」という言葉を使っていた。ほとんど連日のように彼が書いていた性犯罪の記事を指して言った用語である。これを借りて新たな意味を付与した。ありがとう、マイク。本書の題名は愛すべきエミリー・デイからいただいた。

エラスタス・カーセッジの理論は、〈ディスカバー〉（二〇一一年四月号）のディック・テレシによる細胞生物学者リン・マーギュリスへのインタビューのおかげで深められた。デボラ・バーグストームは細胞科学における急速な冷却の効果についての知見を広げてくれた。私のボストン取材にはマーク・ブロンスキー博士が快く同伴してくれた。

多くの人が、初期の原稿を読み、聞き、このプロジェクトを支えてくれた。とりわけクリス・ボージャリアン、ナンシー・ミリケン、そしてスーザン・ハリング。ケイト・パルマーは原稿が改まるたびにキャラクターについて示唆を与え、つねにこのプロジェクトが前進するのに必要な信念を示しつづけてくれた。息子たちは、日々のインスピレーションになっただけでなく、空想の世界に駆り立てられ、妙な時間に起きて書き、その日の遅くに床で居眠りする父親を起きるまで見守らなくてはならなかった。その辛抱強さは金賞ものだ。頼れる出版エージェント、トライデント・メディア社のエレン・レヴィーンにも恩義を感じている。彼女はウィリアム・モロウ社にジェレミアの幸福な家を見つけてくれた。ジェニファー・ブレルは素晴らしい編集者で、ディクソンの章が行き過ぎるのを抑え、愛の側面を押し出してくれた。彼女はハーパーコリンズ・カナダ社の思慮ぶかいロリッサ・センガラの助力を得た（同社のアイリス・タップホルムにも感謝を）。〈クリエイティブ・アーティスト・エージェンシー〉のリッチ・グリーンはジェレミアの映画化の可能性を検討し、20世紀フォックスのハッチ・パーカーはプロットについて素晴らしい助言をくれた。

数年にわたる仕事を支えてくれた人たちがいる。ロベルタ・マクドナルドと〈カボット・チーズ・コーペラティヴ〉の農場経営者の家族たち（終末期ケアの向上を目指す私の努力に寛大に手を貸してくれた）。鮮やかな手腕で出版作業を進めてくれた〈ナイト・アンド・デイ・コミュニケーションズ〉のウェンディ・ナイト。思いがけず友人になったジョアン・ホーニグ。ここぞというときに精神的な支えとなったデイヴ・ウォーク。彼らはひとりの作家の支持者というだけではない。かけがえのない友人である。

著者

およそ一世紀前に海難事故で亡くなった人物が蘇生し、様変わりした「現代」の世界と出会う――本書の核となるストーリーは、謝辞にもあるとおり、アメリカのシンガー・ソングライター、ジェイムス・テイラーの曲「ザ・フローズン・マン」からとられています。「最後に覚えているのは凍るような冷たさと、私を飲み込もうと覆いかぶさる水」というフレーズで始まる歌詞は、死からよみがえった百年前のボストンの判事、ジェレミア・ライスがたどる運命の要約のようになっています。

本書はデビュー小説ですが、著者のスティーブン・P・キールナンはながらくジャーナリストとして活動しており、これまで二冊のノンフィクションを書いています。第一作『Last Lights』はアメリカにおける終末医療の現場を取材したもので、ホスピスや緩和ケアなど、末期的な病にある人がいかに「満ち足りて、おだやかな」最期の時間を過ごすか、という展望を探っています。二作目の『Authentic Patriotism』では、アメリカの政治の世界における社会事業の必要性を説き、社会的格差の広がりに注意を傾けることをうながしています。「ザ・フローズン・マン」が本書のきっかけになったとすれば、それを小説に育てるうえで大きな役割を果たしたのがこうしたジャーナリストとしての経験であることは間違いありません。たとえばここではマスコミの様子が、とりわけ雑誌記者ダニエル・ディクソンの声によって、（やや苦い）実感をともなって描かれています。また、身体が思うように動かないライス判事をケイト・フィーロ博士が抱え上げる場面や、たえず変化する心身を見つめながら自身の生と死をめぐって苦悩するライス判事の独白は、社会福祉の現場を取材してきた著者の知見がとくに活かされた部分でしょう。

ライス判事という「時間旅行者」を語り手のひとりに置いたことが、フィクションとしての本書の大きな魅力のひとつです。アメリカ同時多発テロ／ボストンマラソン爆弾テロ事件以降のアメリカにおけるさまざまな抑圧、いびつさ、あるいは人びとの変わらない楽しみが、百年前に生きた人物の新鮮な視点で見つめられます。ありふれた通りの様子も、ライス判事の語りによって活き活きと生まれ変わるのです。

このいかにもSF的な設定はしかし、ことケイト博士とライス判事の関係をめぐる物語においてはそれほど奇抜なものではないと感じられます。生きてきた世界の違いを感じながら、つねに相手の作法を想像し、自分のやり方を見つめ直しながら接してゆくふたりの様子は、（たとえ百年前の人間でなくとも）異なる背景をもった他者と関わろうとするときの私たちを思わせます。近しい他人に流れる時間の違いは、じつは同時代に生まれて生きる人同士にもつねにあるもので、時間旅行者たる判事は、ただそのギャップを際立たせるものにほかなりません。

こうしてみると本書は、科学の力で蘇生した人物が政治とジャーナリズムの謀略に巻き込まれるサイエンス・スリラーであると同時に、互いの背景の違いを想像しながら大小の躓きを重ねてゆっくり近づいていく、どこにでもいそうなふたりの物語でもあります。

＊

小説第二作目『The Hummingbird』（二〇一五）では、イラク派遣で負った心の傷に立ち向かう主人公たちが描かれています。今年、早くも三作目の、占領下フランスのノルマンディー地方を舞台にした『Baker's Secret』が発表されました。一貫してリサーチの力が問われる主題に取り組む著者の、今後の活躍が期待されます。

川野太郎

スティーブン・P・キールナン　(Stephen P. Kiernan)
ニューヨーク州ニュートンビル生まれ。ミドルベリー大学を卒業後、ジョンズ・ホプキンズ大学とアイオワ大学の創作科で修士号を取得。二十年以上のキャリアをもつジャーナリストとして、ブレックナー・センターの報道の自由賞、言論の自由に貢献した業績に与えられるエドワード・ウィリス・スクリプス賞、ジョージ・ポルク賞など、多くの受賞歴がある。ノンフィクションを二冊書いており、本書ははじめての小説となる。バーモント州でふたりの息子と暮らす。

川野太郎（かわの・たろう）
熊本県生まれ。早稲田大学文学研究科現代文芸コース修了。

長い眠り
2017年7月18日　初版第1刷発行

著　者＊スティーブン・P・キールナン
訳　者＊川野太郎
発行者＊西村正徳
発行所＊西村書店 東京出版編集部
〒102-0071 東京都千代田区富士見2-4-6
TEL 03-3239-7671　FAX 03-3239-7622
www.nishimurashoten.co.jp

印刷・製本＊中央精版印刷株式会社
ISBN978-4-89013-775-6　C0097　NDC933